AF291105

Armbrustverlag

Norbert Oliver Pity

Der Atem der Toten

Some call it **Horror-Thriller**,
some call it **Black Fantasy**

»Der Atem der Toten«
ist der zweite Teil der Tot-Trilogie.
Teil 1: **»Die Sprache der Toten«**
Teil 3: **»Der Hass der Toten«**

Armbrustverlag

Empfohlene Altersfreigabe: 16 Jahre

ISBN: 978-3-946966-10-4

Armbrustverlag

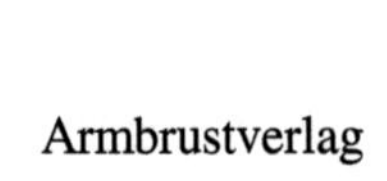

<u>Deutschland 1992:</u>
Es war das Jahr mit dem heißesten Sommer
der 90er Jahre. Bezahlt wurde in D-Mark,
und wer unterwegs telefonieren wollte,
der musste in eine Telefonzelle gehen.

Kapitelübersicht:

Prolog

Ein Traum.

Nur ein Traum.

Doch was für ein schöner Traum. Wieder und wieder sah er die Szene vor sich, so farbenprächtig, so nah: Erst kam der Einschlag. Für den Bruchteil einer Millisekunde war nur das Loch im Kleid zu sehen, doch schon färbte sich der zerfetzte Stoff rot, nachdem der Pfeil die Haut durchstoßen hatte und links, etwas unterhalb der Achsel, in die Rückenmuskulatur des Mädchens eingedrungen war.

Er versuchte, sich in Anna hineinzuversetzen, den Schmerz, den Schock zu spüren, die Angst in jenem ersten Augenblick, als sie noch nicht wissen konnte, wie schwer sie verletzt war und was sie getroffen, was ihr Fleisch zerrissen hatte.

Dann wachte der Mann auf. Er wollte den Traum festhalten, doch vergeblich. Die Bilder waren verschwunden. Aber dieses Gefühl ... Der Mann schauerte wohlig zusammen und verspürte Befriedigung.

1. Bitte recht freundlich

Irgendetwas hatte Kathrin Silvan vergessen ... »Ach ja! Da ist Post für dich, Schatz«, rief sie ihrer Tochter noch schnell hinterher.

Kathrin Silvan, fast 1,80 Meter groß und von sportlicher Gestalt, hatte ihr braunes Haar zu einem Pferdeschwanz zusammengebunden. Ihre für eine Mitteleuropäerin recht hoch stehenden Wangenknochen waren noch immer das häufige Ziel kleiner Liebkosungen ihres Mannes, wenn er in ihre braunen Augen sah. Da heute ein arbeitsreicher Tag zu Hause auf dem Plan stand, trug die 42-Jährige ihre alten Lieblings-Jeans und eine bequeme Bluse.

Anna war gerade aus der Schule gekommen, hatte ihre Mutter begrüßt und wollte auf ihr Zimmer gehen, doch nun drehte sie sich noch einmal um und nahm einen dicken, braunen Umschlag entgegen, während Kathrin erklärte: »Ich dachte, den brauche ich nicht erst der Polizei zu zeigen, weil es doch ein Umschlag von deinem Judoverein ist. Meinst Du, der ist echt?«

Seit der bösen Überraschung mit der toten Ratte war jeder in der Familie Silvan sehr vorsichtig beim Öffnen der Post geworden. So hatten sie schon ein kleines Päckchen, dessen Herkunft nicht zu klären gewesen war, vorsorglich einem von Paulis Beamten übergeben. Aber als es im Polizeilabor geröntgt und schließlich behutsam geöffnet worden war, kam nichts weiter als ein pompös verpackter Kugelschreiber und ein kleiner Katalog zum Vorschein: Ein Werbegeschenk für Annas Vater von einem Verlag, der juristische Fachbücher vertrieb. Doch als sich Kathrin Silvan bei Pauli für die »unnötige Arbeit« entschuldigen wollte, die man der Polizei gemacht habe, da hatte der Hauptkommissar, ein kräftiger Mann um die Fünfzig mit einer von grauem Haar eingerahmten Halbglatze, die ein ziemlicher Kontrast zu seiner faltenlosen, beinahe rosigen Haut war, nur abgewunken und erklärt: »Lieber hundert harmlose Päckchen untersuchen, als ein nicht so harmloses Päckchen übersehen.«

Natürlich ist es nicht gerade an der Tagesordnung, dass die Post eines sechzehnjährigen Teenagers noch vor dem Öffnen von der Polizei untersucht wird. Doch es ist nachzuvollziehen, wenn im Umfeld dieses Teenagers mehrere Menschen bestialisch ermordet wurden – und das waren nur die Dinge, die inzwischen auch der Polizei bekannt waren. Dass es daneben auch noch zu einigen unheimlichen, verstörenden Ereignissen gekommen war, hatten Anna und ihr Freund Patrick lieber für sich behalten. Es hätte ihnen ohnehin niemand geglaubt, und auf weitere Verdächtigungen durch die Polizei konnten sie gut verzichten. Nur ihre Freunde Roland und Heike kannten auch den mysteriösen Teil der Geschichte: Diese sonderbare Wut, die manchmal durch Annas Körper brodelte, und wie sie von unheimlichen, sehr realen Träumen heimgesucht wurde, in die sich aber glücklicherweise auch ihr Freund hineinträumen konnte.

»Mr Spock« – den Spitznamen hatte sich Patrick in seinen Kindertagen durch seine Vorliebe für die Star-Trek-Filme eingefangen – war erst vor wenigen Wochen mit seinem Vater nach Saarfurth und in Annas Nachbarschaft gezogen. Er besuchte seitdem auch ihr Gymnasium, allerdings eine Klassenstufe über ihr. Schon als sie sich das erste Mal begegnet waren – Anna hatte sich unter etwas merkwürdigen Umständen vor der Schule seine Fahrradluftpumpe leihen müssen –, da hatte ihr durchaus gefallen, was sie da zu sehen bekommen hatte: hellbraunes, kurzes Haar mit den Resten eines Scheitels, braune Augen, eine Nase, die kaum merklich in die Luft wies und darunter ein Mund, der gerne

ein breites Grinsen zeigte. Er mochte gut 1,75 Meter groß sein und war damit etwas größer als sie selbst. Und gegen die sportlichen Schultern des Jungen hatte sie auch nichts einzuwenden gehabt.

Nein, gegen sein äußeres Erscheinungsbild hatte sie wirklich nichts vorzubringen gehabt. Aber das war beileibe nicht alles gewesen. Sie lachten über die gleichen Dinge, verstanden sich prima und genossen jeden Moment in der Gegenwart des anderen – und wenn Anna genau darüber nachdachte, dann hatten sie sich eigentlich vom ersten Moment an zueinander hingezogen gefühlt. Was gut war, denn in einem ihrer Albträume war er gerade noch rechtzeitig gekommen, um einen überaus unfreundlichen Arzt davon abzuhalten, seine auf dem OP-Tisch festgeschnallte Freundin mit einem Skalpell ... nun ja, jedenfalls nicht im herkömmlichen Sinn zu operieren. Doch dieser Traum hatte sie in die Hubertusklinik geführt – jene Klinik, in der das Mädchen schon als kleines Baby nach einem schweren Autounfall viel Zeit verbracht hatte. Von dem OP-Team aus jener Zeit arbeiteten inzwischen nur noch der Anästhesist und eine OP-Schwester in der Hubertusklinik. Anna und Patrick wollten die Beiden besuchen, um zu erfahren, ob es damals im Krankenhaus zu einem Zwischenfall gekommen war. Doch sie kamen zu spät: Anna fand Karl Palusky, einen Bär von einem Mann, mit eingeschlagenem Schädel. Und Roswitha Zapf starb mit durchgeschnittener Kehle in Patricks Armen.

Alte Zeitungsartikel hatten ihnen aber eines verraten: Am gleichen Tag, als das Operationsteam von Dr. Alban der kleinen Anna nach einem schweren Autounfall das Leben gerettet hatte, musste ein anderes Baby sterben – zu Tode geprügelt von ihrem eigenen Vater. In den Berichten hatte gestanden, dass Max Klinger wiederholt seine Frau Sandra verprügelt und schließlich, bei einem seiner Wutausbrüche, auch die kleine Sahra so verletzt hatte, dass alle Mühen der Ärzte vergeblich gewesen waren. Doch Max – die Zeitungen hatten sich auf diese Geschichte geradezu gestürzt – hatte seine Tochter nicht lange überlebt: Als ihm im Krankenhaus erklärt wurde, dass seine Tochter in Folge der schweren inneren Verletzungen gestorben sei, da hatte er sich im vierten Stock des breiten Klinik-Treppenhauses über die Brüstung in die Tiefe gestürzt.

Gerne hätte Anna den leitenden Unfallchirurgen von damals befragt. Doch sie hatte Dr. Alban, der inzwischen in einem Trierer Krankenhaus arbeitete, nur eine kurze Nachricht auf dem Anrufbeantworter hinterlassen können. Gemeldet hatte er sich bisher nicht, tatsächlich schien er sogar in der Versenkung verschwunden zu sein. Und das wunderte Anna auch gar nicht, nachdem sie letztlich das Geheimnis ihrer Vergangenheit aufklären konnte.

Eine Spur hatte sie zu dem Grab der kleinen Sahra geführt, und dort lernte sie unter dramatischen Umständen einen Mann kennen, der nach all den Jahren Licht ins Dunkel der damaligen Ereignisse brachte: Ruppert Weinberg, der zweite Mann von Sandra Klinger.

Sandra war noch sehr jung gewesen, als sie Max geheiratet hatte und schnell feststellen musste, dass er ein brutales Schwein war. Nach dem grausamen Tod ihrer Tochter und dem Selbstmord ihres Mannes hatte sie nirgends Fuß fassen können – bis sie Ruppert Weinberg unter seltsamen Umständen kennen und schließlich lieben lernte. Den Tod der Tochter konnte sie dennoch nie ganz verwinden. Doch das änderte sich schlagartig, als eines Tages ein alter, sehr kranker Mann in den Buchladen ihres Mannes kam, – ein Mann der kurz vor seinem Tod sein Gewissen erleichtern wollte: Er hatte damals zu den Eingeweihten im Krankenhaus gehört, und so kam die Geschichte ans Licht, die Ruppert Weinberg schließlich Anna berichtete: Nicht das Baby Sahra war es gewesen, das damals gestorben war, sondern Anna Silvan hatte den Unfall trotz Notoperation nicht überlebt. Anna war Sahra. Für das Mädchen war es der Schock ihres Lebens gewesen, als sie diese Tatsache akzeptieren musste. Besondere Umstände, die mit Annas Unfall einhergegangen waren, hatten Dr. Alban damals auf die verwegene Idee gebracht, dem Ehepaar Silvan den Schmerz um den Tod ihrer Tochter zu ersparen, vor allem aber auch, der kleinen Sahra ein gutes Leben zu ermöglichen statt als Kind eines Schlägers aufzuwachsen – Max lebte zu diesem Zeitpunkt noch – und einer Mutter, die sie nicht beschützen konnte.

Dr. Alban konnte sein eingeschworenes Team für seinen Plan gewinnen, und so sagte man schließlich Max und Sandra, dass ihr Kind gestorben sei, während man Kathrin und Lars Silvan über Monate angebliche medizinische Gründe auftischte, warum ihr Säugling lange mit wenig Besuch auf der Intensivstation bleiben und noch länger einen das Gesicht bedeckenden Verband tragen müsse. – Es waren genug Monate, dass sich ein Baby durch Wachstum und Haarwuchs und womöglich auch durch die Folgen eines Unfalls verändern konnte. Die Scharade glückte, die Silvans hatten nie den Verdacht, dass ihnen ein anderes Kind untergeschoben worden war, zumal sie auch nie einen Grund hatten, mit so etwas zu rechnen.

Und vielleicht hätte es auch Anna niemals erfahren, wären nicht die Morde in Saarfurth und die Geschichte, wie sie einen der Toten entdeckt hatte, durch alle Medien gegangen. Denn eigentlich hatten Sandra und Ruppert beschlossen gehabt, Anna nie ihre Herkunft zu enthüllen, um ihr gutes Familienleben nicht zu gefährden. Doch als Ruppert klar geworden war, dass auch Menschen aus dem Operationsteam von damals umgebracht worden waren und offenbar irgendeine Verbindung zu Anna bestand, wurde der Gedanke immer stärker, dass es einen Zusammenhang zwischen den

Morden und dem Austausch der Babys gab, und dass die Silvans davon erfahren mussten.

Noch immer etwas unschlüssig, reiste er nach Saarfurth und wurde einer Entscheidung enthoben, als er Anna auf dem Friedhof begegnete.

Nun wusste es Anna also – die unbedingt bei diesem Namen bleiben wollte. Sie wusste, dass sie die leibliche Tochter von diesem schrecklichen Max Klinger war, und wenn sie an ihre Wutattacken dachte, dann befürchtete sie, dass sie mehr mit ihm gemein hatte, als ihr lieb war. Aber sie wusste noch mehr: Sandra, ihre leibliche Mutter, war vier Jahre zuvor verschwunden, und die Polizei hatte Ruppert Weinberg sogar eine Zeit lang verdächtigt gehabt, seine Frau ermordet zu haben. Dass Sandra tatsächlich nicht mehr lebte und einem Unglück, vielleicht einem Verbrechen zum Opfer gefallen war, davon war inzwischen auch Ruppert Weinberg überzeugt. So würde Anna ihre leibliche Mutter wohl nie kennen lernen – wobei sie sich auch gar nicht sicher war, ob sie das überhaupt gewollt hätte. Allerdings hatte sie nun die Chance, ihre fünfjährige Halbschwester mit dem sonderbaren Namen Petunie kennen zu lernen, denn Sandra hatte auch in ihrer zweiten Ehe ein Kind bekommen.

Aber das alles war zunächst zweitrangig gewesen hinter dieser schrecklichen Angst, ihren *wirklichen* Eltern und ihrem jüngeren Bruder Tom die Geschichte ihrer Herkunft zu enthüllen. Doch ihre Angst war unbegründet gewesen. Denn auch wenn sie nun um ihr totes Baby trauerten, so änderte das nicht an der Liebe für das Mädchen, das nun schon 16 Jahre ihre Tochter war und es auch bleiben würde.

So hätte Anna nun fast glücklich sein können. Doch da war noch eine Kleinigkeit: Noch immer lief der Mörder frei herum, der mindestens fünf Menschen getötet und dabei auch eine Frau vergewaltigt hatte. Und noch immer hatte die Polizei nicht die leiseste Ahnung, wer der Täter war und was ihn antrieb. Klar war inzwischen nur eines: Es war derselbe Mann, der Anna in den vergangenen Wochen aus dem verborgenen heraus bedrohte und quälte, sie aber offenbar nicht töten wollte – noch nicht, jedenfalls. Doch er wurde mit seinen unfreundlichen kleinen Streichen immer drastischer. Etwa, indem er Anna per Post eine enthauptete Ratte geschickt hatte, dazu ein Foto von Annas Kopf, mit Stecknadeln durch die Augen auf den blutigen Halsstumpf des Nagers geheftet. Wegen dieses Päckchens war es nun auch dazu gekommen, dass Kathrin Silvan ihrer Tochter den Brief, der heute bei der Post dabei gewesen war, etwas zögerlich übergeben hatte.

Anna besah sich den braunen Umschlag genauer. Ja, da war das Signet ihres Vereins, zwei stilisierte, sich voreinander verbeugende Judoka. Und das Bild befand sich auch da, wo es hingehörte: links oben in der Ecke des Umschlags.

»Sieht echt aus«, meinte sie und bog den Umschlag in ihren Händen, »könnte die Vereinspostille sein.«

Sie nahm den Umschlag mit auf ihr Zimmer und öffnete ihn an ihrem Schreibtisch. Schon als sie den zweiten Umschlag sah, wusste sie, dass sie sich geirrt hatte.

Auf dem zweiten, nur wenig kleineren Umschlag, waren acht Buchstaben, ein Komma und ein Ausrufezeichen aufgeklebt, die aus Zeitungsschlagzeilen herausgeschnitten waren: »*Nett, nett!*«, sonst war nichts auf dem Umschlag zu lesen. Anna war klar, dass sie den Inhalt mit Sicherheit nicht nett finden würde. Sollte sie gleich zur Polizei gehen? Doch da ihr großer Unbekannter bestimmt keine Fingerabdrücke hinterlassen hatte, zuckte sie schließlich mit den Schultern und schlitzte den Brief vorsichtig mit ihrem Geodreieck auf.

Sie schüttete den Inhalt vor sich auf den Schreibtisch. Obenauf lag ein DIN A 4 Blatt, das wie eine Farbkopie wirkte. Offenbar war hier eine Fotografie vergrößert worden, so sah es zumindest für Anna aus. Das Bild war ein klein wenig grobkörnig, dennoch blieb kein Zweifel an dem, was zu sehen war: Das Foto zeigte Anna, nur mit einem Slip bekleidet und zu drei Viertel der Kamera zugewandt.

Anna war so verblüfft, dass Wut und Schrecken zunächst einmal ausblieben. Aber eines war ihr sofort klar: Das Foto war eindeutig in einer der Umkleiden aufgenommen worden, die zur Sportanlage ihrer Schule gehörten. Doch wie um alles in der Welt war es dem Schweinehund gelungen, dieses Bild zu machen? Diese Bilder, musste sich Anna korrigieren, als sie den Stapel weiter durchsah: Es folgten fünf weitere Fotografien, die sie mehr oder minder nackt zeigten.

Anna schob den Zorn beiseite, der sich in ihr breitmachen wollte und betrachtete mit kalter Konzentration die Fotografien. Vielleicht bot sich ihr ja ein Anhaltspunkt, wann die Fotos entstanden waren? Rasch erkannte sie, dass die sechs DIN-A-4-Annas, die vor ihr ausgebreitet lagen, unterschiedliche Wäsche trugen. Anna pfiff leise durch die Zähne – dieses Schwein hatte an mehreren Tagen auf der Lauer gelegen. Das konnte nicht ohne einen gewissen Aufwand von sich gegangen sein, also bestand eine Chance, dass ihn jemand gesehen oder dass er doch eine Spur hinterlassen hatte. Nun konnte sie Hauptkommissar Pauli wenigstens etwas an die Hand geben, dem er nachspüren konnte. Anna vertiefte sich wieder in die Bilder. Auf drei der Fotos waren auch Klassenkameradinnen von ihr zu sehen.

Sie stutzte. Wer war das denn? Auf der fünften Fotografie ragte der Kopf eines Mädchens ins Bild, ein wenig gebeugt und der Kamera zugeneigt, weil sie sich gerade die Haare bürstete.

Anna grübelte, dann dämmerte es ihr: Katja wie-war-doch-gleich-der-Nachname? Auf jeden Fall war Katja So-und-so wegen irgendeines Chorfestivals aus Norddeutschland nach Saarfurth gekommen. Sie hatte zwei, drei Tage bei Bekannten ihrer Eltern gewohnt und war auch einmal mit dem Sohn der Familie, einem Klassenkamerad Annas, in die Schule gegangen. Und das musste eben jener Tag gewesen sein, an dem dieses Foto entstanden war. Der Besuch von dieser Katja lag schon eine Weile zurück. Anna überlegte: Das müsste so zu Beginn des Frühlings gewesen sein. Das hieß also, dass *ER* sie schon seit längerer Zeit aufs Korn genommen hatte. Aber er hatte die Fotos nicht sofort eingesetzt. Warum? Anna schluckte. Sollte hier eine Art Steigerung vorliegen?

Zunächst einmal war sie mit ihm nur (*nur? Ha, ha*) auf diese übernatürliche Weise zusammengestoßen, vor allem durch ihre beängstigenden Träume. Zugegeben: Der allererste Schmerz, damals, gleich nachdem sie das Schuhgeschäft in der Altstadt verlassen hatte, war auf verdammt unangenehme Weise real gewesen, aber nur kurz. Der Schrecken hatte sich in Grenzen gehalten, weil sie noch nicht gewusst hatte, welche Drohung über ihr schwebte. Dann, nach den Träumen, kam der erste Anruf und es folgte dieser nette kleine Spaß mit der toten Ratte.

Doch wie passte die Mordserie in ihre Theorie? Als sie die Toten gefunden hatte und Patrick in Lebensgefahr geraten war, das war auf jeden Fall schlimmer gewesen als diese doch relativ harmlosen Aktfotos. Andererseits: ER konnte ja nicht wissen, dass sie und ihr Freund ihm damals so dicht auf den Fersen gewesen waren und mitten in seinen Todesreigen hinein stolpern würden. Im Nachhinein hatte es der Bastard vermutlich genossen, aber er konnte es kaum geplant haben.

Schließlich die Entdeckung ihrer Herkunft: Wieder etwas, das ER kaum gesteuert haben konnte, das ihm – und Anna freute sich über diesen kleinen Triumph – vermutlich gar nicht gepasst hatte, denn nun gab es weitere Anhaltspunkte, denen die Polizei nachgehen konnte – zumindest wenn seine Morde wirklich in Verbindung mit dem Austausch der Kinder standen.

Und nun diese Aktfotos. Aber waren die denn wirklich schlimmer als all die Schrecken, die bisher von IHM ausgegangen waren? Anna kontrollierte ihre Gefühle. Nein – selbst die tote Ratte hatte sie damals mehr geschockt. Natürlich empfand sie dieses Fotoattentat allein von der Idee her als krankhaft und widerlich, und sie hatte sicher auch nicht vor, eine Karriere als Pin-up-Girl zu starten, aber sie hielt sich nicht für prüde oder verklemmt. Die Tatsache, dass sie halbnackt auf einem Foto zu sehen war, beunruhigte sie letztendlich nicht allzu sehr. Sollte sie sich also mit ihrer Steigerungs-Theorie getäuscht haben?

Nein, denn sie hatte inzwischen eine recht konkrete Vorstellung von der Vorgehensweise dieses Teufels – zumal seit ihren Wutanfällen, als sie sich auf so beängstigende Weise mit ihm verbunden gefühlt hatte. Wenn nun aber an ihrer Theorie wirklich etwas dran war und ER tatsächlich plante, die Daumenschrauben Schritt für Schritt immer enger zu ziehen, dann konnte das eigentlich nur bedeute ... »Da kommt noch etwas nach!« Anna saß kerzengerade an ihrem Schreibtisch und merkte gar nicht, dass sie mit sich selbst sprach: »Verdammt, der Bastard hat mir nicht bloß die Fotos geschickt, da steckt noch mehr dahinter!« Und je mehr Anna darüber nachdachte und versuchte, seinen verschlungenen Pfaden zu folgen, umso klarer wurde ihre Vorstellung davon, in welche Richtung dieses »Mehr« zielte.

Wenn das wahr wäre ... – nun packte Anna doch noch eine verzweifelte Wut, denn selbst wenn sie sein Vorgehen richtig erkannt hatte, so war es wohl schon zu spät, etwas dagegen zu unternehmen. Am Ende *wollte* der Bastard gar, dass sie seinen abartigen Plan durchschaute! Er brauchte nur einen geschickten Zeitplan, dann konnte er sich lachend zurücklehnen, während sie sich vergeblich abstrampelte.

Dennoch musste sie versuchen, sein Vorhaben zu durchkreuzen. Sie musste sofort mit Hauptkommissar Pauli telefonieren – und natürlich mit ihrem Vater, zumal sie nun vermutlich einen guten Anwalt gebrauchen konnte!

*

Anna lief nach unten und suchte die Visitenkarte, die
Pauli ihnen schon bei seinem ersten Besuch dagelassen hatte. Gerade als sie zum Hörer greifen wollte, klingelte das Telefon. Normalerweise meldete sich Anna mit ihrem Namen,
aber diesmal antwortete sie nur mit einem harten »Ja?«, und
tatsächlich, es ging schon los: »Tag, Tag«, meldete sich eine
leicht hektische, etwas ältere Männerstimme, »spreche ich
mit Anna?«

»Was wollen Sie?«

»Ahm, na, so einiges – weißt schon –, ich rufe wegen der
Annonce an und ...«

»Stopp«, unterbrach Anna energisch, »die Annonce war
ein geschmackloser Streich, den mir jemand gespielt hat.«

»He, Augenblick mal, Du kannst mich nicht einfach so
abwimmeln! Ich ...«

Anna legte auf, nahm den Hörer erneut ab und wählte die
Nummer von Hauptkommissar Pauli. Das Telefon im Ar-
beitszimmer ihres Vaters begann zu klingeln.

*

In einem Ameisenhügel konnte es kaum emsiger zu-
gehen. Seit Annas Anruf rotierten Pauli und sein Team ohne
Pause. In all der Hektik gab es nur eine kurze Unterbre-
chung: Gerade, als der Hauptkommissar eines seiner zahllo-
sen Telefonate beendete, kam Walter herein. Im Schlepptau
hatte er einen kräftigen, grobknochigen, etwa fünfzig Jahre

alten Mann, der unbewusst seine Größe zu kaschieren schien, indem er seine Schultern ein wenig nach vorne gesenkt hatte. Aber abgesehen von der leicht verkorksten Haltung strotzte er geradezu vor Akkuratesse: Von den polierten braunen Schuhen und den Bügelfalten der braunen Hose, über die dunkle, silberblaue Krawatte, die mit einer silbernen Nadel akkurat über der Knopfleiste des weißen Hemdes befestigt war, bis zu den exakt in der Mitte gescheitelten graubraunen Haaren. Der Mittelscheitel war schon etwas seltsam anzusehen, aber er korrespondierte ganz ausgezeichnet mit den buschigen Augenbrauen, die über der Nasenwurzel zusammenstießen. Und die Augenfarbe traf fast den Farbton der Krawatte. Kräftige Ohren, kräftige Lippen und eine kräftige Nase, deren Hakenform dadurch abgemildert wurde, dass sie wohl irgendwann einmal gebrochen worden war, vervollständigten das Bild. Eine starke, behaarte und ordentlich gebräunte Hand quetschte die Hand von Pauli, und der Mann stellte sich als Bill Brown vor.

Da fiel bei Pauli der Groschen: Interpol hatte schon vor einiger Zeit das »C.O.P.-Project« ins Leben gerufen. *Cooperation of Policemen* war ein Austauschprojekt – manche Polizisten nannten es auch *Bullen-au-pair* – bei dem es darum ging, Erfahrungen in Polizeidienststellen anderer Länder zu sammeln. Und Bill Brown – ein Polizeileutnant aus Los Angeles, soweit sich Pauli erinnerte –, hatte darum gebeten, nach Saarfurth zu kommen, nachdem er von den *interessanten Fällen* gehört hatte, die hier gerade aktuell waren. Das Innenministerium war ganz begeistert gewesen, dass das kleine Saarland an einem internationalen Polizeiprojekt beteiligt sein würde ...

Nach knappen Begrüßungsfloskeln meinte Pauli entschuldigend: »Ich muss ehrlich gestehen, ich hatte ganz vergessen, dass Sie heute bei uns anfangen. Aber wie Sie wissen, haben wir hier zurzeit einiges um die Ohren.«

Der Amerikaner winkte beschwichtigend ab und erklärte mit einer Stimme, die nicht ganz so dunkel war, wie man es bei seinem Aussehen vielleicht erwartet hätte: »Machen Sie sich nur keinen Gedanken. Das Hinterste, was ich will, ist es, ein Störenfried zu sein. Das Beste wird es sein, wenn ich einfach mit ein paar Kollegen herumgehe, bis ich ein wenig verstanden habe, was hier angeht.«

Pauli antwortete: »Bin froh zu hören, dass Sie Deutsch sprechen. Wissen Sie, mein Schulenglisch war zwar gar nicht so übel, aber das ist doch schon ein paar Tage her ... Sie haben deutsche Vorfahren?«

»Richtig bemerkt, Herr Pauli«, antwortete Brown, »es waren meine Großeltern, die von eine kleinen Ort in der Pfalz über den großen Teich gekommen sind. Und in meine Familie wurde noch viel in Deutsch gesprochen – viele Jahre zurück.«

»Nun, dann wird es Ihnen ja nicht schwer fallen, Walter oder ein paar anderen Kollegen zunächst einmal ein wenig über die Schulter zu schauen. Dann wird sich bestimmt auch eine Aufgabe für Sie finden. Und wir werden sicher bald Gelegenheit haben, uns bei einem schönen Glas ausführlich zu unterhalten. Nur im Augenblick ist es wirklich so ...«

Wieder unterbrach Brown mit einer beschwichtigenden Handbewegung: »Ihr Freund hat mich bereits mitgeteilt, was dieser Hund schon wieder aufgestellt hat. Sie brauchen sich wirklich nicht auch noch Sorgen um mich zu tun. Ich komme zurecht.«

Damit verabschiedete er sich mit einem freundlichen, locker angedeuteten Zwei-Finger-Salutieren und war gleich darauf gemeinsam mit Walter wieder verschwunden.

Der Hauptkommissar stürzte sich erneut in die Arbeit. Besonders das Telefon war heute sehr wichtig.

*

Anna hatte ihn nicht enttäuscht. Befriedigt ließ sich der Mann in seinem Sessel zurücksinken. Ja, die Kleine war auf Zack! Weil sie so schnell geschaltet und dieser Pauli so rasch reagiert hatte, waren nicht alle Magazine auf den Markt gekommen. Und diejenigen, die tatsächlich ausgeliefert worden waren, hatte man sicher schnell aus den Läden zurückgezogen. Aber es waren genügend in Umlauf gekommen. Und sie hatte es *gewusst*, dass sie es nicht verhindern konnte.

Herrlich!

*

Am Abend war Pauli wieder zu einer Lagebesprechung bei den Silvans erschienen. Immerhin war es ihm, Kommissarin Schmidt-Rodtdörfer von der Sitte und auch Lars Silvan gelungen, einigen Leuten in kürzester Zeit gehörig Feuer unter dem Hintern zu machen, so dass der Schaden wenigstens deutlich begrenzt werden konnte: Die Auslieferung der gesamten Auflage eines Sex-Magazins hatten sie verhindern können, andere Hefte waren nur teilweise ausgeliefert worden, und diejenigen, die ihr Ziel erreicht hatten, wurden wieder eingezogen, »... aber alles in allem sind in ganz Deutschland schon etliche hundert Stück verkauft worden«, seufzte Anna.

Sie saß mit ihren Eltern, Hauptkommissar Pauli und Spock, den sie ausdrücklich dabei haben wollte, am Wohnzimmertisch. Vor ihr auf der Tischplatte lagen Exemplare der unterschiedlichsten Machwerke, die ein Polizist aus einem Sex-Shop und von einem Kiosk besorgt hatte: Zwei Heftchen, die eine Mischung aus Porno- und Kontaktmagazinen waren, ein Sex-Postille, ein halbseidenes Magazin für Partnervermittlung und sogar ein SM-Blatt des harten Kalibers. Alle fünf Hochglanzhefte hatten eines gemeinsam: In jedem von ihnen tauchte auf irgendeiner Seite ein Bild von Anna auf – dort, wo Damen des horizontalen Gewerbes ihre Künste mit Foto-Anzeigen anpriesen. Gleich zwei Telefonnummern standen unter Annas Foto, denn *ER* hatte selbstverständlich auch an den zweiten Anschluss der Silvans gedacht.

Die Texte unter den Fotos waren dem jeweiligen Magazin angepasst, ähnelten sich aber. Besonders der Anfang war fast immer identisch: »Ich heiße Anna. Ich gehe noch zur Schule, bin aber sehr neugierig und für ein kleines Taschengeld ...«, dann folgten zwei, drei phantasielose Beschreibungen diverser Sexualpraktiken.

Spock, vor Zorn kochend, hatte sich kategorisch geweigert, die Hefte überhaupt anzufassen. Aber Anna hatte darauf bestanden, die Anzeigen zu sehen. Nachdem sie langsam alle Texte gelesen hatte, klappte sie die Magazine zu, legte sie zusammen, stand auf und steckte sie in Paulis Tasche, die neben seinem Stuhl lehnte. Dann setzte sie sich wieder ruhig auf ihren Platz, während die Anderen auf eine Reaktion von ihr warteten. Aber das Mädchen zeigte keine Regung.

Ihre Eltern ertappten sich dabei, dass sie sich plötzlich wünschten, Anna möge doch noch einmal einen richtigen Wutanfall bekommen.

Doch ihre Tochter blieb ruhig.

Auch Annas Gedanken waren ruhig.

Ruhig und kalt.

Sie analysierte, dass ihre Einstellung gerade in diesen Minuten im Wandel begriffen war.

Bisher wollte sie IHN nur besiegen, um sich selbst, ihre Familie und ihre Freunde zu schützen. Doch nun wollte noch etwas Neues hinzukommen. Etwas, das sie nicht kannte und deshalb nur schwer identifizieren konnte. Es war ...

»Rache.«

»Was hast Du gesagt, Schatz?«, Anna hatte es so leise gemurmelt, dass Kathrin sie nicht verstanden hatte.

»Augenblick bitte – ich muss etwas prüfen.«

Dann sahen die drei Erwachsenen verwundert, wie Anna die Hände hinter ihrem Kopf verschränkte, sich in ihrem Stuhl streckte, sich zurücklehnte und die Augen schloss.

Rache?

Ja, tatsächlich: Nach dieser Demütigung begann tief in ihrem Innern der Wunsch nach Rache zu brodeln. Oh wie gut würde es ihr tun, wenn sie diesem Gefühl mehr Platz einräumen würde, wenn sie sich vorstellen würde, dass ER nicht nur besiegt wäre, sondern als kleines Häufchen Elend vor ihr im Staub liegen würde. Ihrer Gnade ausgeliefert. Blutend.

Anna spürte eine sonderbare Wärme in ihrem Körper aufsteigen, die schnell ihre Stirn erreichte und sie erhitzte. Oh ja, wie gut würde es ihr tun! Aber *ER* hätte einen Sieg errungen.

Den Hass, den ER in ihr entfacht hatte, kannte sie ja bereits – doch auch das beunruhigende Gefühl der Ähnlichkeit mit ihm, das aus diesem Hass entstanden war. Was würde aber geschehen, wenn sie diesen Hass nun auch noch *genießen* würde? Wenn ihr seine Qualen mehr bedeuten würden als seine Niederlage? Dann würde sie sich ihm nicht nur ähnlich *fühlen*, verdammt, dann *wäre* sie ihm ähnlich. Und das Mädchen, das sie noch heute Morgen beim Zähneputzen im Spiegel gesehen hatte, würde nicht mehr existieren. Denn er hätte einen wesentlichen Teil von ihr zerstört und sie dabei gleichzeitig auf sonderbare Weise ein Stück weit auf seine Seite gezogen.

Kathrin, Lars und der Kommissar kamen aus dem Staunen gar nicht mehr heraus, und selbst Spock wurde es nun etwas unheimlich: Jetzt begann Anna auch noch über das ganze Gesicht zu grinsen! Doch sie hatte allen Grund dazu.

Denn während sie hier ganz ruhig im Stuhl saß, hatte sie, nur mit ein wenig Nachdenken, innerhalb weniger Sekunden einen ausgeklügelten Plan von diesem Bastard durchkreuzt, und dieser Sieg war auch ein Trostpflaster gegen die erlittene Demütigung.

Ho! Und was für ein Spaß, wenn das Monster merkte, dass sein Plan nicht aufgegangen war! Es würde vor Wut fast zerspringen!

Lars konnte sich nicht mehr zurückhalten. Eigentlich war ihr Vater, inzwischen 44, gut 1,80 Meter groß und schlank, eher der gelassene Typ, was ihm auch als Anwalt zugute kam. Doch nun rieb er sich erst fahrig über sein markantes Kinn, fuhr noch in der gleichen Bewegung durch sein braunes Haar, so dass er ohne es zu merken plötzlich einen kleinen Schopf hatte und meinte fast ungehalten: »Ich will ja nichts sagen, Anna, aber ich möchte wirklich wissen, was es hier zu feixen gibt?«

Anna nahm die Arme wieder entspannt in ihren Schoß und entgegnete: »Oh, nichts weiter, ich habe nur gerade eine kleine Schlacht gewonnen – oder doch wenigstens ein paar Punkte gut gemacht!«

Als Anna das Unverständnis in den Gesichtern der anderen sah, hätte sie beinahe kichern müssen, doch dann bemerkte sie die Sorge in den Augen ihrer Eltern und zu ihrem Erstaunen auch in denen des Kommissars. Deshalb erklärte sie nun ernst, warum sie glaubte, trotz der Demütigung einen Sieg errungen zu haben.

Als sie geendet hatte, herrschte einen Augenblick Schweigen um den Tisch, dann nickte ihr Pauli anerkennend zu und meinte: »Solltest Du irgendwann mal vorhaben, in den Kriminaldienst einzutreten, dann werde ich mich gerne für dich verwenden.« Doch er mahnte auch: »Aber werd' jetzt bloß nicht leichtsinnig! Ehrlich gesagt bin ich ein bisschen in Sorge. Der Tag war lang, wir hatten viel zu tun, und irgendwie werde ich das Gefühl nicht los, dass ich in dem ganzen Trubel etwas übersehen habe ...«

»Oh, Sorgen mache ich mir allerdings auch«, sagte Anna, »von meiner Theorie, dass *ER* sich nach und nach immer schlimmere Sachen ausdenkt, habe ich ja schon erzählt ...«, nur die übersinnlichen Bestandteile hatte sie wohlweislich ausgeklammert, »... und diese Theorie scheint sich ja jetzt bestätigt zu haben.«

Der Kommissar nickte und murmelte: »Das würde auch die Türe erklären, die hat mir bis jetzt doch einiges Kopfzerbrechen bereitet.«

Lars stöhnte: »Entschuldigung, vielleicht ist heute nicht mein Tag, aber was meinen denn nun *Sie* schon wieder ...?«

»Die Badezimmertür in der Wohnung der Krankenschwester. Also, es ist doch so: Unser Freund versteht es, große Körperkräfte freizusetzen. Aber nun denken Sie mal an den Tag, als er Roswitha Zapf getötet hat und Patrick sich in dem Badezimmer verschanzt hatte. Das Haus stammt aus den siebziger Jahren, und die Badezimmertüre samt Schloss war nicht gerade eine Ausgeburt an Stabilität. Aber während ihm die Sicherheitskette an der Wohnungstür in dem anderen Mordhaus nicht die geringsten Probleme bereitet hatte, hielt ihn diese lächerliche Badezimmertür offenbar ziemlich lange auf ...«

»*Heilige Scheiße* – 'tschuldigung«, entfuhr es Spock, der etwas blass um die Nase wurde, »Sie meinen ...? Oh Mann, es wäre möglich! Ich habe gleich zu Beginn irgendetwas durch die geschlossene Türe gerufen. Er muss meine Stimme erkannt haben und hat ein Spielchen mit mir getrieben! Er wirft sich zwar gegen die Tür, aber nicht mit voller Kraft, weil er in Wirklichkeit gar nicht durchbrechen will! Uff. Man könnte sagen, das Schleckermäulchen hat einen schnellen Blick in die Schachtel getan, und sich dann entschieden, welche Pralinen es bis zum Schluss aufheben will!«

Pauli nickte: »Ich hätte es vielleicht etwas anders gesagt, aber genau das habe ich gemeint.«

Anna war inzwischen wirklich froh, dass der Hauptkommissar nach den Morden darauf bestanden hatte, ihr Haus überwachen zu lassen. Ohne sich an jemand Bestimmten zu wenden, stellte sie die Frage: »Was kommt als Nächstes? Wenn er immer schlimmere Teufeleien ausheckt, dann wird es jetzt ... ja ..., dann kann es nicht mehr lange dauern, bis es wirklich lebensgefährlich wird. Und zwar nicht nur für mich, denn er weiß, wie er mich am meisten treffen kann.«

Aber sie konnten doch nicht dauernd auf der Hut sein? Wie wollten sie verhindern, dass er irgendwo ganz plötzlich und unerwartet zuschlug? Anna hatte nur eine wilde Hoffnung: Er kannte sie so genau, dass er sicher vermutete – nein: *wusste*, dass sie mit einem Schlag gegen ihre Liebsten rechnete. Vielleicht würde er ja genau deshalb etwas völlig anderes tun?

*

Etwas absolut Unglaubliches war geschehen: Pauli hatte ein paar Beziehungen spielen lassen, und so hatten die Silvans tatsächlich schon am nächsten Tag zwei Geheimnummern für ihre Telefonanschlüsse, ohne der üblichen Geschwindigkeit der Telekom ausgeliefert zu sein. Ein Pluspunkt für den Kommissar. Doch leider hatte er auch recht behalten mit seiner Befürchtung, etwas übersehen zu haben. Denn die Silvans mussten bald feststellen, dass *ER* nicht nur Sex-Magazine, sondern auch das fast ebenso verschwitzte *Purpur-Blatt* bedient hatte, dessen nächste Nummer wiederum einen Tag später, am Donnerstag, erschien.

Als Anna und Spock am Donnerstagmorgen die Schule fast erreicht hatten, sahen sie plötzlich Roland am Straßenrand stehen. Der Junge mit den braunen, recht kurzen aber ungebändigten Haaren war nicht nur Annas Klassenkamerad, sondern vor allem ein Freund, der trotz aller Gefahren zu Anna und Patrick stand und sie nach besten Kräften unterstützte – wie in diesem Moment: Roland gab ihnen schon von weitem ein Zeichen, dass sie bei ihm anhalten sollten.

Als sie von den Fahrrädern stiegen, wedelte er mit einer Illustrierten vor ihren Nasen herum und schimpfte: »Dieser *Mistkerl!* Dieser *Schweinehund!* Als ich an die Schule kam, lagen an allen Eingängen ein paar Stapel dieser Zierde der Presse. Die ich noch kriegen konnte, habe ich verschwinden lassen. Aber etliche Exemplare machen schon die Runde!«

Nichts Gutes ahnend, nahm Anna das Exemplar des *Purpur Blattes* aus Rolands Hand. Die Hauptschlagzeile und das Aufmacherfoto auf dem Titelblatt galten einem *neuen Liebesglück* irgendeiner Prinzessin, die Arm in Arm mit einem Mann an einer Strandpromenade zu sehen war. Doch in einer Spalte am linken Rand gab es noch, mit fetten Überschriften, ein paar Anreißer auf den Inhalt des Heftes. Schon die erste Überschrift in dieser Reihe lautete:

Grauenvolle Morde von Saarfurth vor der Aufklärung?

Darunter war in einem kleinen Kreis Annas Gesicht abgebildet, daneben stand: *Diese unschuldigen Augen gehören einer der begehrtesten Prostituierten Deutschlands – Kennt der »Gierige Engel« die »Bestie von Saarfurth«? (S.5)*

Spock, der sich über Annas Schulter gebeugt hatte, staunte: »Was für ein hirnrissiger Schwachsinn!«

»Na, das kommt sicher noch dicker«, seufzte Anna, auf alles gefasst, während sie Seite 5 aufschlug. Natürlich hatte sie recht.

Zu dem Artikel, der sich mit der Mordserie befasste, gehörten mehrere Fotos. Auf einem sah Anna Hauptkommissar Pauli, wie er vor dem Verwaltungsgebäude der Hubertusklinik stand, während hinter ihm die mit Laken bedeckten Leichen heraus getragen wurden. Auf anderen Fotos waren ein paar der Mordopfer abgebildet – Anna erkannte Karl Palusky. Das größte Foto jedoch zeigte Anna, genauer gesagt: in Nahaufnahme einen Ausriss aus einem der Sexmagazine, die Anna zwei Tage zuvor kennengelernt hatte. Unter diesem Foto stand: *Der »Gierige Engel« inseriert in vielen Sex- und Schund-Heftchen.*

Die Autorenzeile nannte einen gewissen Cliff Baker als Verfasser des Textes, der zunächst in kurzen, reißerischen Sätzen die Morde schilderte, als wäre er höchstpersönlich dabei gewesen. Dann begann der Teil, der sich mit Anna befasste:

... Aus gut unterrichteten Kreisen – die Informanten wollen nicht genannt werden – war zu erfahren, dass Eifersucht das Motiv für die Morden sein soll – Eifersucht wegen einer Prostituierten! Eine junge Frau, fast ein Kind noch, deren unschuldigen Augen niemand etwas Böses zutrauen würde. Doch das ist ihre Masche! In einschlägigen Kreisen ist sie als »Gieriger Engel« bekannt, »weil das Engelsgesicht zu allem bereit ist, falls die Kasse stimmt«, erklärt ein Barmann aus der »Szene«. Dann, hinter vorgehaltener Hand, fügt er hinzu: »Auf Sexpartys soll sie es auch schon mit mehreren Männern und Frauen gleichzeitig ..., na ja, Sie wissen schon.«

In einschlägigen Magazinen inseriert der »Gierige Engel« in ganz Deutschland. Unser großes Foto zeigt eine dieser Schmutzanzeigen, in der die Prostituierte in »Lolita-Aufmachung« posiert. Niemand kennt die genaue Zahl ihrer »Freier« (darunter auch prominente Namen!), aber unsere Informanten sind sicher, dass im Kreis dieser Freier auch die »Bestie von Saarfurth« zu finden ist. Denn Tatsache ist, dass sich die junge Prostituierte am Mordtag in dem Haus aufhielt, in dem zwei Menschen brutal abgeschlachtet wurden. Die wohlbegründete Theorie: Einer ihrer »Liebhaber« ist dem »Gierigen Engel« so verfallen, dass er sie ganz für sich alleine haben will. Ihm ist jedes Mittel recht, um an die Namen der Freier zu kommen (die blutigen Morde in der Krankenhausverwaltung!). Dann beseitigt er seine Rivalen und auch mögliche Zeugen der Tat. ...

Der Rest des Artikels brachte noch ein paar nebulöse Andeutungen über den Täter und ein paar weniger nebulöse Seitenhiebe gegen die Polizei, wobei Hauptkommissar Pauli die zweifelhafte Ehre hatte, namentlich genannt zu werden.

Anna stieß einen unverständlichen Zischlaut aus, dann meinte sie aufgebracht: »Dieser widerliche Schreiberling! Das ist sicher der Kerl, den Kommissar Pauli oben am Krankenhaus abgekanzelt hat, der Typ, den der Kommissar *Blue* genannt hat – der hat ja auch dieses traurige Foto vor dem Verwaltungsgebäude der Klinik aufgenommen. Aber seltsam ... er muss wirklich von *IHM* Material bekommen haben, denn ein paar Körner Wahrheit sind in diesem sch... Artikel eingestreut: Der Killer ist tatsächlich jemand, der mich haben will, wenn auch sicher nicht aus Eifersucht.« Ein ganz kleines »Oder doch?« zuckte in Annas Kopf auf, das aber schnell wieder verschwand, als sie fortfuhr: »Und ich war ja tatsächlich in dem *Mordhaus*. Auch dass die armen Angestellten in der Verwaltung sterben mussten, weil *ER* ein paar Namen brauchte, stimmt ja vermutlich. Aber was hat dieser Schmierfink daraus gemacht? Ouuh, ich könnt' grad'... .«

In einer abrupten Bewegung drückte sie Spock die Illustrierte in die Hand, rief: »Wartet hier!«, schwang sich auf ihr Fahrrad, trat blitzschnell an, sauste ein Stück in die Richtung, aus der sie gekommen waren und verschwand dann, sich gefährlich schnell in eine Kurve legend, aus Spocks und Rolands Blickfeld.

»Wo ist sie denn jetzt hin?«, wollte Roland wissen.

Spock wollte erst mit den Schultern zucken, doch dann sagte er: »Nirgends. Sie ist gleich wieder hier.«

Er sollte recht behalten: Keine drei Minuten später tauchte Anna wieder auf, kam im vollen Tempo die Straße entlanggefegt, als wollte sie an ihren Freunden vorbei brausen.

Erst im allerletzten Augenblick griff sie hart in die Bremsen, rutschte mit blockierenden Rädern, schleuderte und kam neben Spock zum Stehen. Ihre Brust hob und senkte sich in schneller Folge, Schweißperlen standen auf ihrer Stirn und sie keuchte: »So, das habe ich gebraucht, ich glaube, sonst wäre ich geplatzt. Worauf wartet ihr beiden? Wollt ihr zu spät kommen? Wenn wir uns beeilen, dann schaffen wir's gerade noch.«

»Augenblick mal!«, rief Roland entsetzt, »ich hab' doch gesagt, dass dieses Schmierblatt schon die Runde macht! Ich meine, das musst Du doch nicht auf dich nehmen, oder? Es sind ja ohnehin nur noch zwei Tage bis zu den großen Ferien, deine Eltern haben bestimmt nichts dagegen, wenn Du heute und morgen zu Hause bleibst.«

Spock fragte seinen Freund: »Du glaubst wirklich, Anna würde das tun?«

Roland entgegnete verdutzt: »Anna sollte es tun ...«, er sah Anna ins Gesicht und fuhr fort: »Aber sie wird es nicht tun.«

Anna nickte und erklärte Roland: »Ich glaube, noch vor ein paar Monaten wäre ich wirklich einfach heimgefahren und hätte mich verkrochen. Und ich habe auch jetzt keine Lust, mir irgendwelche blöden Bemerkungen anzuhören. Ehrlich gesagt habe ich sogar ziemlichen Bammel, die Schule zu betreten. Aber glaub mir«, Annas Stimme wurde heftig, »ich werde *IHM* noch keinen Millimeter Boden preisgeben. Also?«

Gerade, als es zum Unterrichtsbeginn läutete, erreichten sie die Schule. Patrick trennte sich gar nicht gerne von Anna, aber er musste in seine eigene Klasse.

Als Anna, gefolgt von Roland, die Tür zu ihrem Klassenzimmer aufriss, blieben sie überrascht im offenen Türrahmen stehen. Alle ihre Klassenkameraden saßen schon auf ihren Plätzen, doch vor der Klasse stand nicht nur Frau Luxembourger, sondern auch ihr Klassenlehrer sowie die Direktorin der Schule und noch eine dritte Frau – Anna erkannte Kommissarin Schmidt-Rodtdörfer vom Sittendezernat der Polizei, die man wohl auch kaum vergessen konnte: Ihre 178 Zentimeter Körpergröße hatte sie durch Leder-Stiefeletten noch erhöht, ihr kräftiger Körper steckte in einem Leinen-Hosenanzug, und ihr kurzes Haar hatte mit Hilfe von Henna eine sehr kräftige rote Farbe bekommen.

Die ganze Klasse und auch die vier Erwachsenen sahen überrascht zu Anna. Sie schienen sie nicht mehr erwartet zu haben. Anna wartete nicht, bis sie angesprochen wurde, sondern ging gleich trotzig in die Offensive und sprach die Erwachsenen an: »Ich habe fast den Eindruck, dass Sie nicht mit mir gerechnet haben? Ich möchte eines wissen: Ist es nötig, dass ich irgendeine Erklärung oder Rechtfertigung zu dieser journalistischen Höchstleistung abgeben muss?«

Trat da tatsächlich so etwas wie Respekt in die Augen der Vierergruppe, die hier vor der Klasse stand? Auf jeden Fall lächelte Frau Luxembourger sie an, und das war schon mal ein gutes Zeichen. Als Annas Blick auf Heike fiel, die in der zweiten Reihe saß, bekam sie einen schnell gehobenen Daumen und dazu noch ein Augenblinzeln zu sehen.

Heike, etwas kleiner als Anna, aber durch ihr jahrelanges Schwimm-Training und ihre Mitgliedschaft in der Jazz-Dance-AG muskulöser und mit breiteren Schultern, hatte sich in den vergangenen Wochen als Annas beste Freundin erwiesen, die inzwischen auch in die ganze Geschichte eingeweiht war. Erst kürzlich hatte sie sich einen Kurzhaarschnitt zugelegt und trug ihr glattes, braunes Haar ähnlich einer Pagenfrisur, allerdings waren die Haare zum Hinterkopf hin leicht abgeschrägt. Ihr offenes, meist ungeschminktes Gesicht mit den großen braunen Augen und die Andeutung von Pausbäckchen täuschte darüber hinweg, dass sie sich im Zweifelsfall zu wehren wusste und sich jedenfalls nicht durch davon abhalten ließ, zu ihrer Freundin zu stehen – nicht alle von aus Annas Freunden waren so mutig gewesen.

Heikes Zuspruch tat Anna gut, und dann lächelte auch Hilde Abendstern, die Direktorin der Schule, und sagte: »Du hast diese billige Illustrierte also schon gesehen? Ich nehme an, dein Freund Roland hat dich vorgewarnt, was? Setzt euch ruhig auf eure Plätze – und: Nein, Du musst dich bestimmt nicht rechtfertigen für diesen ... – Kinder, nehmt euch da jetzt bitte kein Beispiel dran! – ... du musst dich nicht rechtfertigen für diesen großen, dampfenden Haufen Scheiße in diesem widerlichen Schmierblatt.«

Roland flutschte ein leises »Wow!« über die Lippen.

Als er und Anna sich gesetzt hatten, fuhr die Direktorin fort: »Ich denke, ihr wisst, um was es geht, – diese obskure Illustrierte ist natürlich schon rumgegangen. Und das ganze Getuschel auf den Gängen ist mir auch nicht verborgen geblieben. Ich will nicht viele Worte um diesen Unsinn machen, das ist er nicht wert. Nur soviel: Frau Schmidt-Rodtdörfer hier zu meiner Linken ist Kommissarin beim Sittendezernat. Als sie heute Morgen von diesem Artikel erfuhr, konnte sie sich ausrechnen, dass die Illustrierte auch an unserer Schule auftauchen würde, und zwar deshalb, weil eure Mitschülerin Anna, wie vielleicht manche schon wissen, seit einiger Zeit von einem Verrückten belästigt wird.

Es besteht inzwischen kein Zweifel daran, dass dieser Verrückte einen verantwortungslosen Journalisten, der diese Berufsbezeichnung eigentlich nicht verdient, dafür eingespannt hat, diesen Unsinn zu verbreiten. Kommissarin Schmidt-Rodtdörfer hat uns versichert, dass die Behauptungen über Anna absolut erlogen sind. Aber das wäre gar nicht nötig gewesen, denn auch ohne Hilfe können wir hier an unserer Schule diese Lügengeschichte aus zwei Gründen entlarven: Erstens ist zu erkennen, dass das Foto in einer Umkleidekabine unserer Schule aufgenommen wurde. Und da bei uns natürlich keine Aufnahmen für Sex-Magazine gemacht werden, muss das Foto heimlich gemacht worden sein – und ich entschuldige mich hiermit in aller Form bei Anna, dass so etwas an meiner Schule passieren konnte.« Die Stimme der Direktorin wurde eine Nuance weicher, als sie fortfuhr: »Der zweite Grund ist ganz einfach: Wir *kennen* Anna, also wissen wir auch ohne irgendwelche anderen Indizien, dass dieses Geschreibsel eine Lüge ist.«

Mit ihrer bekannten Sachlichkeit erklärte Hilde Abendstern dann: »Für unsere Schule hat dieser Vorfall drei Konsequenzen: Erstens werde ich prüfen lassen, ob für uns eine Möglichkeit besteht, das *Purpur-Blatt* zu verklagen – immerhin wurde dieser eklatante Einbruch in die Intimsphäre einer unserer Schülerinnen durch dieses Foto an unserer Schule verübt. Zweitens wird es im nächsten Schuljahr einen Vortrag über den Umgang mit modernen Medien geben und drittens werde ich dem Kultusministerium den Vorschlag unterbreiten, den Umgang mit den Medien stärker im Lehrplan zu berücksichtigen. So, und bevor wir nun auch in die anderen Klassen gehen, hat Kommissarin Schmidt-Rodtdörfer noch eine Frage.«

Die Kommissarin trat nach vorne: »Guten Morgen zusammen. Euch ist klar, dass wir diesen Verrückten schnappen wollen, der eure Freundin belästigt. Deshalb möchten wir wissen, ob einem von euch, so um den Frühlingsbeginn herum, irgendetwas auf dem Sportgelände, insbesondere bei den Mädchen-Umkleiden, aufgefallen ist. Und außerdem interessieren wir uns sehr dafür, wie die bewussten Zeitungspacken heute Morgen hier an die Schule gelangt sind. Ist einem von euch etwas aufgefallen?«

Der Banknachbar von Roland meldete sich zaghaft.

»Sprich nur, Tobias«, forderte ihn der Klassenlehrer auf.

»Ja, also, ich war heute ziemlich früh hier und hab' den Kastenwagen gesehen, der vor der Schule hielt, und da ist dann ein Typ ausgestiegen, und der hat dann hinten die Zeitungen – also so Stapel –, die hat der rausgenommen und verteilt.«

»Kommst Du bitte mit?«, sagte die Kommissarin, »vielleicht kannst Du einem Kollegen von mir noch ein paar Details beschreiben?«

*

Anna hatte mit wesentlich schlimmerem gerechnet. Ihre Laune stieg, als sie daran dachte, wie sehr sich das Monster ärgern würde, wenn es merkte, dass er die Bosheit der Menschen überschätzt hatte. Anna musste sich aber eingestehen, dass sie selbst überrascht war. Ihr wurde klar, dass sie in den vergangenen Wochen ein gutes Stück misstrauischer geworden war – auch ein Verdienst von *IHM*. Aber er selbst hatte nun ihr Menschenbild wieder etwas zurechtgerückt, und genau betrachtet, hatte er sich dadurch auch wieder eine kleine Schlappe beigebracht: Statt des Ärgers, den er Anna bereiten wollte, erlebte sie in ihrer Umgebung Mitgefühl und Solidarität. Und falls irgendwelche fremden Leute das Geschreibsel im *Purpur-Blatt* glauben sollten, – was kümmerte es sie?

Schon in der Fünf-Minuten-Pause zwischen den beiden ersten Stunden bekam Anna neben neugierigen Fragen auch etliche aufmunternde Worte zu hören. Drei, vier Jungs aus anderen Klassen machten ihr Komplimente über ihr Aussehen, die zwar frech, aber nicht anzüglich waren. Und ein paar fröhliche und wohl nicht ganz unernst gemeinte »He, Du siehst klasse aus«, die ihr zugeworfen wurden, ließen ihr Ego auch nicht gerade zusammenbrechen.

*

An diesem Nachmittag ärgerte sich der Mann sehr. So was! Noch vorgestern Abend hatte er sich so über seinen netten kleinen Streich gefreut, der doch zunächst ganz in seinem Sinne verlaufen war. Doch plötzlich hatte ihn eine innere Unruhe gepackt. Eine Unruhe, weil er spürte, dass es *ihr* keineswegs so schlecht ging, wie es der Fall sein sollte. Und dann musste er erfahren, dass sie ihn bereits viel weiter durchschaute, als er es gewollt hatte. Und statt dass dieses kleine Frettchen ihre Freunde verlor und in der Schule Ärger bekam, hatten die Ärsche an ihrer Schule doch tatsächlich Mitgefühl gezeigt und ihr Kraft gegeben.

Er hatte sich ja durchaus gefreut, dass es mit ihr nicht zu leicht werden würde, aber allmählich wurde ihm dieses Biest etwas zu gerissen. – Er würde ihr wehtun.

*

Hauptkommissar Pauli traf sich am Mittag mit Kommissarin Schmidt-Rodtdörfer in der Kantine. Schon als sich die beiden ihr Tablett vollgeladen hatten, war der Kommissarin Paulis schlechte Laune aufgefallen: Er hatte auf die Suppe als Vorspeise verzichtet, sich dafür aber drei Portionen Schokoladenpudding aus dem Kühlregal geangelt. – Wenn der Hauptkommissar anfing, seine Seele mit Pudding zu massieren, war das immer ein schlechtes Zeichen.

Der ausgelatschte Linoleumboden in der Kantine, die achteckigen Tische und die orangen Plastikstühle mit den angeschmutzten Sitzpolstern waren auch nicht gerade dazu angetan, Paulis Laune zu steigern.

Schmidt-Rodtdörfer und der Hauptkommissar hatten sich in die äußerste Ecke der Kantine zurückgezogen, direkt neben den halb verdursteten Gummibaum. Als der Kommissar nun lustlos in seinem Frikassee herumstocherte, seufzte die Kommissarin: »Ich brauch' wohl nicht erst zu fragen, ob wenigstens Du Fortschritte gemacht hast, was?«

Pauli zuckte mit den Schultern, legte die Gabel beiseite und erklärte: »Ich war so sicher, dass wir endlich etwas finden würden, nachdem sich der Mistbock doch ganz offensichtlich etliche Male exponiert haben musste. Aber Pustekuchen! Wir sind uns noch nicht einmal darüber im Klaren, wie die Aufnahmen überhaupt entstanden sind! Durch die kleinen Oberlichter bestimmt nicht. Und was das Ganze fast schon unheimlich macht: Aus den Bildern lässt sich schließen, von welcher Stelle die Fotos geschossen wurden. Der Haken ist nur: Dort konnte sich unmöglich ein Fotograf verstecken, da gibt es absolut keine Versteckmöglichkeit. Eventuell hätte man einen Fotoapparat verbergen und mit einem Fernauslöser bedienen können, aber woher zum Teufel sollte unser Voyeur wissen, wann er den Auslöser zu betätigen hatte? Tja, und da es sich bei den Bildern, die Anna bekommen hat, genaugenommen nicht um Fotos, sondern nur um Farbkopien von Fotos handelt, überprüfen wir auch alle Anbieter von Farbkopierern und sämtliche Firmen und Geschäfte, die einen Farbkopierer haben – aber Du glaubst ja gar nicht, wie viele von den Dingern inzwischen in Umlauf sind.«

Pauli seufzte und fuhr fort: »Am meisten habe ich ja auf diese fingierten Anzeigen gehofft. Aber die sind bei den beiden Verlagen, von denen diese Sexheftchen stammen, per Post eingegangen, das Geld war gleich bar beigefügt. Das scheint nichts Besonderes in dieser seltsamen Branche zu sein. Ich habe selbst mit Schmutzfink in Hamburg telefoniert, und der hat mir erzählt, dass viele ...«

»'tschuldigung, mit *wem*?«, unterbrach die Kommissarin, um sich dann die Frage selbst zu beantworten: »Ach so, Du meinst diesen Schmurring mit seinem Oho-Verlag, den Großmeister der Porno-Blättchen?«

»Ja, genau, und Schmutzfink hat gesagt, da die Damen des horizontalen Gewerbes oft ihren Standort und damit auch die Bankverbindungen wechseln, würde es schon mal vorkommen, dass sie ihre Anzeigen bar und per Post bezahlen. Natürlich werden die Kollegen in Hamburg den Laden wieder einmal gründlich unter die Lupe nehmen, aber ich glaube kaum, dass uns das viel nützen wird. Nichteinmal die Briefe, mit denen die Anzeigen bestellt wurden, helfen uns weiter, an denen war nichts Handschriftliches zu finden.«

»Aber solche Anzeigen dürfen doch nur abgedruckt werden, wenn der Auftrag dafür auch unterschrieben ist?«, warf die Kommissarin ein.

»Oh, es gab Unterschriften. Natürlich mit einem Fantasienamen – Vera Ricksch, oder so ähnlich –, aber immerhin hatten wir nun wenigstens ein paar Buchstaben für den Graphologen. Nur stellte sich leider heraus, dass alle Briefe mit Hilfe eines Computer-Grafikprogramms unterzeichnet wurden. – Soviel also zur Handschrift.«

Während Pauli den Teller samt kaltem Frikassee beiseite schob und anfing, den ersten Schokopudding in sich hinein zu schaufeln, sagte die Kommissarin: »Ein schwacher Trost, dass man dem Schmutzfink nun vermutlich ans Bein pinkeln kann, – juristisch gesehen, natürlich. Vielleicht muss der Oho-Verlag jetzt ordentlich bluten, nachdem er ein unautorisiertes Foto veröffentlicht hat, noch dazu von einer Minderjährigen. Aber mit dem eigentlichen Problem bin ich auch nicht weiter gekommen. Ein Klassenkamerad Annas hatte heute morgen zwar beobachtet, wie ein kleiner Kastenwagen die Zeitungen an die Schule gebracht hat, aber die Spur hat sich wieder einmal als Sackgasse entpuppt«, die Kommissarin zuckte resigniert mit den Schultern, während sie fortfuhr: »Der Wagen gehört zu einer Firma, die Kleintransporte und diverse Auslieferungen übernimmt, und auch hier gab es nur einen schriftlichen Auftrag mit beiliegender Barzahlung.«

Pauli kratzte den letzten Rest Pudding aus dem dritten Schüsselchen und leckte den Löffel ab, dann sah er auf seine Uhr und meinte: »Also ich brauche jetzt eine kleine Aufmunterung. Wie ist es, kommst Du mit zu meiner Verabredung? Vielleicht macht's dir ja auch Spaß?«

»Mit wem bist Du denn verabredet?«

»Walter sollte mir um 12 Uhr Karl-Heinz Bäcker ins Büro bringen.«

»Ganz abgesehen davon, dass schon ein Uhr vorbei ist, – wer ist Karl-Heinz Bäcker?«

Als Pauli aufstand und sich, gefolgt von der Kommissarin, auf den Weg zu seinem Büro machte, meinte er gedehnt: »Sooo? Tatsächlich schon eins durch? Da hat der Ärmste wohl ein kleines bisschen warten müssen. Du kennst Karl-Heinz Bäcker nicht? Vielleicht ist er dir ja unter seinem *Künstlernamen* bekannt: Cliff Baker. Na, fällt der Groschen?«

»Ach, das ist doch der Schreiberling, der diese gequirlte Hühnerscheiße für das *Purpur-Blatt* zusammengeschustert hat? Na da riskiere ich doch mal einen Blick, wenn Du den in die Mangel nimmst.«

»Du hast ihn bestimmt schon mal gesehen, nur kennen die Wenigsten seinen richtigen Namen oder bringen ihn mit einem seiner Schreiberling-Pseudonyme in Verbindung. Ich glaube, der Kerl ist schon mit seinem Spitznamen auf die Welt gekommen.«

»*Spitzname?* Und dieser – hm – Schreib*stil*? Dann weiß ich, wen Du meinst.«

*

Nun schmorte Blue schon über eine Stunde im Büro des Hauptkommissars. Die Tür zum Nebenbüro stand offen, und dort saß Paulis Assistent Hartmann Walter – Hartmann war tatsächlich der Vorname –, las Berichte und warf dem Reporter zwischendurch immer mal wieder einen gelangweilten Blick zu.

In der ersten halben Stunde hatte sich Blue mächtig aufgeregt. Der große und kräftige Mann mit dem zerzausten braunen Haar und dem kantigen Gesicht hatte sich sogar wiederholt bei Walter beschwert und mit allem Möglichen und Unmöglichen gedroht. Doch der etwa 35-jährige Polizeibeamte mit dem breiten Gesicht und der blassen Haut, die von einer ganzen Armada aus Sommersprossen übersät war, hatte ihn einfach nicht beachtet. Nur ein einziges Mal schien für einen kurzen Augenblick sein Interesse an Blue erwacht zu sein: Vor einer knappen viertel Stunde hatte das Telefon geläutet. Walter hatte sich gemeldet, kurz zugehört und dann nur gemeint: »Es klappt? Da kenne ich aber jemanden, der sich gewaltig freuen wird. ... Ja, vielen Dank auch, auf Wiederhören.« Dann hatte er aufgelegt, zu Blue herüber gesehen und ihn so freundlich angelächelt, dass es dem Reporter eiskalt den Rücken herunter gelaufen war. Danach war wieder Sendepause.

Inzwischen hatte Blue ein ordentliches Stück von seinem dreisten Auftreten verloren. Das kantige Gesicht unter den zerzausten braunen Haaren des großen und kräftigen Mannes trug jedenfalls nicht mehr die gewohnte arrogante Selbstsicherheit zur Schau. So langsam fragte er sich nämlich, ob er diesmal nicht vielleicht doch etwas zu dick aufgetragen hatte? Dann würde er ganz schön Ärger mit der Chefredaktion des *Purpur-Blattes* bekommen, denn die wollte seinen Artikel eigentlich etwas entschärfen und das Foto von diesem Mädchen nur mit schwarzen Balken über Augen und Brüsten bringen. Aber er hatte die beiden Chefs solange beschwatzt, bis sie ihn schließlich gewähren ließen und sogar noch das kleine Foto auf die Titelseite brachten. Nicht nur wegen des warmen Tages begann Blue zu schwitzen.

Die Bürotür ging auf, Hauptkommissar Pauli kam herein, gefolgt von einer Frau, die Blue auch irgendwann mal kennengelernt hatte. Das war doch irgend so eine Tante von der Sitte? Und ein großer Mann mit sonderbarem Mittelscheitel kam schließlich auch noch durch die Türe spaziert. Pauli hatte unterwegs Bill Brown aufgelesen.

Bevor Pauli irgendetwas zu Blue sagte, sah er zu Walter herüber. Der zog seine Augenbrauen hoch und nickte einmal bedächtig, was Pauli ein Lächeln entlockte. Dann erst wandte er sich Blue zu, wobei er die Begrüßung großzügig überging: »Erstens: Woher hatten Sie das Foto? Zweitens: Woher hatten Sie Ihre Informationen? Ich will die Namen der Informanten. Drittens: Ich will auch den Namen dieses obskuren Barmannes, der sich, laut Ihrem *Bericht*, angeblich über Ihr Hirngespinst, den *Gierigen Engel* – was für ’n Scheiß! – ausgelassen hat. Und bitte kein Detail vergessen! Also?«

»He, Moment mal! So geht das aber nicht«, stotterte Blue, »Sie wissen ganz genau, dass ich meine Informanten nicht preiszugeben brauche!«

Freundlich fragte Pauli: »Ach, Sie wollen nicht?«

»Nein!«

»Wirklich? Na, wenn dem so ist ...«, Pauli wandte sich nun an Walter: »Ruf doch bitte zwei Streifenbeamte, die unseren Freund hier zum Knast hochfahren. Er geht in Beugehaft, bis er den Mund aufmacht.«

Der Mund stand Blue schon offen, allerdings kam zunächst einmal kein Ton heraus. Schließlich rief er, mehr entgeistert als wütend: »Sie überschreiten Ihre Kompetenzen!«

»*Ich* überschreite *meine* Kompetenzen? Na Sie sind mir ein Herzchen! Was Sie dem Mädchen mit ihrer Schmiererei und der Veröffentlichung des Fotos angetan haben, das überschreitet nicht nur die Grenzen des guten Geschmacks. Sagen Ihnen die Begriffe *Moral* und *Ehre* vielleicht irgendetwas? Nein? Hätt’ ich mir eigentlich denken können.«

»Kommen Sie mir bloß nicht mit Moral!«, brauste Blue auf, »die können Sie sich ..., nein, das sag' ich nicht, sonst haben Sie nachher tatsächlich noch eine juristische Handhabe gegen mich.«

»Oh, keine Angst, die haben wir bereits«, meinte der Kommissar gutmütig.

»Ach was«, giftete Blue, »möchte wissen, welche? Sagt Ihnen vielleicht Paragraph 383, Ziffer 5 der Zivilprozessordnung etwas? Oder Paragraph 53 der Strafprozessordnung? Die befassen sich nämlich mit dem Zeugnisverweigerungsrecht, falls Sie davon schon mal was gehört haben. Und dieses Zeugnisverweigerungsrecht erlaubt es mir als Journalist, meine Informanten geheim zu halten. Und Sie können überhaupt nichts dagegen tun!«

»Ach, wie er sich auskennt!«, spottete Pauli, »aber leider gibt es da diese Ausnahme: Sie dürfen nur Informanten schützen, die an *Sie* herangetreten sind. Wenn Sie aber selbst etwas recherchiert haben, dann müssen Sie Ihre Informationsquellen preisgeben.«

Jetzt grinste Blue frech und meinte im Plauderton: »Tja, aber wie kommen Sie denn darauf, dass mein Informant nicht von sich aus an mich herangetreten ist?«

»Aber mein lieber Blue, ich rede doch gar nicht von ihrem Hauptinformanten. Ich spreche von dem Barmann! Der bricht Ihnen das Genick.«

»*Der Barmann?*«, fragte Blue entgeistert.

»Richtig, der Barmann! Als es um den angeblichen Namen der angeblichen Prostituierten ging, haben Sie geschrieben, den hätte Ihnen *ein Barmann aus der Szene* genannt. Nun, die Staatsanwaltschaft stimmt mit uns darin überein: Diese Formulierung deutet darauf hin, dass Sie sich selbst in der *Szene* herumgetrieben und Erkundigungen eingezogen haben. Das heißt: Sie müssen uns den Namen des *Barmannes* sagen. Nur weiß ich natürlich, was dabei herauskommen wird: Da es keinen *Gierigen Engel* gibt, kann es auch diesen Barmann nicht geben. Und da sie keinen überprüfbaren Namen aus dem Hut zaubern können, werden Sie das auch zugeben müsse. Und das ist dann wiederum der Beweis, dass Sie der Sorgfaltspflicht – es gibt nämlich auch gesetzliche Pflichten für Sie! – keineswegs genüge getan haben. Tja, und dann müssen Sie ihre ganze Geschichte auspacken, von Anfang bis Ende!«

Blue wurde blass um die Nase. Warum hatte er sich bloß nicht mit den Informationen begnügen können, die er bekommen hatte? Aber nein, er war auch noch stolz auf seinen Erfindungsreichtum gewesen, als ihm die Sache mit dem Barmann eingefallen war, weil er so noch etwas mehr Sex in seine Geschichte bringen konnte!

Doch Blue kämpfte noch ein bisschen: »Aber lieber Herr Hauptkommissar, Sie sind juristisch gesehen nicht mehr ganz auf dem Laufenden: Was die Sache mit dem selbst recherchierten Material betrifft, da hat der Bundesgerichtshof schon vor ein paar Jahren zum Schutz der Informanten eine Ausnahmeregelung erlassen, und an dieser Regelung kommt die Staatsanwaltschaft nicht vorbei!«

»Sagen Sie lieber, sie kommt *fast* nicht daran vorbei. Und ich muss zugeben: Bei uns hat es schon sehr lange keine Fall von Beugehaft für einen Journalisten gegeben. Aber nun ist es wohl wieder mal soweit! Um bei unserem Spielchen zu bleiben: Sagen Ihnen die Begriffe *Güterabwägung* und *Gefahr im Verzug* etwas? Falls es Ihnen entgangen sein sollte: Hier geht es um die Aufklärung einer brutalen Mordserie, um den Schutz der Bevölkerung vor einem gemeingefährlichen Irren und nicht zuletzt um den Schutz eines Mädchens und ihrer Familie. Tja, da haben Staatsanwaltschaft und Gericht mit Antrag und Genehmigung für die Beugehaft wirklich nicht lange auf sich warten lassen.«

Walter war inzwischen herübergekommen und räkelte sich genüsslich in einem Besuchersessel, während er sich jetzt auch zu Wort meldete: »Und wenn ich hinzufügen dürfte: Staatsanwalt Weilheit hat mich vorhin selbst angerufen und mir versichert, dass die Sache bombendicht ist: Kein noch so guter Anwalt wird Ihnen helfen können. – Ach, da sind ja Ihre Chauffeure!«

Walters letzte Bemerkung galt den beiden uniformierten Beamten, die eben nach kurzem Klopfen eingetreten waren.

Hauptkommissar Pauli sah Blue scharf an. Es schien tatsächlich so, als zitterte der Kerl ein wenig.

Blue wollte nicht ins Gefängnis.

Er blickte unter sich und sagte mit leicht krächzender Stimme: »Schicken Sie sie weg.«

»Ich wüsste nicht wieso«, meinte Pauli gelangweilt.

»Mein Gott, ich rede ja«, versicherte Blue und jammerte dann: »Warum muss das ausgerechnet mir passieren? Scheiße, das ist nicht fair!«

Kommissarin Schmidt-Rodtdörfer, die Arme überkreuzt, hatte sich die ganze Zeit schweigend gegen die Kante von Paulis Schreibtisch gelehnt, doch nun fuhr sie Blue wütend über den Mund: »Das ist ja wirklich zum Kotzen! Jetzt bemitleidet sich der Kerl auch noch! Hör zu, Blue: Das ist dir nicht *passiert*, sondern das hast Du dir selbst eingebrockt. Und wenn ich so was wie dich von Fairness reden höre, dann wird mir wirklich schlecht.« Zu den beiden Uniformierten gewandt fuhr sie fort: »Entschuldigung, es sieht so aus, als bräuchten wir Sie im Augenblick doch nicht.«

Als die beiden gegangen waren meinte Pauli zu Blue: »Ich habe die Kollegen aber schnell wieder zurück gerufen, wenn es sein muss. Also los!«

Und währen Leutnant Bill Brown der Kommissarin zuflüsterte: »Interessante Methoden habt ihr hier, durchaus«, schaltete Pauli das Bandgerät auf seinem Schreibtisch ein.

Ungewohnt kleinlaut begann Blue: »Eigentlich gibt es nicht viel zu erzählen. Den Barmann gibt es nicht. Genaugenommen hatte ich nur einen Informanten gehabt. Von dem habe ich einen Brief bekommen. Darin ...

»Wer ist ihr Informant?«, unterbrach Pauli und war dabei keineswegs so gelassen, wie seine Stimme klang.

Blue murmelte etwas.

Pauli hakte nach: »Was haben Sie gesagt? Ich habe Sie nicht verstanden.«

Trotz lag in Blues Stimme, als er erwiderte: »Es war ein anonymer Brief.«

»Was? – Ich glaube ich verstehe Sie immer noch nicht richtig. Sie sagen, Sie haben diese Hetzkampagne gestartet, nur wegen eines *anonymen* Briefes?«

»Ja, na und? In dem Umschlag waren ein paar Pornos, und da waren nun mal die Anzeigen von diesem Mädchen drin. Woher in Dreiteufelsnamen sollte ich denn wissen, dass die getürkt waren? Und weil ich die Anzeigen für echt hielt, da dacht' ich halt, der Rest müsse auch irgendwie stimmen.«

Der Kommissar schüttelte ungläubig den Kopf, sah entgeistert zu seiner Kollegin von der Sitte, dann wieder zu Blue und meinte: »Es ist nicht zu fassen! Bringen Sie's zu Ende, los, ihre Visage wird mir hier langsam zu viel.«

Blue meckerte: »Ich muss schließlich auch meine Brötchen verdienen. Und als dann dieser große Umschlag in meinem Briefkasten lag, da ergab das 'ne scharfe Story. Außer den Sexheften war noch ein Brief in dem Umschlag. Der Schreiber erklärte erst mal, welches Mädel in den Heftchen gemeint sei und behauptete dann, er wüsste, dass die Kleine mit den Morden in Verbindung steht. Ein verrückter Freier sei so scharf auf das Mädel, dass er seine Konkurrenten auf die endgültige Weise aus dem Weg räumen würde. Und da er, der anonyme Briefschreiber, einer dieser Konkurrenten wäre, hätte er mir diesen Brief geschrieben, um so, via Presse, der Polizei etwas auf die Sprünge zu helfen. Das hörte sich für mich ganz plausibel an, und da der Redaktionsschluss vom *Purpur-Blatt* schon bedenklich nahe gerückt war, hatte ich kaum noch Zeit für weitere Recherchen. Also hab' ich mir den Rest zusammengereimt.«

Kommissarin Schmidt-Rodtdörfer meinte trocken: »Gereimt? Zusammengedichtet trifft's wohl eher.«

Pauli wandte sich nun ebenfalls grimmig an Blue: »Ich will diesen Brief so schnell wie möglich auf meinem Schreibtisch haben. Und bevor Sie jetzt verschwinden, lassen Sie sich noch eines gesagt sein: Es wird mir eine Freude sein, eine kleine Pressekonferenz zu veranstalten, um ihre seriösen und ernsthaft arbeitenden Kollegen von ihren Machenschaften zu unterrichten. Dann werden Sie selbst mal in den Schlagzeilen landen. Vielleicht sollten Sie sich schon mal nach einer neuen Arbeit umsehen?«

Zunächst schien Blue nach einer Entgegnung zu suchen, doch dann schlich er sich eilig mit eingezogenem Kopf davon.

Brown kratzte sich am Mittelscheitel und meinte in die Runde hinein: »Er ist wirklich ein großes Loch im Gesäß, nein?«

*

Pauli lud seine Kollegin zusammen mit dem Amerikaner noch zu einer Tasse Kaffee ein, und er füllte selbst die große alte Kaffeemaschine, die schon in seinen Diensten stand, als er noch kein »Haupt« vor dem »Kommissar« hatte. Als sie ein paar Augenblicke später zusammen mit Walter ihre Ansichten über bestimmte Exemplare von Pressevertretern austauschten, gesellte sich, in der Linken eine Tragetasche schlenkernd, Kommissar Pascal N'Tobo zu ihnen.

Der große schlanke Mann mit der auffällig geraden Körperhaltung, dessen Vorfahren lange vor seiner Geburt aus Mali eingewandert waren, gehörte ebenfalls der Sonderkommission an, die in der Mordserie ermittelte.

Die Leinentasche, die einen rechteckigen Gegenstand zu enthalten schien, legte er auf den Schreibtisch des Kommissars, dann schnüffelte er mit seiner aristokratischen Nase in der Luft und fragte mit Blick zur brodelnden Kaffeemaschine, seine Stimme noch etwas tiefer schraubend, als sie ohnehin schon war: »Oh, sein da vielleicht noch ein winzig Trröpfchen übrrig für arrmes schwarzes Mann?«

Da bekannt war, dass N'Tobo über einen längeren Zeitraum hinweg einen ziemlich guten Riecher für eine Reihe von Aktien gezeigt hatte, konnte von »arm« sicher keine Rede sein, »schwarz« stimmte dagegen eindeutig. Walter feixte: »Deine feine Nase möchte ich haben. Jedes Mal, wenn wir hier Kaffee aufsetzen, stehst Du plötzlich in der Tür! Na, bedien dich schon, altes Schwarzbrot.«

»Dank dir, großes Weißbrot, aber was wunderst Du dich? Eigentlich solltest Du ja wissen, dass meine Rasse nicht nur besser aussieht als ihr Weißgesichter, sondern dass wir auch die ausgeprägteren Organe haben, – ich meine natürlich Sinnesorgane, die sind durch das Leben in der Savanne geschärft.«

»Ach, Du warst schon mal in der afrikanischen Savanne?«

N'Tobo sah Walter erstaunt an und antwortete: »Um Himmels willen, nein! Da soll es heiß, staubig und gefährlich sein, – was also sollte ich dort?«

Pauli schob N'Tobo ein Milchdöschen über seinen Schreibtisch zu und meinte gespannt: »Also los, Pascal, nun sag schon, was es mit deinem Mitbringsel hier auf sich hat. Wenn Du mit deiner Schwarzer-Mann-Masche kommst, hast Du doch was auf der Pfanne?«

»Ah, der große Häuptling hat mich durchschaut!« N'Tobo griente und ergänzte dann: »Aber Du hast recht, ich habe sogar zwei Sachen entdeckt: Zum einen hat uns unser ganz spezieller Freund eine Art Nachricht zukommen lassen, zum anderen tut sich da doch eine kleine Spur auf.«

Pascal N'Tobo konnte sich nun der vollen Aufmerksamkeit seiner drei Kollegen und des amerikanischen Gastpolizisten sicher sein. Er schlürfte einen Schluck von dem Kaffee, den er sich inzwischen eingegossen hatte, und fragte: »Wisst ihr noch, mit welchem Fantasienamen unser Mann die Aufträge für die Annoncen in diesen Magazinen unterzeichnet hatte?«

Der Kommissar musste nicht lange überlegen: »Die Briefe waren mit *Vera Ricksch* unterzeichnet.«

»Ha!« N'Tobo schnippste mit den Fingern und deutete dann auf Pauli: »Du hast den Vornamen *Wera* ausgesprochen, als sei er mit einem *V* geschrieben worden, aber ...«

»Stimmt«, unterbrach der Kommissar, »das kam mir auch etwas seltsam vor: Da stand *Fera* mit einem *F*, der Name ist mir so eigentlich noch nie untergekommen. Und ... ?«

» ... genau deshalb habe ich ein wenig an dem Namen herumgebosselt ... *Fera Ricksch* ist ein Anagramm. Wenn man die Buchstaben anders zusammensetzt, dann kommt da eine gewisse Bedeutung raus ...«

»Na nun red' schon«, platzte Walter in die theatralische Pause seines Freundes.

Der fuhr mit Blick auf Kommissarin Schmidt-Rodtdörfer fort: »Zwar ist Larissa nicht gerade für eine zurückhaltende Wortwahl bekannt, dennoch möchte ich es in Gegenwart einer Dame mal so ausdrücken: Setzt man die Buchstaben richtig zusammen, erhält man einen recht vulgären Ausdruck für einen Mann, der beim Geschlechtsverkehr eine gewisse anale Fixierung erkennen lässt.«

»Du meinst ...?« fragte Walter.

»Richtig ...«, antwortete N'Tobo,

»*Arschf...*«, ergänzte die Kommissarin, was ihr ein pikiertes schwarz-weißes Kopfschütteln und einen verständnislosen amerikanischen Blick einbrachte.

Dann fuhr N'Tobo fort: »Tja, und da sich unser Mann darüber klar sein musste, dass diese schriftlichen Aufträge früher oder später auf einem Schreibtisch der Sonderkommission landen würden, kann er mit diesem netten kleinen Ausdruck eigentlich nur eine Beleidigung für uns Polizisten gemeint haben. Im ersten Moment war ich wirklich sauer, aber dann habe ich meinen Gehirnschmalz erst recht gründlich in Bewegung gesetzt. Und mir ist tatsächlich etwas aufgefallen, wodurch sich unser Freund vielleicht selbst in den ..., Du brauchst es *nicht* zu sagen, Larissa!«

Die Kommissarin verdrehte die Augen und stöhnte: »Himmel, musst Du's denn immer so spannend machen? Wenn Du eine Spur hast, dann heraus damit!«

Doch zunächst fragte N'Tobo: »Wer von euch hat denn einen Videorecorder?«

Seine Kollegen sahen sich verständnislos an, schüttelten dann aber alle drei die Köpfe, während der Polizeileutnant murmelte: »Nun, in Los Angeles habe ich ein Videogerät, aber seit ich in Deutschland bin ...«

»Ach Du liebes Lottchen! Da bin ich ja wohl auf das letzte Häufchen Aufrechter gestoßen«, feixte N'Tobo, doch dann erklärte er ernst: »Vielleicht wäre es einem von euch schon eher aufgefallen, wenn ihr so einen Apparat hättet. Was uns bisher Rätsel aufgegeben hat, war die Frage, wie die Fotos in der Mädchen-Umkleide überhaupt gemacht wurden. Dabei waren wir immer davon ausgegangen, dass es sich bei den Originalaufnahmen um Fotografien handeln musste, die dann mit einem Farbkopierer vergrößert wurden. Andererseits konnten wir uns aber nicht vorstellen, wie die Aufnahmen zustande gekommen sind. Also habe ich mich

gefragt, warum bleiben wir dann nicht einfach bei dem, was
wir festgestellt haben? Wenn es nicht möglich war zu foto-
grafieren, dann gehen wir doch einfach davon aus, dass tatsächlich *keine* Fotos gemacht wurden. Und dann bleibt eigentlich nur eine Alternative übrig: Ein Videofilm!«

N'Tobo nahm nun aus der Leinentasche, die er mitgebracht hatte, das Gehäuse eines kleinen Wandlautsprechers
heraus, dann erklärte er: »Noch vor zwei Stunden hing dieses Ding in dem bewussten Umkleideraum. In *jedem* Raum
der Schule und der Sportanlagen hängen Lautsprecher, die
für Durchsagen der Schulleitung oder im Notfall auch für
den Feueralarm gedacht sind. Nur in der Mädchen-Umkleide
hingen *zwei*.«

»Und dieser Lautsprecher hier war eine Attrappe?«, fragte Pauli.

»Dieser Lautsprecher war eine Attrappe«, nickte N'Tobo,
»wem sollte schon auffallen, dass da plötzlich ein Kasten
mehr rumhängt? Das Anbringen war wohl kein großes Problem: Die Sportanlage ist nicht allzu gut gesichert, schließlich gibt's da kaum was zu holen.

Als wir die Lautsprecherbox abmontierten, war sie bis
auf ein paar Haltevorrichtungen leer. Aber sie hat wohl mindestens eine hübsche kleine Videokamera enthalten, vielleicht sogar eine ferngesteuerte, vielleicht auch nur ein
einfacheres Modell, das an eine Zeitschaltuhr gekoppelt war.
Wie auch immer: Unser Freund richtete es so ein, dass die
Kamera eingeschaltet war, wenn die Mädchen zum oder
vom Sportunterricht kamen. Selbst wenn die Kamera nur auf
gut Glück lief: Unter all den Einzelbildern, die so entstanden
sind, hat sich unser Mann schließlich die Aufnahmen her-
auspicken können, die er für brauchbar hielt.

Und nun das Beste an der ganzen Geschichte: Da es keine Fotos gab, können die Bilder, die Anna und den Schmud-
del-Verlagen zugeschickt wurden, auch keine Farbkopien

von Fotos sein. Aber es gibt etwas, das praktisch genauso aussieht: Ausdrucke aus einem Videoprinter. Diese Dinger können an einen Videorecorder angeschlossen werden, um Standbilder auszudrucken.«

»Und wo bleibt für uns die Pointe?«, wollte Walter wissen.

»Ganz einfach: Für diese Dinger gibt es keinen besonders großen Markt, die Verkaufszahlen sind überschaubar. Es bedarf zwar sicher einiger Recherchen, aber es müsste möglich sein, eine Liste der Firmen und Privatpersonen zu erstellen, die über einen Videoprinter verfügen. Und vielleicht finden wir auf dieser Liste dann auch irgendeinen interessanten Namen ...«

Hauptkommissar Pauli pfiff leise durch die Zähne.

*

Der letzte Schultag vor den großen Ferien verlief für Anna und ihre Freunde ohne Zwischenfälle. Natürlich war an diesem Tag an irgendeine Art von regulärem Unterricht nicht zu denken. Das einzige offizielle Programm des Tages bestand in der Verteilung der Zeugnisse. Und dann war auch noch ein Fotograf in die Schule gekommen, um ein paar Klassenfotos zu schießen.

Die einzelnen Klassen mussten sich nacheinander auf der breiten Treppe zum Schulhof aufstellen, und bevor der Fotograf auf den Auslöser drückte, rief er: »*Bitte recht freundlich.*«

2. Ein Knie im Schokoladenkuchen

Erschöpft klammerten sich Kathrin und Lars aneinander. Als sie wieder einigermaßen klar denken konnte, murmelte Kathrin: »Wenn ich rauchen würde, wär' jetzt genau der richtige Zeitpunkt für eine Zigarette.«

Es war die Nacht vor Annas letztem Schultag. Kathrin und Lars hatten sich lange und ausgiebig geliebt, die Höhepunkte immer und immer wieder herausgezögert, als sollten ihre Umarmungen nie mehr zu einem Ende kommen.

Während Lars sachte blasend ausatmete, ließ er langsam seine Lippen über Kathrins Hals wandern, dann legte er seinen Kopf in ihre Halsbeuge und meinte entspannt: »Immerhin. Unser Liebesleben hat unter dem ganzen Ärger nicht gelitten.«

Doch als ihm die Gefahr wieder bewusst wurde, die seine Familie belauerte, kamen auch die ernsten Gedanken zurück. Er richtete sich halb auf seinen rechten Ellenbogen auf, sah seiner Frau in die Augen und fragte, während er versonnen mit dem linken Zeigefinger den Schwung ihrer Lippen nachzeichnete: »Sag, Liebs, hast Du schon mal daran gedacht, hier die Zelte abzubrechen, mit den Kindern an einen anderen Ort zu ziehen und nochmal von vorne anzufangen?«

Kathrin schnappte spielerisch nach seinem Finger, gab ihn aber gleich wieder frei und antwortete: »Natürlich, daran gedacht habe ich schon. Aber ich bin deiner Meinung.«

»So?«, Lars beugte sich vor und biss zart in Kathrins linke Brustwarze, »und wasch ischt meine Mmmmmeinung?«

Kathrin lachte: »Hör auf! Das kitzelt. Außerdem spricht man nicht mit vollem Mund.«

Dann schubste sie Lars wieder auf den Rücken, schmiegte sich an seine Brust, zwirbelte versonnen ein paar seiner

Brusthaare und während Lars mit einer Hand streichelnd ihren Nacken massierte, erklärte sie: »Es gibt mehrere Gründe, hier weiter zu machen: Wir haben hier unsere Freunde, unsere Wurzeln und Du stehst in eurer Kanzlei schließlich auch ganz gut da. Warum sollten wir uns das alles von irgend so einem dahergelaufenen Psychopathen wegnehmen lassen? Anna hat recht: Wir dürfen uns das Leben nicht vermiesen lassen. Sie ist eine richtige kleine Kämpferin geworden! Aber ich würde trotzdem sofort umziehen, wenn auch nur eine kleine Chance bestünde, dass wir ihr dadurch helfen könnten. Nur glaube ich keinen Augenblick daran, dass wir durch eine Flucht etwas ändern würden.

Der Verrückte lässt sich durch einen Umzug nicht aufhalten. – Nein, da müssen wir gemeinsam durch. Außerdem würde Anna ohnehin nicht zustimmen. Zum einen aus den genannten Gründen, zum anderen natürlich wegen Spock. Und überleg mal: Wenn wir umziehen und dieses Dreckschwein macht *trotzdem* weiter, stell dir vor, wie schlimm es dann erst für Anna werden würde, in fremder Umgebung, ohne ihre Freunde und ohne den Rückhalt durch Patrick.«

Lars seufzte, zog Kathrins Linke zu sich heran, gab ihrer Handfläche einen feuchten Kuss und meinte: »Ich bin froh, dass wenigstens dieses Thema vom Tisch ist. Aber sollte es noch dicker kommen, dann könnten wir wenigstens Tommy für einige Zeit zu deiner Mutter schicken.« Dann erschauerte Lars, zog Kathrin zu sich hoch, presste sie heftig an sich und flüsterte: »Ich habe solche Angst um unsere Tochter!«

Kathrin erwiderte die Umarmung so stark, dass die Muskulatur ihrer Arme zu schmerzen begann, und Lars spürte ihren beschleunigten Herzschlag, aber dennoch sagte sie ruhig: »Sie ist sehr stark geworden, in letzter Zeit.« Nach kurzem Zögern fügte sie leise hinzu: »Ob unser Baby wohl auch so stark geworden wäre?«

Lars lächelte: »Ja, ich stelle mir gerne vor, sie wäre so geworden wie Anna. Und da Anna für sie das Leben auf sich genommen hat, dann lebt unser Baby doch eigentlich auch in unserer Tochter weiter.«

»Das ist ein schöner Gedanke«, sagte Kathrin mehr zu sich selbst als zu Lars. Ein paar Minuten blieben sie ruhig liegen, dann murmelte Kathrin noch einmal leise: »... ein schöner Gedanke«, und Lars merkte, dass sie kurz vor dem Einschlafen war.

Lars angelte sich eine Decke vom Fußboden und breitete sie über sich und seine Frau. Dann löschte er das Licht. Ein leichter Kuss auf seine Brust zeigte ihm, dass Kathrin noch nicht ganz eingeschlafen war, und nach kurzem Zögern fragte er sie leise: »Glaubst Du, dass sie schon miteinander geschlafen haben?«

Verträumt kam es zurück: »Hm? Nein, haben sie nicht.«

»Woher weißt Du das? Hat Anna es dir gesagt?«

»Was? Nein, aber ich wüsste es, wenn es anders wäre. Wie auch immer – die beiden wissen schon, was sie tun.«

»Na ja, für Väter scheint es irgendwie immer besonders schwierig zu sein, wenn eine Tochter erwachsen wird. Aber Du hast recht: Die beiden werden es schon richtig machen. Ich freue mich schon auf die Überraschung morgen für Anna. Muss ich eigentlich noch was besorgen?«

Aber Lars bekam keine Antwort. Kathrin war schon eingeschlafen.

*

Die Fotoaktion am letzten Schultag hatte Anna mit ziemlich gemischten Gefühlen über sich ergehen lassen. Aber als dann die Schule endgültig für sechs lange Wochen ihre Türen schloss, überwog doch die Freude. Allerdings war sich Anna nicht ganz sicher, ob es die Freude über die Ferien war oder die Freude, die nächsten Wochen darauf verwenden zu können, gemeinsam mit ihren Freunden einen Schlachtplan aufzustellen – und auch auszuführen. Eigentlich hatte sie ja vorgehabt, schon an diesem Mittag mit Spock nach Trier zu fahren. Sie wollten versuchen, Informationen über diesen Doktor Alban zu sammeln. Doch Spock hatte sie, seltsam verlegen, darum gebeten, die Fahrt zu verschieben, weil er noch etwas mit seinem Vater erledigen müsse.

Anna wollte ihm jedenfalls die Zeit mit seinem Vater nicht streitig machen, denn Edgar Mayer, so hatte Spock ihr erzählt, war ein hohes Tier bei einer großen Werbeagentur und vor allem ein Workaholic. – Vielleicht deswegen, so hatte Patrick vermutet, war seine Mutter mit einem Freund durchgebrannt und hatte den Kontakt abgebrochen, als er gerade mal drei Jahre alt gewesen war. Der Junge war dann bei seiner Großmutter und deren zweitem Mann, sowie in einem Internat in Aachen aufgewachsen, das er auch bis vor ein paar Monaten noch besucht hatte. Doch als sein Vater bei *Glaze* Chef für Südwestdeutschland und Ostfrankreich mit Hauptsitz in Saarfurth geworden war, da hatte er mehr Familiensinn zeigen wollen, und er hatte Patrick gebeten, mit ihm nach Saarfurth zu ziehen. Aber nach wie vor war er meistens mit seiner Arbeit beschäftigt, und beide brauchten wohl noch etwas Zeit, um sich aneinander zu gewöhnen.

Zuhause angekommen, vergaß Anna schnell ihre Sorge wegen der Verzögerung bei der Fahrt nach Trier, denn Tommy sorgte für eine kleine Überraschung: Er kam kurz nach ihr freudestrahlend zur Tür herein, aber die Freude galt weder den Ferien noch seinem recht passablen Zeugnis, sondern seinem blauen und fast zugeschwollenem rechten Auge.

»Ach herrje!«, entfuhr es seiner Mutter, während Anna mit kaum verhohlenem Schmunzeln fragte: »Na, Bursche, was hast Du wieder angestellt?«

»Oh, nichts weiter«, erzählte Tom großspurig, »zwei Jungs aus 'ner Parallelklasse wollten mich mit diesem Zeitungsartikel über dich ärgern ...«

»Und?«, fragte Anna und verzog ihr Gesicht.

Tommy grinste nur, was seine Mutter zu dem Seufzer veranlasste: »Offensichtlich hat er gewonnen.«

»*Und wie!*«, tönte Tommy, »man, ich hab ihnen ganz gewaltig in den A ..., also wie Du schon gesagt hast, Mama, ich hab gewonnen! Und auf dem Nachhauseweg wollte sogar ein größerer Junge mit mir Streit anfangen ...«

»Auch das noch!«, rief Kathrin.

»... aber dann kam ein *noch größerer* Junge aus meiner Schule, und der hat dem Kerl gesagt, er soll sich gefälligst verpiss..., also, er soll sich schleunigst aus dem Staub machen, – man, *der* ist gerannt!«

Anna ging in die Küche, wickelte ein paar Eiswürfel in ein Tuch, brachte das Paket ihrem Bruder und meinte sanft: »Hör zu, alter Raufbold, Du sollst dich nicht wegen mir prügeln. Erstens will ich nicht, dass dir etwas passiert, und zweitens hab' ich schon genug damit zu tun, auf mich selbst aufzupassen. Ich will nicht unbedingt auch noch meinen kleinen Bruder hüten.«

Dann beugte sie sich herunter und gab Tommy einen dicken Schmatz auf die Backe, der mit einem lauten »Iiiih« zurücksprang, sich mit dem Eisbeutel über die Backe rieb und rief: »In dieser Familie wird in letzter Zeit viel zu viel geküsst!«

»Und mir«, meinte Kathrin mit einem erneuten Seufzer, »gibt es in dieser Familie eindeutig zu viele Helden.«

*

Nach dem Mittagessen bat Lars seine Tochter: »Kommst Du mit in den Supermarkt? Das Bier ist alle, und Du willst doch sicher nicht, dass sich dein armer alter Vater mit den Kästen einen Bruch hebt?«

»Huh, mir kommen die Tränen«, spottete Anna, »aber gut, ich bin dabei, – auch wenn's ein Fehler ist«, fügte sie hinzu und drückte ihrem Vater den steifen Zeigefinger in den Bauch, »denn etwas mehr körperliche Betätigung würde dir ganz gut tun.«

Lars schüttelte den Kopf: »Die Jugend von heute hat einfach keinen Respekt. Das haben schon die alten Griechen gesagt, und die mussten's schließlich wissen!«

Dann zogen sie los.

*

Gegen halb drei waren sie wieder zu Hause, räumten die Getränke in die Garage und brachten noch drei volle Einkaufstüten in die Küche. Anna wunderte sich: »Es ist so still hier, wo sind denn Mama und Tommy abgeblieben?«

»Oh, vermutlich auf der Terrasse, lass uns mal nachsehen.«

Als sie das Wohnzimmer betraten, packte Lars plötzlich seine Tochter, drehte sie zu sich herum, hob sie, mit ein wenig Mühe, hoch und legte sie sich über die Schulter, so dass sie nicht auf die Terrasse sehen konnte.

»*He!* – Uff ..., was soll denn das jetzt?«, rief Anna überrascht, aber da war Lars auch schon durch die Terrassentür, setzte seine Last wieder ab und drehte sie herum.

»*Happy birthday to You ...*«, schallte es Anna vielstimmig entgegen, in den Tonlagen zwar ungewöhnlich gemischt, dafür aber schön laut. Anna hatte überrascht ihre Hände vor den Mund geschlagen und starrte den Chor an, zu dem sich nun auch ihr Vater gesellt hatte. Da standen sie schön aufgereiht: ihre Mutter, Tommy, Roland, Heike und natürlich Spock. Und hinter ihnen wartete ein großer gedeckter Tisch auf dem Rasen, mit einer Schokoladentorte darauf, Kuchen und ein paar bunt verpackten Päckchen.

Als schließlich der dritte »Hoch«-Ruf verklungen war, meinte Anna verblüfft: »Aber, aber ..., ich habe doch heute nicht ...? Ich meine, das ist doch das *falsche*, das alte Datum? Eigentlich habe ich doch erst in einer Woche ...?«

»*Ha!*«, rief Roland, »Anna einmal sprachlos zu sehen, alleine *das* war's wert!«

Lars klärte seine Tochter auf: »Stimmt schon, dass sich dein Geburtstag etwas nach hinten verschoben hat. Aber weißt Du, deine Mutter und ich waren der Ansicht, dass so ein Geburtstags-Wechsel keine einfache Sache ist. Und da es Dein erstes Jahr mit einem neuen Geburtstag ist, dachten wir, dass wir dir eine kleine Übergangsphase einräumen sollten und deinen siebzehnten Geburtstag zweimal feiern!«

Anna hatte es nun wirklich die Sprache verschlagen und ihr Vater fuhr fort: »Na, nun mach bloß nicht soviel Aufhebens drum, – ist ja heute nur ein kleiner Geburtstagskaffee im engsten Kreis.« Dann trat er auf seine Tochter zu, umarmte sie und flüsterte ihr ins Ohr: »Außerdem ..., Du hast es wirklich verdient.«

Anna musste heftig schlucken, dann zuckte sie mit den Schultern und meinte: »Also wirklich, ich weiß gar nicht was ich sagen soll ...«

»Na prima!«, platzte Roland lachend heraus, »dann können wir ja jetzt vielleicht endlich mit der Torte anfangen?«

Aber statt sich an den Tisch zu setzen, ging Roland zu Anna, gab ihr einen Kuss auf die Wange, ergriff ihre Hand und sagte: »Alles, alles Gute – und ... wir werden's schon schaffen.«

Dann gratulierten die anderen der Reihe nach, wobei Tommy natürlich auf den Kuss verzichtete, was aber von Spock mehr als wettgemacht wurde. Heike, Roland und Tommy begleiteten seinen Kuss mit einem langgezogenen

»Uuuuuh«, aber beinahe hätten sie es nicht bis zum Ende durchgehalten.

»Na, endlich fertig?«, meinte Roland, während er mit den Fingern auf dem Tisch trommelte, »dann können wir *jetzt* vielleicht mal zur Torte übergehen?«

»Nix da«, rief Tommy, »erst muss Anna die Geschenke auspacken.« Und dann schrie der gemischte Chor durcheinander: »*Auspacken, auspacken!*«, »Mach schon!«, »*He, unseres zuerst!*«

Anna hielt sich die Ohren zu und rief lachend: »Ist ja schon gut. Verrückte Bande. Und vielen Dank, nicht nur wegen der Geschenke!«

Von Heike und Roland bekam sie eine kleine Kassette mit Taschenbüchern von Edgar Allen Poe. Tommy schenkte seiner Schwester einen neuen blauen Judo-Gürtel, »weil dein alter doch so ausgefranst ist.« Als Anna sich bei ihm bedankte, sprang er schnell einen Schritt zurück: »Nicht schon wieder küssen!«

Zum Schluss brachten ihre Eltern ein großes, flaches Paket und einen kleinen Umschlag. Lars steckte ihr den Umschlag zu: »Da ihr armen Teenager heutzutage mit soviel Freizeit geplagt seid und wir noch viel geplagteren Eltern eh nicht so genau wissen, was in euren verdrehten Köpfen vorgeht, dachten wir, ein kleiner Zuschlag für dein Sparbuch wäre nicht verkehrt. Du wirst schon selbst wissen, was Du mit deinem Geld anfängst.«

»Das hat vor allem dein *Vater* gedacht«, fiel Kathrin ein, »so von Frau zu Frau muss ich natürlich sagen, dass ich schon weiß, was dir gefällt.« Damit gab sie Anna das Paket, die es neugierig öffnete und ihrer Mutter gleich um den Hals fiel. Natürlich hatte Kathrin gewusst, dass Anna das Kleid gefallen würde, schließlich war sie dabei gewesen, als ihre Tochter vor dem Schaufenster gestanden und schmachtende Blicke durch das Glas geworfen hatte.

Und gleich tönte wieder der Chor: »Anziehen, anziehen!«

Mit glühenden Wangen lief Anna auf ihr Zimmer und zog das zart apricot-farbene Sommerkleid an. Die gerafften kurzen Ärmel endeten in kleinen weißen Rüschen, genauso wie das in lockeren Falten bis knapp über die Knie reichende Unterteil. Als sich Anna gerade im Spiegel bewunderte – das Kleid passte, als wäre sie selbst zur Anprobe gegangen – klopfte es an der Tür.

»Komm rein, Mr. Spock!«, rief Anna.

Mit großen Augen betrat Patrick das Zimmer: »Woher wusstest Du ...«, dann unterbrach er sich selbst, »he, steht dir verdammt gut.« Während ein schiefes Lächeln auf sein Gesicht rutschte meinte er: »Verdammich, wenn Du es nicht wärst, dann würde mir Angst und Bange werden ...«, er nahm Anna in die Arme, »aber dass Du mich so gut kennst, das mag ich.«

Anna schob Patrick auf Armeslänge von sich fort, biss sich erst sachte auf die Unterlippe und blickte ihm dann frech und mit hocherhobenem Kopf in die Augen, während sie ihm in einer eleganten Bewegung die offene Handfläche entgegen streckte.

Patrick sah sie verdutzt an: »Und was bitte soll das jetzt bedeuten?«

Anna zog einen kleinen Schmollmund, behielt die Hand aber ausgestreckt und flötete unter Augenklimpern: »Ach lieber Mr. Spock, ich weiß doch, dass Du mal in einer Theatergruppe mitgemacht hast, aber glaubst Du etwa, Du könntest *mir* was vorspielen?«

»Ich gebe auf«, seufzte Patrick, fischte ein winziges Päckchen aus seiner Hosentasche und lege es in die offene Hand. Dann verschränkte er die Arme und sah gespannt zu, wie sich Anna über die Verpackung hermachte.

Schließlich hielt sie ein kleines schwarzes Schächtelchen in der Hand, öffnete es und warf einen Blick hinein. Mit einem Jauchzen sprang sie Spock geradezu an, hängte sich mit ihrem ganzen Gewicht an ihn und bedeckte sein Gesicht mit Küssen, bis Spock keuchend rief: »Hätte ich gewusst, dass Du mich umbringen willst, dann hätte ich dir doch lieber das Kochbuch ... *Autsch!* Nicht beißen!«

»Schuft«, schnurrte Anna, trat aber doch einen Schritt zurück und zog sich nun vorsichtig den zarten silbernen Ring, der aus drei ineinander verwobenen Bändern bestand, über den Ringfinger.

Dann umarmte sie Patrick erneut, diesmal aber vorsichtiger, und sagte leise: »Danke. Der ist wunder-, wunderschön. Das ist das schönste Geburtstagsgeschenk, das ich je in meinem Leben bekommen habe. Weil es von dir ist.«

Spock, ein bisschen verlegen, sagte: »Ist doch nur ein Ring. Ich würde dir so gerne mehr schenken. Ich würde dir so gerne sagen können, dass der Spuk ein Ende hat. – Dabei fällt mir ein«, Spock ließ Anna los, »ich hab' ja noch was für dich, warte, ich bin gleich wieder da ...«, damit eilte er aus dem Zimmer, doch keine halbe Minute später stand er wieder vor seiner Freundin, die sagte: »Hör mal, Du sollst mir wirklich nicht soviel schenken, ich ...«

»Pst,« unterbrach Spock, »sag nichts, außerdem ist das da auf gewisse Weise auch für mich. Ich weiß wirklich nicht, ob es was hilft, aber ein ganz, ganz klein wenig besser fühle ich mich doch, wenn ich weiß, dass Du das Ding da hast.« Damit drückte Spock seiner Freundin eine flache, etwa fünfzehn Zentimeter lange und knapp acht Zentimeter breite Pappschachtel in die Hand.

Anna hob den dunkelblauen Deckel von dem schwarzen Unterteil und rief entsetztbelustigtüberrascht: »Himmel, was ist denn *das*?« Dabei sah sie sehr deutlich, was da in der Schachtel lag: Eine kleine, sehr schmale Pistole, dazu ein

Aufsatz, ein seltsames, nur Bleistiftstummel-großes Ersatz-
magazin, ein durchsichtiges Plastikdöschen mit kaum fünf
Millimeter großen Patronen darin, eine winzige Reinigungs-
bürste und eine zusammengefaltete Gebrauchsanweisung.

Spock erklärte: »Das ist eine Gaspistole. Na ja, eigentlich
sind die Dinger erst ab 18 freigegeben, aber in diesem
Fall ... . Karl hat sie mir durch seinen älteren Bruder besorgt.
Sonst weiß wirklich niemand von dem Ding – und so soll es
auch bleiben, ich will die Anderen nicht beunruhigen.«

Anna war skeptisch: »Ich weiß nicht ..., sei mir nicht
böse, aber ich halte nicht viel davon. Ich glaube kaum, dass
ich unserem Freund mit dem Ding mehr als ein Lachen ent-
locken kann. … Was ist das für ein seltsamer Aufsatz?«

»Um Leuchtkugeln zu verschießen. Die kleinen Patronen
da drin machen nur einen fürchterlichen Krach und jagen
die Leuchtkugeln los, wenn Du diesen Aufsatz drauf
schraubst und bestückst.« Spock zog noch ein Plastikschäch-
telchen aus seinem Hosenbund und zwei kleine Döschen aus
der Tasche.

»Hier, da sind Leuchtkugeln drin – man weiß ja nie –,
und da sind zwei Dosen mit Gasmunition. Ehrlich gesagt:
Ich traue diesem Ding hier auch nicht viel zu, aber schaden
kann es wohl nichts. Sagen wir einfach, Du nimmst es als
psychologische Unterstützung. Bitte, mir zuliebe.«

Immer noch skeptisch meinte Anna: »Gut, wenn Du es
willst ..., aber lass uns jetzt wieder runter gehen, die anderen
werden sich schon wundern, wo wir so lange bleiben.«

Anna packte die Gaspistole in die oberste Schreibtischschublade und ging dann Arm in Arm mit Spock hinunter.

»Na endlich«, rief Roland, als sie die Terrasse wieder betraten, »können wir vielleicht jetzt ...«, »mit der Torte anfangen?!«, kam ihm Heike kopfschüttelnd zuvor und fügte seuf-
zend hinzu: »Kann mir vielleicht jemand verraten, wie ich
an *dem* Kindskopf hängengeblieben bin?«

»Tja, Du erkennst wenigstens echte Qualität, dass muss man dir dann doch lassen«, meinte Roland spitz, aber zu seiner Torte kam er erst, nachdem alle ausgiebig Annas neues Kleid und den Ring bewundert hatten. Lars hatte allerdings nur kurz auf den Ring gesehen, dann warf er Patrick über seinen Brillenrand hinweg einen langen Blick zu, aber der Freund seiner Tochter hielt tapfer stand.

Als Anna etwas später in die Küche ging, um noch etwas Sahne zu holen, kam Heike mit ihr. In der Küche druckste ihre Freundin ein bisschen herum und meinte schließlich: »Roland und ich, wir haben noch ein, na ja, kleines Geschenk für dich. Vielleicht kommt es dir etwas seltsam vor, und vielleicht bringt es ja auch nichts, aber wir würden uns irgendwie besser fühlen, wenn Du es bei dir trägst.«

Heike griff in die Hosentasche ihrer Jeans und zog mit etwas Mühe einen länglichen Gegenstand heraus, den sie Anna auf der flachen Hand entgegenhielt.

Anna kratzte sich hinterm Ohr, sah Heike irritiert an und tippte: »Ein ... Messergriff? Ich verstehe nicht ...?«

»Oh nein, kein Griff – nicht nur, zumindest ...«

Heike schloss ihre Finger um den Griff, drückte mit dem Daumen an einem kleinen, silbrigen Knöpfchen, und mit einem trockenen »Klick« schoss eine knapp zehn Zentimeter lange Klinge aus ihrer Faust.

Anna schnappte erschrocken nach Luft und sprang einen Schritt zurück. Dann verzog sie mit großen Augen das Gesicht und sagte, ein wenig atemlos: »Also wirklich, soll ich jetzt auch noch unter die Messerstecher gehen? Und selbst wenn ich wüsste, wie ich mit dem Ding umgehen soll, glaubst Du im Ernst, der Zahnstocher könnte mir helfen?«

Heike schien ein wenig traurig, als sie die Klinge wieder einschnappen ließ und murmelte: »Tut mir leid, aber Roland und ich dachten eben ..., na ja, eigentlich hast Du recht, aber sieh es doch einfach als, als ...«

»Als psychologische Unterstützung?«, half Anna ihrer Freundin auf die Sprünge.

»Ah, ja, genau ..., und Roland und ich würden uns ein wenig besser fühlen.«

Anna trat wieder auf Heike zu, umarmte sie herzlich und sagte: »Danke. Das ist lieb, dass ihr euch um mich sorgt. Ich nehm's, und wer weiß? Mag sein, dass es mir doch mal hilft, denn *ER* rechnet sicher nicht damit, dass ich zur *Messer-Anna* mutiert bin.«

Dann stupste sie mit dem gebogenen Zeigefinger von unten an Heikes Nase und fügte hinzu: »Aber jetzt bringe ich das Stilett erst mal in mein Zimmer. Hier im Haus werde ich es ja wohl kaum brauchen. Außerdem möcht' ich mir nicht extra eine Tasche an mein neues Kleid nähen, nicht?«

Heike lächelte schon wieder, drückte Anna an sich und meinte: »Bitte, pass gut auf dich auf, hörst Du? Und sag den andern nichts von dem Messer, wir wollen ...«

»... sie nicht beunruhigen?«, fiel Anna ihr ins Wort, »nein, keine Angst, ich sage ihnen nichts. Aber bring Du schon mal die Sahne raus. Sonst kriegt dein Liebster noch Entzugserscheinungen.«

Anna eilte in ihr Zimmer, und die Gaspistole bekam Gesellschaft.

Als Anna die Treppe wieder herunter ging, kam ihr Lars entgegen und hielt sie an: »Hallo hübsche Frau, haben Sie vielleicht einen kurzen Moment Zeit für Ihren alten Vater?«

Anna seufzte: »Wenn Du mit *der* Masche kommst, dann willst Du doch was von mir? Na o.k., zwei, drei Minuten kann ich vielleicht erübrigen.« Also machte sie wieder kehrt und ging, gefolgt von Lars, erneut in ihr Zimmer.

»Du irrst dich«, sagte ihr Vater, »ich will nichts von dir – oder doch: dass Du immer schön vorsichtig bist. Aber eigentlich wollte ich dir noch was geben.«

Und schon wieder wurde Anna eine Schachtel, diesmal aus Kunststoff, in die Hand gedrückt. Da das Kästchen einen durchsichtigen Deckel hatte, konnte Anna gleich einen Blick auf den Inhalt werfen. Sie sah ihren Vater einen kurzen Moment mit offenem Mund an und meinte dann: »Oh, toll, ein Elektrorasierer. Äh, vielleicht ist es dir entgangen, aber ich bin ein *Mädchen*. Und wenn ich so ein Teil bräuchte ..., also ehrlich, ich glaube, dann würde ich doch einer guten Enthaarungs-Creme den Vorzug geben.«

»Wie? Rasierer?«, Lars musste ein Lachen unterdrücken, »Gott erhalte dir deine Unschuld! Nein, Kind, das ist kein Rasierapparat. Pass gut auf damit und lies bald mal die Gebrauchsanweisung: Das ist ein Elektro-Schocker.«

»*Ein was?*«, entfuhr es Anna, »ich glaube, ich ahne, was Du meinst. Und wenn es das ist, was ich glaube das es ist, dann wäre vielleicht ein Rasierapparat doch besser gewesen ...«

»He, hab dich nicht so. Ich weiß, Du hältst nichts von Waffen. Und Du hast ja vollkommen recht. Aber Kathrin und ich machen uns doch solche Sorgen ..., und schau: Wir haben uns extra für dieses Ding entschieden, weil man damit einen Gegner nur kampfunfähig machen, ihn aber nicht ernsthaft verletzen kann. Um genau zu sein: Ich hatte mich dafür entschieden und wollte deiner Mutter erst gar nix davon erzählen. Was ich dann natürlich doch getan habe. Und deine Mutter gestand mir dann, dass sie eine ähnliche Idee hatte. Hier, das ist von ihr.«

Bei seinen letzten Worten zog Lars eine kleine Spraydose aus seiner Tasche und gab sie seiner Tochter.

Anna las laut die Aufschrift: »Simplex – Tränengas-Spray zur Selbstverteidigung«, dann lächelte sie kopfschüttelnd und sagte: »Ach, wenn ihr euch dann besser fühlt, dann nehme ich das E-Gerät und den Spray gerne. Ich bezweifele zwar, dass mir die Dinger im Ernstfall viel helfen können, aber ihr seht es doch sicher mehr als eine Art psychologische Unterstützung an, nicht wahr? Und keine Angst, ich erzähle den anderen nichts davon, um sie nicht zu beunruhigen.«

»Äh, ja, genau«, Lars sah seine Tochter etwas ratlos an, »aber woher ...«

»Schon gut Paps«, unterbrach Anna, »erzähl ich dir ein andermal.«

Dann legte sie die Spraydose und das Elektroschock-Gerät auf ihren Schreibtisch während sie, mühsam ein Grinsen unterdrückend, sagte: »Das tu' ich dann später zu meiner Waffensammlung.«

»Welche Waffensammlung?«, fragte Lars, nun vollständig verwirrt.

»Ist nur so eine Redensart. – Lass uns wieder raus gehen.«

Lars folgte ihr kopfschüttelnd und murmelte: »Manchmal glaube ich wirklich, dass ich die Teens heute nicht mehr so ganz verstehe. Wenn ich dabei nur nicht das blöde Gefühl hätte, dass die *uns* durchschauen ...«

Eine viertel Stunde später musste Anna schon wieder vom Kaffeetisch aufstehen, aber sie tat es gerne: Ihre Großeltern riefen aus München an, um ihr zum Geburtstag zu gratulieren. Für Annas Großeltern – die Eltern ihrer Mutter – war es ohnehin das *richtige* Datum, denn sie wussten bisher nichts von dem Austausch der Babys.

Gegen Ende des Telefongesprächs tauchte Tom mit einer kleinen Papiertüte in der Hand im Wohnzimmer auf und begann bald, unruhig um Anna herum zu schleichen. Nachdem Anna aufgelegt hatte, stichelte sie ihren Bruder: »Was'n los alter Zappelphilipp? Hast Du's mal wieder mächtig eilig?«

»Puh«, schnaubte Tommy verächtlich, »eigentlich wollt' ich dir ja noch was schenken, aber bitte, wenn Du nicht willst ...«

Mit verschränkten Armen drehte er sich zur Seite.

Anna ließ ein unterdrücktes Gähnen hören und starrte einer Staubflocke hinterher.

Tommy schielte zu ihr herüber und begann, von einem Bein aufs andere zu trippeln.

Anna machte Anstalten, das Wohnzimmer wieder zu verlassen.

»Na gut«, sagte Tommy bissig, »wenn Du unbedingt wissen willst, was es ist, dann geb' ich sie dir halt. Außerdem habe ich sie selbst gemacht!«

Anna hatte Mühe, ihren kleinen Bruder nicht allzu frech anzugrinsen, als er ihr die Papiertüte in die Hand drückte. Sie öffnete die Tüte und sah auf einem Haufen Glas- und Tonmurmeln eine Schleuder liegen. Anna zog die Schleuder heraus und stieß einen anerkennenden Pfiff aus. »Und die hast Du wirklich selbst gemacht?«, wollte sie wissen.

»Ja«, erklärte Tommy stolz, »die hab' ich aus einer kleinen Astgabel geschnitzt und in Alkohol und Feuer gehärtet. Das Gummi habe ich dann aus einem alten Fahrradschlauch geschnitten. Die hat echt Power! Hab's schon ausprobiert.«

Anna griff richtig zu: Die Schleuder lag gut in der Hand, sie hatte sogar eine kleine Vertiefung für den Daumen. Prüfend zog Anna das Gummi lang und zielte in eine Zimmerecke. Mit Schleudern kannte sie sich aus, es war gar nicht so lange her, da hatte sie noch selbst welche gebastelt. »Wow!«, rief sie, »da steckt Kraft dahinter, danke Tommy.«

Tom strahlte wie ein Honigkuchenpferd und meinte mit vor Stolz bebender Stimme: »Na ja, ich dachte halt, dass Du derzeit irgendeine Waffe ganz gut gebrauchen könntest.«

Anna fragte: »Sag mal, soll die Schleuder auch eine psychologische Unterstützung sein?«

»Was?«, Tommys Stolz wich Verwunderung, »nein, Du sollst damit diesem Kerl ein paar richtig ordentliche Dinger verbrezeln, wenn er dir zu nahe kommt.«

»Und darf ich den anderen von der Schleuder erzählen?«

»Na, wenn Du es nicht machst, ich mach's bestimmt.«

»Tommy, Du bist echt klasse.«

Und ehe er sich wehren konnte, hatte Tom schon wieder einen Kuss verpasst bekommen.

In der Linken die Schleuder, in der Rechten den Murmelbeutel schlenkernd, ging Anna wieder auf die Terrasse, während ihr Tommy hinterherrief: »Allen möglichen Quatsch müssen wir uns in der Schule anhören, nur wie um Himmels Willen man eine Schwester verstehen soll, das sagt uns keiner. – Aber das weiß ja eh niemand!«

Etwas später stellte sich noch ein Überraschungsgast ein: Es klingelte, und Lars ging, um die Türe zu öffnen. Nach wenigen Augenblicken kam er zurück und hatte Hauptkommissar Pauli im Schlepptau. Anna war nicht so sehr über den Besuch an sich überrascht, denn Pauli war in letzter Zeit immer mal wieder aufgetaucht; was Anna aber überraschte: Der Kommissar hatte einen hübschen bunten Strauß Blumen in der Hand. Wollte er etwa ...? Tatsächlich: Er kam auf Anna zu, hielt ihr den Strauß hin und sagte: »Alles Gute zum Geburtstag. Ich hab mal vorbei geschaut, um zu sehen, ob meine Leute auf dem Posten sind und habe mir gedacht, da könnte ich ja gleich mal nachsehen, wie's meinem Fall so geht.«

»Ah, und den Blumenstrauß hatten Sie ganz zufällig dabei«, meinte Anna mit einem Lausbuben-Lächeln. Doch dann nahm sie die Blumen, roch daran, schenkte dem Kommissar einen großen Augenaufschlag und sagte warm: »Vielen Dank auch, Herr Pauli. Sie sind der Erste, der mir heute Blumen geschenkt hat«, dann ließ sie schnell ihren Blick von ihrem Vater über Roland zu Spock wandern und fügte spitz hinzu: »Es gibt eben doch noch echte Kavaliere. Da könnten sich ein paar hier anwesende Herren ruhig ein Beispiel nehmen.«

Dann wandte sich Anna wieder dem Hauptkommissar zu: »Wie wär's mit einer Tasse Kaffee?«

»Danke, da sage ich nicht Nein.«

»Und ein Stück Kuchen?«

»Eigentlich nicht, ich ..., sag mal, ist das da Schokoladentorte?«

Anna bugsierte den Hauptkommissar auf einen Platz möglichst weit weg von Roland. Heike wunderte sich, dass ihr Freund plötzlich so ungewohnt schweigsam wurde, bis ihr plötzlich »Marlene« und das Tonband der Polizei wieder einfielen: Um an Informationen heranzukommen, hatte Roland erst kürzlich als angebliche Reporterin einer auswärtigen Zeitung mit der Pressestelle der Polizei telefoniert. Der aufmerksame Pressesprecher hatte allerdings Lunte gerochen, und Paulis Team hätte nur zu gerne erfahren, wer sich hinter der Stimme der falschen Reporterin verbarg – der Anruf war natürlich aufgezeichnet worden. Heike beeilte sich mit ihrem Kaffee, um sich dann unauffällig mit Roland in einen Winkel des Gartens zu verdrücken.

Als Anna den Kommissar versorgt hatte, fragte ihn Kathrin Silvan: »Sagen Sie, ich weiß ja, dass Ihre Leute die Order haben, auf ihrem Posten zu bleiben, wir bekommen sie bei uns nur zu sehen, na ja, wenn sich eben die Natur nicht länger unterdrücken lässt. Aber kann ich sie denn nicht heute wenigstens mal zu einer Tasse Kaffee herein bitten?«

Nach kurzem Zögern willigte Pauli ein. So wurde die Runde um zwei junge uniformierte Polizeibeamte ergänzt.

*

Anna war glücklich. Sie freute sich über ihre Geschenke, ihre Familie und ihre Freunde. Und natürlich freute sie sich darüber, dass sie sich noch freuen konnte. Sie freute sich so sehr, dass sie es fast nicht bemerkt hätte.

Sie wollte diese winzige rote Wolke nicht wahrhaben, die sachte an den Rand ihres Bewusstseins stieß – nein, nicht an so einem Tag wie heute. – Aber schließlich befahl ihre Vernunft, ihr Unterbewusstsein nicht zu verdrängen.

Zunächst widerwillig, versuchte Anna diese kleine Wolke zu fangen, versuchte, mit ihrer Rationalität das Irrationale zu fassen.

Die rote, ausgefranste Wolke dümpelte heran, berührte das Ufer, und Anna glaubte schon, sie greifen zu können, doch träge trieb sie wieder davon. Aber etwas hatte die Wolke zurückgelassen: Angst – ein kleines bisschen.

Anna wurde unruhig. Sie konnte den Gesprächen am Tisch kaum noch folgen, stand schließlich auf und drehte eine Runde durch den Garten, aufmerksam nach allen Seiten Ausschau haltend.

Auf einer Seite wurde der Garten von dem Haus ihrer Eltern begrenzt, ein fünf Meter breiter Streifen zog sich auch an der Seite des Hauses vorbei, um sich bei der Hausfront mit dem kleinen Vorgarten zu treffen.

Ein Wind, der hier unten nicht zu spüren war, hatte in großer Höhe die Herde kleiner Wolken vertrieben, die noch vor einer halben Stunde über den Himmel gezogen war.

Anna ging langsam an dem niedrigen Holzzaun entlang, der ihr Grundstück von den Nachbargrundstücken trennte.

Der Himmel war reines Blau.

Der Hund der Baldinis döste im Garten. Als er Anna bemerkte, kam die braune Promenadenmischung schwanzwedelnd angelaufen und streckte die Schnauze zwischen den geschwungenen Brettern hindurch. Anna griff geistesabwesend über den Zaun, tätschelte den Kopf des Hundes, und während ihr Blick über das rechte Nachbarhaus glitt, sagte sie leise: »Na, Bobo, ist dir vielleicht irgendwas seltsames aufgefallen? Immer schön bellen, wenn sich hier wer rumtreibt.«

An einem Dachfenster glaubte Anna, für einen kurzen Moment den Kopf der alten Frau Baldini zu sehen, aber sicher war sie sich nicht. Als sie weiterging, folgte ihr Bobo auf der anderen Seite des Zaunes, bis sie an die Ecke des Gartens gelangte und nach links abbog.

Kaum hatten sie ihre Kleine von der Grundschule abgeholt, waren die Hoffburgs Richtung Süden in den Sommerurlaub aufgebrochen. Anna war zwar nicht dabei gewesen, aber so musste es sich abgespielt haben, denn schließlich hatte der gute Herr Hoffburg in den letzten Tagen bei jeder passenden und unpassenden Gelegenheit davon erzählt, wie er dem großen Urlaubsstau ein Schnippchen zu schlagen gedachte. Davon, dass es nicht geklappt hatte, würde dann seine Frau in etwa drei Wochen ausführlichst berichten. Nein, auch im Garten der Hoffburgs konnte Anna nichts Ungewöhnliches entdecken, so angestrengt sie auch schaute. Das Aufregendste waren zwei Spatzen, die sich spritzend und planschend ein Bad in dem kitschigen Vogelbecken genehmigten, das mitten im Garten auf einer kleinen attischen Betonsäule stand. Eigentlich ein recht idyllischer Anblick.

Anna wurde immer nervöser.

Als sie in einer Reflexbewegung mit dem linken Handrücken den Schweiß von ihrer Stirn wischte, merkte sie erst, wie heiß der Mittag inzwischen geworden war.

An der Ecke zum Nachbarn auf der linken Seite traf Anna auf Heike und Roland.

Nach allen Seiten sichernd fragte sie: »Ist euch irgendwas ungewöhnliches aufgefallen? Oder was nicht-ungewöhnliches, wenn ihr wisst was ich meine?«

Alarmiert sahen sich nun auch ihre beiden Freunde um.

Heike fragte atemlos: »Was ist denn? Hast Du irgendwas bemerkt?«

»Nein. Aber ich spüre etwas. Ich weiß auch nicht, was genau los ist ...«, Anna zuckte ruckartig zusammen,

»doch ..., – etwas weiß ich doch. *ER* ist in der Nähe.« Heike und Roland sahen, wie sich Annas Atmung beschleunigte als sie fortfuhr: »Oh Gott, er ist verdammt nah! Und er ist nicht nur in der Nähe ..., seine Nähe allein könnte er vielleicht noch verheimlichen, aber nicht ..., er hat irgendetwas vor!«

Heike wurde blass.

Der dritte Nachbargarten war nicht einzusehen, weil Albert Selzer vor drei Jahren eine dünne, aus Rinde geflochtene Wind- und Sichtschutzwand errichtet hatte. Kurzerhand langte Roland mit beiden Händen zur oberen Kante des Holzrahmens, der das Geflecht hielt, zog sich vorsichtig hoch und riskierte einen schnellen Blick, ließ sich aber augenblicklich wieder herabfallen und drehte sich mit gerötetem Gesicht zu den Mädchen.

»Hast Du was entdeckt?«, wollte Heike aufgeregt wissen.

»Jaaa«, wandte sich Roland an Anna, »eure Nachbarin nimmt gerade ein Sonnenbad – und, uuh, die Textilindustrie hätte im Augenblick keine Freude an ihr. Hoffentlich hat sie mich nicht gesehen.«

Trotz der Anspannung musste Heike lachen: »Dass ich mir mit dir ein ziemlich merkwürdiges Menschenkind aufgegabelt habe, war mir ja klar, aber dass Du auch noch ein Spanner bist ... . Kannst Du mir sagen, was ich mit dem Kerl machen soll, Anna? ... *Anna?*«

Anna hatte nicht zugehört. Mit offenem Mund starrte sie geistesabwesend halbwegs in die Luft, jede Mimik war aus ihrem Gesicht gewichen. Erschrocken fuhr Heike vor dem einfältigen Gesicht ihrer Freundin zurück. Doch da begann die Leere auch schon wieder zu weichen: Zuerst flackerten Annas Augen, dann erschienen rote Flecken in dem blassen Gesicht. Schließlich zuckte sie wie unter einem Stromstoß zusammen, sah Heike mit großen Augen an und stammelte: »Warum kann ich mich nicht besser konzentrieren? *Er* ist bis zum Platzen angespannt, aufgepumpt ..., gleich ..., gleich wird er ..., *aber WAS?*«

Übergangslos straffte sich Anna und befahl: »Geht sofort ins Haus, ich werde den anderen Bescheid sagen.«

Als Anna mit schweren schnellen Schritten auf die Gruppe Kaffee trinkender und Kuchen essender Menschen zuging, hatte sie das Gefühl, als wäre jeder Quadratzentimeter ihres Körpers mit Brausepulver bestreut. Wie sollte sie diese Gesellschaft nur dazu bringen, ohne viele Fragen im Haus zu verschwinden? Sie würde einfach sagen, sie hätte etwas gesehen.

Vielleicht einen Gewehrlauf?

Wieso kam sie jetzt auf *Gewehrlauf*?

Irgendjemand sprühte ganz sachte Wasser über das Brausepulver.

Anna war schon fast am Tisch, als ihr auffiel, dass ihre Mutter nicht mehr auf ihrem Platz saß und auch sonst nirgends zu sehen war. Ah, gut, wenigstens war Mama schon im Haus, wahrscheinlich irgendwas holen.

Etwas holen.

Also würde sie auch gleich wieder in der offenen Türe erscheinen. Von der Linie aus, auf der sich Anna bewegte, konnte sie die offene Schiebetür nur in einem sehr spitzen Winkel sehen, was sich dahinter im Wohnzimmer abspielte, war für sie nicht zu erkennen. Anna sah lediglich einen schmalen, dunklen Streifen des Durchgangs. Sah plötzlich wie durch einen runden Tunnel nur noch diesen schwarzen Streifen.

Der Tunnel begann sich zu drehen, drehte sich immer schneller, und mit einem gewaltigen Satz sprang der schwarze Streifen auf Anna zu.

*

Lars gab gerade eine Geschichte aus seinen Studententagen zum Besten, und alle warteten amüsiert auf die Pointe; »... dann kam doch dieser Professor tatsächlich zu uns auf die Studentenbude und ...«, den Rest sollten die anderen nie erfahren, denn plötzlich stutzte Lars, verstummte, und sein erschrockener Blick schien an einem bestimmten Punkt hängen zu bleiben. Alle Augen sahen in dieselbe Richtung: Anna kam auf den Tisch zu, war fast schon heran, sie schwankte, ihr blasses Gesicht war mit roten Flecken übersät, nun schien sie zu stutzen, wich ein wenig vom eingeschlagenen Weg ab, ging am Tisch vorbei, erstarrte für den Bruchteil einer Sekunde, stieß plötzlich einen Schrei aus und stürzte wie eine Wahnsinnige auf die Terrassentür zu.

*

Kathrin war in die Küche gegangen, um noch eine Kanne Kaffee aufzusetzen und eine Flasche Limo zu holen.

Mit der Flasche in der Hand durchquerte sie nun das Wohnzimmer und war fast schon auf der Terrasse, als sie von draußen einen verzweifelten Schrei hörte.

»Neiiin!«

Das war Annas Stimme! Während die Limoflasche auf dem Boden zerbarst, war Kathrin mit einem Satz durch die Türöffnung, nur um im selben Moment mit Wucht von ihrer Tochter angesprungen zu werden. Als Kathrin zur Seite hin umgerissen wurde, spürte sie schmerzhaft, wie sich Annas Finger in ihre Oberarme krallten, und noch während sie zusammen hinfielen, schienen sich Annas Finger wie in einem plötzlichen Krampf in Kathrins Arme bohren zu wollen, bevor alle Kraft aus ihnen wich.

Unsanft auf dem Boden gelandet, starrte Kathrin fassungslos in das Gesicht ihrer Tochter, die über ihr lag, starrte in die aufgerissenen Augen, keine zwanzig Zentimeter von ihren eigenen entfernt, sah, wie sich Annas Mund öffnete und hörte sie traurig sagen: »Oh, das schöne neue Kleid!«

Dann schloss Anna die Augen, stöhnte mit zusammengebissenen Zähnen und barg ihr Gesicht erschöpft am Hals ihrer Mutter.

Kathrin war in diesem Augenblick mehr verwirrt als ängstlich. Sie wollte Anna vorsichtig von sich herunterrollen, griff dabei unter ihre Achseln und geriet mit den Fingerspitzen ihrer linken Hand in eine klebrig-warme Flüssigkeit. Sie begriff.

*

Man hätte vielleicht erwarten können, dass nach dem Anschlag alle aufgeregt durcheinander schreien und sich gegenseitig im Weg stehen würden. Doch nichts dergleichen geschah. Pauli war zu erfahren, die jungen Polizisten zu gut gedrillt. Heike und Roland waren gewarnt und die Silvans wussten, dass jederzeit etwas passieren konnte.

Nach einer Schrecksekunde, die wirklich nicht viel länger als eine Sekunde dauerte, reagierten alle blitzschnell.

Ein Teil von Hauptkommissar Paulis Bewusstsein wunderte sich noch, was da plötzlich für ein gelb-roter Farbtupfer in Annas Rücken steckte, um den herum sich ein rotbrauner Fleck ausbreitete. Gleichzeitig erklärte ihm ein anderer Teil seines Verstandes, dass der leise Knall, den er gerade gehört hatte, wohl von einer kleinkalibrigen Schusswaffe herrühren musste. Doch noch bevor seine Gedanken den Begriff »Schusswaffe« geformt hatten, hatte er schon den großen Gartentisch umgekippt, hatte ihn mit vier langgestreckten rück-seitwärts Schritten und einem einzigen zerrenden Schwung vor das am Boden liegende Mädchen und dessen Mutter gewuchtet. Natürlich würde eine Gewehrkugel die dünne Platte des Kunststofftisches ohne Mühen durchschlagen, aber wenigstens war dem Schützen so die Sicht verwehrt.

Heike und Roland, ohnehin gerade auf dem Weg ins Haus, waren die letzten Meter gerannt, nachdem sie den Schuss gehört hatten. Roland gelang es dabei noch, den stocksteif dasitzenden Tommy von seinem Stuhl zu reißen und sich über die Schulter zu werfen, gerade, als der Kommissar den Tisch umkippte und Kuchenplatten, Teller, Tassen und Bestecke zu Boden klirrten.

Zeitgleich mit dem Kommissar und seinem improvisierten Schutzwall hatten Lars und Patrick die Frau und das Mädchen erreicht. Während sie von beiden Seiten über ihnen kauerten, mussten sie mit einem Ziehen im Magen feststellen, dass eine Art winziger Federbusch aus Annas Rücken ragte, – etwa dort, wo ihr linker Arm in ihren Körper überging. Zwei Zentimeter weiter links und zwei Zentimeter tiefer, dann wäre, was immer sie auch getroffen hatte, unter ihrer Achsel hindurch geflogen.

Lars und Spock stöhnten gleichzeitig auf – vor Erleichterung. Ihre schlimmste Befürchtung war nicht wahr geworden. Die Wunde blutete, aber offenbar nicht sehr stark. Und vor allem: Anna bewegte sich. Zuerst leicht, dann versuchte sie, mit fahrigen Bewegungen ihrer rechten Hand das Ding in ihrem Rücken zu erreichen.

»Sch, sch, noch etwas Geduld, mein Liebling«, sagte Lars leise und drückte sachte ihren Arm nieder, »das lassen wir lieber einen Arzt machen.«

Kathrin lag noch immer halb unter Anna und konnte die Wunde nicht sehen, deshalb starrte sie gebannt in das Gesicht ihres Mannes. Sie las in seinen braunen Augen und wurde von einem Schauer der Erleichterung geschüttelt. Dann begann sie, mit sanften Worten tröstend auf ihre Tochter einzureden.

Anna hatte noch immer ihr Gesicht in der Halsbeuge ihrer Mutter liegen. Doch plötzlich überrumpelte sie Spock und ihre Eltern: Eben noch lag sie schlaff und zusammengekrümmt halb auf ihrer Mutter, schon im nächsten Augenblick hatte sie sich zur vollen Größe aufgerichtet, wischte sich einmal mit dem rechten Handrücken über die Augen und schrie mit überschnappender Stimme in Richtung des gegenüberliegenden Hauses: »He, Du Schwachkopf! Hast Du wirklich geglaubt, Du könntest mich aus dem Hinterhalt überraschen? Da musst Du dir schon was Besseres einfallen lassen, *VERSAGER!*«

Entsetzt wollte Lars sie wieder hinter dem Tisch zu Boden ziehen, aber durch eine schnelle Drehung entwand sich Anna seinem Griff, ging aufrecht und ohne einen Blick zurück zu werfen ins Haus, während sie laut sagte: »Keine Angst, der Bastard schießt nicht mehr.«

Verblüfft half Lars seiner Frau auf, und gemeinsam mit Spock folgten sie Anna – schnell und geduckt.

Der Schmerz im Rücken war eigentlich gar nicht so schlimm. Er war eher wie ein heftiges Pochen. Mehr Probleme bereiteten Anna im Augenblick ihr Kreislauf und das Schlottern ihrer Muskeln. Im Wohnzimmer setzte sie sich vorsichtig auf einen Stuhl am großen Tisch und ließ ihren Oberkörper auf die Tischplatte sinken. Zwischen ihren ausgestreckten Armen presste sie ihre rechte Gesichtshälfte an das kühle, polierte Eichenholz. Hier drin war von dem Elan nicht mehr viel zu sehen, mit dem sie hocherhobenen Hauptes über die Terrasse in die Wohnung geschritten war, und Anna fragte sich benommen, ob sich ihre kleine Schau auch rentiert hatte. Hatte *ER* ihren Ruf gehört und noch gesehen, wie sie aufgestanden war? Wie sie vorgegeben hatte, sich nicht weiter um ihn zu scheren?

*

Er hatte nicht. Und der Grund dafür war Hauptkommissar Pauli, der nicht untätig geblieben war, was sich der Mann natürlich ausrechnen konnte. So hatte er sich unmittelbar nach dem Schuss aus dem Staub gemacht.

*

Stanger und Bernhard, die beiden jungen Polizisten, hatten sich direkt nach dem Schuss flach auf die Wiese geworfen, während sie ihre Dienstwaffen gezogen und entsichert hatten. Stanger versuchte die linke, Bernhard die rechte Hälfte ihres Gesichtsfeldes im Auge zu behalten. Stanger richtete aber sein Hauptaugenmerk auf das Haus gegenüber. Dort stand die Schiebetür zum Garten einen kleinen Spalt offen – war die nicht vorhin noch zu gewesen? Pauli war sich sogar sicher, dass der Schuss aus diesem Haus, dem Haus der Hoffburgs, gekommen war. Denn ihm war klar, dass dieser Schuss nicht Anna, sondern ihrer Mutter gegolten hatte. Das Gebäude war der ideale Standpunkt, um auf eine Person zu schießen, die auf die Terrasse tritt.

Unmittelbar nachdem Pauli seinen improvisierten Schutzwall errichtet hatte, sprang er selbst hinter einen umgekippten Gartensessel halbwegs in Deckung. Während er angewidert merkte, dass er im Rest der Schokoladentorte kniete, fummelte auch er seine Dienstwaffe hervor, entsicherte sie aber noch nicht, um keinen Schaden anzurichten. Beim Übungsschießen schnitt Pauli meist ziemlich miserabel ab, und abgesehen von den Pflichtübungen hatte er im Dienst in all den Jahren noch keinen einzigen Schuss abgefeuert – was, wenn es nach ihm ginge, auch bis zu seiner Pensionierung so bleiben könnte.

Nun rief Pauli seinen jungen Kollegen zu: »Im Haus gegenüber! Stanger, zum Wagen, Verstärkung rufen, Weg abschneiden! Bernhard zur linken, ich zur rechten Ecke! Los!«

Im Zickzack über die Wiese hopsend, stürmte Pauli auf das Haus zu. Er registrierte aus den Augenwinkeln, wie es ihm einer der beiden jungen Polizisten ein paar Meter weiter links nachmachte. Als sie beide den Gartenzaun erreichten, flankte Bernhard mit einem eleganten Satz auf die andere Seite, während sich sein Vorgesetzter einfach bäuchlings hinüberpurzeln ließ, was zwar nicht so elegant, aber auch recht effektiv war.

Eigentlich wäre es für die beiden höchste Zeit gewesen, etwas vorsichtiger vorzugehen, doch in diesem Augenblick hörten sie von der anderen Seite des Hauses extremes Reifenquietschen und das Aufheulen eines Motors. Fast gleichzeitig hallte plötzlich vom Starweg eine Polizeisirene herüber.

Als sie das Hoffburg-Haus umrundet hatten und Pauli kurz nach Bernhard keuchend im Vorgarten ankam, war von dem Wagen des eiligen Fahrers nichts mehr zu sehen. Nur der Geruch von verbranntem Gummi lag noch in der Luft und das Heulen eines malträtierten Motors wehte vom Ende der Straße herüber. Doch dann hörten sie Bremsen quietschen und ein hässliches metallisches Knirschen. Unmittelbar darauf heulte erneut ein Motor auf, wieder wurden Bremsen aufs härteste belastet, und schließlich hörten Pauli, das laute trockene Krachen von Metall, das sich unter einem heftigen Schlag verformt. Und wieder war entferntes Reifenquietschen zu hören, doch die Polizeisirene war verstummt. Pauli und Bernhard rannten los.

*

Stanger war durch das Haus der Silvans gerannt, nicht außen herum, denn schließlich hatte er ein durchaus vitales Interesse, möglichst schnell aus der Schussbahn dieses Verrückten zu kommen. Im Starweg angelangt, warf er sich in den Polizeiwagen, einen PS-starken Ford Sierra. Während Stanger mit der Linken ganz automatisch die Sirene einschaltete, angelte er sich mit der Rechten das Mikrophon des Funkgeräts. Da nur eine Autostraße den Vogelberg hinab führte, gab er eilig durch, dass diese Straße so schnell wie möglich abgeriegelt werden musste. Außerdem verlangte er Verstärkung, die sich bei Pauli einfinden sollte, und einen Krankenwagen für den Starweg sieben. Schon während der wenigen Worte, die er hastig an die Zentrale durchgab, wechselte er das Mikro in die linke Hand, startete mit der Rechten den Motor und brauste einhändig los, noch bevor er das Gespräch ganz beendet hatte.

Das Haus, aus dem der Schuss gekommen sein musste, lag an der Talseite der Parallelstraße des Starwegs. Also wollte Stanger bergabwärts in die Hauptstraße abbiegen, da er überzeugt war, dass der Schütze versuchen würde, die Hauptstraße hinunter und in die Stadt hinein zu entkommen. So wurde er vollkommen überrascht, als er gerade in die Hauptstraße einbiegen wollte: Ein blauer Peugeot 605 kam mit zornigem Motor die Straße heraufgeschossen. Instinktiv versuchte Stanger noch, dem alten Wagen den Weg zu verlegen, doch der Peugeot zog weit nach links, schlierte an einem geparkten Golf entlang und wischte um Haaresbreite an der Front des Fords vorbei.

Mit Mühe schaffte es der Polizeibeamte, nach rechts abzubiegen, ohne dass er zurücksetzen musste. Dann trat er im ersten Gang das Gaspedal bis zum Boden durch, um sich an den langsameren Peugeot zu heften. Dass der Peugeot einen Dachgepäckträger hatte, beachtete Stanger nicht weiter. Und dummerweise auch nicht, dass auf der ganzen Breite dieses Dachgepäckträgers mehrere lange, dünne Eisenstangen befestigt waren, die normalerweise der Armierung von Stahlbeton dienten. Vorne und hinten ragten die Stangen gut zwei Meter über den Peugeot hinaus, und da sie sehr dünn waren, wurden sie durch ihr Eigengewicht leicht nach unten gebogen. Plötzlich stieg der Fahrer des blauen Wagens voll in die Bremsen, dann leuchteten die Rückscheinwerfer des Peugeots und sein Motor jaulte auf, als er mit einem Satz rückwärts beschleunigte. Die Eisenstangen zielten auf die Windschutzscheibe des Polizei-Fords.

Auch Stanger nagelte das Bremspedal mit aller Kraft auf das Bodenblech. Doch bremsen allein hätte ihm nichts genutzt. Er riss den Wagen im Reflex nach links, und dank des Antiblockiersystems reagierte das Fahrzeug trotz der Vollbremsung. Doch natürlich hatte der junge Polizist keine Chance gehabt, sich auszusuchen, wo er mit seinem Wagen landen würde. In dem Sekundenbruchteil, der ihm an Zeit blieb, konnte er nur hoffen, dass er den Eisenstangen auszuweichen würde. – Es gelang ihm nicht ganz.

Die äußerste Metallstange durchstieß noch die Windschutzscheibe. Zwar nur auf der Beifahrerseite, doch die beiden Fahrzeuge schrammten aneinander vorbei, drängten sich gegenseitig ab, und die dünne Stange wurde auch im Wageninneren herumgerissen, während der Gepäckträger vom Dach des Peugeots wegplatzte und samt der restlichen Armierungsstäbe scheppernd über die Straße schlitterte.

Als Stanger den Polizeiwagen nach links zerrte, polterte er über den Bordstein, direkt auf einen Laternenpfahl zu. Der junge Mann spürte ein Reißen an seinem Kopf, und da er sich in der Hektik der Verfolgung nicht angeschnallt hatte, registrierte er auch noch verdutzt, dass inmitten des Krachens die Windschutzscheibe auf ihn zuzufliegen schien. Dann nahm ihn die Schwärze auf.

*

Ein kurzer Ruck, ein winziger Schmerz, dann war es fast schon vorbei.

»Ich habe ja wirklich schon eine ganze Menge Verletzungen behandelt, aber so was ...«, der Notarzt schüttelte den Kopf, während er verwundert das kleine Projektil betrachtete, das er ganz einfach an den winzigen Federn, die am hinteren Ende des Miniatur-Geschosses befestigt waren, aus Annas Rücken gezogen hatte. Lediglich Annas neues Kleid musste er zuvor um diesen sonderbaren Federbusch herum aufschneiden, was dem Mädchen einen tiefen Seufzer entlockt hatte.

Anna lag bäuchlings auf ihrem Bett. Der Notarzt war kein Unbekannter für sie, es war jenes nicht eben leichtgewichtige »Fritzchen«, das sie kennengelernt hatte, nachdem sie über den toten Karl Palusky gestolpert war. Auch diesmal waren es ja nicht gerade glückliche Umstände, unter denen sich ihre Wege kreuzten. – Aber es war wohl auf gewisse Weise normal, Notärzte unter weniger guten Umständen kennenzulernen.

Fritz Bulle steckte das sonderbare Projektil, das wie ein kleiner, angespitzter Stahlstift mit Federbusch am Ende aussah, in ein Plastikbeutelchen, um es als Beweisstück zu sichern, dann widmete er sich wieder der Wunde auf Annas Rücken. Nachdem das nur fünf Millimeter durchmessende Geschoss entfernt war, blutete sie wieder stärker, doch war der Blutverlust immer noch unbedeutend.

Während er die Wunde desinfizierte, sagte der Notarzt zu Anna: »Da hast Du Glück gehabt. – Der Schütze hat offenbar nur eine Druckluft-Waffe benutzt, um seinen Pfeil zu verschießen.«

Anna verzog das Gesicht, weil das Desinfektionsmittel, trotz aller medizinischen Fortschritte, doch ein wenig brannte, dann antwortete sie sarkastisch: »Ho, ho, *nur* ein Luftgewehr ... Also, mir hat's gelangt – was ist das für ein seltsames Geschoss?«

»Na immerhin kannst Du schon wieder 'ne dicke Lippe riskieren«, meinte Bulle gutmütig und beantwortete dann ihre Frage: »Das ist ein Feder- oder Haarbolzen. Wird heute noch manchmal fürs Scheibenschießen verwendet – mit speziellen Luftdruck-Gewehren, die auch Bolzengewehr genannt werden. Die Federn dienen dazu, das Geschoss auf seiner Flugbahn zu stabilisieren. Viel Schaden kann diese Pfeil-Munition glücklicherweise nicht anrichten. Und *Glück* hast Du wirklich gehabt: Das Ding hat zwar nur etwa einen Zentimeter in dir drin gesteckt, hätte aber trotzdem leicht einen Knochen treffen können. Das wäre dann eine schmerzhaftere und langwierigere Geschichte geworden. Aber der Bolzen ist nur in Muskelfleisch eingedrungen – absolut ungefährlich. Du musst nicht ins Krankenhaus, nähen müssen wir das winzige Loch auch nicht, nicht einmal klammern.«

Schon wieder seufzte Anna, doch diesmal war es ein Seufzer der Erleichterung.

Ein Verband war nicht notwendig, Fritz Bulle holte einfach eine kleine Mullauflage aus seinem schwarzen Einsatzkoffer, dann entfernte er noch einmal das Blut rund um die Wunde und streute etwas Wund- und Desinfektionspuder darüber. Danach nahm er die Mullauflage aus der sterilen Verpackung, faltete sie vierfach und presste sie auf die Einschussstelle. Schließlich klebte er noch ein paar dicke Streifen Leukoplast darüber und scherzte: »So, jetzt bist Du fast wieder wie neu. Ich denke, morgen Abend kannst Du deinen Leukoplast-Buckel wieder abmachen. Dann noch ein paar Tage ein dickes Pflaster, und die Sache ist vergessen.«

*

Anna hatte darauf bestanden, mit dem Notarzt allein gelassen zu werden. Sie war so niedergeschlagen gewesen, dass sie geglaubt hatte, die besorgten Gesichter ihrer Eltern oder von Spock nicht auch noch ertragen zu können. Aber nachdem nun die Operation, die eigentlich keine war, einen so glimpflichen Verlauf genommen hatte, wollte sie schnell ihre Liebsten beruhigen. Sie streifte sich nur rasch eine leichte Sommerjacke über, wegen des Lochs in ihrem schon so mitgenommenen neuen Kleid, dann beeilte sie sich, ins Wohnzimmer hinunter zu kommen. Als sie den Raum betrat, richteten sich etliche besorgte Augenpaare auf sie. Anna lächelte in die Runde und meinte: »Was schaut ihr denn alle so ängstlich? Ist doch alles klar – vier Kinder, kein Papa.«

Nun plapperten wirklich alle durcheinander, als sich die Sorge entlud und sich die ganze Gesellschaft um Anna drängte. Sie merkten kaum, dass das Telefon klingelte, Hauptkommissar Pauli abhob, eine Minute konzentriert zuhörte und den Anrufer nur zwei-, dreimal mit einer kurzen Frage unterbrach. Lediglich Bernhard hatte versucht, dem Gespräch zu folgen. »Wie geht's Stanger?«, war seine erste Frage, nachdem Pauli aufgelegt hatte.

»Noch eine gute Nachricht«, antwortete der Hauptkommissar laut, so dass sich ihm auch die Aufmerksamkeit der Andere zuwandte. Man merkte Pauli die Erleichterung an, als er weitersprach: »Das war Walter. Er hat gerade mit dem Krankenhaus gesprochen.« Pauli gönnte sich eine kurze Pause für ein Lächeln, bevor er erklärte: »Es ist nicht so schlimm, wie wir befürchtet hatten. Scheint 'nen ziemlich harten Schädel zu haben, der Bursche. – Auf jeden Fall härter als die Windschutzscheibe. Hat zwar eine mittelprächtige Gehirnerschütterung abbekommen, aber der Schädel ist ganz geblieben. Allerdings hat er sich wohl zwei Rippen beim Aufprall auf's Lenkrad angeknackst, und ein Stück vom rechten Ohr fehlt ihm.«

»Bitte? Wie hat er das denn angestellt? Als er mit dem Kopf durch die Windschutzscheibe geflogen ist ...?«, wollte Lars wissen.

Pauli schüttelte den Kopf: »Nein. Stanger hatte wirklich mehr Glück als Verstand. Eine dieser Eisenstangen, die unser herzallerliebster Freund auf dem Wagendach montiert hatte, ist durch das Wageninnere gewirbelt und hat dem Kollegen eine saubere Kerbe ins Ohr geschlagen. Aber die Ärzte meinen, mit etwas plastischer Chirurgie würde man das schon wieder hinbiegen. Dabei hatten Bernhard und ich schon die schlimmsten Befürchtungen, als wir ihn fanden.« Wie in einem kurzen Schaudern zogen sich bei der Erinnerung Paulis Schultermuskeln zusammen, während er weitersprach: »Als wir bei der schrottreifen Mühle ankamen, hing Stanger wie tot über dem Lenkrad, und sein Gesicht war blutüberströmt. – Das war aber wohl nur wegen eines leichten Schnitts in der Stirn. Dort bluten schon kleine Verletzungen wie verrückt. Jedenfalls ist Stanger in ein paar Wochen wieder fit für den Dienst, – ob es ihm passt oder nicht.

Doch was die andere Sache betrifft, sieht es bisher nicht so gut aus: Unser Freund ist einfach am Ende der Siedlung über einen kleinen Forstweg in den Wald hinein gefahren. Nur etwa 500 Meter tief im Wald haben unsere Beamten den Wagen gefunden, wie er munter brannte. Sie konnten gerade noch verhindern, dass das Feuer auf das trockene Unterholz übergriff. Der Schütze hat das Fluchtfahrzeug mit Benzin übergossen, angesteckt und sich dann zu Fuß aus dem Staub gemacht. Und das Waldgebiet, das hier am Stadtrand an den Vogelberg angrenzt, ist nicht gerade klein. Ich habe zwar Spürhunde geordert, aber ich schätze, durch den Brandgeruch von dem ausgebrannten Wagen werden sie die Spur kaum aufnehmen können. Tja, natürlich habe ich von allen Seiten Mannschaften in den Wald geschickt, und zwei Hubschrauber sind auch unterwegs. Jetzt können wir nur noch abwarten, ob es den Suchtrupps gelingt, unseren Freund einzukreisen. Ich vermute, dass er sich wieder zurück in die Stadt mogeln will, wo er bequem untertauchen kann.«

Pauli wollte nun zum Haus der Hoffburgs gehen, wo die Spurensicherung bereits bei der Arbeit war, als das Telefon noch einmal klingelte.

Der Hauptkommissar hob erneut ab, meldete sich und hörte eine gedämpfte Stimme: »Hallo Arschgesicht. Im Augenblick will ich die Kleine noch nicht verrecken lassen, zumindest nicht *so*, – das wäre nicht lustig genug, denn ihre Qualen wären nicht all zu lange. Also hör mir gut zu.«

*

Die anderen sahen, wie der Hauptkommissar puterrot anlief und Anstalten machte, in den Hörer zu brüllen. Doch dann sagte er kein Wort und hörte nur, was die Stimme am anderen Ende der Leitung zu sagen hatte. Nur auf seiner Stirn begann ein Nerv unregelmäßig zu zucken.

Patricks Vater hatte inzwischen, wie versprochen, über das amerikanische Büro seiner Firma ein spezielles, in Deutschland noch nicht zugelassenes Telefon besorgt und vorbeigebracht, auf dem in einem kleinen Anzeigefeld die Nummer des Anrufers zu erkennen war. Paulis Gespräch war bereits nach wenigen Augenblicken beendet. Er legte auf, notierte sich die Nummer, die noch auf dem Display leuchtete, hob wieder ab und wählte seinerseits.

Im Wohnzimmer war es mucksmäuschenstill geworden. Obwohl Pauli nicht besonders laut sprach, hörten alle im Zimmer wie er eine Telefonnummer durchgab, die sofort zu überprüfen sei, »… vermutlich eine Telefonzelle in der Stadt. Möchte wirklich wissen, wie der Bastard das so schnell geschafft hat. Schickt alle noch verfügbaren Leute los, sie sollen die Gegend durchkämmen, aus der der Anruf kam und nach Zeugen suchen. Die Suchtrupps im Wald können abbrechen. Und schickt umgehend nochmal den Notarzt her, er soll auf jeden Fall Tetanusserum mitbringen.«

»*Tetanus?* Oh ...«, Annas Mutter wurde blass. Sie begriff zuerst, und ihre Fingerspitzen begannen wie wild zu kribbeln, als ihr Kreislauf absackte und sie Anna in die Arme schloss, sich an ihrer Tochter festhalten und sie fest halten musste.

Dann schrie Lars auf: »Das Schwein!«, und zog seinerseits Frau und Tochter zu sich heran, als müsste er sie vor einer akuten Gefahr schützen.

Bernhard sah Pauli fragend an, und der erklärte: »Er hat sich in Pferdemist ein paar Bakterien herangezüchtet, sagt er, ... die sind bestens geeignet für Wundstarrkrampf.«

Dann wandte er sich direkt an Anna: »Keine Angst, wenn Du innerhalb der nächsten zwei, drei Stunden eine Tetanusspritze bekommst, dann kann nichts passieren. Oder hast Du vielleicht schon in der letzten Zeit ...?«

Anna schüttelte den Kopf und der Hauptkommissar fuhr fort: »Tja, gefährlich wäre es eigentlich nur, wenn nicht rechtzeitig eine Behandlung erfolgt.«

Bernhard wollte verblüfft wissen: »Aber warum hat er Anna denn gewarnt? Wenn er nicht hier angerufen hätte, dann ..., ich meine ...«

»Sie können's sich wirklich nicht denken?«, unterbrach Lars mit solcher Wut in der Stimme, dass Bernhard zurückschreckte, obwohl die Wut nicht ihm galt.

Mit vibrierenden Stimmbändern erklärte Lars: »Himmel, der Schuss galt doch nicht meiner Tochter, sondern *Kathrin*. Wäre Anna nicht in die Schussbahn gesprungen, dann hätte er meine Frau erwischt. Und dann hätte er uns natürlich nicht gewarnt.«

»Ja«, sagte Pauli ernst, »und je nachdem, wo er getroffen hätte, wäre dann aus dem Schuss vielleicht doch noch ein Mord geworden. Zumindest eine schwere Körperverletzung, falls eine Amputation notwendig geworden wäre.«

Anna und Kathrin zuckten bei den Worten des Hauptkommissars heftig zusammen, und Lars sah ihn strafend an, wegen seiner drastisch offenen Worte. Aber dann dachte sich Lars, dass klare Worte vielleicht doch am besten waren, denn niemand sollte sich irgendwelcher Illusionen über ihre Lage hingeben.

In betretenes Schweigen hinein klingelte es an der Haustür. Fritz Bulle war wieder im Einsatz. »He, soll ich vielleicht gleich mein Nachtquartier hier einrichten? ... Oh, ich sehe schon, im Augenblick kommen meine Witze wohl nicht so gut an?« Der Kommissar erklärte ihm die Situation.

Bulle sah Anna an, seufzte und meinte: »Da wirst Du mich wohl kaum in guter Erinnerung behalten, was? Na, vielleicht, treffen wir uns ja auch irgendwann mal, wenn nicht gerade ein Mörder in der Gegend 'rum schleicht. Also, dann wollen wir mal wieder ...«

Bulle machte sich auf den Weg in Annas Zimmer, die wandte sich mit einem kurzen Schulterzucken an ihre traurige Geburtstagsgesellschaft und folgte dann dem Notarzt.

*

Oh ja, vorhin, am Telefon, war der Mann kalt und gehässig gewesen. Doch tatsächlich konnte er seine Bosheit nicht in vollen Zügen genießen. Der Grund war ganz einfach: Der Mann war verwirrt. Und die Tatsache, dass er verwirrt war, verwirrte ihn noch mehr.

Er war sich doch seiner Sache so sicher gewesen, so überzeugt, alles im Griff zu haben. Seit vielen Jahren hatte er nur den Sieg gekannt. Nie war ihm, bei allem Widerstand, den ihm das Gör auch leisten mochte, ernsthaft der Gedanke gekommen, dass er diesmal vielleicht verlieren könnte. Sollte es denn tatsächlich möglich sein, dass diese kleine Kröte doch eine Chance hatte, ihn zu besiegen?

Er saß in seinem Lehnstuhl und knabberte am Nagel seines rechten Mittelfingers. Betrachtete dann geistesabwesend den bis zum Fleisch abgekauten, ausgefransten Fingernagel, sah ihn plötzlich richtig an, spürte den leichten Schmerz in der Fingerkuppe, schmeckte die schweißigen Schmutzreste, die sich unter dem Nagel angesammelt hatten – und er war bestürzt.

Er *knabberte Nägel!* Er war nervös! *ER!*

Er musste mit Schrecken an das arme, nervöse, ängstliche Würstchen denken, das er einst gewesen war, bevor die große Verwandlung eingesetzt hatte. Aber so wie heute war Anna ihm auch noch nie in die Parade gefahren. Sie hatte tatsächlich im letzten Moment gewusst, was er vorhatte! Er musste sich hüten, sich besser kontrollieren, sonst würde es ihr vielleicht bald gelingen, ihn aufzuspüren.

Ungläubig schüttelte er den Kopf: Da hatte sie es doch tatsächlich geschafft, seinen schönen Plan zu durchkreuzen.

Aber war es das? War es wirklich *nur* das, was ihn so verwirrte, ihn so bestürzte? Nein, er wollte nicht weiter in diese Richtung denken. Er wollte sich ablenken und an etwas Schönes denken, also dachte er an den wunderbaren Augenblick, als das Geschoss Annas Rücken getroffen hatte ...

... kein Problem war es gewesen, in das leere Haus einzudringen. Dass die Hoffburgs schon in den Urlaub gefahren waren, wusste er. Das Schießen mit dem Bolzengewehr auf diese Distanz hatte er geübt. Dabei hatte er sogar immer die hauchdünnen Gummihandschuhe, die schwarze Perücke und den dicken falschen Bart getragen, damit ihn heute nur ja nichts irritieren konnte. Und mit diesem teuren Zielfernrohr, das er vor zwei Monaten erstanden hatte, *musste* er einfach treffen.

Doch zunächst einmal beobachtete er durch die Scheibe der geschlossenen Schiebetür die Geburtstagsgesellschaft, die in dem Garten gegenüber so scheiß-guter Laune war.

Er nahm das Gewehr hoch und bekam die Gelegenheit, Annas Gesicht anzuvisieren. Ganz nah war es. Dieses hübsche Gesicht, das er so sehr hasste.

Er sah diese zarten Grübchen, die das Lachen auf ihre Wangen getupft hatte, – und er wollte ihr Sorgenfalten in die Stirn graben. Er sah die Freude über die kleine Geburtstagsparty im Glanz ihrer Blicke, – und er wollte diesen Glanz zu einem matten Nichts zerreiben. Er sah es belustigt in ihren Augen aufblitzen, – und er wollte unerträgliche Schmerzen und nackte Angst in diesen Augen sehen.

Das wollte er.

Es war Zeit für sein kleines Geburtstagsgeschenk, das er vorbereitet hatte.

Er packte nun auch den Karabiner aus, legte ihn auf den Boden, daneben drapierte er die Geburtstagskarte. Dann zog er ein Schächtelchen und eine Dose aus seiner Hosentasche, nahm aus dem Schächtelchen einen Federbolzen und schraubte den Deckel von der Dose. Darin befand sich eine jaucheartige Flüssigkeit, in die er das Geschoss tauchte. Dann lud er das Druckluft-Gewehr – das stärkste, das er bekommen konnte.

Er öffnete die Schiebetür einen Spalt, während drüben alle mit Feiern beschäftigt waren. Er nahm einen der Stühle, die um den Wohnzimmertisch gruppiert waren, dann setzte er sich rittlings so darauf, dass er den linken Ellenbogen zum sicheren Schießen auf die Lehne stützen konnte. Er drückte den Gewehrkolben leicht gegen seine rechte Schulter und suchte sein Ziel.

Viele Stunden hatte er gegrübelt, auf wen er schießen sollte. Den Vater? Die Mutter? Oder vielleicht auf den kleinen Bruder? Was würde Anna den größten Schmerz zufügen? Schließlich hatte er ein Kartenspiel aus dem Schrank geholt und begonnen, die Karten von oben herab aufzudecken: Karo acht, Kreuz zehn, Kreuz Ass und dann die Herz

Dame. Also würde es die Mutter sein. Nicht Herz König und auch nicht Herz Bube.

Anna saß inzwischen nicht mehr auf ihrem Platz, aber das war egal. Kathrin Silvan ging gerade ins Haus, sicher wollte sie irgendwas holen. Wenn sie wieder ins Freie trat, wäre sie ein ideales Ziel. Er nahm sich vor, in ihre rechte Brust zu schießen.

Da! Er sah sie schemenhaft durch das Wohnzimmer kommen, hatte den Finger am Abzug, spannte den Finger und spürte, dass etwas nicht nach Plan lief. Er zielte, *das Mädchen hatte etwas gemerkt*, er spannte den Finger noch stärker, das Mädchen schrie, sein Finger erreichte den Druckpunkt, überschritt den Druckpunkt als ein Körper in das Blickfeld seines Zielfernrohrs wirbelte.

Die Enttäuschung über den misslungenen Plan kommt erst später. Denn er hat durch das Zielfernrohr etwas gesehen. Nur für den Bruchteil eines Herzschlags – so deutlich und klar: Annas Rücken, der Pfeil, der Pfeil durchstößt das Kleid, dringt in das Fleisch des Mädchens, die Muskeln zucken, dann verschwindet der Rücken aus dem Blickfeld – kein Blut, dafür ging es zu schnell. – Und mit diesem Bild kam auch das Gefühl: Ein Rausch, Ekstase, Verwirrung ... *Verwirrung?* Ja, ...

... genau dieser Augenblick war es gewesen, in dem die Verwirrung eingesetzt hatte, das musste der Mann erkennen, während er in seinem Lehnstuhl saß und grübelte.

Nun wollte er sich selbst auf die Probe stellen: Wieder und wieder führte er sich den Einschlag vor Augen, malte sich aus, wie sich das Kleid um die Einschussstelle langsam rot färbte. Er versuchte, sich in Anna hineinzuversetzen, den Schmerz, den Schock zu spüren, die Angst in jenem ersten Augenblick, als sie noch nicht wissen konnte, was sie getroffen hatte, wie schwer sie verletzt war. Der Mann schauerte wohlig zusammen und spürte Befriedigung. Doch irgendwo darunter war noch etwas. Ein nie gekanntes, so leises Gefühl. Was war das bloß? Plötzlich riss er entsetzt die Augen auf. War das etwa ...? Konnte es sein ... dass er ... *Mitleid* empfand?

Ganz entgeistert flüsterte er: »Mitleid? *ICH???*« Ihm wurde übel, ein Schweißtropfen brannte in seinem rechten Auge, und dann musste er mit aller Macht gegen den Drang ankämpfen, sich zu übergeben. Das gab den Ausschlag.

Er sprang auf, fuhr herum und drosch einen so heftigen Schlag in das Lederpolster des Lehnstuhls, dass er krachend umstürzte. Dann brüllte er heißer an die Zimmerdecke: »NnnNIE! NIE WIEDER! *NIE!*«

Darauf atmete er einmal tief durch, ging zum Schrank, öffnete das Barfach, genehmigte sich einen Cognac und beschloss, dass es an der Zeit sei, sich wieder einen kleinen Mord zu gönnen. Und auch Anna wollte er diesmal überrumpeln. Mochte ja sein, dass sie spürte, wenn er sie angreifen oder sonstwie necken wollte. Aber wer sagte denn, dass ein Angriff nicht auch einmal von einer ganz anderen Seite kommen könnte? Irgendetwas ganz banales.

Und schmerzhaftes.

*

Anna hatte für diesen Tag eindeutig genug. Zwei Spritzen hatte sie bekommen! – Dieser Arzt hatte etwas von Simultanimpfung erzählt. Aber auch nach der Tetanus-Impfung war es für sie noch nicht zu Ende. Nachdem sich Fritz Bulle mit einem augenzwinkernden »Bis bald« – über das Anna nicht lachen konnte – verabschiedet hatte, kam ihre Mutter ins Zimmer, die offenbar vor der Türe gewartet hatte. Wortlos und voller Zärtlichkeit schloss sie ihre Tochter in die Arme. Nach all der Aufregung war es nun sehr ruhig im Haus. In dieser Ruhe hielten sich Mutter und Tochter eine lange Minute fest. Anna hatte die Augen geschlossen. Beide störten die Stille nicht mit Worten. Schließlich sagte Kathrin leise: »Die Kugel hatte mir gegolten.«

Als Anna und Kathrin schließlich wieder ins Wohnzimmer kamen, empfing sie Lars mit den Worten: »Ich nehme ja an, euch langt es für heute genauso wie mir.« Zu Anna gewandt fuhr er fort: »Aber während Du mit deinem fröhlichen Notarzt oben warst, ist Pauli rüber in die Wohnung der Hoffburgs, und gerade hat er ausrichten lassen, dass er uns drüben was zeigen will. Nur der junge Mann hier«, dabei zeigte er auf Tommy, »wird solange das Haus hüten.« Seit Roland ihn auf der Couch im Wohnzimmer abgesetzt hatte, war Tommy ungewöhnlich ruhig geblieben. Es kostete ihn einige Anstrengung, den anderen nicht zu zeigen, wie sehr ihm das Herz in die Hose gerutscht war.

Statt den Weg außen herum zu nehmen, gingen die Silvans und Spock einfach durch den Garten und stiegen über den kaum hüfthohen Zaun. Den Rest des Weges hakte sich Anna bei Spock ein, der noch recht grau im Gesicht war.

Pauli empfing die Gruppe an der Tür zum Garten und führte sie ins Wohnzimmer. Dort waren auch sein Assistent Walter und Frank von der Spurensicherung. Dessen Team war schon gegangen, nur Frank war geblieben, der später noch drei Beweisstücke ins Polizeilabor bringen musste.

Pauli führte sie zum Wohnzimmertisch, auf dem Walter ein kleines Bandgerät mit Mikrophon aufgebaut hatte, – was Anna nichts Gutes ahnen ließ. Aber sie hatte gar nicht erst zu hoffen gewagt, dass der Kommissar die Frage nicht stellen würde. Doch zunächst winkte Pauli die Gruppe nur zum Tisch, weil er ihr etwas zeigen wollte: Zwei Gewehre lagen auf der Tischplatte, eingepackt in durchsichtigen Plastiksäcken der Spurensicherung. Noch bevor Pauli etwas sagen konnte, deutete Anna auf die kleinere der beiden Waffen und meinte: »Das ist dann wohl dieses Luftdruckgewehr, von dem mir der Notarzt erzählt hat. Und das zweite Gewehr ..., das ist ein echtes, oder? Und wahrscheinlich auch geladen? Ich kann mir denken, warum er es da gelassen hat.«

»Geladen«, wiederholte Pauli nickend, »außerdem war es entsichert, als wir es fanden. Es ist ein Karabiner. Das Ding stammt zwar noch aus dem Zweiten Weltkrieg, ist aber gut in Schuss. Gar kein Problem, mit dem schweren Gewehr von hier aus jemanden zu treffen, der bei euch drüben im Garten sitzt. Vermutlich würde selbst ich mit dem Ding auf diese Entfernung nicht daneben schießen. Und das will einiges heißen.«

Ein paar Sekunden herrschte Schweigen, dann meinte Lars: »Na, deutlicher geht's ja wohl nicht.«

»Ja, die Nachricht ist klar«, nickte Pauli, »er hätte auch jemanden erschießen können, statt nur die Luftdruckwaffe zu benutzen. Natürlich will er Ihnen damit Angst einjagen.«

»Das ist ihm ziemlich gut gelungen«, meinte Kathrin bitter.

»Oh verdammt«, fuhr Patrick plötzlich auf, »ist das ein gerissener Bastard! Klar, das mit der Nachricht stimmt schon, aber der Karabiner ist auch ein Ablenkungsmanöver.«

»Aha«, meinte Pauli, »unser junger Freund hier hat's mit vulkanischer Logik durchschaut. Das heißt: Es *wäre* ein gerissener Schachzug von ihm gewesen, wenn Anna ihm nicht im wahren Sinn des Wortes in die Quere gekommen wäre.«

Dann wandte sich der Hauptkommissar direkt an Annas Mutter: »Stellen Sie sich vor, Sie wären tatsächlich getroffen worden. Und dann diese Nachricht durch den Karabiner: *Ich hätte Sie töten können, habe aber für dieses Mal nur gespielt.* Wer wäre da noch auf den Gedanken gekommen, dass auch dieses seltsame Pfeil-Geschoss, das doch eher von einer Jahrmarktwaffe zu stammen scheint, den Tod in sich tragen könnte?«

Anna fragte: »Aber das ist noch nicht alles, oder? Ich meine, er hat doch bestimmt eine Nachricht für mich hinterlassen?«

»Woher ...«, entfuhr es dem Kommissar verblüfft, doch dann fing er sich wieder, allerdings blitzte für einen Moment deutliche Skepsis in seinem Blick auf, bevor er antwortete: »Ja, er hat dir eine Geburtstagskarte hinterlassen.«

Pauli nickte Frank zu, der verließ das Wohnzimmer, kam jedoch gleich wieder mit einer bunten Karte in der Hand zurück.

Es war eine Geburtstagskarte zum Aufklappen, wie man sie, mit mehr oder minder lustigen Sprüchen versehen, in hunderten Variationen kaufen kann. Auf dieser Karte war eine behäbige, wohl genährte Zeichentrick-Maus in einer Hängematte zu sehen. Die Hängematte wurde von zwei mageren Mäusen gehalten, die an ihren Schwänzen von einem dicken Ast herunter baumelten. Über dem Mäuse-Terzett konnte man lesen: »Das Rezept für ein langes Leben ist: Viel Schlaf, gesundes Essen, sportliche Betätigung und ein geregeltes Liebesleben ...«. Unter der Hängematte folgte noch ein fettes »*aber* ...«. Anna klappte die Karte auf. Der vorgedruckte Text auf der Innenseite lautete: »... das Rezept für ein glückliches Leben ist: Wenig Schlaf, ausgeflippte Partys, abartiger Sex und Büchsenfraß! Einen tierischen Geburtstag!«

Unterschrieben war die Karte – natürlich – nicht.

Anna wollte die Karte umdrehen, um auch die Rückseite zu sehen. Erschrocken zuckte sie zusammen, als Pauli schnell mit der flachen Hand auf die Karte schlug und sie darauf liegen ließ.

Dann sah er Anna in die Augen und sagte: »Ja, auf der Rückseite ist noch eine kleine Nachricht von *IHM* für dich – eigentlich ziemlich unbedeutend. Und natürlich nicht handschriftlich, sondern ausgedruckt und aufgeklebt. Was ich dich fragen wollte: Kannst Du mir sagen, was auf der Rückseite steht?«

Der Kommissar hatte im Plauderton gesprochen, aber sein Blick war konzentriert auf das Mädchen gerichtet.

Anna schluckte und meinte unsicher: »Ich hab's doch noch gar nicht gelesen ...«

»Natürlich nicht. Also?«

»Nein, ich weiß nicht ...«, ein Schweißtropfen erschien auf Annas Stirn, und alle Augen hatten sich gebannt auf sie gerichtet. »... ich weiß es nicht ... genau.«

Anna überlegte fieberhaft. War jetzt der richtige Zeitpunkt, ihre Eltern und sogar den Kommissar einzuweihen? Ihnen von den unheimlichen Erlebnissen und Träumen zu erzählen? Würden sie ihr glauben? Anna leckte sich über die Lippen, suchte dann ganz automatisch den Blickkontakt zu Patrick. Ein paar Sekunden lang sahen sie sich in die Augen, schließlich nickte ihr Freund, zwar nicht begeistert, aber deutlich.

Anna holte tief Luft, konzentrierte sich und sagte langsam: »Ich denke, *Happy Birthday*, hat er ganz einfach auf die Rückseite geschrieben. Und dazu noch etwas in der Art, ob ich mich wohl über mein Geschenk freuen würde, das er mir mit Vergnügen gemacht hat und ... und dann noch, dass er sich darauf freut, mich zu treffen – und das schon bald. Ich glaube, das ist es in etwa.«

Pauli nahm die Karte auf, drehte sie um und las vor: »*Happy Birthday, mein heißgeliebter Schatz. Ich hoffe, mein kleines Geschenk bereitet dir soviel Vergnügen, wie es mir Vergnügen bereitet, es dir zu besorgen. Ich freue mich wirklich sehr auf unsere Begegnung – bald.*«

Bis auf Spock sahen alle erstaunt Anna an, und im Blick des Kommissars lag jetzt nicht nur Skepsis sondern Misstrauen.

Schließlich gab der Hauptkommissar Frank ein Zeichen. Der wäre zwar gerne noch länger geblieben, aber er wusste, Pauli würde nicht mit sich handeln lassen. Er steckte die Karte ein, nahm die beiden Gewehre in ihren Plastiksäcken und ging.

Walter schaltete das Bandgerät ein.

Lars schreckte auf und fuhr den Kommissar grob an: »Was soll das? Hören Sie, ich ...«, er wurde von Anna unterbrochen, die neben ihn getreten war, seine Hand genommen, sie leicht gedrückt und ihren Kopf geschüttelt hatte. Dann drehte sie sich wieder zum Kommissar um, deutete mit einem kurzen Zucken ihres Kinns in Richtung des Rekorders und schüttelte erneut den Kopf. Pauli überlegte nur kurz – im Zweifelsfall wäre ja immer noch Walter als Zeuge da – und stoppte das Aufnahmegerät.

»So, Anna, jetzt hast Du deinen Willen. Und jetzt beantworte mir die Frage.«

Klar, die Frage. Sie wunderte sich, dass sie jetzt erst kam. Selbst ihren Eltern hatte diese Frage auf der Zunge gebrannt, das konnte Anna spüren. Spock war sicher der einzige hier, der sich vorstellen konnte, *wie* Anna auf den Anschlag aufmerksam geworden war.

Anna wollte noch etwas Zeit gewinnen, deswegen stellte sie die Gegenfrage: »Sie wollen natürlich eine Erklärung dafür, wieso ich wusste, dass er auf meine Mutter schießt? Und wie ich den Zeitpunkt des Attentats kennen konnte?«

Pauli nickte und fügte gefährlich bedächtig hinzu: »Du weißt überhaupt recht viel. Irgendwie kann ich mich des Eindrucks nicht erwehren, dass ich aus irgendeinem Grund ein wenig an der Nase herumgeführt werde. Und was noch schwerwiegender ist: Ich glaube fast, Du *kennst* unseren bösartigen Freund.«

»Ja, ich kenne ihn.«

Pauli zuckte zusammen. Mit dieser glatten Antwort hatte er nicht gerechnet. Lars und Kathrin rissen vor Staunen den Mund auf und wollten gleich ihre Tochter mit Fragen überschütten, als sie noch hinzufügte: »Aber ich weiß nicht, wer er ist.«

Pauli ließ langsam seinen Kopf kreisen, rieb sich dabei mit der rechten Hand den Nacken und sagte wie zu sich selbst: »Es wäre ja auch zu einfach gewesen.«

»Oh verd..., wie soll ich das nur erklären? – Also, es ist so, dass ich noch nicht weiß, welche *Person* sich hinter unserem Mann verbirgt. Ich kann ihn noch nicht mit Namen nennen. Aber ich weiß, was für ein Mensch er ist. Ich kenne seinen Charakter und weiß was er will.«

Pauli stemmte die Hände in die Hüfte und meinte verärgert: »Ach so ist das also, mein Fräulein: Du willst mir erzählen, Du bist so eine gute Hobby-Psychologin, dass Du nicht nur seinen Charakter kennst – was ja nun wirklich nicht schwer ist –, sondern dass Du sogar genau gewusst hast, wann und wo er schießen wird?«

Anna schüttelte den Kopf. »Nein, so habe ich das nicht gemeint. Es ist mehr als nur Psychologie. Ich stehe, na ja, irgendwie ... mit ihm in Verbindung.«

Schon als der Satz noch nicht ganz draußen war, erkannte Anna, wie seltsam sich das anhören musste. Und tatsächlich erntete sie nicht nur vom Kommissar entgeisterte Blicke.

Patrick stellte sich neben Anna und legte einen Arm um sie. Und mit einem verzweifelten Blick zu ihren Eltern platzte Anna heraus: »Glaubt ihr an Dinge, die mit der Welt, die wir kennen, eigentlich gar nichts zu tun haben? Ich meine, an Übersinnliches?«

Kathrin und Lars starrten sich an, als wüssten sie im Augenblick tatsächlich nicht so ganz, ob sie die Welt noch verstehen, und das hatte in diesem Moment absolut nichts mit Übersinnlichkeit zu tun.

Pauli dagegen glaubte, sogar sehr gut zu verstehen. Er brauste auf: »Jetzt reicht's – das ist ja wohl die Höhe! Da kam also eine Hexe auf ihrem fliegenden Besen und hat dir von dem Attentat erzählt? Und unser Mörder ist natürlich ein Dämon, oder vielleicht der Teufel höchstpersönlich?«

»Nein – oder vielleicht irgendwie doch«, Anna war den Tränen nahe, »bitte, ziehen Sie es doch nicht so ins Lächerliche. Ich wollte es zuerst auch nicht glauben.«

»Wir«, warf Spock ein.

Der Kommissar stöhnte: »Du also auch?« Und er hörte kaum richtig zu, als Anna weitersprach, mehr zu ihren Eltern als an Pauli gewandt: »Ihr *müsst* mir glauben! Es ist natürlich nicht irgend so ein Unsinn, wie mit Hexen und Gespenstern oder so. Es ist ..., verdammt, *ich kann's doch selbst nicht richtig erklären.* Aber wer immer uns bedroht, der verfügt über Kräfte, die tatsächlich irgendeiner Art böser Magie zu entspringen scheinen. Wirklich: Er hat mich auch schon nur geistig – mit seinem Willen – angegriffen. Ich hatte es euch bloß nicht erzählt, eben weil es sich so sonderbar anhört. Aber eines weiß ich: Er kann mich allein mit seinen Gedanken aufspüren. Und manchmal, *manchmal*, da kann auch ich spüren, wenn er in der Nähe ist und irgendetwas vorhat. Als er auf Mama geschossen hat, da hab ich das fast wie durch *seine* Augen gesehen. Ich vermute, wenn er in unserer Nähe ist und etwas im Schilde führt, und je näher der Zeitpunkt rückt, zu dem er seine Tat ausführen will, umso mehr bösartige Energien setzt er frei – falls man hier das Wort Energie benutzen kann. Auf jeden Fall hatte ich schon zwei, drei Minuten vor dem Schuss gespürt, dass er wieder eine Teufelei vorhatte. Und direkt bevor er abgedrückt hat, da wurde mir schlagartig klar, *was* er vorhatte. Das Bild war einfach in meinem Kopf. Ich versteh es ja auch nicht, aber ich und *ER* sind so eng miteinander verbunden, dass wir sogar schon im Traum Auseinandersetzungen hatten, und ...«

»Ha!«, unterbrach Pauli, »im *Traum!* Jetzt ist aber endgültig Schluss. Und ich hatte von dir wirklich gedacht ..., aber egal.« Seine Miene verhärtete sich noch mehr, während er mit den Schultern zuckte, dann sagte er sehr förmlich zu Annas Vater: »Herr Silvan, es tut mir leid, aber ich glaube, wir werden das Gespräch in meinem Büro fortsetzen müssen. Am Montag um neun. Vielleicht haben Sie Ihre Tochter ja bis dahin wieder zur Vernunft gebracht. Und Du, junger Mann«, das galt Spock, »dich möchte ich auch sehen. Montag, zehn Uhr – und zusammen mit deinem Vater.«

Er sah Anna noch einmal in die Augen, setzte zum Sprechen an, überlegte es sich aber anders und ging.

*

Betretenes Schweigen.

Spock und Anna auf der einen, ihre Eltern auf der anderen Seite sahen sich an, bis nach einigen Sekunden ein junger Polizeibeamter ins Zimmer kam und höflich, doch bestimmt meinte: »Entschuldigen Sie, aber Sie müssen dieses Haus jetzt verlassen, ich muss hier dicht machen.«

»Wie?«, fragte Lars verwirrt, dann dämmerte ihm was der Beamte wollte: Sie standen ja noch in einer fremden Wohnung ...

Als sie wieder im eigenen Haus waren, wollte Lars, der sich inzwischen etwas gesammelt hatte, zunächst einmal Tommy auf sein Zimmer verbannen, aber Anna winkte ab und meinte mit leicht nervöser Stimme: »Lass gut sein, er weiß schon einiges.«

»Also gut, dann setzt euch mal hin, ihr zwei.«

Anna und Spock setzten sich auf die Couch, so dicht nebeneinander, dass sie sich gegenseitig spüren konnten. Beide hatten die unangenehme Vorstellung, auf einer Anklagebank Platz zu nehmen.

Lars fuhr fort: »Zunächst mal: Wenn ihr in irgendwelche Schwierigkeiten geraten seid, dann sagt es uns offen. Anna, Du kannst dich darauf verlassen, wir werden zu dir halten, selbst ... wenn Du bei der ganzen Sache irgendetwas ausgefressen hast oder irgendeinen Unsinn angestellt haben solltest ...«

»*NEIN*«, Anna war aufgesprungen. Sie zitterte vor Aufregung, als sie rief: »Ihr glaubt doch nicht wirklich, wir würden irgendeinen Blödsinn machen, obwohl es um *Mord* geht? Mein Gott – schließlich sind *Menschen* umgebracht worden, vermutlich sogar mehr als wir wissen. Ich weiß ja, wie verrückt sich das alles anhört. Aber ihr *müsst* uns glauben, da passiert wirklich mehr, als normale Polizeiarbeit klären kann. Und wenn *ihr* uns nicht glaubt, wer dann?«

Lars sah seine Frau an, die setzte zweimal zum Reden an und sagte schließlich beim dritten Anlauf langsam: »Ich glaube schon lange nicht mehr an Übersinnliches ...«, Anna stieß einen hellen Laut der Enttäuschung aus, doch ihre Mutter fuhr fort: »... bisher zumindest. Aber sie hat es tatsächlich *gewusst*.« Ihrer Stimme war immer noch die Verblüffung anzuhören. »Ich meine, woher um Himmels willen sollte sie das mit dem Schuss gewusst haben? Und dass sich Anna kaum mit dem Killer auf eine Tasse Kaffee getroffen hat, um mit ihm eine Verschwörung auszuhecken, das brauche ich ja wohl nicht zu sagen? Ich denke, wenigstens im Moment sollten wir mal so tun, als gäbe es Übersinnliches. Zumindest, bis wir die ganze Geschichte gehört haben, und genau das will ich jetzt!«

Lars pustete seine Backen auf, kratzte sich am Kopf und ließ seine Blicke zwischen Anna und Spock hin und her wandern.

Schließlich meinte er mit einem Anflug von Hektik: »Fein, natürlich, wir müssen uns auf jeden Fall erst mal die ganze Geschichte anhören. Also los.«

Anna begann: »Gut, wenigstens einen Schritt weiter sind wir schon mal. Aber Ihr werdet ein paar ganz schön abgefahrene Sachen hören. Deswegen: Lasst uns erst alles bis zum Ende erzählen. Dann könnt ihr fragen. Und ich garantiere euch« – sie seufzte – »ihr *werdet* Fragen haben.«

Nun berichteten Anna und Spock abwechselnd und sich gegenseitig ergänzend all das, was sie bisher zurückgehalten hatten, weil es nicht in die Vorstellung dieser Welt passte: Wie Anna vor einem Schuhgeschäft auf so sonderbare Weise in ihren eigenen Gedanken attackiert worden war, dass ihr übel wurde, und wie sie selbst erst einige Zeit später darauf gekommen war, dass es sich dabei um den Angriff eines fremden, bösartigen Verstandes gehandelt hatte. Wie sie gemeinsam mit Spock in einen Traum geraten war, wie sie gemeinsam mit ihrem Traumgegner gekämpft hatten. Und dass sie wegen den Träumen Annas vermuteten, es müsse irgendeine Verbindung zwischen ihrem Gegner und Annas leiblichem Vater, Max Klinger, bestehen, weshalb sie dem Kommissar einen anonymen Brief geschickt hatten. Und sie berichteten von ihrem unheimlichen Erlebnis in der Hubertusklinik, als sie gespenstische Kampfgeräusche im Treppenhaus gehört hatten.

Als sie am Ende ihrer Geschichte angelangt waren, schloss Anna, die dabei die Angst in ihrer Stimme nicht verbergen konnte: »So, und das ist nun die Geschichte, die Ihr glauben sollt.«

Tommy, der ja nur teilweise eingeweiht gewesen war, entfuhr ein aufgeregt-begeistertes »Boah! Na so was!« Auch sein Vater rief: »Na so was«, bei ihm hörte es sich aber ganz und gar nicht begeistert an. Schließlich sagte Lars: »Nein, ich *kann* es einfach nicht glauben. Aber das Blöde ist: Auf der anderen Seite kann ich es genauso wenig glauben, dass ihr uns was vorschwindelt. Es muss ganz einfach eine reale Erklärung für all das geben.«

»Es wäre zu schön«, seufzten Anna und Spock unisono.

Kathrin meinte nun: »Im Krankenhaus, das könnten doch auch reale Geräusche gewesen sein? Außerdem wart ihr sicher aufgeregt, von eurer Suche und weil ihr erst kurz zuvor von den Morden im Verwaltungsgebäude der Klinik erfahren hattet. Ja sicher: Ihr wart ja sogar dabei, als die Bahren mit den Mordopfern herausgetragen wurden ... Also das waren sicher ganz normale Geräusche, Anna. Und in der Aufregung hast Du da was Gespenstisches hineininterpretiert und die anderen damit angesteckt.«

Bitter antwortete Anna: »Erstens waren wir erst *danach* beim Verwaltungsgebäude, wo die Morde geschehen waren, und zweitens: Wenn Du dabei gewesen wärst, dann würdest Du das nicht sagen.«

Nun redete Lars auf Anna ein: »Aber sieh mal: Du hast doch selbst erzählt, dass Du bei dieser Sache vor dem Schuhgeschäft erst im Nachhinein geglaubt hast, dass es sich um eine Art mentalen Angriff gehandelt hat. Doch Du wirst ja *tatsächlich* von irgendeinem perversen Spinner verfolgt. Also ist es durchaus möglich, dass Du auch einen Angriff vermutest, wo in Wirklichkeit gar keiner stattgefunden hat. Vermutlich ist dir tatsächlich einfach nur schlecht geworden.«

Trotzig sagte Anna: »Wenn das heißen soll, ich leide an Verfolgungswahn: Nein. Ich weiß, was ich erlebt habe. Und außerdem: Was ist mit den Träumen?«

Lars antwortete: »Na das sind eben zum Teil ganz einfach Alpträume gewesen. Und dass Du im Traum auf Max Klinger hingewiesen wurdest ..., na ja, ich vermute, umgekehrt wird ein Schuh draus: Irgendwie bist Du tatsächlich auf eine Spur gestoßen, ohne es zu bemerken. Und während Du geträumt hast, hat dir dein Unterbewusstsein etwas auf die Sprünge geholfen. So war es ja auch mit Sahras Grab, das hast Du selbst gesagt: Als dir deine Freunde von ihrem Friedhofsbesuch erzählten, haben sie die Sache mit den unterschiedlich gepflegten Gräbern von Max Klinger und Sahra erwähnt, aber erst im Traum ist dir die Bedeutung dieses Unterschiedes klar geworden.«

»So«, meinte Anna kämpferisch, »dann erklär mir doch bitte auch, wie ich mit Patrick in den selben Traum geraten konnte?«

Annas Eltern sahen sich einen Augenblick unsicher an, dann meinte Lars: »Sagen wir lieber, es waren *ähnliche* Träume. Dann habt Ihr euch davon erzählt, und ...«

»Und was war mit dem Schuss?«, unterbrach Anna, »Mama, Du hast doch selbst gemerkt, dass da irgendetwas dahinter stecken muss? Schließlich, Du hast es ja gesagt: Ich habe es tatsächlich *gewusst*.«

Kathrin zuckte mit den Schultern, schien hin und her gerissen, meinte dann aber doch, wenn auch unsicher: »Na ja, das war wohl schon eine Art sechster Sinn ..., aber deshalb muss das Ganze ja nicht wirklich übersinnlich sein.«

»*Ouch!*«, Anna stampfte mit dem Fuß auf, »ihr *wollt* einfach nicht begreifen! Da sind doch so viele Ungereimtheiten, die sich nicht einfach mir nix, dir nix erklären lassen.«

Mit schmerzlichem Lächeln meinte Lars: »Irgendwie sind wir, glaube ich, bisher nicht viel weiter gekommen, was?«

»Ja, und wir werden so auch nicht weiter kommen,« meldete sich nun Patrick zu Wort, »denn Anna und ich wissen, was wir wissen, und ihr werdet dabei bleiben, dass wir uns auf irgendeine Weise irren müssen. Deswegen schlage ich vor, dass wir es einfach dabei belassen: Ihr akzeptiert, dass wir in diesem Fall an Übersinnliches glauben, wir akzeptieren, dass ihr der Ansicht seid, es müsse eine reale Erklärung für all das geben. Was nun *tatsächlich* zutrifft, wird die Zukunft zeigen.«

Lars pustete laut seine Lungen leer, sah seine Frau an und fragte sie schließlich: »Also optimal ist das nicht. Aber ich denke, zumindest eine Zeit lang können wir damit leben. Was meinst Du Schatz?«

Kathrin nickte und ergänzte: »Außerdem können wir damit vielleicht unseren Hauptkommissar wieder etwas beruhigen. Ihr erzählt ihm am Montag alles, was ihr uns gesagt habt, und wir erzählen ihm dann unsere Version. Ich vermute mal, dass ihr ihn kaum von eurer Geschichte überzeugen könnt. Aber vielleicht schließt er sich ja unserer Fraktion an: Dass ihr Jungvolk von der Wahrheit eurer Geschichte überzeugt seid, während es tatsächlich irgendeine vernünf..., na ja, eine reale Erklärung geben muss.«

Man sah Anna ihre Unzufriedenheit an, doch schließlich willigte sie ein: »O.k., ist wahrscheinlich besser, er hält uns nicht für leichtsinnige Lügner sondern nur für unzurechnungsfähig.«

»Nur eins noch«, meinte Lars beschwörend: »Die Geschichte mit diesem *gemeinsamen* Traum lasst ihr vielleicht doch besser weg.«

*

Inzwischen war es früher Abend geworden. Patrick hatte sich dazu entschieden, seinem Vater noch heute ebenfalls reinen Wein einzuschenken. Er musste es ja ohnehin tun, weil sie gemeinsam zum Polizeirevier bestellt waren. Aber zunächst kam er noch für einen Moment mit auf Annas Zimmer.

Als er die Türe hinter sich geschlossen hatte, lehnte er sich dagegen und seufzte: »Endlich! Seit dem Schuss waren wir noch gar nicht allein.« Dann stieß er sich von der Tür ab und umarmte seine Freundin ganz fest, achtete aber darauf, nicht die verletzte Stelle auf ihrem Rücken zu berühren.

Schließlich kuschelten sie sich auf die Couch, und nachdem sie noch eine Weile miteinander geschmust hatten, fühlten sich beide besser. Anna kicherte sogar: »Wozu so ein bisschen Knutschen gut sein kann.«

Doch gleich wurde sie wieder ernst: »Sag, soll ich noch mit dir zu deinem Vater kommen? Ich meine, schließlich warst Du auch hier bei mir, und zu zweit können wir's ihm vielleicht besser erklären?«

Spock antwortete: »Ein *bisschen* knutschen hätte ich das jetzt nicht genannt. Und: Nein, brauchst Du wirklich nicht, ich komme schon klar. Aber es ist lieb, dass Du gefragt hast. Komm, lass uns noch eine Runde *knutschen*, damit ich Kraft für den Heimweg habe.«

*

Spocks Vater sagte wirklich nicht allzu viel zu den Erklärungen seines Sohnes. Spock glaubte allerdings, das komme nur daher, weil sein Vater dem Erzählten absolut fassungslos gegenüberstand. – Doch es gab noch ein Nachspiel.

*

Im Kommissariat wurde es am Montag nicht besonders erfreulich. Auch nachdem Annas Eltern dem Hauptkommissar ihre Sicht der Dinge erklärt hatten, schien Pauli immer noch ungehalten.

Schließlich hatte Pauli die Silvans wieder entlassen, aber seine Miene war finster geblieben. Anna war deshalb etwas bedrückt, denn eigentlich konnte sie den Hauptkommissar inzwischen ganz gut leiden. Doch noch bedrückender wurde für sie ein anderes Gespräch.

Kurz vor zwölf Uhr rief Patricks Vater an und fragte Lars, ob Anna auch da sei und ob er zu einem Gespräch

herüber kommen könne. Zehn Minuten später saß Edgar
Mayer im Wohnzimmer der Silvans. Es war nicht schwer zu
erkennen, dass er nervös und ziemlich aufgebracht war.
Anna spürte geradezu körperlich, wie sich der Vater ihres
Freundes anstrengen musste, um ruhig sitzen zu bleiben und
in sachlichem Ton zu reden.

Edgar Mayer kam schnell auf den Punkt: »Das war, gelinde gesagt, eine recht phantastische Geschichte, die mir
mein Sohn erzählt hat. Sie wissen, dass ich in der Werbe-
branche tätig bin, und da sollte man schon ein bisschen
Fantasie haben. Aber was ich da gestern zu hören bekommen habe ... Und dann heute Vormittag bei diesem Hauptkommissar Pauli, das war eine sehr unerquickliche Stunde.«

»Nun gut«, warf Lars ein, »aber Sie können uns doch
nicht für das verantwortlich machen, was passiert ist.«

Edgar Mayer winkte ab, ging aber nicht wirklich auf die
Bemerkung ein sondern meinte: »Patrick hat mir von Ihrer
Übereinkunft erzählt. Und ich muss sagen: Es fällt mir ver-
dammt schwer, da mitzuspielen.«

Dann sah er Anna direkt an und sagte mit eindringlicher
Stimme: »Hör zu, ich will vor allem nicht, dass meinem
Sohn irgendwas passiert. Weil Du Patricks Freundin bist,
gebe ich mir Mühe, zu glauben, dass es wirklich zu all dem
Durcheinander eine reale Aufklärung gibt. Aber bitte: Zieh
meinen Sohn nicht in irgendetwas hinein, das ihm schaden
könnte.«

»Na, nun hören Sie mal ...«, wollte Lars dazwischen fahren, aber Edgar Mayer bremste ihn gleich wieder: »Bitte lassen Sie mich ausreden. Also, Anna: Nach dem Besuch heute
bei der Polizei ist mir im ersten Moment durch den Kopf geschossen, ob ich Patrick nicht vielleicht sogar von dir fern-
halten sollte, aber – Du brauchst nicht so entsetzt zu gucken
– ich bin selbst zu der Einsicht gekommen, dass das aus
mehreren Gründen falsch wäre. Genauer gesagt: Ich hätte es

gar nicht gekonnt. Denn ersten glaube ich kaum, dass sich Patrick an ein Verbot halten würde. Und zweitens, na ja, ich glaube nicht, dass ich überhaupt das Recht hätte, ihm seinen Umgang vorzuschreiben.«

Nun wandte er sich wieder mehr Annas Eltern zu: »Wissen Sie, wenn ich ehrlich bin: Ich denke, ich war all die Jahre ein ziemlich schlechter Vater. Ich habe vor allem für meine Arbeit gelebt. Notgedrungen ist Patrick in dieser Zeit sehr selbständig geworden. Und nachdem ich mich die ganze Zeit nicht richtig um ihn gekümmert habe, kann ich jetzt nicht kommen und ihm etwas verbieten, was ihm sehr viel bedeutet. Außerdem ...«, er zögerte einen Augenblick, bevor er nervös weitersprach, »na ja, ich fange gerade erst an, meinen Sohn kennenzulernen. Wissen Sie, seit wir gemeinsam hierher gezogen sind, kommen wir uns so ganz langsam ein wenig näher. Und das will ich nicht aufs Spiel setzen durch einen Streit, den ich doch nicht gewinnen könnte. Und ich will nicht verhehlen, dass ich schon ein bisschen eifersüchtig auf ihre Tochter bin.«

Nachdenklich fuhr er fort: »Eigentlich wollte ich Patrick fragen, ob wir nicht gemeinsam in den Sommerurlaub fahren sollten. Aber ich bin halt immer noch mit meiner Firma verheiratet und habe die nächste Zeit ein paar wichtige Termine – es ist also wie immer. Und in der augenblicklichen Situation hätte er ja wohl ohnehin abgelehnt, nicht?«

Edgar Mayers Hände zitterten leicht, als er sich vorbeugte, Anna erneut scharf ins Auge fasste und sagte: »Glücklich bin ich bei der ganzen Sache nicht, nein, wirklich nicht, aber es bleibt mir wohl nicht viel mehr übrig als wenigstens euch viel Glück zu wünschen. Eines muss ich dir jedoch sagen: Bitte zieh meinen Sohn nicht in irgendwelchen Unsinn rein. Wenn ihm irgendetwas passieren würde... – Bitte, lass es mich nicht bedauern, dass ich nicht wenigstens *versuche*, etwas gegen eure Freundschaft zu unternehmen.«

Anna antwortete ruhig: »Glauben Sie mir, Herr Mayer, ich treibe keinen Unsinn mit dem Tod. Und ich möchte Patrick bestimmt nicht in Gefahr bringen, aber ich bin sehr, sehr froh, dass ich seine Hilfe habe. Eines kann ich Ihnen jedoch unbesorgt versprechen: Ich werde mit allem, was ich tue, so vorsichtig wie nur möglich sein.«

Edgar Mayer nickte Anna kurz zu, aber der Blick, den er ihr dabei zuwarf, ließ sie daran zweifeln, ob das Nicken nun heißen sollte: »Na gut, ich will es dir glauben«, oder nicht vielleicht doch eher: »Du kannst mir ja viel erzählen.« Auf jeden Fall hatte das Gespräch Edgar Mayer sehr aufgewühlt. Möglicherweise, so dachte Anna, kam es auch daher, dass er eingestanden hatte, ein schlechter Vater gewesen zu sein.

Lars und Kathrin wollten noch mit ihm reden, ihn beruhigen, aber er lehnte kopfschüttelnd ab und meinte mit resigniertem Unterton in der Stimme: »Lassen Sie's gut sein. Bitte verstehen Sie, dass ich nicht in der Stimmung bin, noch weiter zu reden. Hoffen wir das Beste. Aber ich möchte im Augenblick nur nach Hause und mich in meine Arbeit vergraben.«

Damit ging er ohne sich noch einmal umzudrehen und hinterließ eine traurig dreinblickende Anna.

Kathrin meinte tröstend: »Schau, Du musst schon verstehen, dass er um seinen Sohn besorgt ist. Aber wenn wir alles glücklich überstanden haben, dann denkt er bestimmt ganz anders über die Sache. Wirst' schon sehen: Dann bleibt ihm gar nichts anderes übrig, als dich zu mögen.«

Anna seufzte: »Wenn wir's doch nur schon überstanden hätten.«

3. Der Tod ist geduldig

Auch Patrick war nicht gerade glücklich, als er kurz nach ein Uhr zu Anna kam und sie ihm von dem Treffen mit seinem Vater erzählte. Sie saßen in Annas Zimmer und überlegten sich ihre nächsten Schritte.

Anna meinte schließlich: »Es wird wirklich Zeit, dass wir ein bisschen voran kommen. Unseren Besuch in Trier mussten wir auch wieder verschieben. Weißt Du was? Lass uns noch heute fahren. Damit es endlich ein Stück gibt. Wir müssten eigentlich ohne Probleme bis vier Uhr dort sein. Dann können wir immer noch ein paar Stunden nach Dr. Alban forschen. Und wenn wir heute nichts herausfinden, übernachten wir in der Jugendherberge und versuchen es morgen noch einmal.«

Skeptisch fragte Spock: »Und Du glaubst, deine Eltern erlauben dir das?«

Anna zuckte mit den Schultern und entgegnete spitz: »Wer sagt denn, dass ich sie fragen will? Ich lasse ihnen eine Nachricht da, das muss genügen. Und wie sieht's bei dir aus?«

Spock überlegte einen Augenblick, dann machte sich ein verschlagenes Lächeln in seinem Gesicht breit, als er erklärte: »Ja, ich sage Bescheid, dass wir nach Trier fahren – aber ich muss ihm deshalb ja nicht erklären, dass wir uns als Detektive betätigen? Ich erzähl' ihm, dass wir mal zwei Tage für uns haben wollen und deshalb etwas aus der Schusslinie gehen. Schließlich wird unser mörderischer Freund ja kaum wissen, dass wir in Trier sind, oder? – Schreib Du die Nachricht an deine Eltern und pack deinen kleinen Rucksack. Ich gehe auch gleich Packen und ruf noch Heike und Roland an, ob sie mitkommen.«

Nachdem Spock gegangen war, suchte Anna das Nötigste zusammen. Da der Wetterbericht für den Abend ein Sommergewitter angekündigt hatte, vertauschte sie ihre Shorts gegen Jeans und legte auch noch ihre alte Jeansjacke in den Rucksack. Kurz dachte sie daran, auch ein Stück aus ihrer neuen Waffensammlung einzustecken, entschied sich dann aber dagegen. Die Nachricht für ihre Eltern steckte sie in einen Umschlag und schrieb darauf: »Hi, Tom, gib den Brief bitte Mami oder Paps«, dann legte sie ihn auf das Bett ihres Bruders, der gerade bei einem Klassenkamerad war.

Lars war ohnehin im Büro und Kathrin telefonierte, als Anna die Treppe herunter kam. Sie rief ihrer Mutter nur zu: »Ich gehe zu Spock rüber« – und das stimmte ja schließlich auch.

Gerade, als Anna mit ihrem Fahrrad in den Sperlingweg eingebogen war, kam ihr Spock schon mit seinem Rad entgegen und rief: »Schnell, wenn wir uns beeilen, dann erwischen wir noch den Zug um 14.23 Uhr.«

»Und Heike und Roland …?«

»… können heute nicht. Wir sollen heute Abend mal anrufen.«

Nun legten sie sich kräftig in die Pedale und hatten sogar schon zehn Minuten vor Abfahrt des Zuges ihre Räder an die Radständer vor dem Bahnhofsportal angekettet.

In der Schalterhalle waren nur zwei Schalter besetzt. Als Anna und Spock auch nach fünf Minuten noch die Vierten in der Reihe waren, blieb ihnen nichts anderes übrig als ohne Karten zum Bahnsteig 9 zu laufen und später für das Nachlösen während der Fahrt einen höheren Preis zu zahlen. Kaum waren sie im Zug, setzte er sich auch schon in Bewegung.

*

In Bewegung war auch der Mann. Er hatte nur bei einer Telefonzelle angehalten. Ein Anruf, eine kurze Anweisung, und die Sache lief. Wie gut, dass er gestern die notwendige Verbindung geknüpft hatte. Nachdem er wieder in seinem Wagen saß, steuerte er den nächsten Grenzübergang an. Nur einmal würde er zum Tanken anhalten, ansonsten wollte er zügig bis Nizza durchfahren. Er hatte dort eine Verabredung.

Blöd für die Verabredung, dass sie nichts davon wusste.

*

Alleine im Abteil, nutzten Anna und Spock die eine Stunde und zehn Minuten Zugfahrt gut: Sie hatten die Armlehne zwischen sich hochgeklappt, sich irgendwie ineinander gewurstelt, dösten, unterhielten sich leise über herrlich belanglose Dinge und genossen die Nähe des Anderen. Der vorbeiflitzenden Landschaft schenkten sie wenig Beachtung. So fiel ihnen natürlich auch der alte Chevrolet nicht auf.

Für ein paar Kilometer führten die Gleise an der Autobahn entlang. Der Chevrolet – auf Hochglanz polierter roter Lack, Weißwandreifen, viel Chrom, getönte Scheiben, ein übergroßes Auspuffrohr und ein Fuchsschwanz an der Antenne – fegte mit 170 Stundenkilometern heran, glich sich aber der Geschwindigkeit des Zuges an, als er neben ihm fuhr. Erst unmittelbar bevor sich Bahngleise und Autobahn wieder trennten, schoss der Wagen davon.

*

Wie immer herrschte im Sommer viel Touristenrummel in Trier. Und wie immer waren unter den Besuchern der ältesten Stadt Deutschlands auch Japaner und natürlich Amerikaner, die sich recht erfolgreich bemühten, dem Klischee des amerikanischen Touristen möglichst nahe zu kommen (richtig: kurze Hosen um kräftige Hüften, bunte Hawaii-Hemden, schwarze Socken in braunen Sandalen und – natürlich – Baseball-Mützen).

Als sie gerade den Bahnhof verließen, stutzte Spock, schubste Anna an, deutete durch die Menge zur Straße und rief: »He, schau dir mal den Schlitten an! Ich wette, der braucht mindestens zwanzig Liter Super auf hundert Kilometer.«

Anna folgte mit ihren Blicken der Linie von Spocks ausgestrecktem Finger und sah einen fetten, roten, chromblitzenden Chevrolet am Straßenrand stehen – mitten im Parkverbot.

»Nettes Wägelchen, – hat bestimmt 'ne Klimaanlage.«

Bei wolkenlosem Himmel war es drückend heiß geworden. Anna bedauerte schon, dass ihre Wahl auf die lange Hose gefallen war. Doch sie hatte sich geirrt. In dem Chevrolet summte keine Klimaanlage. Die beiden massigen Männer, die in dem Wagen saßen, schwitzten trotz der getönten Scheiben wie die Schweine. Aber wegen der getönten Scheiben konnten Anna und Spock sie nicht sehen. So merkten sie auch nicht, dass sie beobachtet wurden. Der Mann, der auf der Beifahrerseite saß, besah sich noch einmal die Fotos in seiner Hand, nickte und grunzte: »Leicht verdientes Geld.«

Spock hatte inzwischen über etliche Köpfe hinweg die nächste Bushaltestelle entdeckt, er schlenderte mit Anna hinüber. Der nächste Bus ins Dorf der Albans, wo sie sich etwas umhören wollten, kam in einer viertel Stunde. So besorgte Spock am Bahnhofs-Kiosk noch schnell für jeden ein Zitronen-Wassereis, was ihm einen Kuss als Belohnung einbrachte. Dann setzten sie sich nebeneinander auf einen großen Blumenkübel, schleckten ihr Eis und beobachteten entspannt das Treiben auf der Straße.

Als ihr Bus kam und sie zusammen mit ein paar anderen Fahrgästen eingestiegen waren, erwachte der Motor des Chevrolets blubbernd zum Leben. Der Bus fuhr los, der rote Wagen fädelte sich in den Verkehr ein und folgte in einiger Entfernung.

*

Bambam maulte: »Scheiße – müssen da überall so viele Leute rumlaufen? Können die Hirnis nicht mit ihren Ärschen daheim bleiben?«

Jetzt folgten sie diesen beiden Kids schon seit Stunden, aber die ganze Zeit waren sie unter Menschen gewesen, und so langsam taten Bambam die Füße weh.

Hugo beruhigte Bambam träge: »Ach, was soll's? Irgendwann erwischen wir sie schon alleine, bis dahin sieh's einfach als Ausflug an, und denk an den Batzen Kies, den uns dieser Ausflug einbringt!«

Bambam kratzte sich am Stoppelkopf. Er dachte an die Gucci-Schuhe, die er unbedingt haben musste, und an diese abgefahrenen Sessel aus weißem Leder.

Ein Lächeln machte sich auf seinen Lippen breit. Er murmelte entspannt: »Was für ein wunderschöner Ausflug, lange keinen so netten Tag mehr gehabt!«

Mittlerweile war es acht Uhr am Abend, und sie waren wieder in der Innenstadt von Trier gelandet. Vor zwei Stunden waren die beiden Kids in einem kleinen Laden verschwunden, nach wenigen Minuten mit einer halbvollen Tragetasche wieder heraus gekommen. Jetzt gingen sie an der Basilika vorbei, direkt in die Parkanlage des barocken Kurfürstlichen Palais. Wie gehabt folgten Hugo und Bambam im nötigen Abstand. Auch im Park herrschte noch reges Treiben. Nun marschierten sie zwischen verschiedenen Ziersträuchern über einen rotbraunen Brascheweg, und Bambam bewunderte im vorbeigehen ausgiebig eine lebensgroße Artemis-Statue, die auf einem hohen Sandsteinsockel stand. – Wobei sein Augenmerk weniger der Bildhauerarbeit galt als vielmehr der Tatsache, dass die griechische Jagdgöttin, die er natürlich nicht als solche erkannte, fast nackt war. Doch plötzlich spürte er Hugos Hand auf seiner Schulter, der ihn so am Weitergehen hinderte, dann nach vorne deutete.

Das Parkareal mit eingefassten Wegen und Zierbeeten war dort zu Ende, und es begann eine große Wiese. Etwa knapp fünfzig Meter weiter waren auch diese beiden Kids stehengeblieben. Jetzt nahmen sie ihre Rucksäcke von den Schultern, der Junge zog aus seinem ein Strandlaken, das er auf der Wiese ausbreitete, während sich das Mädchen reckte und gleichzeitig mit den Füßen achtlos ihre Turnschuhen abstreifte. Dann ließen sich beide auf dem Laken nieder und begannen, die Einkaufstüte auszupacken, – offensichtlich sollte das ein Picknick werden.

»Gute Idee«, murmelte Hugo, dann sagte er zu Bambam: »Da hinten war ‘ne offene Bude. Ich hol’ uns was zu futtern, besorg Du ‘nen Sitzplatz.«

Während Hugo umkehrte, ging Bambam noch ein paar Meter weiter zu einer Parkbank, die ideal im Schatten einer dicken Eiche stand. Die Bank war zwar von einem schmusenden Liebespärchen besetzt, aber das war für Bambam kein Problem. Er stellte sich vor die beiden, die ihn noch gar nicht bemerkt hatten, zog geräuschvoll eine gute Ladung Speichel hoch und spuckte einen grünen Schleimklumpen seitlich auf den Boden.

Nun hatte er die volle Aufmerksamkeit des Pärchens, und in den Augen des Jungen glomm schon ein Anflug von Panik auf. Der war von eher schmächtiger Natur. Obwohl er den Versuch eines Vollbarts im Gesicht trug, schätzte Bambam ihn auf höchstens zweiundzwanzig. Das blondgelockte Engelchen mochte noch etwas jünger sein. Bambam schob seine Sonnenbrille hoch, richtete seinen Blick aus knapp 1,90 Meter Höhe ungeniert auf ihre Brüste, die sich deutlich unter ihrem weißen Top abzeichneten, dann meinte er im Plauderton: »Nette Nippel. Komm mit in die Büsche, dann besorg ich's dir ordentlich.«

Die Augen des Mädchens schienen aus ihren Höhlen treten zu wollen, ihre Kinnlade klappte herunter.

Der Junge sagte: »A..., Aber, Aber, Aber ...«

Bambam verzog das Gesicht, schüttelte den Kopf und sagte nur »Studenten«, was bei ihm wie ein obszönes Schimpfwort klang. Dann fuhr er mit dem Zeigefinger seiner linken Hand langsam das Goldkettchen entlang, das um seinen Hals baumelte. Allein diese lockere Bewegung schien seinen ohnehin großen Bizeps so anschwellen zu lassen, dass sie fast den linken Ärmel seines durchgeschwitzten weißen Seidenhemdes sprengten.

Während er seine Carrera-Brille wieder zurechtrückte, knurrte er: »Irgendwie machen mich Studenten immer so richtig wütend. Vielleicht solltet ihr euch besser *verpissen*, bevor's ein paar in die Fresse gibt?«

Fünf Sekunden später saß Bambam alleine auf der Bank. Kurz darauf kam Hugo zurück mit einer Papiertüte voll Hotdogs und einer zweiten Tüte, in der ein paar Bierdosen klimperten. Er fragte nicht, was aus dem Pärchen geworden war, das vorhin noch auf der Bank gesessen hatte.

Bambam bediente sich. Während ihm ein paar Wurst-Krümel aus dem Mund fielen, fragte er zwischen zwei Bissen: »Sag mal, warum sollen wir die zwei eigentlich aufmischen?«

Hugo zuckte mit den Schultern: »Keine Ahnung, hat der Kerl nicht gesagt. Aber was soll's, Hauptsache, die Kohle stimmt.«

»Nun sag schon«, ließ Bambam nicht locker, »wie bist Du an den Typ rangekommen, was wollte der eigentlich?«

Hugo begann zu erzählen: »Genaugenommen hat ihn eins meiner Mädels angebracht.«

Hugo hielt einen Augenblick inne, um zu überlegen. Er *beschäftigte* (das war sein bevorzugter Ausdruck) fünf Damen des horizontalen Gewerbes. Eine mehr als sein Kollege Bambam.

»Gilli war's, glaub' ich«, fuhr Hugo schließlich fort. »Sie kam gestern Abend zu mir rauf und hat 'ne seltsame Geschichte erzählt: Ein Kerl mit 'nem Nobelschlitten hätt' an ihrer Ecke gehalten. Und noch bevor sie sich zu ihm in den Wagen beugen konnte, kam 'ne Hand zum Fenster raus und hat ihr zwei Fuffis hingehalten. Und dann hat jemand aus dem Wagen gesagt: *Die sind für dich, Mädel. Und wenn Du mir hilfst, gibt's noch mal so 'n Pärchen. Ich suche jemanden, der für mich ein bisschen Prügel austeilt, gegen gute Bezahlung natürlich.*

Gilli hat ihm gesagt, sie wüsst' schon jemanden. So bin ich ins Spiel gekommen. Weißte, mein Chevy hat in letzter Zeit viel Geld gefressen. So ne kleine extra Einnahme, dacht' ich, käm da ganz recht. Ich hab' Gilli einen Fuffi abgeknöpft und mich dann von ihr zu dem Typ bringen lassen, der in seinem Wagen gewartet hat. Gilli hat sich noch einen Hunni abgegriffen, dann hab ich sie wieder auf Tour geschickt und bin in den Wagen gestiegen. Obwohl das Licht nicht anging, als ich die Tür aufgemacht hab', glaub ich, dass der Kerl ziemlich verkleidet war. Auf jeden Fall ist er gleich zur Sache gekommen: Ob's mir grundsätzlich was ausmachen würde, ein siebzehnjähriges Mädel und ihren Stecher zu verprügeln, und vielleicht noch ein zweites Teeny-Pärchen. Ich sach: Nö, würd' mir nix ausmachen, wenn die Kasse stimmen würde, wie er's meiner Angestellten gegenüber angedeutet hätte.

Und was macht der Kerl? Langt in die Innentasche seines Jacketts, zieht 'nen hübschen Umschlag raus, wirft ihn mir in den Schoß und sacht, da wären einmal fünfhundert Mark drin, für die Spesen, und außerdem vier durchgeschnittene Tausender, die zweite Hälfte gäb's, wenn der Job erledigt wär'. Allerdings sollt' ich mir noch mindestens einen Helfer suchen. Ich guck natürlich nach, und – oh Mann – der hat keinen Scheiß erzählt. Außerdem waren noch die vier Fotos von den Kids im Umschlag. Er zeigt mir die beiden, auf die's ihm besonders ankommt. Ob er die beiden anderen in den ›Termin‹ miteinbeziehen würde, wüsst' er noch nicht. Dann sacht er noch, wie die Behandlung sein soll, er hatte da recht genaue Vorstellungen: Die Patienten dürften unter gar keinen Umständen hops gehen. Und den beiden Hauptdarstellern sollten auch keine Knochen gebrochen werden.

Ach ja: Das Mädel, auf das er Wert legt, dürften wir auf keinen Fall auf's Kreuz legen. Falls die andere Kleine auch dabei wäre, da könnten wir uns ruhig bedienen – aber is' ja nüscht. Ansonsten sollten wir ruhig ordentlich zulangen, doch möglichst so, dass die beiden da nicht allzu lange außer Gefecht gesetzt wären. Und zum Abschluss sollen wir dann noch ›*Schöne Grüße*‹ *von Max* sagen und allen einen ordentlichen Tritt zwischen die Beine geben.«

»Grüße von Max? So, so. Und Du hast nicht gefragt, warum er dir den Auftrag gegeben hat?«, wollte Bambam wissen.

»Nö, soll mir doch wurscht sein«, meinte Hugo. Was er nicht sagte, war, dass er sich nicht getraut hatte, diese Frage zu stellen. Auch wenn er nicht so genau wusste, warum – aber lieber hätte er sich die Zunge abgebissen, als diesen Kerl womöglich zu verärgern. Dabei war der Typ doch kleiner als er selbst. Aber diese kalte Stimme – der ganze Mann hatte eine Aura der Angst verbreitet.

»Wie will er denn wissen, dass wir's tatsächlich gemacht haben?«, riss Bambam seinen Kollegen aus den Gedanken.

Hugo schnippte mit den Fingern: »Gut, dass Du fragst: Als Beweis sollen wir von jedem Patienten ein Ohrläppchen mitbringen. Dann hat er noch gesagt, es wär' die reine Freude, mit mir Geschäfte zu machen, und ich musste ihm noch meine Telefonnummer geben, er würde anrufen, wenn es soweit wäre. Hätte nicht gedacht, dass er sich heute so kurzfristig melden würde. Hat am Telefon nur gesagt, die beiden wären vor fünf Minuten in den Zug nach Trier gestiegen, wir sollten sie dort am Bahnhof erwarte, sie verfolgen und die Sache bei passender Gelegenheit erledigen. Tja, dann hab' ich dich schnell angerufen, und hier sind wir.«

Bambam hatte seinen Spitznamen zwar von Barny Geröllheimers kleinem Sohn, der mit seiner Keule Fred Feuersteins Höhlenwohnung zum wackeln brachte, aber Bambam hatte diesen Namen keineswegs erhalten, weil er vielleicht ein kindliches Gemüt besessen hätte. Er leckte sich die Lippen und fragte: »Meinst Du, wir können aus dem Kerl nicht noch mehr rauskitzeln? Hast Du noch den Umschlag von ihm? Da sind doch seine Fingerabdrücke drauf, und wenn wir ihm ganz höflich klarmachen ...«

»Fehlanzeige«, unterbrach Hugo kopfschüttelnd, »der hat trotz des Sommers dünne Lederhandschuhe getragen. Und frag mich erst gar nicht nach dem Wagen, den er gefahren hat – ich hab' so 'ne recht deutliche Ahnung, dass das nicht seiner war.«

Aber Bambam ließ nicht locker: »Was ist, wenn wir die Kids ausquetschen, was sie über den Typ wissen? Oder wir schnappen uns den Kerl selbst?«

Allein der Gedanke, einen solchen Versuch zu unternehmen, ließ Hugo frösteln. Ärgerlicher, als er es eigentlich wollte, entgegnete er: »Lass es endlich gut sein und sei mit deinen Zweitausend zufrieden. Und glaub mir: Der Typ ist brandgefährlich – hinter dem steckt mehr als bloß ein rachegeiler Bürger.«

Vor etwa 20 Kilometern hatte der Mann getankt. Von der Raststätte neben der Tankstelle hatte er ein Telefongespräch geführt, dann hatte er sich einen Automatenkaffee gezogen. Beim Anblick der schwarzen Flüssigkeit war ihm der Gedanke gekommen, ob seine Seele vielleicht die gleiche Farbe, die gleiche Hitze hatte. Er hatte die dampfende Flüssigkeit möglichst heiß getrunken, hatte das fast schmerzhafte Gefühl gekostet, als der Kaffee seine Speiseröhre durchspülte, um sich mit den Säften in seinem Magen zu mischen. Schließlich hatte er sich noch voll Optimismus in der Sonne gereckt, während er den Becher achtlos zu Boden fallen ließ und sich mit einem dezenten Furz erleichterte, dann war er weitergefahren.

Nun hatte er Nizza fast erreicht, aber er fuhr nicht in die Stadt hinein, sondern verließ eine Ausfahrt vor der Stadtgrenze die Autobahn und bog schon nach wenigen Kilometern auf einer Schnellstraße in eine Landstraße ein. Obwohl nicht allzu weit von Nizza entfernt, war die Gegend tatsächlich sehr ländlich und ruhig. Der Trubel wäre stärker geworden, hätte sich der Mann in Richtung Mittelmeerküste bewegt, aber er hatte die Richtung ins schnell gebirgig werdende Landesinnere eingeschlagen. Er kam durch ein mittelgroßes und zwei kleine Dörfer und passierte auch ein paar Bauernhöfe, deren Gebäude etwas abseits der Straße lagen. Schließlich fuhr er noch durch ein kleines Wäldchen. Direkt dahinter begann zur Rechten der Straße, etwa fünf Meter zurückversetzt, eine Steinmauer, die ein großes Grundstück umfassen musste. Die gut 2,50 Meter hohe Mauer wurde von einem kleinen Elektrozaun gekrönt.

Nach hundert Metern führte eine Einfahrt, die weitaus besser geteert war als die Landstraße, zu einem großen, hölzernen Tor in der Mauer. Der Mann bog in die Einfahrt ein und hielt neben einem grauen, knapp 1,40 Meter hohen Granitquader, auf dem ein auffällig dezentes Messingschild angebracht war. Das Schild hatte nichts weiter zu tun, als in der Sonne vor sich hin zu blitzen und einen einzigen Namen zu tragen: »Maison Achille«. Über der Messingtafel waren ein Klingelknopf und eine filigrane Gegensprechanlage in den Stein eingelassen. Der Mann hielt neben dem Stein, ließ die Scheibe herunter (*er* fuhr mit einem gut klimatisierten Wagen), beugte sich heraus und drückte den Knopf.

»Oui?«, fragte eine weibliche Stimme.

»Bonjour madame, ici Paul Hoffmann«, antwortete der Mann, »j'ai une convention avec Doktor Kurt Kleinschmidt.«

»Ah, oui, le doktor Vous attends, Monsieux Hoffmann«, antwortete die Stimme, wobei das »Hoffmann« etwas verunglückt als *»'offmaan«* heraus kam. Das Tor öffnete sich langsam.

Der Mann fuhr über einen asphaltierten Weg, der eine großzügige Grünfläche teilte. Am Ende des Weges wartete ein Barockschlösschen. Für den Sonnenkönig wäre es vermutlich nur eine bescheidene Nebenresidenz gewesen, doch für eine Schönheits-Klinik, die mit einem Sanatorium kombiniert war, machte es schon allerhand daher. Nur außergewöhnlich exklusive Kunden fanden im *Maison Achille* Aufnahme – zu außergewöhnlich exklusiven Preisen.

Vor dem weißen Schlösschen parkten schon einige Fahrzeuge, der Mann stellte seinen Wagen dazu und stieg aus. Ein elegant gekleideter Herr um die Fünfzig kam gerade den breiten Aufgang zum Hauptportal herunter. Er ging auf den Mann zu, warf einen kurzen Seitenblick auf den 600er Mercedes, mit dem sein Gast angereist war, und während ein Lächeln in seinem Gesicht aufging, sagte er: »Herr Hoffmann, nehme ich an? Ich bin Dr. Kleinschmidt.«

»Ja, der sieht nach Geld aus«, dachte Dr. Kleinschmidt, und verschwunden war die Skepsis, die das ungewöhnliche Telefonat vor einer halben Stunde bei ihm hinterlassen hatte.

Dieser Hoffmann hatte in der Klinik angerufen und ausdrücklich ihn verlangt. Zwar erklärte, er dass Anmeldungen nicht seine Angelegenheit seien. Doch der Mann hatte geantwortet, dass es sich um eine äußerst delikate Angelegenheit handele. Es drehe sich nicht um ihn selbst, sondern er wolle auf die Bitte (»*auf die Bitte*« hatte er gesagt, nicht »*im Auftrag*«) einer sehr hochgestellten Persönlichkeit prüfen, ob die Klinik geeignet und vor allem diskret sei. Deshalb wolle er nur mit ihm, Dr. Kleinschmidt, persönlich reden, da er ihm wärmstens empfohlen worden sei.

Auch diese letzte Bemerkung hatte das Interesse des Doktors geweckt. Woher hatte dieser Landsmann von ihm eine solche Empfehlung? Er hatte doch schon seit Jahren fast alle Verbindungen in seine alte Heimat abreißen lassen.

*

Die beiden Männer schüttelten sich die Hände, wobei jeder versuchte, den anderen abzuschätzen. Der Doktor konnte sich des Eindrucks nicht erwehren, dass sein Gegenüber ein klein wenig ..., irgendwie künstlich aussah. Hatte der sich etwa verkleidet? Dann musste es ja wirklich ein delikater Fall sein. Außerdem glaubte der Doktor, eine Aura von Macht, von großer Macht um diesen Mann zu spüren.

Der Doktor meinte: »Ich muss zugeben, Sie haben mich neugierig gemacht. Das klang ja recht geheimnisvoll, was Sie mir da am Telefon erzählt haben. Nun, ich könnte Ihnen vielleicht den Park auf der Rückseite des Hauses zeigen, während Sie mir die Angelegenheit erklären?«

»Sind um diese Zeit Patienten im Park?«, stellte der Mann die Gegenfrage.

»Also –, ja, jetzt im Sommer sind dort auch recht spät immer noch ein paar Leute unterwegs.«

»Dann lassen wir den Park lieber erst mal weg«, meinte der Mann und machte den Gegenvorschlag: »Ich nehme an, um diese Zeit wird bei Ihnen nicht mehr operiert? Lassen Sie uns doch in einen Operationssaal gehen. Ich gebe Ihnen ein paar Anhaltspunkte, und Sie können mir dann vielleicht auch ein paar Dinge erklären?«

»Nun«, entgegnete der Doktor, wieder etwas skeptischer geworden, »eigentlich sind die OP's für Besucher tabu. Und ich weiß ja ohnehin noch nicht, ob Ihr Freund überhaupt aufgenommen wird.«

»Nicht aufgenommen«, wiederholte der mysteriöse Besucher mit einer Stimme, die zu besagen schien, dass dieser Gedanke in etwa so wahrscheinlich sei wie ein evangelischer Papst. Doch dann meinte er: »Gut, dann werde ich gleich mal ein paar Andeutungen machen: Sie wissen ja sicher, dass das Erscheinungsbild eines Politikers einen durchaus hohen Einfluss auf dessen Karriere haben kann?« Der Mann schien nicht auf eine Antwort warten zu wollen, sondern redete gleich weiter: »Aber ebenso sicher wäre es andererseits ganz und gar nicht gut, wenn publik würde, dass sich ein Politiker einer Schönheitsoperation unterzieht. Das würde der Gegenseite doch einige Munition für Häme liefern, um es mal dezent auszudrücken. Deswegen will mein Freund unter allen Umständen vermeiden, dass in dieser Angelegenheit irgendetwas nach Außen sickert. Was übrigens auch ein Grund dafür ist, dass er die Operation nicht in Deutschland durchführen lassen möchte. Und ich brauche wohl nicht zu betonen, dass Sie sich seiner Dankbarkeit sicher sein könnten, wenn alles zu seiner Zufriedenheit verläuft.«

»Ja aber wer ist es denn nun?«, eine gewisse Aufregung in der Stimme des Arztes war unverkennbar.

Der Mann zögerte und fragte dann: »Ich nehme doch an, Sie sind auch bestens ausgestattet, wenn es darum geht, hm, überflüssiges Fett abzusaugen?«

»*Was?*«, entgegnete Kleinschmidt entgeistert, »doch nicht etwa ...? Nein! Doch nicht etwa *er*?«

»Ich habe *keinen* Namen genannt«, sagte der Mann mit Bestimmtheit, »und ich hoffe doch sehr, dass Sie keine Gerüchte in die Welt setzen?«

Hastig antwortete der Doktor: »Oh, Sie können ganz beruhigt sein, wissen Sie, man könnte fast sagen, dass das größte Kapital des *Maison Achille* seine uneingeschränkte Verschwiegenheit ist. Wie wäre es, wenn ich Ihnen jetzt mal einen Operationssaal vorführe? Ich darf vorgehen?«

Natürlich durfte Kleinschmidt vorgehen, denn der Mann hatte keinesfalls vor, eine Türklinke oder irgendetwas anderes in dieser Klinik mit bloßen Fingern zu berühren. Während er dem Arzt folgte, vermutete der Mann nicht zu unrecht, dass es für die Ärzte der Klinik eine Gewinnbeteiligung an dem Unternehmen gab. Das Geschäft mit Krähenfüßen, aufgedunsenen Gesichtern und schlaffen Brüsten schien ja recht lukrativ zu sein. Menschen verschönern! Der Mann konnte sich bessere Sachen vorstellen, die man mit einem Skalpell anfangen konnte. In seinem Hinterkopf blitzte kurz der Gedanke auf, was wohl mit Anna, seinem kleinen Schatz, passiert wäre, wenn er damals in dem Traum nicht nur ihren Schlafanzug zerschnitten hätte, sondern auch dazu gekommen wäre, ihr das Skalpell in den Bauch zu rammen. Doch alles zu seiner Zeit, dachte er, jetzt wollte er weder an die Vergangenheit denken, noch von der Zukunft träumen. Jetzt wollte er sich um die Gegenwart kümmern. Und die hieß Kurt Kleinschmidt.

Der Mann war dem Doktor durch eine überwiegend in weißem Marmor gehaltene Eingangshalle gefolgt. Schließlich waren sie in einen Aufzug getreten, der sie in den vierten Stock brachte, und der Mann überlegte sich, ob er es nicht hier schon zu Ende bringen sollte. Aber schnell kam er zu der Überzeugung, dass dies zu einfach wäre. So entschied er, im Augenblick mit dem Doktor nur ein bisschen Smalltalk und nicht sein Nasenbein in sein Hirn zu treiben, was ihm mit einem gezielten Schlag ohne Zweifel möglich gewesen wäre.

Seit er auf das Gelände des Sanatoriums gefahren war, hatte der Mann, abgesehen vom Doktor, noch keinen anderen Menschen zu Gesicht bekommen. Konnte ihm ja nur recht sein, wenn auf ihrer Route durchs Haus um diese Zeit so wenig Betrieb herrschte. Als sie im vierten und obersten Stockwerk aus dem Aufzug traten, begegnete ihnen bloß eine etwas ältere Frau, die von einem jungen Mann begleitet wurde, der offenbar zum medizinischen Personal gehörte. Die Frau hatte ein glückliches, aber leicht beschränktes Lächeln im Gesicht, vielleicht waren ihr aber auch bloß die Gesichtszüge so festgetackert worden. Irgendwie kam sie dem Mann bekannt vor. Na ja, vermutlich war sie irgendeine abgehalfterte TV-Fregatte, die hier ihre Takelage ein wenig nachspannen ließ. Eine Gefahr für ihn ging sicher nicht von dieser Lady aus, die ihn kaum beachtete; genauso wenig wie der junge Mann, der nur kurz dem Doktor zunickte, als er an ihnen vorbei ging.

Nach wenigen Metern auf dem Gang mit dem rot-braunen Designer-Teppichboden und der Art-deco-Dekoration öffnete der Doktor eine Tür zur Linken und erklärte: »Ich werde Ihnen nun einen unserer Operationsräume zeigen, die alle gleich ausgestattet sind, – gleich gut, möchte ich hinzufügen.«

Doktor Kleinschmidt hielt dem Mann die breite Tür auf, der trat ein und fragte gleichzeitig mit mildem Interesse: »Warum ist die Türe von der Innenseite her so dick gepolstert?«

»Ganz einfach«, antwortete der Doktor mit einem süffisanten Lächeln, »wir halten unsere OP's schalldicht, damit die Chirurgen nicht durch irgendwelche Geräusche von draußen gestört werden, – wir wollen doch nicht, dass ein Arzt erschrickt und einen falschen Schnitt tut, nein?«

»Ach, *schalldicht*? Das finde ich aber wirklich überaus praktisch«, freute sich der Mann, dann sah er sich in dem großzügig ausgestatteten OP um. Nahe dem Operationstisch stand eine hohe, schmale Maschine auf vier kleinen Rädern, aus deren oberem Ende ein Schlauch heraus ragte. Der Mann glaubte, die Funktion dieses Apparates zu erraten. Er deutete darauf und fragte: »Sagen Sie, das ist doch sicher der bewusste Apparat?«

»Ja, das ist unser Fettabsauger«, antwortete Kleinschmidt und tätschelte die Maschine beinahe liebevoll.

»Der Schlauch ist ja fast so dick wie ein Staubsauger-Schlauch«, wunderte sich der Mann.

»Tja, natürlich haben wir verschiedene Aufsätze, aber überwiegend gebrauchen wir tatsächlich recht kräftige Saugstutzen. – Sie glauben ja nicht, wie viel wir da manchmal rausholen können. Die Leute leben einfach viel zu ungesund, – viel zu fettes Essen, keine Bewegung. Ich für meinen Teil habe mich hauptsächlich auf fleischlose Kost umgestellt, seit ich hier arbeite. – Aber was beschwere ich mich? Schließlich, wenn alle Welt gesund leben würde, dann gäb's weniger Arbeit für das *Maison Achille*, nicht? Und ich liebe meine Arbeit«, – denn sie ist verdammt lukrativ, ergänzte er in Gedanken. Um seine Begeisterung für seinen Job zu unterstreichen, betonte er noch: »Wenn es nach mir geht, werde ich noch viele Jahre hier arbeiten.«

Dann wunderte er sich, warum seine letzte Bemerkung bei diesem Hoffmann ein so fröhliches Lächeln ausgelöst hatte.

Schließlich fragte Kleinschmidt noch: »Sagen Sie, was mich brennend interessiert: Von wem bin ich Ihnen eigentlich empfohlen worden?«

Noch eine Spur breiter lächelnd antwortete der Mann: »Und ich dachte schon, Sie wollen mich gar nicht mehr fragen. Die Antwort ist ganz einfach: Ihr alter Freund Max Klinger schickt mich.«

Kleinschmidt zog nachdenklich die Augenbrauen zusammen und meinte halb wie zu sich selbst: »Max Klinger – Max Klinger ..., hm, ich kann mich im Augenblick gar nicht so recht erinnern. Wer soll denn das ...«, plötzlich zuckte Kleinschmidt zusammen, sah den Mann lange fassungslos an und rief dann entgeistert: »Wie? Das kann doch gar nicht sein?«, schließlich, unsicher: »Sie ..., Sie machen Scherze?«

»Nun«, entgegnete der Mann, »wenn Sie das für einen Scherz halten ...«, er schlug dem Doktor kraftvoll in den Magen, »... dann haben Sie eine ziemlich seltsame Art von Humor, nicht?«

Nach Luft japsend krümmte sich Kleinschmidt zusammen, was dem Mann die Gelegenheit gab, ihm ohne große Mühe und nur ein wenig seiner Stärke einsetzend ins Gesicht zu treten.

Der Doktor sank in sich zusammen, landete halb kniend, halb seitwärts liegend auf dem Boden, die rechte Hand vor den Magen, die linke Hand vors Gesicht gepresst. Während der Mann langsam ein Paar dünne Gummihandschuhe aus der Innentasche seiner leichten, beigen Sommerjacke hervorholte und sie gemächlich anzog, beobachtete er interessiert, wie Blut zwischen den vors Gesicht gepressten Fingern des Doktors hervorsickerte und auf den Boden tropfte. Dann gab der Mann Kleinschmidt noch einen kurzen

Tritt gegen die Rippen, was ein leises Knacken und ein lautes »Hrch-aa« vom Doktor zur Folge hatte, der nach diesem zweiten Tritt platt auf dem Boden lag und mit den Beinen seltsam scharrende Bewegungen machte, während die Blutlache unter seinem Gesicht langsam größer wurde.

Unterdessen sah sich der Mann im Operationssaal um, prüfte hier ein Instrument, öffnete da eine Schranktüre und entnahm schließlich einer Schublade eine Mullbinde. Gerade, als er seine Inspektion beendet hatte und wieder beim Doktor ankam, startete dieser unter Stöhnen den halbherzigen Versuch, seinen Oberkörper vom Boden hoch zu drücken. Gleich ließ sich der Mann mit einem Knie im Kreuz des Doktors nieder, was diesem ein etwas längeres, dafür aber leiseres »Hrch-aa--aaa« entlockte, als er mit seinen kaputten Rippen gegen den Boden gepresst wurde. Nun griff sich der Mann die schlaffen Hände des Doktors und band sie mit Hilfe der Mullbinde hinter dessen Rücken zusammen. Danach fesselte er noch Kleinschmidts Fußknöchel aneinander. Schließlich erhob er sich wieder, warf einen zufriedenen Blick auf sein Werk, um dann das Bündel mit einer Hand am Kragen der Anzugjacke zu packen und hinter sich her zu dem Fettabsauger zu schleifen. Dabei wurde der Doktor durch die Lache seines eigenen Blutes gezogen, was nicht nur seinen Anzug ruinierte, sondern auch eine breite, dunkelrote Schleifspur auf dem weiß gekachelten Boden hinterließ.

Neben dem Fettabsauger zerrte der Mann Kleinschmidt auf den Rücken, dann holte er sich einen Stahlrohr-Stuhl, der in einer Ecke stand, stellte ihn hinter Kleinschmidts Kopf, setzte sich und betrachtete das Gesicht des Arztes. Das Nasenbluten war abgeebbt, nur noch ein schwaches Rinnsal kam aus beiden Nasenlöchern. Das mochte aber auch daran liegen, dass der Doktor nun auf dem Rücken lag. Er musste heftig durch den Mund atmen und verschluckte sich immer wieder hustend am eigenen Blut, das sich in seinem Rachen sammelte.

Auch die aufgeplatzte Oberlippe blutete nur noch schwach, aber Lippen und Nase waren bereits dick angeschwollen. Das Gesicht war, besonders um das Kinn herum, reichlich mit Blut verschmiert, und – tatsächlich – der linke untere Schneidezahn fehlte, sein rechter Kollege war schief und locker. Kurz suchte der Mann mit seinen Blicken den Boden nach dem fehlenden Zahn ab, verlor aber schnell das Interesse, als er ihn nicht gleich entdecken konnte. Er wandte sich erneut dem Doktor zu, dessen Augen gerade wieder ein wenig klarer wurden, nun aber anfingen, panisch zu flackern.

Der Mann beugte sich ein klein wenig nach vorne, sammelte etwas Speichel im Mund und ließ ihn über die Lippen träufeln, so dass er langsam, lange Fäden ziehend, herunterperlte und sich schließlich mit dem Blut im Gesicht des Doktors mischte.

»N-hören Sie, ich, ich ...«, begann Kleinschmidt mit eigentümlich gepresster, durch den Nasenbeinbruch nasaler Stimme, doch der Mann unterbrach ihn mit einem sanften »Sch, sch«, legte den Finger vor den Mund und meinte dann nachdenklich: »Wo war ich stehengeblieben? Ach ja, Max! – Max, Max, Max.« Dann fuhr er in strengem Oberlehrer-Ton fort: »Also, ich muss schon sagen, Doc, die Behandlung damals in der Hubertusklinik, damit war mein lieber Freund Max gar nicht zufrieden. Und wir, also mein Freund Max und ich, wir finden, das kann nicht ungesühnt bleiben.«

»Aber n-ich war doch nur Assistenzarzt«, jammerte Kleinschmidt, »ich hatte doch mit der n-ganzen Sache nichts zu tun. Peter war's doch, ja, Peter Alban, der hat mich vor vollendete Tatsach'n-n gestellt. Bitte, *bitte*, lassen Sie mich doch gehen. Ich sage auch niemanden etwas, ich weiß ja gar nicht, wer Sie sind.«

»Tz, tz, tz«, der Mann schüttelte bedauernd den Kopf, »was für eine widerliche kleine Petze. Weißt Du, ich mag keine Petzen.«

Er nahm den Schlauch des Fettabsaugers am oberen Ende und betrachtete kurz die wenigen Knöpfe auf der Oberseite des Gerätes. Unter einem Kippschalter stand *Power*. Als er den Schalter umlegte, ertönte ein leises, zischendes Brummen, der Schlauch in seiner linken Hand begann leicht zu vibrieren. Prüfend hielt er seine rechte Hand in ein paar Zentimeter Entfernung über die Schlauchöffnung und nickte befriedigt.

Direkt neben dem »Power«-Schalter befand sich ein dicker, großer Drehknopf, den ein sich verjüngender Pfeil umlief. Probeweise drehte der Mann den Knopf nach links – das Brummen wurde leiser – und dann wieder nach rechts – das Brummen wurde lauter. Wieder nickte der Mann. Dann drehte er den Knopf auf die geringste Saugkraft und ließ das offene Schlauchende ein paar Zentimeter über dem Gesicht Kleinschmidts hin und her baumeln.

»*Vo'sicht, Vo'sicht*«, wimmerte der Doktor durch seine blutverkrustete Nase.

»Vorsicht? Wieso?«, fragte der Mann mit einem Anflug von mildem Interesse.

»Kongtack'linsen«, keuchte Kleinschmidt, »ich trage dog Kongtack'linsen.«

Mit freundlicher Bewunderung meinte der Mann: »Na das nenn' ich wirklich cool: Da bekommt dieser Kerl gerade das Lebenslicht auf recht unangenehme Weise ausgeblasen, und was macht er? Er sorgt sich um seine Kontaktlinsen. Das gefällt mir. Wirklich, ich würde fast sagen, wir sollten mal ein Bierchen zusammen trinken. – Ach, zu dumm, geht ja nicht, Sie sind ja gleich tot.«

Nun begann der Doktor laut und verzweifelt um Hilfe zu schreien, bis ihm der Mann mit dem Schlauch kräftig über den Mund schlug. Dann erinnerte er den Doktor im Plauderton: »Wissen Sie's nicht mehr? *Schalldicht!*«

Ganz langsam näherte er jetzt den Schlauch dem linken Auge des Doktors. Doch der begann, sich wie besessen hin und her zu werfen und den Kopf zu verrenken. Mit einem Seufzer ließ sich der Mann von seinem Stuhl gleiten, dann kniete er sich in eine geeignete Position, nahm den Kopf des Doktors zwischen seine Knie und drückte die Knie zusammen, bis sich der Kopf nicht mehr bewegte. Nun presste er die Schlauchöffnung mit der linken Hand über das linke Auge des Doktors, langte mit der freien Hand nach hinten, bekam den großen Knopf des Fettabsaugers zu fassen und drehte ihn in einer langsamen Bewegung bis zum Anschlag nach rechts. Seltsamerweise kam über die Lippen des Doktors nur ein lautes, gepresstes Stöhnen, aber es gelang dem Mann nur mit Mühe, den Kopf festzuhalten. Die rechte Hand ließ der Mann zum »Power«-Knopf gleiten, den er drückte, als Kleinschmidt plötzlich besonders heftig zuckte. Der Mann nahm den Schlauch beiseite, sah aber trotzdem nur ein Auge, das ihn halb wahnsinnig vor Entsetzen anstarrte. Der Mann sah zurück auf den Fettabsauger, verzog nachdenklich sein Gesicht und sinnierte: »Wenn das Auge nun im Fettabsauger ist, dann ist es doch jetzt eigentlich ein Fettauge, oder?«

Dann lachte er herzlich über seinen Scherz und näherte sich mit dem Schlauch dem verbliebenen Auge des Doktors, der nun leise um Gnade flehte.

Der Mann kratzte sich mit der freien Hand am Kopf und meinte: »Wie, ich soll nicht? Na gut, wenn Du mir ein paar Frage beantworten kannst, dann lasse ich dir dein zweites Auge.«

Der Doktor klammerte sich zitternd an den Strohalm und japste eine Zustimmung.

Nun erfuhr der Mann ein paar Dinge, die ihm höchst interessant erschienen. Dinge, die er zum großen Teil bereits geahnt, vielleicht sogar gewusst hatte, aber nun wurden sie auch seinem menschlichen Verstand bestätigt.

»O.k., fein, fein«, meinte der Mann schließlich, »nur eine letzte Frage hätte ich noch: Sag mir – so im Gespräch unter drei Augen –, wo ich die gute alte Sabine finde. Du weißt schon, Sabine Schwarzkopf, die damals Schwesternhelferin war. Deinen neuen Arbeitsplatz hab' ich in der Hubertusklinik erfahren. Vermutlich wollten die – dein Pech, alter Knabe – auf dem Laufenden bleiben, weil Du noch aktiv bist, wenn auch nur als Kropf-Killer. Aber über Sabine war für die Zeit nach ihrem Ausscheiden nichts mehr vermerkt. Sie wird sich wohl ins Privatleben zurückgezogen haben, oder?«

»Ja, ja ja«, rief Kleinschmidt unter Stöhnen und Husten: »Sie heißt jetzt Magnussen. Das Letzte was ich von ihr gehört habe, war, dass sie mit ihrem zweiten Mann in Wasserbillig lebt – ein Grenzort in Luxemburg. Ihr Mann soll dort Tankstellenpächter sein, oder so. Mehr weiß ich nicht, ehrlich! Lassen Sie mich jetzt gehen? *Bitte!*«

Höflich erfreut meinte der Mann: »Wasserbillig? Nein, wie überaus praktisch, das liegt ja beinahe auf dem Heimweg, da brauche ich nur einen kleinen Umweg zu machen.«

Gleichzeitig näherte er sich mit dem Schlauch wieder dem Gesicht des Doktors. Der stöhnte angsterfüllt auf – und das nicht nur wegen des Schlauchs. Dieser Wahnsinnige hatte ihm gerade seine Pläne verraten. Das konnte doch nur bedeuten ...

Noch einmal versuchte Kleinschmidt verzweifelt, seinen Kopf aus der Umklammerung zu reißen.

Vergebens.

Der Schlauch kam näher.

Der Mann lächelte ihn an und meinte: »Nur keine Angst, ich habe Ihnen doch versprochen, dass Ihr Auge drin bleibt, oder?«

Dann rückte er schnell ein paar Zentimeter vor und drückte seine Knie so fest zusammen, dass der Doktor ganz automatisch den Mund öffnete und der Mann ihm den Schlauch tief in den Schlund stopfen konnte.

Der letzte Rest Verstand, der noch in Kleinschmidts panischem Hirn funktionierte, schrie ihm zu, dass dieser mörderische Verrückte nun auch noch seine Zunge herausreißen wollte. Doch er irrte. Der Mann schob den Schlauch noch über die Zunge hinaus, und als der Doktor zu würgen begann, stellte der Mann den Fettabsauger erneut auf die höchste Stufe.

Der Doktor fühlte ein wahnsinniges Reißen in seinem Inneren und merkte, wie ihm der Sauerstoff knapp wurde. Aber der Mann zog plötzlich den Schlauch wieder heraus.

Ein winziger Hoffnungsschimmer flackerte einen kurzen Moment in dem schmerzverzerrten Auge Kleinschmidts. Doch obwohl der Schlauch entfernt war, wollte immer noch keine Luft in seine Lungen strömen. Der Mann beugte sich dicht über den Doktor. Kleinschmidt sah direkt in diese hasserfüllten Augen, hörte mit schwindendem Bewusstsein die Worte seines Todes: »Tja, Ihre Lungenflügel dürften völlig zerknautscht sein, wahrscheinlich hängen sie zum Teil schon in der Luftröhre. Pech: Selbst wenn noch in diesem Augenblick das beste Ärzte-Team der Welt eintreffen würde, die könnten Sie auch nicht mehr retten.«

Der Doktor war inzwischen dunkelblau angelaufen, sein Mund schnappte heftig in dem verzweifelten Bemühen, Luft in die kaputten Lungenflügel zu pressen. Dann stand der Mund still. Kleinschmidt zuckte noch ein bisschen und verdrehte das verbliebene Auge, während sich allmählich ein durchdringender Uringeruch in der Luft breitmachte.

Schließlich hörten auch die Zuckungen auf, nur der feuchte Fleck um den Schritt von Kleinschmidts Hose wurde noch immer größer.

Der Mann stand auf. Kleinschmidts Kopf fiel zur Seite. Der Mann sah auf ihn herunter und meinte mit verächtlichem Schnaufen: »Th! Kontaktlinsen!«

Dann bückte er sich, um einen Schlüsselbund aus der Tasche des Arztes zu fischen. Der Universalschlüssel war leicht zu erkennen. Er sah noch einmal auf das herunter, was vor Sekunden noch Kurt Kleinschmidt gewesen war, sagte: »Danke, Arschloch«, und gab dem toten Körper einen kräftigen Tritt in die Seite, dass es knackte.

*

Während der Mann schon wieder eine ganze Weile unterwegs war und grübelte, ob er den Doktor vielleicht zu schnell getötet hatte, merkten in Trier zwei junge Menschen, dass sie verfolgt wurden.

Anna und Patrick hatten zwar mit ihren Erkundungen bisher keinen Erfolg gehabt, dennoch waren sie alles andere als unglücklich. Der Grund dafür war ganz einfach: Das, was Spock seinem Vater vorgeschwindelt hatte, war ein wenig Realität geworden. Denn trotz ihrer Suche genossen sie den Ausflug. Sie freuten sich, dass sie gemeinsam unterwegs sein konnten, und es tat ihnen gut, endlich einmal einen Tag zu haben, an dem sie nicht ständig auf irgendwelche Gefahren achten mussten. Hätten sie geahnt, dass sie mit dieser Einschätzung völlig falsch lagen, vielleicht wären ihnen ihre Verfolger früher aufgefallen. Vielleicht hätten sie dann die Nacht unbeschadet überstanden. Doch so freuten sie sich einfach am Leben und an ihrer Liebe.

Sie hatten sich sogar die Zeit genommen, zwei berühmte Ruinen aus römischer Zeit der ältesten Stadt Deutschlands zu besichtigen. Hand in Hand waren sie auf das alte Stadttor aus dem zweiten Jahrhundert gestiegen, um über die Altstadt zu blicken. Aber sie hatten von ihrem luftigen Aussichtspunkt nicht die beiden Männer bemerkt, die direkt vor der Porta Nigra herumlungerten. Später waren Anna und Spock fasziniert durch die Ruinen des Amphitheaters gewandert, das um das Jahr 100 entstanden war und schon damals 25.000 Besuchern Platz geboten haben soll.

Anna und Spock hatten sogar überlegt, ob sie auch noch den Kaiserthermen, die hinter dem kleinen Schlosspark lagen, einen Besuch abstatten sollten. Doch müde vom vielen Laufen ließen sie es nun lieber mit einem Picknick in aller Ruhe angehen.

Nun war es schon kurz vor neun. Ganz allmählich begann es zu dämmern. Doch der Park war noch immer ziemlich gut besucht, denn der Abend war schwül geworden, und so zog es die Menschen noch nicht so recht zurück in ihre Häuser.

Unvermittelt setzte sich Patrick auf, sah auf seine Armbanduhr und rief: »He! Ich glaube, es wird Zeit, dass wir uns um einen Platz zum Schlafen kümmern. Hätten wir eigentlich schon früher machen sollen. Die Jugendherberge ist sicher gut belegt.«

Anna räkelte sich und meinte: »Trag bloß nicht die Ruhe raus. Bis zur Jugendherberge ist es nicht so weit, und irgendwie kommen wir da schon unter.«

»Na sei mal nicht so lässig, ich habe keine Lust, im Freien zu übernachten. Denk dran, dass der Wetterbericht noch Regen angekündigt hat.«

Träge entgegnete Anna: »Wenn wir nicht unterkommen und auch sonst nichts finden, fahren wir eben wieder zurück nach Saarfurth. Die Stunde Fahrt wird uns auch nicht umbringen. Morgen früh kommen wir dann wieder her – mit Heike und Roland.«

Spock wandte ein: »Und Du glaubst, dass dich deine Eltern dann einfach so fahren lassen, nachdem Du dich heute klammheimlich aus dem Staub gemacht hast?«

Anna rollte sich nun auf den Bauch, stützte sich auf die Ellenbogen und gab zu: »Verd..., ja, da hast Du recht. Lass uns am besten gleich in der Jugendherberge anrufen, kurz vor dem Eingang zum Park war eine Telefonzelle.«

»Na dann auf«, stimmte Patrick zu.

Doch Anna schnurrte: »Ich hab' ne bessere Idee: Du gehst telefonieren und holst mich dann hier ab, ich ruh' mich noch 'n bisschen aus.«

»Ho, ho. Aber sonst geht's dir gut?«

»Ach sei doch mal ein Gentleman.«

»Als Gentlemen tue ich dir den Gefallen und bring' dich wieder ein bisschen in Schwung«, damit setzte sich Spock locker auf Annas Beine und kitzelte sie an den Fußsohlen.

»Uh, nein, ... unfair, ... aufhören!«, prustend strampelte sie sich frei und beschwerte sich mit gespielter Entrüstung: »Verdammt, jetzt bin ich wieder wach – also los, dann können wir auch gehen.«

*

In einigen Metern Entfernung meinte Bambam lässig zu Hugo: »Ach sieh mal, was für einen Spaß die Lieben haben. Wie nett. Ich bekomme fast ein schlechtes Gewissen, wenn ich an unseren Job denke.«

Hugo hatte ein wenig gedöst, schreckte jetzt aber auf und sah Bambam unsicher von der Seite her an.

Der feixte mit dreckigem Grinsen: »Ich sagte *fast*.«

*

Anna und Spock packten zusammen, dann machten sie sich auf den kurzen Weg zurück durch den Park. Sie kamen an einer Bank vorbei, die von ihrem Picknickplatz aus halb hinter einer Eiche verborgen gewesen war. Die Dämmerung hatte zwar etwas zugenommen, aber Patrick erkannte dennoch recht gut, dass dort, wo vorhin noch ein junges Pärchen gesessen hatte, nun zwei große und kräftige Männer saßen und gelangweilt in die Luft zu starren schienen. Einer der beiden hatte einen extremen Bürsten-Haarschnitt, der andere trug sein Haar schulterlang, und es schien sogar ein wenig dauergewellt zu sein. Während sie an den beiden vorbei gingen, spürte Spock ein winziges Kribbeln im Nacken. Aber in dem Moment hakte sich Anna bei ihm unter, und gegen das Kribbeln, das sich nun in seinem Bauch breit machte, hatte das in seinem Nacken keine Chance.

Bei der Telefonzelle angekommen, quetschten sie sich beide in die Kabine. Während Anna die Nummer der Jugendherberge aus dem Telefonbuch heraussuchte und telefonierte, beobachtete Spock beiläufig, dass draußen Bürstenschnitt und Dauerwelle vorbeischlenderten. Schließlich legte Anna wieder auf und erklärte: »Tjaaa – da hast Du wohl ausnahmsweise mal recht gehabt: Die sind ratzeputz voll.«

Spock wollte Anna mit einer triumphierenden Bemerkung ärgern, doch sie verschloss ihm schnell mit einem flüchtigen Kuss den Mund und fuhr fort: »Aber der Mann am anderen Ende der Leitung hat mir erklärt, dass es hier ein einfaches Hotel gibt, das für die Jugendherberge in die Bresche spring, wenn es nicht selbst ausgebucht ist. Das Hotel ist auch nicht weit vom anderen Ende des Parks entfernt.«

Spock seufzte: »Warum glaubt ihr Mädels einem eigentlich nie was? *Autsch!* Ins Ohrläppchen beißen ist unfair! Gut, wir gehen zu dem Hotel, und wenn wir da auch Pech haben, müssen wir eben nach Saarfurth zurück, O.K.?«

»Na los, dann eben wieder durch den Park«, meinte Anna. Als sie vor der Telefonzelle standen, fügte sie mit einem Blick zum Himmel hinzu: »Aber wir sollten uns, glaub' ich, beeilen, damit wir noch trocken ankommen.«

Natürlich konnte sie nicht wissen, dass sie das Hotel nie erreichen sollten.

*

Annas Blick nach oben und ihre Bemerkung hatte den schnell heraufziehenden Wolken gegolten. Auch der Wind hier unten hatte merklich zugenommen.

Die Dämmerung war fast in die Nacht übergegangen, allerdings sorgte die volle Scheibe des Mondes für etwas zusätzliches Licht, wenn sie nicht gerade von vorbeieilenden Wolken verdeckt wurde.

Als Anna und Patrick wieder auf den Eingang des Parks zugingen, kamen ihnen etliche Menschen eilig entgegen. Was immer ihre Ziele sein mochten – auch sie wollten offenbar trocken dort ankommen.

Nicht nur Mond und Sterne, auch die Elektrizitätswerke trugen zur Beleuchtung bei. Besonders der kleine, mit Steinplatten ausgelegte Platz zwischen Basilika und Parkeingang war gut ausgeleuchtet.

Als sie schon fünfzig Meter innerhalb des Parks waren, spürte Patrick wieder dieses kurze Ziehen im Nacken – und warf einen Blick über seine Schulter. Den Bruchteil einer Sekunde verharrte er, drehte sich wieder nach vorne, packte Anna am Ellenbogen und beschleunigte seine Schritte.

»He«, meinte sie, »so eilig ist es auch wieder nicht. Ein bisschen Regen hat ...«

»Weiter gehen, *weiter gehen* und nicht umdrehen«, unterbrach Spock hektisch, »wir werden verfolgt.«

Einen Moment stockte Anna der Atem, aber die Gefahren der vergangenen Wochen hatten ihr Reaktionsvermögen erhöht, so gehorchte sie Spock ohne zu zögern. Als sie sich etwas gefasst hatte, fragte sie aufgeregt: »Bist Du ganz sicher? Ist *ER* es? Aber wer wusste denn, dass wir nach Trier wollten? – Wer ist es denn?«

»Musste er denn wissen, dass wir nach Trier wollen? Er kann uns doch schon bis zum Bahnhof verfolgt haben. Und wir waren so leichtsinnig ... Außerdem sind es zwei.«

»*Zwei?*«, echote Anna erschrocken, »das kann doch nicht sein?«

»Doch, die beiden großen Kerle, die da vorhin auf der Bank hinter der Eiche saßen.«

»Sicher?«

Außer Atem antwortete Spock: »Erst sitzen sie in unserer Nähe, dann verlassen sie fast mit uns den Park, und jetzt kommen sie hinter uns wieder zurück. Wenn das wirklich Zufall sein sollte, dann hau' ich lieber einmal umsonst ab.«

»Zwei! Das hätte ich nie gedacht. Aber sonst habe ich *IHN* doch gespürt, wenn er etwas vorhatte? Wieso jetzt nicht?«

»Es war wohl ein Fehler, nur mit einem Gegner zu rechnen. Schließlich haben wir ja auch Hilfe gefunden, warum also sollte *ER* keine Helfershelfer haben? – Oh verdammt, ist das leer!«

Sie hatten ihr kurzes Gespräch sehr hastig geführt, während sie weitergeeilt waren, und beider Augen waren immer unruhiger hin und her gehuscht, um noch andere Parkbesucher zu erspähen. Zunächst hatten sie noch ein paar hastige Nachzügler ausmachen können, aber die waren jetzt auch verschwunden. Anna schoss durch den Kopf, dass sich ihre Verfolger nun keine Zurückhaltung mehr auferlegen mussten und es somit egal war, ob die beiden bemerkten, dass sie aufgefallen waren. Also warf sie einen schnellen Blick über die Schulter. Noch während ihre Augen groß wurden, stieß sie hervor: »*RENNEN!*«

Spock drehte sich erst gar nicht um. Gemeinsam legten sie einen Blitzstart hin. – Fast wäre es zu spät gewesen.

*

Hugo und Bambam standen zwar mehr auf elegante Lederschuhe, aber nicht umsonst hatten sie sich heute Morgen für Turnschuhe entschieden. Die beiden Teenager waren plötzlich, vielleicht aus Angst vor dem Regen, sehr viel schneller gegangen und hatten ihren Vorsprung ausgebaut. Doch als der Park vor ihnen praktisch leer war, waren die beiden Verfolger von dem Brascheweg auf die Grasstreifen zu beiden Seiten des Weges übergewechselt, damit ihre Opfer sie nicht hören sollten. Dann waren sie in einen schnellen Laufschritt verfallen, den Abstand zu ihrer Beute stetig verringernd. Doch als die Entfernung zwischen Jägern und Gejagten schon auf unter zwanzig Meter zusammengeschmolzen war, hatte sich das Mädchen umgedreht, sie entdeckt, und fast ohne Zeitverzögerung waren beide Kids davongeprescht. Sie mussten etwas geahnt haben.

Augenblicklich nahmen die beiden Zuhälter die Jagd auf, dabei schoss es Hugo noch in einer Art sportlichem Interesse durch den Kopf, welche Chancen die beiden vor ihnen wohl haben mochten. Sicher, sie waren jung und leichter und offensichtlich keine Schlaffis. Aber es waren eben nur Kids, noch dazu mit kleinen Rucksäcken belastet. Er und Bambam konnten auf etliche Stunden Krafttraining zurückblicken und hatten ohne Zweifel die größeren Reserven. Vielleicht würde es eine interessante Jagd, aber Hugo hätte niemandem empfohlen, auch nur eine Mark auf diese Kiddies zu wetten.

*

An ihrem Picknickplatz waren sie längst vorbeigeprescht. Der Weg war von Laternen erleuchtet. Während sie weiter rannten, keuchte Spock plötzlich: »Ins Dunkel!«

Ja, vielleicht hatten sie so eine Chance: Sie schwenkten nach links ab, liefen quer über den Rasen, weg von den Laternen und versuchten in die Dunkelheit zu entkommen. Der Plan ging nicht auf. Zu hell waren die Nacht und die Lichter der Stadt. Durch ihr Abweichen vom Weg hatten sie sich sogar in eine noch gefährlichere Situation manövriert: Schnell hatten sie die Rasenfläche überquert und erreichten den Weg auf der anderen Seite. Doch jenseits des Weges war eine Mauer – eine hohe Mauer, die das Gelände des Landesmuseums vom Park trennte. Gehetzt warfen Spock und Anna einen schnellen Blick zurück. Die Verfolger waren noch hinter ihnen, aber schlauerweise waren sie ihnen nicht bis zum zweiten Weg gefolgt, sondern liefen, etwas nach hinten versetzt, eine parallele Route auf dem Rasen entlang.

Anna und Spock rannten nun, da waren sie sicher, um ihr Leben. Rechts vor ihnen tauchte der kleine, eingefasste Teich des Parks auf. Schon kurz dahinter würde der Park zu Ende sein. Jetzt zahlte sich die Taktik der Verfolger aus. Sollten Anna und Spock versuchen, noch vor dem Teich erneut die Seite zu wechseln, würden ihnen beide Schläger den Weg abschneiden. Sollten sie aber versuchen, erst hinter dem Teich rechts abzubiegen, könnten die beiden sie in die Zange nehmen, indem sie einer verfolgte und der andere den Teich von der anderen Seite her umrundete.

Ihnen blieb gar keine Wahl, als weiter geradeaus zu fliehen. Die Silhouette, auf die sie da zurannten, kannten sie. Diese alte Anlage hatten sie heute schon von der anderen Seite aus gesehen: Die Kaiserthermen von Trier. Oder besser gesagt: Das, was nach über 1600 Jahren von der römischen Anlage übriggeblieben war. Ihre Lungen brannten. Die Hetzjagd hatte sie nahe an den Zusammenbruch gebracht.

Die Wunde in Annas Rücken, so klein sie auch war, begann wieder zu schmerzen. Viel länger, das wussten beide, konnten sie das Tempo nicht durchhalten. Ihnen blieb nur noch eine winzige Chance: sich in der alten Thermen-Anlage zu verstecken. – Vorausgesetzt, sie schafften es rechtzeitig über den Zaun. Denn wie überall, wo es gilt, Kulturgut vor Vandalen und Touristen zu schützen, konnte man auch hier nicht einfach auf das Gelände gelangen. Es war von einem fast drei Meter hohen Maschendrahtzaun umgeben, der oben auch noch locker mit Stacheldraht umwickelt war. Das Areal war hell genug erleuchtet, um sie schon wenige Meter vor dem Zaun die Stacheldraht-Bekrönung erkennen zu lassen. Ihre Verzweiflung wuchs.

Anna hatte das Letzte aus ihrem Körper herausgeholt, hatte die Ich-Kann-Nicht-Mehr-Grenze bereits zweimal überschritten, und dennoch oder vielleicht gerade deswegen funktionierte ihr Geist mit absoluter Klarheit, und dieser Geist schickte ihr im letzten Augenblick einen Blitz: Sie bekam gerade noch genug Luft, um keuchend hervorzustoßen: »Rucksack – auf – Stachel...«

Patrick hatte verstanden.

Am Zaun angekommen, sprangen sie ohne ihr Tempo abzubremsen in die Höhe, griffen direkt unter dem Stacheldraht in die Maschen, und auch die Spitzen ihrer Schuhe fanden in dem groben Drahtgeflecht halt. Sich jeweils nur mit einer Hand festkrallend, ließen sie die Trägergurte ihre kleinen Rucksäcke hastig erst über die linke, dann über die rechte Schulter heruntergleiten.

Sie keuchten selbst so laut, dass sie nicht hören konnten, wie nahe ihre Verfolger schon waren, aber ahnen konnten sie es durchaus.

Beide Rucksäcke wurden gleichzeitig hochgeschwungen und auf den Stacheldraht gedrückt, dann wuchteten Anna und Spock ihre bleischweren Körper noch höher, legten sich bäuchlings auf die Rucksäcke und ließen sich einfach nach vorne purzeln. Bei ihrer Rolle-Vorwärts merkte Anna noch, dass sie mit ihrer Ferse heftig gegen etwas weiches, nachgiebiges stieß, dann plumpste sie auch schon auf der anderen Seite des Zauns herunter.

*

Auch Bambam hatte bemerkt, dass Annas Ferse gegen etwas gestoßen war, – er musste es merken, denn schließlich war dieses Etwas seine Nase gewesen. Fast hätte er die Beute am Zaun gestellt. Er war sich sogar sicher gewesen, dass er wenigstens das Mädchen noch am Bein erwischen würde. Doch stattdessen hatte sie ihn erwischt – an der Nase. Die war zwar nicht gebrochen, aber sie blutete ganz ordentlich, und – ganz klar – er kleckerte das Blut natürlich auch noch auf sein teures Designer-Hemd. Was das bedeutete, lag ja wohl auf der Hand: Jetzt ging es nicht mehr nur um Geld, jetzt hatte er auch was Persönliches mit der Kleinen. Und wenn er sie erst einmal hatte, dann konnte sich Hugo, der gerade erst angehastet kam, diese bescheuerten Anweisungen ihres geheimnisvollen Auftraggebers sonstwohin schieben.

Wütend sprang Bambam nun auch am Zaun hoch – Mist, – da oben war ja Stacheldraht. Vorsichtig zog er sich höher, streckte, sein Augenmerk auf den Draht gerichtet, den Kopf über den Zaun hinaus und bot so ein wunderbares Ziel für den Rucksack, der scheppernd gegen seinen Schädel klatschte. Bambam verlor zwar nicht das Bewusstsein, dafür aber die Fassung und vor allem auch den Halt, was ihn wieder voll der Schwerkraft auslieferte, und er landete mit einem Schmerzensschrei halb auf seinem Hintern, halb auf dem Rücken.

Hugo, keuchend wie eine altersschwache Dampfma-
schine, half Bambam wieder auf, dessen Kopf brummte und
dessen Steißbein schmerzte. Dann starrten beide schnaufend
durch den Maschendrahtzaun.

Dort drüben stand dieser Junge, nach vorne gebeugt, halb
in der Hocke, die Hände auf seine Knie gestützt, und er
keuchte als wollten seine Lungen jeden Moment platzen.
Aber sein Gesicht hatte er den beiden Verfolgern zugewandt,
die er aufmerksam beobachtete. In seiner rechten Hand, die
als Faust auf seinem Knie lag, baumelte an einer Schnalle
sein Rucksack, den er als Keule benutzt hatte. Das Mädchen
lag etwas seitlich hinter ihm auf dem Rücken im Gras, ihr
Brustkorb hob und senkte sich, als wäre sie dem Ersti-
ckungstod nahe, und zweimal wurde sie von krampfhaftem
Husten und Würgen geschüttelt. Die war fertig. Aber der
Junge hielt Wacht.

Jetzt besaß er auch noch die Frechheit, seine Verfolger
unter Keuchen anzuquatschen: »Na, – was – ist? – – Versucht – versucht doch, rüber zu kommen, ihr K-, ihr K-, ihr
Knödeltaucher, – dann gibt's was – auf die – ho-hohle
Rübe.«

In seiner Wut wollte Bambam wieder am Zaun hoch-
springen, aber Hugo hielt ihn zurück und flüsterte ihm etwas
ins Ohr.

Patrick gefiel dieses Flüstern überhaupt nicht.

Nach seiner Rolle über den Zaun war er auf den Füßen
gelandet und durch den Schwung auf dem leicht abschüssi-
gen Gelände nach vorne auf die Knie gefallen, aber der wei-
che Grasboden hatte verhindert, dass er sich weh getan hatte. Auch Anna war mit den Füßen zuerst auf dem Boden auf-
gekommen, doch ihre Kraft hatte nicht mehr gereicht, um
sich richtig abzufangen. Sie war seitlich nach vorne gefallen, hatte noch eine Judo-Rolle versucht, aber sie hätte es

genauso gut mit einer Frühlingsrolle probieren können, so absolut war ihr Versuch in die Hose gegangen. Statt den Schwung in Bewegungsenergie verpuffen zu lassen, war sie seitlich auf den Rücken gestürzt und hatte ein scharfes Zischen ausgestoßen, als auch die Pfeil-Wunde einen heftigen Stoß abbekam.

Spock hatte sich nach seiner Landung schnell wieder aufgerappelt. Natürlich hätte er am liebsten sofort nach Anna geschaut, aber er beherrschte sich, weil ihm klar war, dass er die Verfolger im Auge behalten musste. Und richtig: Stoppelkopf hatte sich kurz die Nase gerieben und wollte dann ebenfalls über den Zaun steigen. Ganz automatisch hatte Spock das Nächstliegende getan, indem er nach dem Nächstliegenden griff. Ihre Rucksäcke waren glücklicherweise nicht im Stacheldraht hängen geblieben, sondern durch die Vorwärtsbewegung der Beiden ebenfalls auf ihrer Seite heruntergefallen. Patrick hatte sich den am nächsten liegenden Rucksack an einem der Riemen geschnappt, hatte ihn einmal um seinen Kopf kreisen lassen, um Schwung zu gewinnen, und hatte ihn dann, so stark er konnte, gegen diesen Stoppelkopf klatschen lassen. Leider war auch Patrick so ausgepumpt, dass der Schlag nicht so hart ausfiel, wie er es sich gewünscht hätte, doch sie hatten wertvolle Zeit gewonnen.

Aber auch die beiden Schläger taten das Naheliegendste: Sie trennten sich. Wenn der Abstand zwischen ihnen nur groß genug wäre, dann war Spock aufgeschmissen, denn schließlich konnte er den Zaun nicht an zwei Stellen gleichzeitig verteidigen. Schnell warf Spock einen Blick zurück und musste feststellen, dass von Anna im Augenblick keine Hilfe zu erwarten war.

Mühsam versuchte sie gerade, sich auf den Bauch zu drehen. Als sie ohne Erfolg und mit schwarzen, tanzenden Flecken vor den Augen wieder zurück sank, war genau das jener Moment in ihrem Leben, in dem sie sich schwor, niemals Schildkrötensuppe zu essen. Doch immerhin gab es nun eine nicht ganz unerwartete Erfrischung: Der Regen setzte ein, und die ersten kalten Tropfen platschten auf ihr Gesicht. – In wenigen Augenblicken nahm der Regen an Heftigkeit zu, schnell wurden Freund und Feind durchnässt. Spock hoffte, dass der heftige Sommerschauer ihren Verfolgern das Überwinden des Zauns etwas erschweren würde. Rasch hängte er sich beide Rucksäcke mit je einem Riemen locker über die linke Schulter, dann wartete er noch, bis Igelkopf und Locke glaubten, sich weit genug auseinanderbewegt zu haben und sich daran machten, den Zaun zu übersteigen. Schnell sprang er nun zu Anna, die es inzwischen doch geschafft hatte, sich umzudrehen, und die sich gerade mühsam aufrappelte. Patrick warf alles Feingefühl über Bord und zog sie nicht eben sanft mit seiner freien Hand vollends in die Höhe.

Anna stöhnte: »Ich – kann nicht mehr.«

Ihr Freund erwiderte barsch: »Du musst!«

Dann legte er sich ihren linken Arm um seinen Hals und seine Schulter. Fast so, wie die Rucksäcke an seiner linken Seite baumelten, hing Anna nun an seiner rechten Seite. Hastig warf Patrick einen letzten Blick zurück – noch kämpften die Verfolger mit dem nassen Zaun und dem Stacheldraht –, dann machte er sich auf zu der nächsten Treppe, die in gut zehn Meter Entfernung in die Unterwelt der römischen Thermen führte.

Anna bekam jetzt wieder etwas besser Luft. Sie merkte, dass Spock sie kaum schleppen konnte. Aus Sorge um ihn befahl sie ihren Beinen wütend, dass sie gefälligst ihre Arbeit anständig erledigen sollten. Kurz hielt sie ihr Gesicht nach oben in den Regen, dann murmelte sie, um Spock zu beruhigen: »Langsam geht's wieder.«

Als die beiden schließlich die Stufen hinunter gestiegen waren, hatte Anna ihren Arm nur noch locker um Patricks

Schulter liegen. Und gemeinsam tauchten sie in der Finsternis eines fast 2000 Jahre alten Ganges.

*

Zum wiederholten Mal drehte Lars eine nervöse Runde durchs Wohnzimmer, und zum wiederholten Male sagte er dabei: »Warte nur, Fräulein, wenn Du wieder zu Hause bist! Sich einfach so klammheimlich aus dem Staub machen! Dir werde ich was anderes erzählen!«

Tommy, der bei seinem Kumpel zu Abend gegessen hatte, war erst um halb neun nach Hause gekommen, und dann hatte es noch eine gute halbe Stunde gedauert, bis er zufällig auf Annas Brief gestoßen war.

Nachdem sich der erste Schrecken gelegt hatte, war Lars gleich zum Telefon geeilt, um mit der Jugendherberge in Trier zu telefonieren – doch ohne Erfolg. Schließlich hatte er Hauptkommissar Pauli unter dessen Privatnummer angerufen. Der versprach, seine Kollegen in Trier zu bitten, die Augen offen zu halten. Doch bisher war noch keine Nachricht aus Trier gekommen.

Nun überlegte sich Lars schon, ob er nicht selbst nach Trier fahren sollte, um seine Tochter zu suchen. Kathrin brachte ihn schließlich wieder von dem Gedanken ab.

Obwohl sie sich mindestens genauso sorgte wie ihr Mann, versuchte sie ihn und damit auch sich selbst zu beruhigen: »Es kann genauso gut sein, dass sie schon wieder auf dem Rückweg sind. Und dann sind sie hier, und Du suchst in Trier. Außerdem: Warum sollten sie in Trier in größerer Gefahr sein als hier bei uns? Vielleicht tut es ihnen ja sogar ganz gut, ein bisschen ihre eigenen Wege zu gehen, – allein dadurch, dass sie das Gefühl haben, etwas zu unternehmen.«

*

Nur auf den ersten Metern war vom Eingang her noch etwas Licht in den Gang gefallen, aber inzwischen tappten Anna und Spock im wahrsten Sinn des Wortes im Dunkeln.

Die Kaiserthermen waren entstanden, als Trier die Hauptstadt des westlichen Römischen Reiches war. Das römische Trier konnte sich sogar drei große Thermen-Anlagen leisten, doch die prächtigste dieser antiken Badeanstalten waren die Kaiserthermen gewesen, und ihr Komfort hätte den Vergleich zu einem modernen *Spaßbad* nicht zu scheuen brauchen. Im vierten Jahrhundert nach Christus erstreckte sich die Anlage über eine Länge von 260 und eine Breite von 140 Metern. Im Mittelalter war die Südostecke der Anlage zu einem Teil der Stadtbefestigung und zum Stadttor umfunktioniert worden, und ein Teil diese Mauern trotzt noch immer der Zeit. Vor allem aber sind noch heute die weit verzweigten unterirdischen Bedienungsgänge erhalten, mit deren Hilfe Sklaven und Bedienstete für einen reibungslosen Ablauf des Badebetriebs sorgten.

Vorsichtig tastete sich Spock mit der linken Hand die kalte Steinwand entlang. Die rechte Hand hielt er vor sich in die Luft, um etwaige Hindernisse in Kopfhöhe rechtzeitig zu bemerken. Bei jedem Schritt setzte er zunächst den Fußballen nur leicht auf den Boden, testete dessen Beschaffenheit, bevor er den Fuß voll belastete. Um in der Dunkelheit nicht mehr als nötig behindert zu sein, hatte Spock den Rucksack wieder angelegt. Anna hatte darauf bestanden, ihren Rucksack selbst zu tragen. Nun ging sie ganz eng hinter ihrem Freund, streifte mit ihrer linken Hand ebenfalls an der steinernen Wand entlang, während ihre rechte Faust eine überstehende Schnalle von Spocks Rucksack umklammert hielt.

Als Spock plötzlich ins Leere griff, bog er in den so entdeckten Nebengang, wechselte vorsichtig zur gegenüberliegenden Wand und bog nochmals ab, nachdem rechts die Wand erneut einem Durchgang gewichen war.

»Wo gehst Du eigentlich hin?«, fragte Anna leise aus der Dunkelheit hinter ihm.

»Wenn ich das wüsste. Aber ich denke, wir sind weit genug vom Hauptgang entfernt und können kurz Licht machen, ohne dass unsere Freunde die Helligkeit vom Eingang aus sehen.«

»*Licht??*«

»Ja, – Augenblick.«

Anna merkte, dass Spock den Rucksack abnahm, hörte, dass er die Schnallen öffnete und kurz in dem Rucksack herumkramte. Schließlich machte es *klick*, und ein kleines Licht flammte auf.

»Tja, für alle Fälle gerüstet«, meinte Spock und tätschelte kurz die kleine, rechteckige Taschenlampe. Doch obwohl deren Strahl nicht sehr groß war, erschien ihm das Licht zu hell. Er zog den Saum seines T-Shirts hoch, klemmte sich die Taschenlampe hinter den Gürtel und ließ dann das Shirt über den Lichtkegel fallen – schon besser.

Sie hatten eine kleine Kammer betreten, von deren anderem Ende ein sehr schmaler Gang weiterführte, der nach wenigen Metern wieder in Richtung Hauptgang abzuzweigen schien.

»Und was jetzt?«, fragte Anna ganz leise, immer noch reichlich außer Atem. Langsam drehte sie sich einmal um sich selbst, um ihre Umgebung zu mustern, in der es allerdings nicht viel zu mustern gab.

»Oh!«, entfuhr es Spock, während ihm Anna kurz den Rücken zugewandt hatte, doch auch er flüsterte, als er fortfuhr: »Erstmal bekommst Du ein neues Pflaster verpasst. – Du blutest wieder, wo dich der Mistkerl getroffen hat.«

»Hab' ich gar nicht gemerkt«, hauchte Anna verblüfft, »muss wohl wieder aufgeplatzt sein, als ich auf den Rücken gefallen bin. Aber es ist nicht schlimm und wir haben anderes zu tun.«

»Nix da. Nachher trocknet's und dein Hemd klebt an der
Wunde. Und Dreck braucht auch nicht reinzukommen. Außerdem, was denkst Du, warum ich wie der König aller
Pfadfinder ausgerüstet bin? Nur, um das Pflaster spazieren
zu tragen?«

Noch während er sprach, hatte Patrick ein Alumini-
um-Schächtelchen und ein kleines, steril verpacktes Wun-
dreinigungstuch hervorgeholt.

»O.K.«, seufzte Anna, »bevor wir noch mehr Zeit vertrö-
deln, – dann mach schon.« Doch in Wirklichkeit fiel es ihr
ganz und gar nicht schwer, sich Spock zu fügen. Seine Sorge
um sie tat gut.

Anna musste sich umdrehen, Spock krempelte ihr das T-
Shirt am Rücken hoch, dann reinigte er behutsam die kleine
Wunde mit dem feuchten Tuch und verarztete sie vorsichtig
mit einem breiten, wasserfesten Pflaster.

Während Patrick sich noch um Annas Rücken kümmerte
und gleichzeitig auf Schritte horchte, setzten sie ihre geflüs-
terte Unterhaltung fort. Patrick fragte: »Was würdest Du
denn an Stelle unserer beiden Freunde tun?«

»Was würde ich tun? Hm«, wiederholte Anna nachdenklich, »also, ich an ihrer Stelle würde es so machen: Einer
bleibt über der Erde, um das Gelände im Auge zu behalten.
Da die Ruinen überirdisch bis auf eine Außenmauer recht
flach sind, hätte er gute Chancen, uns zu sehen, falls wir
versuchen, an die Oberfläche zu kommen.« Spock hatte seine Erste Hilfe beendet und das Licht vorsorglich gelöscht,
Anna stopfte ihr T-Shirt wieder hinter den Hosenbund, während sie fortfuhr: »Und während Nummer eins oben acht
gibt, dass wir nicht entwischen, steigt Nummer zwei herunter, um uns aufzuspüren. Ich glaube, die öffnen hier wie die
Museen um neun oder zehn Uhr morgens, – solange haben
sie Zeit uns zu finden, solange werden wir mit ihnen Katz
und Maus spielen müssen.«

Patrick nickte, dann fiel ihm ein, dass ihn Anna ja gar nicht sehen konnte, und er flüsterte: »Ich glaube, Du hast recht. Mich wundert nur, dass noch keiner von denen hier unten durch die Gänge schleicht. Na wenigstens haben wir einen nicht zu verachtenden Vorteil auf unserer Seite: die Dunkelheit.«

Über ihnen und in dem Gang vor der Kammer flackerte es einmal kurz, und mit einem Schlag war ihr Versteck von einer Neonröhre an der Decke in helles Licht getaucht. Einen Augenblick mussten sie geblendet die Augen schließen, dann sahen sie sich entsetzt an. Schließlich sagte Patrick: »Die beiden sind wirklich nicht dumm: Die haben sicher den kleinen Schuppen mit dem Kassenhäuschen am Eingang aufgebrochen, dort dürfte der Schalter für die Lichter hier unten sein. Jetzt sitzen wir schön in der Patsche.«

Anna zog Spock unter die Neonröhre und knurrte: »Nix is', wir machen das Licht eben einfach wieder aus. Los, nimm mich auf die Schultern.«

»Wie? Oh, aber sei um Himmels Willen vorsichtig.«

Lieber hätte er es selbst gemacht, aber er glaubte kaum, dass Anna ihn im Augenblick tragen konnte. Und da sie keine andere Wahl hatten, verschwendete er ihre kostbare Zeit nicht mit Worten, sondern bückte sich, um Anna auf seine Schultern steigen zu lassen. Während er sich vorsichtig aufrichtete, hielt er sie an den Beinen fest, und als er stand, konnte Anna mühelos die Neonröhre samt Fassung erreichen. Sofort begann sie an dem Kabel zu zerren, das zu der Lampe führte und glücklicherweise ein wenig Spiel hatte. Schon mit dem dritten Ruck hatte sie es heraus gerissen. Die Röhre erlosch, aber vom Gang fiel noch genug Licht herein, um Anna die drei blanken Enden Kupferdraht erkennen zu lassen, die aus dem Kabel ragten. Und was jetzt? Das Kabel an seiner Isolierung festzuhalten, war eine Sache, aber die Kabelenden mit den bloßen Fingern zusammenzudrücken, darauf konnte Anna gut verzichten. Die Halterung der Neonröhre war aus Kunststoff, aber sie war mit Stahlwinkeln an der Decke befestigt. Anna drückte das Ende des Kabels gegen das Metall. Ein kurzes, surrendes Zischen war zu hören, ein winziger Blitz umspielte das Kabelende und den Eisenwinkel – fast wäre Anna vor Schreck von Spocks Schultern gefallen –, und mit einem Schlag war es wieder völlig dunkel. Nur wenige Meter vom Eingang zu ihrer Kammer entfernt stieß jemand einen lauten, saftigen Fluch aus.

Hastig ließ Patrick Anna von seinen Schultern gleiten, und während von draußen plötzlich der Lichtkegel einer starken Taschenlampe am Eingang zur Kammer vorbeifiel, huschten sie, die Richtung in der Eile mehr erahnend als ertastend, durch den schmalen rückwärtigen Gang. Als sich Patrick, Annas Hand immer auf seiner Schulter, um die Biegung am Ende des Ganges getastet hatte, erschrak er fürchterlich. »Sackgasse«, schoss es ihm durch den Kopf, als er vor sich nackten Fels fühlte. Aber dann merkte er, dass der Gang nur sehr niedrig geworden war. Er zog Anna mit sich hinunter, und auf Händen und Knien ging es weiter, bis sie nach wenigen Metern wieder auf den Hauptgang stießen.

Er riskierte es, kurz die Taschenlampe anzuknipsen, um sich zu orientieren. Dann eilten sie weiter und nahmen Abzweigungen, die sie – so hofften sie jedenfalls – von ihrem Verfolger fortführten.

*

Schon an der ersten Tankstelle, an der er auf seiner Rückfahrt von Nizza vorbeigekommen war, hatte der Mann angehalten, um sich mit Hilfe der internationalen Telefonauskunft zu überzeugen, dass es auch tatsächlich eine Sabine Magnussen in Wasserbillig gab. Nun hatte er noch einen langen Weg vor sich, doch dass er erneut ein paar Stunden im

Auto herunterreißen musste, störte ihn nicht. Trotz der Strapazen war er kein bisschen müde, denn sein Spielchen mit Kleinschmidt hatte ihn ordentlich aufgemuntert, davon zehrte er auf seiner langen Fahrt. Und er freute sich natürlich schon auf sein nächstes Rendezvous.

*

Eine gute halbe Stunde waren sie nun schon durch die Dunkelheit geschlichen. Bereits viermal hatten sie – noch rechtzeitig – den Schein einer Taschenlampe aus einem der Gänge gesehen und schnell die Richtung geändert, immer in der Hoffnung, nicht in einer echten Sackgasse zu landen. Sie waren auch an zwei weiteren Ausstiegen und an einer Art Fenster vorbeigekommen, hatten sich aber nicht getraut, das System der Gänge zu verlassen, denn sie waren sicher: Einer ihrer Verfolger würde oben nur darauf warten, dass sie sich zeigten.

Plötzlich hielt Anna ihren Freund am Arm fest und flüsterte: »So geht das nicht. Sei mir nicht böse, aber viel länger halte ich dieses Katz und Maus Spiel nicht aus. Es *muss* hier doch irgendwo einen Platz geben, an dem wir uns ein paar Stunden verstecken und ausruhen können.«

Patrick erschrak über die Müdigkeit in Annas Stimme, aber er selbst fühlte sich ja auch nicht gerade taufrisch.

Er überlegte. Sicher, sie waren schon an ein paar Nischen und Winkeln vorbeigekommen. Doch nirgends hätten sie sich vor dem wandernden Strahl der Taschenlampe sicher fühlen können. Dann fiel ihm wieder das Fenster ein, an dem sie vorbeigehastet waren und durch das, kaum wahrnehmbar, etwas Mondlicht in den Gang gedrungen war. Wieso eigentlich Fenster? Sie waren doch unter der Erde? Zu Anna sagte er: »Vielleicht weiß ich was«, und hoffte, dass er den richtigen Weg finden würde.

Nach zehn Minuten wollte er es schon aufgeben, als er wieder das kaum wahrnehmbare Rechteck sah, das vom Mondlicht auf den Boden gezeichnet wurde. Er zog Anna zu dem kleinen, fast quadratischen Durchschlupf, der durch eine gut fünfzig Zentimeter dicke Wand gebrochen war. Viel konnten sie nicht erkennen, aber Anna vermutete, dass das, was sie durch dieses Fenster sahen, vor vielen Jahrhunderten entweder ein sehr breiter Brunnenschacht oder ein besonders tiefes, rundes Becken gewesen war.

»Also los, nach dir«, flüsterte Spock.

Anna zog ihren Rucksack aus – mit ihm wäre sie nicht durch dieses Loch gekommen – und zog sich durch die Steinumfassung ins Freie, während Spock von hinten nachschob. Draußen regnete es noch immer – oder schon wieder. Der erdige Boden ihrer neuen Zuflucht begann nur gut einen Meter unter dem Fenster. Teilweise war er von niedrigem Grünzeug, aber auch von ein paar Büschen bedeckt. Die Wände des Rondells aus behauenen Steinquadern waren etwa drei Meter hoch, der Durchmesser mochte rund fünf Meter betragen. Oben schien einer der Wege, auf denen Besucher das Gelände erkunden konnten, das kreisrunde Loch im Boden zu kreuzen, denn eine kleine Metallbrücke überspannte das Becken, oder was auch immer es einst gewesen war.

Nachdem Anna ins Freie gerutscht war, nahm sie die beiden Rucksäcke in Empfang, dann wollte sie Spock heraushelfen, der noch in dem Gang stand. Der warf einen letzten Blick zur Seite, erstarrte eine Millisekunde und hechtete dann geradezu in den Durchschlupf, zog sich mit einem Schwung ganz hindurch und warf dabei Anna um, die vor dem kleinen Fenster gestanden hatte. Halb kam er auf ihr zu liegen und zischte ihr ins Ohr: »Hab' wieder den Schein der Taschenlampe gesehen.«

Schnell drückten sie sich links unterhalb des Fensters an die Steinmauer und Patrick hoffte inbrünstig, dass der Mann mit der Taschenlampe nicht doch noch seine Füße durch das Fenster verschwinden gesehen hatte.

Dann mussten sie erschrocken mitansehen, wie das Profil eines Gesichts aus der Umrandung des Fensters auftauchte, und eine Stimme rief laut: »*He!*«

»Entdeckt!«, schoss es ihnen durch den Kopf, da rief die Stimme nochmal: »He, Bambam, bist Du da?«

Durch das sanfte Prasseln des Regens waren von oben plötzlich leise hallende und vibrierende Schritte zu hören – jemand hatte den Stahlrost der kleinen Brücke betreten, war in deren Mitte stehen geblieben und beugte sich nun über das Geländer.

Anna und Patrick versuchten mit der Steinwand zu verschmelzen; es lief ihnen kalt den Rücken herunter, und das kam nicht nur vom Regen. Zwar waren sie noch nicht entdeckt worden, aber ihrer Ansicht nach konnte es sich nur noch um Sekunden handeln. Der Mann, der aus dem Gang heraus sprach, brauchte nur einen Blick nach links zu werfen. Genauso gut konnte sich auch der Kerl auf der Brücke noch etwas weiter nach vorne beugen oder gar auf die Idee kommen, auch mal über das andere Brückengeländer einen Blick nach unten zu werfen. In jedem Fall wären sie verloren gewesen.

Nun brummte von oben eine Stimme, die sicher dem Kerl gehörte, den Unten-Stimme »Bambam« genannt hatte: »Ja, brüll nicht so, was'n los?«

Unten-Stimme: »Bist Du sicher, dass dir die kleinen Scheißer nicht irgendwo durch die Lappen gegangen sind? Ich habe hier unten keine Spur mehr von ihnen gefunden.«

Von oben kam es zurück: »Tja, dann halten dich die beiden wohl ein bisschen zum Narren. Hier ist jedenfalls niemand durchgekommen. Ich hocke schon die ganze Zeit auf so 'ner ollen Säule, und von da habe ich alle drei Eingänge nach unten im Blick, und das sind alle Eingänge, die auf dieser Karte am Pförtnerhaus eingetragen waren.«

»Verdammt, wo stecken die Scheißer bloß?«, schimpfte die Stimme aus dem Gang.

Unwirsch kam es von Bambam zurück: »Was weiß denn ich? Auf jeden Fall solltest Du dich beeilen. Geld hin oder her, ich bin völlig aufgeweicht.«

Irgendetwas Unverständliches grummelnd zog sich der Mann unten wieder ganz in den Gang zurück, aber Bambam blieb noch auf der Brücke stehen, hockte sich sogar auf das Geländer auf der anderen Seite, von wo er offensichtlich auch die Ausgänge im Auge behalten konnte.

Vor lauter Bewegungslosigkeit begannen allmählich Annas und Spocks Muskeln zu verkrampfen. Sie trauten sich nicht einmal, das Regenwasser wegzuwischen, das ihnen übers Gesicht und in die Augen lief. Inständig wünschte sich Anna, dass der Erbauer der Brücke deren Geländer als möglichst unbequemen Sitz konstruiert hatte. Endlich, nach ewigen fünf Minuten, erhob sich Bambam wieder und marschierte, missmutig vor sich hin brummelnd, von der Brücke.

Anna tat einen tiefen Luftzug, während sie zu Spock flüsterte: »Wirklich, ein *tolles* Versteck!«

Mit zittriger Stimme kam es zurück: »Weiß gar nicht was Du willst. Ist doch alles glatt gelaufen.«

»Alles *glatt* gelaufen? Rede Du nur so weiter, dann bin ich es, die dich unter die Erde bringt. Und was ich will ist im Moment vor allem einen *trockenen* Unterschlupf. Ich bin nass bis auf die Haut.«

»Na, bevor dir Schwimmhäute zwischen den Zehen wachsen, wie wär's denn damit?«

Bei seinen letzten Worten deutete Spock mit seinem Daumen nach rechts. Annas Blicke versuchten die Dunkelheit zu

durchdringen. Zu gut drei Viertel von einem Busch verdeckt
war dort im Schatten, gerade noch so, der Eingang zu einem
weiteren kleinen Gang zu erkennen. Sie huschten hinüber
und hofften inständig, dass sie nun endlich ein einigermaßen
sicheres Versteck finden würden. Und diesmal hatten sie
Glück. Früher mochte der Gang mit den anderen unterirdischen Wegen in Verbindung gestanden haben, doch irgendwann war ein Teil der Decke unter der Last der Jahrhunderte
in sich zusammengebrochen, und so war eine gerade mal
drei Meter lange Höhle entstanden.

Patrick hatte nur einmal kurz seine Taschenlampe aufblitzen lassen, weil der Lichtschein nicht zum Verräter werden
sollte. Dann verließen sie sich wieder auf ihren Tastsinn und
gingen gebückt bis zum Ende der Höhle, wo sie sich erschöpft niederließen.

Anna war froh, dass sie ihre Rucksäcke auf der Flucht
nicht aufgegeben hatten, denn jetzt hatte sie wenigstens
noch eine trockene Jeansjacke, die sie nun heraustastete und
mit ihrem aufgeweichten T-Shirt vertauschte. Ihren Freund
hörte sie ebenfalls in seinem Rucksack kramen.

»Was suchst Du?«, fragte sie, während sie die Jacke zuknöpfte.

»Du hast offenbar nichts aus deiner neuen Waffensammlung mitgebracht, stimmt's?«

»Stimmt.«

»Aber ich habe was dabei. Ich hab' mir nämlich auch so
eine kleine Gaspistole besorgt.«

»So?«, kam es skeptisch von Anna zurück, »na, ich halte
zwar nicht unbedingt viel von diesen Geräten, aber verrat
mir mal, warum Du dieses Teil nicht schon früher rausgeholt
hast?«

Anna hörte Spock verlegen eine Antwort murmeln, verstand ihn aber nicht und bohrte deshalb: »Was hast Du gesagt?«

»Na ja, ich hab' die Pistole noch nicht geladen – ja, ja, ist
ja schon gut, wirklich sehr komisch, ha, ha. Ah, jetzt hab'
ich die kleine Schachtel mit den Patronen erwischt.«

Nach einer Minute hatte er die Waffe im Dunkeln geladen und legte sie neben sich. Dann kramte er erneut in seinem Rucksack und ertastete noch einen kleinen Apfelsaft-
Getränkebeutel – ein Rest von ihrem so friedlichen Picknick.

Abwechselnd am Strohalm ziehend, teilten sie sich durs-
tig das Getränk. Dann wrang auch Spock sein Hemd aus,
zog schließlich Anna zu sich heran und gemeinsam wickel-
ten sie sich so gut es eben ging in das Strandlaken, das ihnen
als Picknickdecke gedient hatte.

Irgendwo spukte noch der Gedanke in ihren Köpfen, dass
es sicher besser wäre, wenn einer von ihnen wach bliebe.
Immerhin waren da noch diese beiden Typen, die ihnen ans
Leder wollten. Aber sie waren einfach zu kaputt. Trotz des
unbequemen Bodens waren sie bald eng aneinander ge-
schmiegt in einen leichten Schlaf gefallen.

*

Kurz nach drei Uhr nachts war der Mann in Wasserbillig
angekommen. Um die Adresse herauszufinden, hatte ein
Blick ins Telefonbuch genügt – wenn die Leute auch so un-
vorsichtig waren … Wasserbillig war eine kleine, eher länd-
liche Gemeinde. Das Telefonbuch in der öffentlichen Zelle
war also weder gestohlen, noch zerfetzt, noch angezündet
worden.

Schon kurz darauf parkte der Mann in der Rue Moulin,
sah zu dem dreistöckigen Mietshaus hinüber und überlegte,
wie er es anstellen sollte. Gleich mit roher Gewalt vorzugehen, kam hier nicht in Frage. Die Gegend war um diese
nachtschlafende Zeit sehr still. Zu viel Lärm würde also

irgendwelche Anwohner wecken, und das konnte sehr schnell die Polizei auf den Plan rufen. Sicher, als er Palusky erledigte, hätte ihn auch jemand hören können. Aber am Tag, in der Stadt, wäre irgendein Lärm nicht so aufgefallen. Hinzu kam, dass er hier ein Fremder war und in dem kleinen Ort nicht so einfach untertauchen konnte wie in Saarfurth. Außerdem: Wenn er Sabine wie Rambo in die Bude platzen würde, dann müsste er seinen Job sehr schnell erledigen. Und dazu hatte er keine Lust.

Also musste er auf die sanfte Tour ins Haus. Vielleicht könnten ihm dabei die winzigen Balkone helfen, die im ersten und zweiten Stock über dem Eingang aus der Hausfront hervorsprangen?

Auf der Beifahrerseite lagen im Fußraum des Wagens eine Reisetasche und ein kleiner, schwarzer Rucksack. Aus der Reisetasche zog er einen dunklen Trainingsanzug, den er sich überzog. Seine eleganten Schuhe vertauschte er mit schwarz eingefärbten Turnschuhen, und selbstverständlich zog er auch wieder seine dünnen Lederhandschuhe an.

Als er leise aus dem Wagen stieg, registrierte er zufrieden, dass der leichte Regen zwar aufgehört hatte, dass aber immer noch ein paar Wolken da waren, die das meiste Mond- und Sternenlicht aussperrten. Zudem schien es sich bei Wasserbillig um eine sparsame und friedliche Gemeinde zu handeln, denn zu diesen Nachtstunden war die Straßenbeleuchtung in den Nebenstraßen der Stadt ausgeschaltet.

Der Regen hatte die Schwüle der Sommernacht vertrieben, und so hoffte der Mann, dass gerade niemandem nach nächtlichem Luftschnappen am Fenster zumute war. Am besten, er würde so schnell wie möglich bei den Magnussens einsteigen.

Kurz inspizierte er die Haustüre, die nur eine Stufe über dem Straßenniveau lag, und ließ für einen winzigen Moment den Strahl einer kleinen Taschenlampe über der Klingelleiste aufblitzen. Aha, seine Familie wohnte offenbar im zweiten Stock. Er trat zurück und sah nach oben. Wenn er die Arme hochstreckte, fehlten noch etwa fünfzig Zentimeter bis zur Unterkante des Balkons. Kein Problem.

Er ging leicht in die Knie, schnellte sich hoch, packte die Betonkante des Balkons, machte aus dem Schwung des Sprungs heraus einen Klimmzug und griff sich geschickt die Oberkante des gusseisernen Gittergeländers. Als er sich auf das Geländer geschwungen hatte, erhob er sich vorsichtig, balancierte auf dem fünf Zentimeter breiten Geländer und konnte so ohne Probleme den Boden des nächsten Balkons erreichen. Ein erneuter Klimmzug, ein Schwung über das nächste Geländer, und er stand auf dem Balkon im zweiten Stock. Wie praktisch, dass die Magnussens frische Luft mochten: Die Balkontüre stand offen, das ersparte ihm den Glasschneider. Schnell und vorsichtig trat der Mann in das Zimmer. Seit er das Auto verlassen hatte, waren keine 30 Sekunden vergangen.

Nun stand der Mann, soweit er erkennen konnte, in einem bürgerlichen und für seinen Geschmack recht spießigen Wohnzimmer. Er knipste seine Taschenlampe an, orientierte sich kurz, und trat in den Flur. Gegenüber der Wohnzimmertüre befand sich die Eingangstüre zur Wohnung.

Der Mann lächelte, als er die vorgelegte Sicherheitskette sah. Etwas weiter rechts stand die Türe zu einer geräumigen Küche offen. Nach der Küche folgte ein kleines Bad, dann öffnete der Mann vorsichtig die Tür am Ende des Ganges ... Sieh an, ein Kinderzimmer! Der Strahl seiner Taschenlampe huschte durch das Zimmer und verharrte dann in der hinteren Ecke auf einem schmalen Kinderbett. Dort schlummerte friedlich ein etwa zehnjähriges Mädchen. Sabine schien also recht spät noch Nachwuchs bekommen zu haben. Vielleicht war es aber auch ein Kind, das Pierre mit in die Ehe gebracht hatte, – der Mann wusste nicht, wann Sabine das zweite Mal geheiratet hatte, und eigentlich war es ihm auch egal. Nun drehte sich das Mädchen unruhig im Schlaf herum. Schnell löschte der Mann seine Taschenlampe und schloss vorsichtig die Tür.

Er wollte das Kind nicht wecken. Noch nicht.

Nun schlich er, die Lampe wieder eingeschaltet, zur anderen Seite des Flures. Zur Linken stand eine Türe offen, die in ein kleines Büro führte. Da blieb also nur noch die Tür an diesem Ende des Flurs. Vorsichtig öffnete der Mann und stand in einem Schlafzimmer. Er hörte das ganz, ganz leise Schnarchen eines Mannes und das sanfte, regelmäßige Atmen einer Frau. Indem er eine Hand vor den Strahl seiner Lampe hielt, dämpfte er ihr Licht, dann betrachtete er sich das Paar, das in dem französischen Bett in tiefem Schlaf lag, völlig ahnungslos, dass der Tod neben ihnen stand. Da lagen sie, die Gesichter einander zugewandt, auf der Seite schlafend, in angedeuteter Embrionalstellung. Die leichten Sommerdecken waren etwas über ihre Schultern zurück gerutscht, und soweit es der Eindringling erkennen konnte, schienen die beiden nackt zu schlafen. Sabines Mann war ziemlich kräftig, grauhaarig, wohl an die fünfzig Jahre, doch Pierre interessierte den Angreifer allenfalls beiläufig. Sabine selbst mochte die Vierzig auch schon ein paar Jahre überschritten haben. Sie hatte ein breites Gesicht, ausgeprägte Lippen, eine relativ breite, große Nase. Die offenen, im Schlaf entspannten Gesichtszüge gefielen dem Mann. Ihr Haar war durch das Liegen durcheinander geraten. Soweit er erkennen konnte, war es brünett, schulterlang, und ein paar graue Strähnen hatten sich hineingestohlen. Vorsichtig schlich er neben sie und zog ganz sachte ihre Decke noch etwas tiefer. Sabine war eine kräftige Frau und der Mann freute sich schon darauf, ihre weichen, vollen, etwas birnenförmigen Brüste zu berühren. Im Schlaf tastete sie nun nach der Decke und zog sie wieder höher, atmete aber ruhig weiter.

Geräuschlos setzte der Mann seinen Rucksack ab, entnahm ihm ein Äthefläschchen und träufelte ein paar Tropfen auf einen Lappen, sorgsam darauf bedacht, nichts von den Dämpfen einzuatmen. Dann beugte er sich mit angehaltenem Atem nach vorne und hielt den Lappen direkt vor die Nase des Mannes. Nach zehn Sekunden drückte er den Lappen ganz auf Pierres Gesicht. Von dem kam nur ein leises Grunzen, dann lag er still. Nun achtete der Mann nicht länger darauf, besonders leise zu sein. Er setzte sich neben Sabine auf die Bettkante, etwas zur Seite geneigt, so dass er in das immer noch schlafende Gesicht sehen konnte. Dann begann er, leise und vergnügt zu pfeifen. Und zu den etwas unbeholfenen Klängen von Johann Strauß' Radetzky-Marsch erwachte Sabine ganz langsam aus ihrem tiefen Schlaf, dem letzten Schlaf in ihrem Leben, dem nur noch der ewige Schlaf folgen sollte.

*

Gut hundert Kilometer von Wasserbillig entfernt lagen Kathrin und Lars Silvan wieder einmal wach. Beide waren in dieser Nacht nur zwei-, drei Mal für wenige Minuten in einen unruhigen Schlaf gefallen. Beide hatten sich gegenseitig einzureden versucht, dass mit ihrer Tochter und mit Spock alles in Ordnung sei. Doch sie glaubten es nicht wirklich. Und das hing nicht nur damit zusammen, dass ihre Tochter nicht in der Trierer Jugendherberge aufgetaucht war, in der Lars um elf Uhr ein letztes Mal angerufen hatte.

Nachdem sie spät zu Bett gegangen waren, wollten sie sich Trost spenden, und sie hatten versucht, sich zu lieben. Aber auch das hatte heute nicht geklappt. Nachdem nun Lars gerade wieder aus einem verworrenen Traum hochgeschreckt war, gab er den kläglichen Versuch mit der Nachtruhe auf. Er stieg aus dem Bett und zog sich seinen

Bademantel über. Kathrin seufzte kurz und tat es ihrem Mann nach. Wortlos gingen sie in die Küche, wo Lars gleich zwei Flaschen Bier aus dem Kühlschrank zog. Einen Trick aus seiner Studentenzeit anwendend, öffnete er beide Flaschen mit einem Einwegfeuerzeug, das er auf der Fensterbank entdeckt hatte. Dann reichte er ein Bier seiner Frau, und sie nahmen beide einen tiefen Zug aus der Flasche, bevor sie sich einander gegenüber am Küchentisch niederließen und sich mit einer Ruhe ansahen, die aus tiefer Sorge geboren war.

Schließlich stellte Kathrin fest: »Du trägst es auch in dir. Dieses Gefühl. Sie sind in Schwierigkeiten, nicht wahr?«

Lars wollte einen Versuch starten, seine Frau zu beschwichtigen, wollte sagen, dass es doch nur ein Gefühl sei, aber er brachte es nicht fertig. Er nahm die rechte Hand seiner Frau in beide Hände, zog diese Hand an seine Lippen, küsste sie und nickte dann.

Kathrin versuchte ihrer Stimme einen festen Klang zu geben, als auch sie nickte und sagte: »Aber das muss nicht bedeuten, dass sie diese Schwierigkeiten nicht meistern können. Anna ist stark und gewitzt, und sie gibt nicht so leicht auf. Und auch zu Patrick habe ich vertrauen. Außerdem sind sie zusammen, und ich habe das Gefühl ..., nein, ich *weiß*, wenn sie zusammen sind, dann sind sie mehr als nur die Summe ihrer Fähigkeiten.«

Lars lächelte jetzt sogar ein wenig und fragte versonnen: »So wie wir?«

»So wie wir.«

Nach kurzem Schweigen sprach Kathrin weiter: »Wir sind uns sicher, dass uns unser Gefühl nicht trügt. Wir lieben dieses Mädchen, das unsere Tochter geworden ist. Wir sind so eng mit ihr verbunden, dass wir es merken, wenn sie in Schwierigkeiten ist. Ist das nicht auch etwas ..., etwas, das man in unserer rationalen Welt nicht begreifen kann? Etwas, das auf einer ganz anderen Ebene wahr ist als all die Wahrheiten, die wir zu kennen glauben?«

»Worauf willst Du hinaus?«

»Ganz einfach: Wenn wir rationalistischen Erwachsenen schon etwas spüren, das nicht von dieser Welt ist, tun wir dann unserem Kind und Patrick nicht unrecht, wenn wir nicht an das glauben, was sie uns erzählt haben?«

»Die Träume? Die Stimmen und Geräusche im Krankenhaus? Das Attentat, das sie vorausahnte? Glaubst Du, das alles könnte wirklich *wahr* sein? Ich meine, nicht nur, dass die Kinder das Ganze für wahr halten, sondern dass es wirklich so geschehen ist? *Keine* rationalen Erklärungen? *Keine* Zufälle?«

Kathrin dachte laut: »Auch wir waren doch als Kinder nicht so sehr auf die Naturwissenschaft, auf die Ratio eingeschworen, wie wir es heute sind. Das Phantastische ..., warum haben wir eigentlich aufgehört, daran zu glauben?«

»Keine Ahnung«, Lars dachte kurz über die Frage nach, trank von seinem Bier und meinte dann: »Vielleicht war es ja ganz einfach so, dass unsere Phantasie mit dem Erwachsenwerden schwächer wurde. Wie bei allen Menschen. Tja, und dann natürlich dieser alte Spruch, Du weißt schon: Was nicht sein darf, das ist eben auch nicht. Und da ist einiges dran: Es gibt seriöse Untersuchungen, die zeigen, dass Menschen die Fähigkeit haben, ganz handfeste Fakten, die sich direkt vor ihren Augen abspielen, einfach nicht zur Kenntnis zu nehmen. Eben wenn es Fakten sind, die es ihrer Überzeugung nach gar nicht geben darf. In diesen Fällen sind vielleicht sogar die Kinder die besseren Realisten: Ich denke, die akzeptieren leichter auch unglaubliche Dinge.«

Kathrin stützte die Ellenbogen auf den Tisch, legte kurz ihr Gesicht in ihre Hände, um sich die Augen zu reiben, dann erzählte sie: »Ich habe mal eine ethnologische Abhandlung darüber gelesen. Es gab zum Beispiel Völker mit einem ausgefeilten Strafsystem für die verschiedensten Vergehen, aber es gab keine Strafe für einen Mord am Vater oder der Mutter. Tatsächlich gab es zwar solche Fälle, aber *es gab sie nicht*, – verstehst Du? – Der Täter kam ungestraft davon, und man fand eine andere Erklärung für den Todesfall, denn die Tat an sich war so ungeheuerlich, dass sie jenseits der Vorstellungswelt dieser Menschen lag.«

Lars ergänzte nachdenklich: »Man muss nichtmals zu fremden Völkern gehen, um Beispiele für das Ignorieren von Unbegreiflichem zu finden. Denk nur daran, wie lange es gedauert hat, bis in unserer Gesellschaft Prozesse um Sexualdelikte innerhalb der eigenen Familie geführt wurden.«

Nach kurzem, nachdenklichem Schweigen fuhr er fort: »Und Du meinst also ...? Ja, vielleicht ist es mit dem Übersinnlichen genauso: Wir können es nicht erklären, also gibt es das ganze Zeug einfach nicht. *Ist* es so?«

Kathrin stellte die Gegenfrage: »Wann hast Du aufgehört ... – bleiben wir bei *Übersinnlich* – wann hast Du damit aufgehört, daran zu glauben?«

»Weiß nicht. Das ging nicht von heute auf morgen. Also, ich glaube, irgendwann mit zwölf habe ich so *getan*, als würde ich nicht mehr daran glauben. Denn mein Vater, der hätte sich sicher über mich lustig gemacht ... Und dann, irgendwann mit fünfzehn, sechzehn Jahren, habe ich mir schließlich selbst gesagt, dass ich an so ein Zeug nicht glaube. Ob es aber wirklich so war, da bin ich mir heute gar nicht mehr sicher. Vielleicht war's erst drei, vier Jahre später soweit. Und irgendwann muss ich dann wohl eines schönen Morgens aufgewacht sein, und meine Phantasie war soweit abgebaut, dass nur noch das Begreifbare und Erklärbare für mich zählte.«

Nun erzählte Kathrin: »Soweit ich mich erinnern kann, war bei mir schon mit sieben oder acht Jahren die Angst, alleine in den Keller zu gehen, deutlich geringer als die Angst davor, meine Furcht einzugestehen.« Dann kicherte Kathrin und meinte: »Mein Gott, ich kann mir heute noch vorstellen, wie mich Mutter zwar getröstet hätte, aber mit diesem *Oh-Gott-was-soll-ich-mit-dem-Kind-nur-machen*-Augenaufschlag, den nur sie beherrscht. Außerdem wollte ich mich natürlich nicht vor Hans blamieren, der mich ohnehin immer spüren ließ, dass er der große Bruder ist.«

Lars nahm wieder die Hand seiner Frau und sagte mit einem Lächeln: »Dann warst Du ja recht früh Übersinnlichkeits-entwöhnt.«

»Oh, von wegen. Ich hatte ja nur *so getan*, als glaubte ich nicht mehr an all das Zeug. In Wirklichkeit hat es aber ziemlich lang vorgehalten – vielleicht gerade weil ich es in mir eingesperrt und nicht hinausgelassen habe. Ich meine fast, sogar mit vierundzwanzig hatte ich noch ein bisschen Schiss vor so was wie Gespenstern – aber irgendwann war es wirklich weg.«

»Wie? Mit *vierundzwanzig*? Da haben wir uns ja schon gekannt.«

»Grins nicht so unverschämt, Du bist schließlich mein Obergespenst geworden.« Aber schnell wurde Kathrin wieder ernst: »Ich denke, es ist Zeit, dass wir nochmal ein bisschen Jugend in unsere Köpfe lassen. Wir sollten von unseren Kindern lernen und das akzeptieren, was wir akzeptieren müssen.«

Lars sah seiner Frau in die Augen, nickte schließlich und meinte: »Ich glaube, Du hast recht. Wir sollten unserer Phantasie einen kleinen Kickstart verpassen. Vielleicht hilft uns das, besser zu erkennen, was um uns geschieht. – Und es ist schön, Anna wieder voll und ganz zu vertrauen.«

*

Faszinierend, was für unterschiedliche Reflexe diese Leute doch haben! Als er der Frau schließlich schöne Grüße von Max Klinger bestellt hatte, da hatte sie ganz anders reagiert als dieser Waschlappen Dr. Kleinschmidt. Keine Spur von Unglaube. Es schien ihm fast so, als hätte sie tatsächlich, auf irgendeine sonderbare Weise, darauf gewartet.

Ja, sie hatte die Wahrheit erkannt, vielleicht sogar schon in jenem ersten lichten Augenblick, während sie zu den Klängen des Radetzky-Marsches erwacht war.

Es war etwas später gewesen, da war sogar der Schmerz aus ihrer Stimme verschwunden, als sie fast wie in einer Art Trance gesagt hatte: »Ich wusste es. Was damals geschah ... – ich wusste, dass das Folgen haben musste.«

Dann war sie aus ihrer Trance hochgeschreckt, und als ob es noch irgendeine Bedeutung für sie gehabt hätte, wollte sie wissen: »Warum erst jetzt?«

Er hatte ihr sanft geantwortet: »Der Tod ist geduldig.«

Dann hatte er ihr wieder den Knebel in den Mund gepresst und sein Werk langsam vollendet.

Eigentlich hatte er den Knebel ja nur entfernt gehabt, weil er etwas über den guten alten Randy in Erfahrung bringen wollte. Er hatte gehofft, so wie ihn Kleinschmidt zu Sabine geführt hatte, so könnte sie ihn zu Randolph führen. Und tatsächlich hatte sie über den Knaben Bescheid gewusst, nur hatte der Mann einige Sachen erfahren, die er nicht erwartet hatte: Der ehemalige Assistenzarzt hatte noch vor seinem vierzigsten Geburtstag einen Gehirnschlag erlitten, von dem er sich nie ganz erholt hatte. Soweit Sabine wusste, war seine linke Körperhälfte immer noch kaum zu gebrauchen.

So entschied der Mann während der Heimfahrt, dass es sich nicht lohnen würde, Randy umzubringen. Denn aus seiner Sicht konnte er ihm durch den Tod nicht viel antun. Und nur für einen Mord, der wenig Befriedigung versprach, so weit in den Norden runter zu fahren, schien ihm die Mühe und das Risiko nicht wert. Schließlich hatte er ja auch noch ein paar Sachen in Saarfurth zu erledigen.

Gut gelaunt begann der Mann wie von selbst, immer wieder den Radetzky-Marsch anzupfeifen. Er war mit seinen Leistungen zufrieden. Alles war nach Wunsch verlaufen. Das kleine Miststück hatte ihm diesmal keine Steine in den Weg legen können. Und sie selbst – wie hatte nur jemals der Gedanke an Mitleid in ihm aufkommen können? – musste inzwischen grün und blau geschlagen sein. Vorausgesetzt natürlich, dieser Idiot, den er engagiert hatte, war erfolgreich gewesen. Aber es sprach eigentlich nichts dagegen. Er freute sich schon darauf, dass ihm dieser bescheuerte Zuhälter morgen zwei Ohrläppchen überreichen würde.

*

Patrick erwachte zuerst. Im ersten Moment, als der Schlaf seine Sinne noch nicht ganz verlassen hatte, wusste er gar nicht so recht wo er eigentlich war – ein Minuspunkt für den Morgen. Dann merkte er, dass sein Rücken ziemlich weh tat – Minuspunkt Nummer zwei. Anna lag in seinen Armen – eindeutig ein Joker-Pluspunkt, der stach alle Minuspunkte aus.

Mittlerweile war ihm auch wieder eingefallen, wie sie hier gelandet waren. Der helle Morgen sorgte wenigstens für ein wenig Dämmerlicht in ihrer Höhle. – Eine schöne Behausung hatten sie sich das ausgesucht.

Anna murmelte etwas im Schlaf, und Patrick glaubte in etwa zu verstehen: »So was, *kleine Scheißer*, also wirklich.«

Er wäre gerne noch länger ruhig liegen geblieben, um das Mädchen zu betrachte, aber sein Rücken schmerzte mittlerweile so sehr, dass er sich bewegen musste. Anna war ohnehin gerade dabei, in die Aufwachphase hinüberzurutschen, seine Bewegung half etwas nach, und sie schlug die Augen auf. Sie sah in Patricks Augen, lächelte, räkelte sich ein bisschen und meinte verschlafen: »Guten Morgen, Mr. Spock, sag mal, sind wir wirklich kleine Scheißer?«

Spock musste trotz der misslichen Lage lächeln, gab Anna einen Kuss auf die Stirn und antwortete: »Nein, Prinzessin, wir sind die Guten. Das da draußen, das sind die zwei Scheißer, – und keine kleinen.«

»Da draußen? Oh!« – mit einem Schlag hatte sich Anna aufgesetzt, »ob die noch immer nach uns suchen? Wie spät ist es?«

Patrick setzte sich auch auf, sah auf seine Armbanduhr und antwortete: »Kurz vor sieben. Keine Ahnung, ob die noch da sind. Aber lieber nichts riskieren. Wir warten, bis der Betrieb hier angefangen hat, dann mischen wir uns unters Volk und verschwinden.«

»O.K. Ich hoffe nur, wir fallen nicht zu sehr auf, so ramponiert wie wir sind. Von meinen Klamotten hat jedenfalls nur meine Jacke die Nacht einigermaßen überstanden. – Aber der Rest von uns macht nicht gerade einen besonders feinen Eindruck.«

Spock griff sich ihre T-Shirts, die er irgendwann in der Nacht zu einem Behelfskopfkissen zusammengeknäult hatte, faltete sie auseinander und betrachtete sich die Bescherung. Dann streifte er sich sein noch immer klammes Hemd wieder über, während er seufzte: »Eins-A Müllkippen-Mode. Und unsere Jeans sehen auch nicht viel besser aus.« Doch dann zuckte er mit den Achseln: »Was soll's? Gucken uns die Leute halt scheel an, das werden wir auch noch überleben. Bis die ersten Besucher hier auftauchen, können wir uns noch so gut wie möglich in Schuss bringen. Und später gehen wir ins nächste Kaufhaus und decken uns mit dem Nötigsten ein. – Wie gut, dass ich gestern meinem Sparschwein vorsorglich eine Schlankheitskur verpasst hatte.«

»Prima«, feixte Anna, »wir sind doch da an so einer Nobel-Boutique vorbeigekommen ...«

»Holla«, unterbrach Spock, »ich freue mich ja, dass Du wieder munter bist, aber ich sagte *Kaufhaus* und *das Nötigste.*«

Anna zog eine Schnute und murrte mit gespielter Entrüstung: »Puh, geiziger Spielverderber.«

Spock verdrehte die Augen und murmelte nur: »Frauen.« Dann fragte er: »Was macht dein Rücken, Prinzessin?«

»Wie? Oh, kein Problem, das Pflaster hat gehalten. Und es tut nicht mehr weh, ehrlich.«

»Irgendwie unfair«, flachste Spock, »Dir muss der Doktor 'n Pfeil aus dem Rücken puhlen, aber die Stiche habe ich ...«

»Du? – Ach so, der Steinboden war dem Prinz auf der Erbse zu unbequem«, frotzelte Anna, »ich glaube, die Jungs heutzutage sind ziemlich verweichlicht, nein? Sieh mich an, beklage ich mich vielleicht? – Oh, Moment mal ... Du warst mein Kopfkissen? – Die ganze Nacht?«

Schuldbewusst kam es Anna in den Sinn, dass Patrick sie gehalten hatte, als sie aufgewacht war. Sie rutschte seitlich nach hinten, setzte sich hinter ihm in den Schneidersitz und begann, seine Schultern und seinen Rücken zu massieren.

Spock zog die Knie an, umfasste sie mit seinen Armen und beugte sich etwas nach vorne, dann meinte er: »Mit unseren Erkundigungen nach diesem Dr. Alban ist es ja wohl auch Essig. Ich möchte, – *autsch*, nicht so doll, ja, da is' gut! – ich möchte, ehrlich gesagt, heute nicht weitersuchen. Muss ja nicht unbedingt sein, dass wir diesem *Bambam* – blöder Spitzname für einen ausgewachsenen Kerl – und seinem Kumpel wieder in die Arme laufen. – Ein kleines bisschen tiefer, hmmm, das ist gut. – Dass *ER* die beiden angeheuert hat, steht ja wohl außer Frage. Möchte gar nicht wissen, was die mit uns machen sollten!«

Anna spürte, wie Spock unter ihren Händen leicht erschauerte. Sie antwortete: »Aber selbst wenn wir beinahe teuer dafür bezahlt hätten: Jetzt gibt es wieder eine Chance mehr für die Polizei. Wir können diese beiden Blödmänner beschreiben. Sollte mich auch nicht wundern, wenn wir die in irgendeiner Verbrecherkartei wiederfinden. Die sind bestimmt leichter zu erwischen als unser spezieller Freund. Und sie müssen irgendwie Kontakt mit ihm gehabt haben.«

Spock brummte behaglich, dann meinte er: »Hoffentlich hast Du recht. Und hoffentlich sind wir bald wieder in Saarfurth. – He! Nicht aufhören! – Heike und Roland dürften inzwischen ziemlich nervös sein, weil wir nicht angerufen haben. – Ai, das tut gut.«

»Ja«, meinte Anna mit einem Seufzer, »und meine Eltern, was müssen die sich für Sorgen machen. Na, Papa wird mir was erzählen, wenn ich zurückkomme.«

»Wirst sehen: vor allem werden sie froh sein, dass sie dich gesund wiederhaben.«

Anna gab Spock einen kurzen Kuss in den Nacken und meinte: »So, genug jetzt, sonst tun *mir* gleich die Schultern weh. Und jetzt will ich gefälligst meine Belohnung haben.«

Spock wandte sich um und sah Anna, natürlich mit hochgezogener Augenbraue, fragend an. Sie umarmte ihn von hinten und flüsterte: »Halt mich einfach noch ein bisschen fest.« Dann fügte sie noch kokett hinzu: »Und wenn Du dich nicht allzu ungeschickt anstellst, darfst Du mir nachher noch die Haare kämmen, damit ich wieder unter die Leute kann.«

*

Bambam und Hugo waren stocksauer. Es sah ganz so aus, als hätten sie sich die Nacht für nix und wieder nix um die Ohren geschlagen. Aber gerade weil sie so sauer waren, hatten sie noch nicht aufgegeben.

Bambam murrte zwar: »Verdammt, die sind uns durch irgendeine Ritze entwischt.« Aber dann sah er an sich herunter, sah die eingetrockneten Blutflecke auf seinem ehemals weißen Hemd, und er schlug doch nicht vor, nach Hause zu fahren.

Nachdem Hugo vor einer guten halben Stunde seinen Chevy geholt hatte, saßen sie nun im Wagen, der jetzt an der Grenze zwischen Park und Kaiserthermen parkte. Sie beobachteten den Eingang zum Ausgrabungsgelände, während sie sich dem Frühstück widmeten, das Hugo mitgebracht hatte: Hotdogs und Bier. Beide hatten noch keine Sekunde geschlafen und machten einen dementsprechend übernächtigten und zerknitterten Eindruck. Bambam sehnte sich nach einem warmen Bad und nach einem Rasierapparat. Außerdem spürte er so ein leichtes Kratzen im Hals, sicher hatte er sich in der Nacht eine Erkältung eingefangen, als er so lange im Regen herumstehen musste.

Auch Hugo konnte sich besseres vorstellen als hier auf der Lauer zu liegen, zumal es im Wagen so langsam wieder heiß wurde. Zu Hause würde er erst mal seine Schickse anrufen, um zur Entspannung ein Nümmerchen zu schieben. Sie war natürlich keines von seinen Pferdchen. Dazu hatte Hugo viel zu viel Schiss vor Aids – nein Danke, das überließ er lieber den bekloppten Freiern. Aber noch wollte er nicht aufgeben. Schließlich ging es um gutes Geld, außerdem hatte sein Ego etwas dagegen, von Kids ausgetrickst zu werden.

Er nahm einen tiefen Schluck aus seiner Bierdose, als ihm Bambam aufgeregt den Handrücken vor die Brust schlug, dass er sich verschluckte und hustend einen leichten, lauwarmen Bier-Sprühregen über seine Hose verteilte. Böse sah er zu Bambam hinüber, doch der beachtete ihn gar nicht, sondern blickte nur gebannt zum Fenster hinaus. Schnell sah auch Hugo zum Eingang des Ausgrabungsgeländes.

»Heilige Scheiße!«, entfuhr es ihm, »diese Bastarde hatten sich tatsächlich in irgendeinem Schlupfwinkel verkrochen.«

Da marschierten die beiden in aller Seelenruhe zur Drehtür heraus, gerade, als eine größere Gruppe von Parkbesuchern vorbeikam, der sie sich in geringem Abstand anzuschließen schienen – clever abgepasst.

Hugo war wieder einmal froh über die getönten Scheiben seines Wagens, denn diese beiden Bälger kamen ziemlich nahe an ihnen vorbei. Bambam fragte: »Und jetzt? Zu Fuß wäre eine Verfolgung verdammt schwierig, weil sie wissen, dass wir hinter ihnen her sind. Aber deine Karre ist auch nicht gerade unauffällig. Außerdem ist es von hier nicht weit bis zur Fußgängerzone, wenn die da hingehen ...«

Unwirsch unterbrach Hugo: »Dann ein Mix. Zuerst bleiben wir im Wagen, später müssen wir's eben zu Fuß riskieren.«

Das junge Paar ging nun die Weberbachstraße, parallel zum Park des Kurfürstlichen Palais, wieder in Richtung Stadtmitte. Als sie fast außer Sicht waren, ließ Hugo den Motor an, fädelte sich in den schwachen Verkehr ein und ließ den schweren Wagen langsam losrollen.

Bambam rief plötzlich: »Da, da vorne, siehst Du? Sie wechseln die Straßenseite.«

»Bin ja nicht blind.«

»Beeil dich, sie gehen in eine Querstraße, nicht, dass wir sie aus den Augen verlieren.«

Als sie die Einmündung zu der breiten Querstraße erreicht hatten, sahen sie die beiden Teenager gerade noch in einem Kaufhaus verschwinden. Hugo hielt in einer Parkverbotszone, von der aus sie den Eingang im Blick behalten konnten.

Sie mussten sich fast eine Stunde gedulden, und dann wären ihnen die beiden beinahe durch die Lappen gegangen, weil sie ganz anders herauskamen als sie in den Laden hineingegangen waren: Statt des schmutzigen T-Shirts trug der Junge jetzt ein weißes, kurzärmeliges Sommerhemd, seine Jeans war einer hellbraunen Bundfaltenhose gewichen. Noch stärker hatte sich das Mädchen verändert. Ihre Jeans-Kombination war verschwunden. Sie trug nun feine weiße Baumwoll-Shorts, auf der großen Hosentasche prangte ein naiv-abstraktes Landschaftsbild in kräftigen blauen und roten Pastelltönen. Auch zwei rote Dromedare tummelten sich da unter einer orangen Sonne. Zu den Shorts trug sie das passende weiße Oberteil, eine Mischung aus T-Shirt und Sweatshirt mit halblangen Ärmeln, auf der Vorderseite leuchtete dasselbe Bild wie auf der Hosentasche, nur größer. Ihre Haare, vorhin noch offen getragen, hatte das Mädchen jetzt zu einem Pferdeschwanz zusammengebunden, und auf der Nase saß eine kecke kleine Sonnenbrille, auf dem Kopf ein ausladender Strohhut à la Onkel Tom, dessen Krempe vorne ein wenig hochgebogen war.

Nur die Turnschuhe und die leichten Rucksäcke der Beiden schienen die gleichen geblieben zu sein.

Hugo wollte schon den Motor anwerfen, doch Bambam meinte. »Augenblick noch«, und er hatte den richtigen Riecher gehabt. Die beiden Kids verschwanden nämlich zuerst in einer Telefonzelle, führten ein längeres und dann noch zwei kürzere Gespräche. Danach ergatterten sie einen kleinen Tisch vor einem Café schräg gegenüber dem Kaufhaus. Bambam und Hugo konnten zusehen, wie die jungen Leute in aller ruhe Kaffee tranken und sich dazu ein paar Hörnchen schmecken ließen. Allerdings war auch deutlich zu erkennen, dass sie sich immer wieder aufmerksam umsahen und die Passanten gründlich musterten. Einmal deutete der Junge sogar zu Hugos Chevy hinüber, aber das galt offenbar nur dem Wagen, er schien keinen Verdacht zu schöpfen.

»Ah, das hat gut getan«, seufzte Anna und rieb sich den Bauch. Jetzt fühlte sie sich wesentlich besser. Schon in den Waschräumen des Kaufhauses hatten sie sich wenigstens ein bisschen frisch machen könne. Und was auch nicht schlecht war: Bei dem Telefonat mit ihren Eltern war das große Donnerwetter ausgeblieben, – was allerdings zu Hause nachkommen mochte, war eine andere Frage. Von Spock wollte sie dann wissen: »Wann geht denn unser Zug?«

»Keine Sorge, wir haben noch etwas Zeit.«

»Dann lass uns auf dem Weg zum Bahnhof am Dom vorbeigehen. Der ist sehr interessant, da war ich schon mal drin gewesen.«

»Deine Unternehmungslust ist gar nicht zu bremsen? Aber o.k., wenn Du möchtest.«

Wie alle Wege in der kleinen Innenstadt Triers war auch der Weg zum Dom nicht weit, der am Rand der Fußgängerzone stand. »Ein ganz hübscher Steinklotz, was?« meinte Anna, als sie schließlich vor der romanischen Westfassade standen.

Aus der Mitte des Baus sprang in einem Halbkreis eine ausladende, dreigeschossige Apsis hervor. Zu beiden Seiten gab es je einen Turm. Beim Blick auf die Fassade fiel sofort auf, dass der linke Turm nur zwei romanische Turmgeschosse und ein Zeltdach hatte, während der rechte Turm noch ein zusätzliches gotisches Turmgeschoss und ein spitzes gotisches Helmdach trug. Anna erklärte Spock: »Was ich an dem Bau so faszinierend finde: Man entdeckt etwas aus allen Jahrhunderten in und an dem alten Kasten. Die erste Kirche ist hier zu Beginn des vierten Jahrhunderts über einem Prunksaal des alten Kaiserpalastes entstanden. Angeblich hat schon Helena, die Mutter des römischen Kaisers Konstantin, den Palastsaal den Christen zur Verfügung gestellt, die hier ihr Stadtviertel hatten. Dann wurde unter Konstantin eine riesige Doppelkirche gebaut, die war sogar größer als der damalige Vorgängerbau der Peterskirche in Rom.«

»Bravo«, Spock klatschte in die Hände, »ich wusste gar nicht, dass Du dich so sehr für Kunstgeschichte interessierst?«

»Na ja«, meinte Anna großspurig, während sie mit einem gekonnten weltmännischen Schwung ihre neue Sonnenbrille von der Nase zog und Spock zuckersüß zublinzelte, »ich habe halt aufgepasst, als ich mit meinen Eltern mal eine Führung mitgemacht habe. Und schließlich sollst Du ruhig auch ein bisschen von meiner reichhaltigen Bildung profitieren.«

Spock stemmte die Arme in die Hüfte und fragte: »Ach ja? Na dann kannst Du einem ungebildeten Banausen sicher sagen, warum die beiden Haupttürme unterschiedlich hoch sind?«

»Kann ich,« meinte Anna spitz, »dreh dich mal um.«

Spock gehorchte und Anna erklärte, während sie mit ihrer Sonnenbrille Richtung Innenstadt deutete: »Siehst Du den Kirchturm da hinten über die Dächer der Altstadt rausragen? Der gehört zur Kirche St. Gangolf. Und die ist von der Stadt gebaut worden, nicht vom Bischof. Als dann der Turm der Gangolfkirche höher wurde als die Domtürme, konnte das der kurfürstliche Bischof natürlich nicht auf sich sitzen lassen. Deshalb ließ er kurz nach der Fertigstellung des Gangolf-Turmes den Südwest-Turm seines Doms durch ein neues Glockengeschoss erhöhen. Das war 1515, die Zahl konnte ich mir merken.«

Spock schüttelte den Kopf und meinte sarkastisch: »Beruhigend zu wissen, dass die Leutchen damals genauso kindisch waren wie heute. Aber Du hast's geschafft: Ich bin echt beeindruckt.«

»Ach, und ich war wirklich überzeugt, ich hätte dich schon viel früher beeindruckt. – Wollen wir noch einen Blick rein werfen?«

Patrick legte seinen Arm um Anna, sie hakte ihre Sonnenbrille in der Brusttasche seines Hemdes ein, und während sie gemeinsam auf den Dom zugingen, seufzte er noch: »So ein Pech: Jetzt hat sich die Kleine den schönen neuen Strohhut gekauft und hat trotzdem einen Sonnenstich! – *Autsch.*«

Als Anna und Spock den Dom durch das rechte Portal betraten, strömte zum linken Tor eine größere Besuchergruppe heraus, die sich einem Führer angeschlossen hatte. Im Dom selbst hielten sich deshalb nur wenige Touristen auf.

»Allzu lange können wir nicht bleiben«, meinte Spock mit einem kurzen Blick auf seine Armbanduhr, als sie in dem kühlen Innenraum der Kirche standen.

»Dann lass uns nur eine schnelle Runde drehen. Und wenn's schon nicht mehr für den Domschatz reicht: Unter dem Dom gibt es mehrere Krypten aus verschiedenen Epochen, die im Osten sind meistens offen, die zeig ich dir noch. – Du weißt ja, für deine Bildung und so.«

»Sei froh, dass wir in einer Kirche sind«, knurrte Spock.

Sie durchschritten den Dom und stiegen gemeinsam zu den großzügig angelegten Gewölben hinunter. Im ersten Raum kamen sie an einem älteren Ehepaar vorbei, das in die Betrachtung von Heiligenfiguren vertieft war. Dann bogen sie nach links in die ältere, frühromanische Krypta, deren Gewölbe von mehreren Reihen weißer Pfeiler gestützt wurde. Sie betrachteten gerade eine eiserne Grabplatte im Boden, als sie aus der anderen Krypta eine Stimme herüber hallen hörten: »Tut mir leid meine Herrschaften, wir schließen hier unten heute frühzeitig. Wir müssen noch einen kleinen Gedenkgottesdienst vorbereiten, den die Patres in der Krypta abhalten wollen. Vielen Dank auch, für Ihr Verständnis.«

Dann hörten Anna und Spock noch ein: »Aber ist doch selbstverständlich«, ein dreifaches »Auf Wiedersehen« und anschließend ein leises metallisches Klicken.

Patrick meinte schulterzuckend zu seiner Freundin: »Dann müssen wir uns wohl auch auf den Weg machen.« Sie bogen um die Ecke zur jüngeren Krypta und standen einem hämisch grinsenden Bambam gegenüber, der sich gerade mit einem Stilett geflissentlich den Dreck unter den Fingernägeln seiner linken Hand heraus puhlte.

*

Erschrocken sprangen Anna und Patrick so hastig zwei Schritte zurück, dass sogar Annas neuer Strohhut von ihrem Kopf gerissen wurde und langsam zu Boden segelte.

Sie versuchten sich schnell wieder zu fassen. Patrick sprudelte geradezu über, als er sich bemühte, seine Angst zu überspielen: »Sieh an, der Herr Bambam. Oh, Sie haben ja ein neues Sakko an? Schick. Spannt aber ein bisschen über dem Brustkasten, wo haben Sie das denn mitgehen lassen? Äh, wir sind hier in einer Kirche, – Sie werden doch nicht ...? Doch nicht in einer *Kirche*?«

Während sich Bambams Blicke zunächst verdüstert hatten, schien er nun wirklich belustigt bei dem Gedanken, dass ihn eine Kirche von dem abhalten könnte, was er nun tun wollte. Er ließ seine Blicke langsam und genüsslich über Anna wandern, so dass sie unwillkürlich schützend die Arme vor ihren Körper legte, dann sah er Spock an, warf einen kurzen Blick auf sein Messer und machte einen langsamen Schritt in Richtung des jungen Paares. Die beiden wiederum machten einen langsamen Schritt zurück, und Bambam musste wieder grinsen weil er wusste, dass diese Kids gleich im wahren Sinn des Wortes mit dem Rücken an der Wand stehen würden. Dann verging ihm das Grinsen, weil der Junge seine Hand in die Hosentasche gesteckt hatte und sie mit einer kleinen Pistole wieder zum Vorschein brachte. Und dieses Ding, das nun auf den Bambamm zeigte, zitterte fast gar nicht.

Der Mann blieb stehen, ebenso seine vermeintlichen Opfer. Bambam leckte sich die Lippen, während er sich die Waffe genauer betrachtete. Dann wurde er schon wieder etwas sicherer, und er sagte kopfschüttelnd: »Na, na, in einer *Kirche*? Außerdem ist das nur eine miese, kleine Gaspistole. Glaubst Du wirklich, Du könntest mich mit *dem* Ding erschrecken?«

Spock nickte.

Bambam schüttelte den Kopf.

Dann fuhr er fort: »Wenn Du das Ding hier unten abfeuerst, dann verteilt sich das Gas, und ihr habt die Pampe genauso in den Augen wie ich.«

Spock antwortete: »Aber wir haben eine Chance.«

»Ach was, Du drückst ja doch nicht ab.«

»Ich drücke ab.«

»Tust Du nicht.«

Stille.

Der Zuhälter trat einen Schritt vor.

Spock drückte ab. Der Zuhälter erstarrte. Und ein leises *Klick* donnerte durch den Raum. Spocks Augen wurden groß. Das erste *Klick* war noch nicht verhallt, da drückte er ein zweites Mal ab.

Klick.

Bambams Grinsen wurde immer breiter.

Klick, klick, klick, klick, und dann folgte noch ein metallisches, nachhallendes *Klack,* denn beim letzten Durchziehen des Abzugs war das kleine Magazin aus der Waffe gerutscht und scheppernd auf dem Boden gelandet.

Alle Blicke richteten sich langsam auf das Magazin, dann hoben sich die Köpfe ebenso langsam, und während sich

Annas Augen verdrehten und Spocks Mundwinkel nach unten rutschten, begann Bambam zu lachen. Zuerst war es nur ein unterdrücktes Kichern, dann ein gepresstes Glucksen, das immer lauter wurde. Schließlich begannen seine Augen zu tränen, und er konnte sich nicht mehr beherrschen. Er warf den Kopf zurück und brüllte vor Lachen, und er lachte noch immer, als Spock ausholte, sich sagte, er müsse nun unbedingt einen Elfmeter seiner ein Tor zurückliegenden Mannschaft verwandeln und seinem Gegenüber mit kurzem Anlauf mächtig zwischen die Beine trat.

Schlagartig war das Lachen verstummt.

Bambam hatte den Mund weit aufgerissen, aber kein Ton kam über seine Lippen. Ja er schien nichtmals zu atmen als er, durch Spock hindurch starrend, die Hände vor seinen Unterleib gepresst, langsam auf die Knie sank und dann platt auf den Bauch kippte.

Spock griff sich Annas Hand, gemeinsam stürzten sie zum Ausgang und hasteten die Treppe hinauf.

Doch plötzlich stoppten sie schlagartig: Am oberen Ende der Treppe wartete Hugo, der wohl Schmiere gestanden hatte. Er sah ihnen verdutzt entgegen – vermutlich hatte er das Lachen gehört und einen doch irgendwie anderen Ausgang der Angelegenheit erwartet. Aber seine Verwunderung hielt nicht lange an. Er begann, immer mehrere Stufen auf einmal nehmend, die Treppe herunter zu rennen. Anna und Spock machten auf dem Absatz kehrt und rannten nun ihrerseits, Hugo im Nacken, wieder hinunter. Es störte sie auch nicht weiter, dass sie in der ersten Krypta über Bambams Rücken trampelten, der immer noch platt auf dem Boden lag und die Aktion mit einem leisen Ächzen quittierte.

Dann stürzten sie in die ältere Krypta und trennten sich: Während Spock in die Pfeiler-Reihe zu seiner Rechten einkurvte, tat Anna dasselbe auf der linken Seite.

Hugo verharrte einen Moment. Wen sollte er jetzt verfolgen? Erst mal den Jungen. Der begann nun, im engen Radius immer um zwei Pfeiler herumzukreisen und sie als Deckung zwischen sich und Hugo zu halten. Linksrum, rechtsrum, hin und her und her und hin, Hugo bekam ihn nicht zu fassen. Sie hielten einen Moment inne und belauerten sich, nur durch zwei Pfeiler getrennt. Doch plötzlich trat der Junge ganz offen in den Mittelgang – wollte der sich etwa stellen?

Auch Hugo trat in den Mittelgang, und der Junge zeigte ihm die kleine Pistole, die er in der Hand hielt.

Im ersten Augenblick zuckte Hugo zusammen, doch der Junge meinte mit keuchender Stimme: »Keine ..., huh, keine Angst. Mir ist vorhin das Magazin rausgefallen. Das Ding ist nicht geladen.«

Was sollte das denn jetzt? Hugo war äußerst verwirrt.

Spock ergänzte: »Ich meine, *dieses* Ding hier ist nicht geladen«, und er betonte »dieses« so stark, dass sich ein ungutes Gefühl in Hugos Rückgrat ausbreitete. Gleich darauf zuckte er zusammen, als plötzlich hinter ihm das Mädchens ein energisches »Hände hoch!« rief.

Langsam drehte er sich mit halb erhobenen Händen herum. Das Mädchen stand zwei Meter vor ihm und zielte mit dem Zeigefinger auf ihn.

Mit dem *Zeigefinger?*

In echter Entrüstung ließ Hugo die Hände sinken, das Mädchen lächelte ihn dagegen nett an, hob ihre Pistolenfingerhand zu einem freundlichen Winken, und in dem Moment knallte ihm die kleine Stahlpistole an den Hinterkopf, die Patrick, weit ausholend und mit ordentlichem Schwung, geworfen hatte. Hugo sah Sterne und taumelte nach vorne während er sich an den Hinterkopf griff, Anna dachte, dass dies eine Gelegenheit sei, um mit Spock gleichzuziehen, kam Hugo auf halben Weg entgegen und riss ihr Knie hoch. Plötzlich kniete ihr Hugo zu Füßen, machte ein Gesicht wie ein frittierter Brüllaffe, aber nur ein ganz leises, dunkles, langgezogenes »*uuuuu...*« kam über seine Lippen.

Spock trat zu Anna, und sie klatschten ab wie zwei erfolgreiche Fußballspieler. Anna fragte: »Polizei?«

»Erst mal verschwinden. Die Hanseln kommen doch nicht weit.«

Anna nickte, bückte sich aber zu dem Mann, der wie zur Salzsäule erstarrt zu ihren Füßen kniete, und zog ihm die Brieftasche aus der Gesäßtasche seiner Designer-Jeans. Sein einziger Kommentar war: »Uuuu?«

Dann machten Anna und Spock, dass sie loskamen.

In der ersten Krypta hatte es Bambam inzwischen geschafft, sich aufzusetzen. Mit weit gespreizten Beinen lehnte er schlaff an der Wand, er war kreidebleich, ein dicker Schweißfilm lag glänzend auf seinem Gesicht, während immer neue Schweißperlen von Stirn und Nase auf sein Hemd tropften. Er keuchte und schnaubte wie ein Walross und schien Anna und Spock gar nicht zu bemerken. Doch als Anna schnell auf ihn zutrat weiteten sich seine Augen und er zog schützend die Hände vor seine malträtierten Körperteile. Aber Anna hob nur ihren Strohhut auf, der neben Bambam auf dem Boden gelegen hatte, schwenkte ihn in Richtung Spock und rief fröhlich: »Siehst Du, war doch gut, dass wir nochmal zurückgekommen sind.«

Dann liefen sie schnell die Treppe hinauf.

Oben kam ihnen ein großer, etwas älterer Pater entgegen, vertrat ihnen den Weg, warf zuerst einen missbilligenden Blick auf Annas nackte Beine, dann fragte er: »Was waren denn das für Geräusche, da unten in der Krypta?«

Spock antwortete ernst: »Oh, nur zwei Pilger in Meditation, die Buße tun wollen. – Ich glaube, sie wurden ein bisschen laut aus Schmerz über ihre Sünden, aber jetzt haben sie sich ganz penibel zusammengerissen, stören Sie sie lieber nicht.«

Etwas skeptisch sah der Pater den jungen Leuten hinterher, als sie schnell weitergingen. Das Mädchen schien eine Erkältung zu haben, es hustete und gluckste so komisch auf der ganzen Strecke bis zum Portal. Draußen holte Anna tief Luft, wischte sich die Tränen aus den Augen und fuhr dann Spock an: »Sag mal, willst Du mich umbringen? Mir wär fast der Bauch geplatzt!«

Spock sah wieder auf seine Uhr, griff Anna an der Hand, zog sie weiter und antwortete: »Den Löffel abgeben kannst Du später. Jetzt müssen wir erst mal unseren Zug erwischen, wir müssen uns beeilen. – Die beiden Deppen werden's wohl kaum rechtzeitig schaffen, falls die nicht ohnehin die Lust verloren haben …«

Sie schafften es gerade noch in einen Waggon zu klettern, bevor der Schaffner das »Türe schließen«-Signal gab. Im letzten Wagen der zweiten Klasse fanden sie noch ein freies Abteil.

Patrick verfrachtete ihre Rucksäcke auf die Gepäckablage, Anna warf ihren Strohhut noch obendrauf, dann ließen sie sich erschöpft nebeneinander auf die Sitze fallen. Das Mädchen reichte eine Hand zu Patrick herüber, der sie ergriff, festhielt, und so saßen sie erst einmal fünf Minuten still, bis sich ihre Nerven, unterstützt von dem sanften Rütteln des Zuges, wieder etwas beruhigt hatten.

Doch schließlich zog Anna die erbeutete schwarze Lederbrieftasche heraus, die auf ihrem Weg zum Bahnhof die Tasche ihrer neuen Shorts ausgebeult hatte. Einen Ausweis fanden sie zwar nicht, aber einen Führerschein, Fahrzeugpapiere und die Karte einer Videothek.

»Na jetzt dürfte es für die Polizei kein Problem sein, den Kerl zu schnappen.« Dann las sie den Namen auf dem Führerschein: »Hugo-Achim Kühlmann. – *Hugo-Achim*? Also, da müssten seine Eltern eigentlich gleich mit vor Gericht gestellt werden. Bei so einem Namen, da kann einer ja nur missraten.« Nun betrachtete sie den Führerschein. »In Saarfurth ausgestellt«, erklärte sie, »also stimmt es, dass *ER* die Jungs in Saarfurth engagiert hat, und sie sind uns nach Trier gefolgt.«

»Zeig mir doch mal den Fahrzeugschein.«

Anna reichte die Papiere rüber, Spock faltete den Schein auseinander, murmelte: »In Saarfurth zugelassen«, dann pfiff er durch die Zähne und meinte: »Sieh an, der Chevy.«

»Du meinst, dieser rote Sprit-Fresser, den wir uns so schön betrachtet hatten, der gehört unserem Hugo-Achim? So was.«

Dann wandten sie sich wieder der Brieftasche zu. Das mit einem Druckknopf verschlossenen Münzfach fühlte sich dick an, doch drin war nur wenig Kleingeld, dafür gleich sieben Kondome.

Grinsend zeigte Anna auf der flachen Hand ihre Beute und meinte kopfschüttelnd: »So ein Angeber.«

Spock zog wieder mal die linke Augenbraue hoch, kratzte sich am Kopf und überlegte: »Hm, vielleicht ..., ich hab da so eine Ahnung.«

»Wozu die Dinger gut sind?«, unterbrach Anna mit naiven Augenaufschlag, »dann hast Du gut aufgepasst, als in der Schule die Sache mit den Bienen und Blumen ...?«

Jetzt war es Spock, der Anna kopfschüttelnd unterbrach: »Vielleicht hätte ich dich bei diesem Pater lassen sollen, damit er dich auf den Pfad der Tugend zurückführt? – Hm. Wenn ich's mir recht überlege, dann lieber doch nicht. Nein, was ich sagen wollte: Ich habe da so eine Ahnung, dass diese Dinger auf den Beruf des lieben Hugo-Achim hindeuten. Überleg mal: In welchem Milieu kann man Schläger anheuern? Und dann dieser Fitness-Studio-Körper, die protzige Goldkette, die Prolo-Edelklamotten und der leicht schmierige Gesamteindruck. – Ich glaube, das Geld das Hugo ausgibt, ist zwar schwer verdient, aber nicht von ihm.«

»Du meinst, der Dreckskerl ist ein Zuhälter?« Zwei Zorn-
falten verliefen jetzt über Annas Stirn, und es klang gar
nicht so spaßig, als sie brummte: »Jetzt wünsche ich mir
fast, ich hätte mein Knie noch kräftiger hochgerissen.«

Dann schlich sich ein boshaftes Lächeln in ihr hübsches
Gesicht, und sie fügte hinzu, während sie die Kondome wieder in das Münzfach gleiten ließ: »Aber wenigstens wird er
persönlich diese Dinger nicht so schnell vermissen, es sei
denn, er will sie als Luftballons benutzen.«

Spock verzog das Gesicht und murmelte: »Mit dir leg ich
mich lieber nicht an.«

*

Langsam machten sich die Anstrengungen der vergangenen Stunden bemerkbar und Ruhe kehrte im Zugabteil ein,
als Anna und Patrick, halb dösend, ihren eigenen Gedanken
nachhingen. Bisher hatten die Ereignisse sie in Schwung gehalten, doch nun sank ihr Adrenalinspiegel langsam wieder
auf sein Normalmaß zurück. Waren sie vorhin noch aufge-
kratzt von ihrem Sieg gewesen, so überwog jetzt die Müdigkeit. Und auch die Angst war noch da – zwar überlagert und
verborgen, doch verschwunden war sie nicht. Sie hauste in
ihrem Inneren, wo sie sich häuslich eingerichtet hatte und
vielleicht nie wieder weg gehen wollte. Schließlich: Was
hätte ihnen auch diesmal wieder alles passieren können.

Sie waren so sicher gewesen, wenigstens in Trier Ruhe
vor *IHM* zu haben, doch wieder war er ihnen auf den Fersen
gewesen, wenn auch diesmal in Gestalt gewöhnlicher Ver-
brecher. Denen hatten sie zwar gehörig in den Hintern getreten (im übertragenen Sinn, versteht sich), aber dennoch waren sie *IHM* um keinen Schritt näher gekommen. Eine recht
durchwachsene Stimmung stellte sich nun ein: Einerseits
waren sie froh, dass sie sich gut geschlagen und glimpflich

aus der Affäre gezogen hatten, andererseits fragten sie sich, ob sie denn nie mehr vor *IHM* sicher sein würden. Und der eigentliche Grund ihres Besuchs in Trier war ja auch nicht gerade von Erfolg gekrönt gewesen: Von Dr. Alban keine Spur.

Wenigstens hatten sie sich gegenseitig zum Trost. Ohne dass sie es bewusst merkten, wandten sie sich gleichzeitig wieder einander zu und lehnten sich gegeneinander. Ihre Körper forderten ihr Recht und versuchten, sich so viel wie möglich von der Ruhe zu holen, die sie im Augenblick so nötig hatten. So dösten Anna und Patrick nun hart an der Grenze zum Schlaf. Vielleicht hätten sie sogar Saarfurth verpasst, wäre die Ankunft nicht über Lautsprecher angekündigt worden.

Mühsam rappelten sie sich aus ihren Sitzen hoch, nahmen lustlos ihre Sachen aus den Gepäcknetzen, verließen den Zug und machten sich auf zu den Fahrradständern vor dem Bahnhof. Dort angekommen, gelang Anna wenigstens ein melancholisches Lächeln, als sie Spock kurz in die Arme schloss und meinte: »Weißt Du noch, wie wir uns an den Fahrradständern der Schule das erste Mal getroffen haben?«

»Ich garantiere dir: Das werde ich niemals vergessen.«

»Kommst Du noch mit zu mir? Ich möchte dich für heute noch nicht los sein. Außerdem können wir dann gemeinsam mit meinen Eltern und vielleicht auch schon mit Pauli reden.«

»Na das hast Du aber mal nett gesagt! Klar komm' ich mit, Prinzessin. – Und wenn es nur deshalb ist, weil deine Mutter vielleicht einen feinen Mittags-Happen für mich übrig hat.«

»Schuft, lieber.«

Dann schlossen sie die Sicherheitsketten ihrer Räder auf und machten sich auf den Weg.

Durch das Radfahren kam ihr Kreislauf zwangsläufig wieder etwas in Schwung, aber viel munterer wurden sie auch nicht, denn sie radelten nun in der größten Mittagshitze. Kurz nach halb eins hatten sie es geschafft. Ziemlich müde schoben sie ihre Räder in die Garage der Silvans.

Auf dem Weg zur Haustür sagte Anna mit ein wenig Bitterkeit in der Stimme: »So, das wäre dann also unser Ausflug nach Trier gewesen. Und alles für nichts und wieder nichts. Diesem Doktor Alban sind wir genauso nahe, wie zuvor.«

Als Anna die Haustür geöffnet hatte, kamen ihr schon ihre Eltern entgegen, die das Schlüssel-Klappern gehört haben mussten. Lars und Kathrin umarmten Anna, und ohne dass sie viel fragen mussten, merkten sie schnell, dass nach dem langen Telefonat heute Vormittag noch etwas passiert war. Deshalb hielt sich Lars zurück und verzichtete vorerst darauf, seine Tochter und ihren Freund schon einmal darauf hinzuweisen, dass in naher Zukunft noch ein ernstes Gespräch über die Art und Weise folgen sollte, wie man sich zu Hause abmeldet. Es gab aber auch noch einen anderen Grund für die nur kurze Begrüßung, denn Kathrin sagte: »Kommt mit. Wir haben Besuch.«

Im Wohnzimmer saß ein Mann, den Anna noch nie gesehen hatte, etwas verlassen und erschöpft auf der Couch. Aber im Augenblick war sie eigentlich gar nicht so versessen darauf, neue Bekanntschaften zu schließen. Das änderte sich, als ihre Mutter die Vorstellung übernahm. Zu dem Mann sagte sie: »Das ist meine Tochter Anna und das ihr Freund Patrick.« Dann wandte sie sich um und fuhr fort: »Patrick, Anna, darf ich vorstellen? – Dr. Alban.«

4. Max, ein mörderischer Fehler und Sigmund Freud

Jede Höflichkeit vergessend starrte Anna den Doktor an, doch auch in dessen Gesicht war deutlich die Neugier zu erkennen, während er das Mädchen musterte.

Anna schätzte, dass dem Doktor noch ein paar Jährchen fehlten bis zu seinem fünfzigsten Geburtstag. Allerdings hatte sie auch den Eindruck, dass sich Peter Alban – bewusst oder unbewusst – um ein jugendliches Image bemühte: Die Haare, die man gerade noch so als blond durchgehen lassen konnte, hatten eine schwungvolle Föhn-Frisur verpasst bekommen. Auf der geraden Nase saß eine runde Nickelbrille über großen, graubraunen Augen. Das etwas rundliche Gesicht mit dem ausgeprägten Kinn wurde von ein paar sehr feinen Falten durchzogen. Der Doktor hatte sich offenbar fit gehalten: Für seine etwas über 1,70 Meter Körpergröße hatte er relativ breite Schultern. Er trug ein leichtes beiges Leinensakko und eine nicht eben gut dazu passende, offensichtlich noch neue blaue Jeans. Das Sakko war ziemlich zerknittert, so, als hätte es den Doktor auf einer längeren Reise begleitet.

Der Doktor stand auf, winkte Patrick ein »Hallo« zu und schickte Anna ein kurzes, etwas unsicheres Lächeln, während er vor sie hintrat und sagte: »Hallo Anna, wir kennen uns zwar schon, aber, na ja, jetzt lernen wir uns das erste Mal wirklich kennen. – Du hast dich ganz schön verändert, seit ich dich das letzte Mal gesehen habe.« Dann lächelte er wirklich und fügte hinzu: »Und ich muss sagen, gegen die Veränderung ist absolut nichts einzuwenden.« Doch sein Gesicht wurde gleich wieder ernst, als er weitersprach: »Ich freue mich, dass es dir gut geht, dass Du gesund bist, obwohl Du im Augenblick den ganzen Ärger hast. Ärger, an dem ich wohl nicht ganz unschuldig bin. Als ich vorhin hier angekommen bin, war ich, gelinde gesagt, ziemlich überrascht, dass ihr über den Austausch der Babys..., dass ihr über *deinen* Austausch schon Bescheid wusstet. Na ja, auf dem ganzen Herweg hatte ich mich schon gefragt, wie ich es euch beibringen sollte – das ist mir wenigstens erspart geblieben. Nun ...«, der Doktor hob die Hände zu einer fragenden Geste und ließ sie dann wieder gegen seine Schenkel patschen, »hier stehe ich, der Auslöser eures ganzen Ärgers. – Was sagst Du jetzt?«

Anna hatte den Doktor die ganze Zeit über ruhig angesehen, jetzt erklärte sie: »Was soll ich schon sagen? Ja, Sie waren für den Austausch verantwortlich. Und ich bin froh darüber. Weil ich jetzt hierher gehöre. Weil ich dankbar bin für all die zurückliegenden Jahre, und weil ich hoffe, dass noch andere glückliche Jahre folgen. Weil ich fantastische Eltern habe und einen lieben Quälgeist von Bruder. Weil ich gute Freunde habe und eine gute Ausbildung bekomme. Weil ich Patrick kennengelernt habe, den ich sonst nie getroffen hätte. Und was meine leiblichen ..., was meine leiblichen ...«, das Wort »Eltern« wollte Anna nicht über die Lippen kommen, »... nun ja, mit Sandra Klinger empfinde ich Mitleid, nachdem, was mir Herr Weinberg, ihr zweiter Mann, über sie erzählt hat. Und ich gönne ihr die gute Zeit, die sie mit ihm hatte. Wenn sie nicht verschwunden wäre, dann wäre ich vielleicht sogar ein bisschen neugierig und würde mich gerne mal mit ihr unterhalten. – Aber das ist auch schon alles.«

Bis jetzt hatten sich Anna und Peter Alban nur gegenüber gestanden, nun versuchte auch Anna ein Lächeln, als sie die Hand ausstreckte und sagte: »Danke, Doktor.«

Zögernd hob Peter Alban seine Hand, entgegnete langsam: »Aber Du kennst noch nicht die ganze Geschichte.«

Kaum merklich schüttelte Anna den Kopf und wiederholte: »Danke!«

Endlich ergriff Peter die dargebotene Hand, und jetzt wollte er sie kaum wieder loslassen, während er erklärte: »Ich bin es, der sich bedanken muss. Für die Warnung, damals am Telefon. Dass Karl und Roswitha tot sind, ermordet ..., ich kann es immer noch nicht fassen. Schon all die Jahre, seit wir uns in der Hubertusklinik kennengelernt hatten, sind wir gute Freunde. Wir haben immer viel zusammen unternommen. Selbst nachdem ich in Trier angefangen hatte, ist unser Kontakt nie abgerissen. Wusstest Du, dass Karl heiraten wollte? Nein, natürlich nicht. Arme Karla.«

Peter wurde in seinen trüben Gedanken von Tommy unterbrochen, der bei einem Schulfreund ein paar Comics getauscht hatte, nun zurückgekommen war und von seinen Eltern wissen wollte, was die Versammlung zu bedeuten hätte.

Kathrin übernahm jetzt das Kommando: »Ich glaube, wir sollten ein bisschen mehr System in die ganze Sache bringen, mir geht im Augenblick alles ein bisschen zu sehr durcheinander.« Zu Anna und Spock gewandt fuhr sie fort: »Wisst ihr, wir waren auch ziemlich baff, als vor vierzig Minuten Herr Alban vor der Tür stand.« Dann sprach sie den Doktor an: »Ich habe Sie sofort wiedererkannt. Sie müssen nicht denken, dass es sonst meine Art ist, Leute mit offenem Mund anzustarren. – Aber was ich eigentlich sagen wollte: In den vierzig Minuten hat Dr. Alban mehr von uns erfahren als wir von ihm, viel Neues wissen wir also auch noch nicht. Deswegen mein Vorschlag: Zuallererst werde ich mal den Pizzaservice anrufen, ich habe nämlich keine Lust, in der Küche 'rumzuwurschteln und dabei was zu verpassen. Anna und Spock können sich solange etwas frisch machen, danach erzählen sie uns, was in Trier alles passiert ist. Dann werden wir, wenn es nötig sein sollte, Hauptkommissar Pauli davon unterrichten.«

»Es *ist* nötig«, warfen Anna und Patrick gleichzeitig ein.

»Danach sind Sie dann dran, Herr Alban«, fuhr Kathrin fort, »und glauben Sie mir, ich kann es kaum abwarten, ein paar Antworten zu bekommen.«

*

Peter betrachtete sich im Badezimmerspiegel der Silvans. Zu einem Teil wenigstens hatte er die Strapazen der langen Reise von Kalifornien bis hierher abspülen können. Rein körperlich fühlte er sich nach der Dusche und mit den frischen Sachen ein gutes Stück besser. Aber in seinem Inneren ..., da war die Dusche nicht hingekommen. Gleich würde es an ihm sein, die ganze Geschichte zu erzählen und endlich, nach all den Jahren, mit der Wahrheit herauszurücken. Mit einer Wahrheit, die – da war er sich sicher – seinen Freunden das Leben gekostet hatte. Und wenn er Rückschlüsse aus diversen Zeitungsberichten zog, dann hatten auch schon viel zu viele Unbeteiligte den Tod gefunden, wegen dem, was damals geschehen war.

Natürlich hatte es Peter überrascht, dass Anna gerade jetzt in Trier unterwegs gewesen war, um ihn zu suchen. Und er hatte auch nicht schlecht gestaunt, als sie und ihr Freund von ihrem Abenteuer berichtet hatten. Wenigstens hatten sie es glimpflich überstanden, das schloss der Doktor zumindest aus dem Heißhunger, mit dem sich die beiden während des Erzählens über ihre Pizza hergemacht hatten. Danach hatten ihm die Silvans angeboten, dass er ihr Bad benutzen könnte, um sich wieder etwas aufzumöbeln, während sie Hauptkommissar Pauli unterrichten würden. Kommissar Pauli! An den erinnerte er sich auch nur allzu gut. Die Silvans hatten sich einverstanden erklärt, dem Hauptkommissar noch nicht zu sagen, dass er wieder in Deutschland war. Zuerst einmal wollte er ihnen alles erzählen. Und wenn es sein musste, dann sollte auch die Polizei alles erfahren. Aber sie hatte fast siebzehn Jahre nichts von der Sache gewusst, dann kam es jetzt auf ein paar Stunden auch nicht mehr an.

Peter merkte, dass er schon drei Minuten vor dem Spiegel stand und an sich herumkämmte, obwohl die Frisur doch schon längst so saß, wie sie sollte. Vielleicht wollte er gar nicht hinunter gehen? Aber er konnte sich ja nicht ewig kämmen. Er warf seinem Spiegelbild einen letzten, skeptischen Blick zu, bevor er sich, diesmal mit einer weißen Leinenhose und einem dunkelblauen Poloshirt angetan, auf den Weg nach unten machte.

Es schien ihm, als werde er schon erwartet.

Er fragte in die Runde: »Na, alles klar mit Hauptkommissar Pauli?«

»Solala, würde ich mal sagen«, antwortete Lars, »die Kriegsbeute von meiner Anna ist schon zur Auswertung unterwegs ins Kommissariat. Pauli will natürlich diesen Hugo-Dingsbums und seinen Kumpanen festsetzen. Aber nehmen Sie doch bitte wieder Platz, Herr Alban.«

Inzwischen war es fast halb drei, und alle warteten schon gespannt darauf, was der Doktor erzählen würde. Die Konferenz hatte sich vom Esstisch zur großzügig ausgestatteten Sitzecke des großen Wohnzimmers verlagert. Die Terrasse war diesmal als Versammlungsort ausgeschieden, und das nicht nur wegen der anhaltenden Hitze.

Um die Hitze etwas auszusperren, waren die Lamellen-Jalousien ein Stück heruntergelassen. Auf der großen, hellgrauen Ledercouch saßen Kathrin und Lars, zwischen die sich Tommy gedrängelt hatte. Vor der Couch stand ein niedriger, schwarzer Schiefertisch, um den herum noch drei dem Sofa entsprechende Sessel gruppiert waren. Der Platz hätte eigentlich für alle gereicht, doch da die Sessel recht breit waren, hatte sich Anna lieber neben Patrick gequetscht.

– Wenn sie den Arm um seine Schulter legte, funktionierte das ganz gut.

Peter nahm in dem Sessel am Kopfende des Couchtisches Platz. Äußerlich wirkte der Doktor gefasst. Dennoch hatte Anna den Eindruck, dass er sehr aufgewühlt war. Vielleicht wirkte er ja *zu* gefasst. Nur seine Hände schlossen sich auffällig fest um die leicht nach außen gewölbten Sessellehnen.

Peter blickte in die Runde erwartungsvoll auf ihn gerichteter Gesichter, biss sich auf die Unterlippe und meinte etwas lahm: »Die ganze Zeit frage ich mich schon, *wie* ich es Ihnen erkläre. Ich bin mir nicht einmal sicher, wo ich eigentlich anfangen soll.«

Der Doktor schwieg und schien auf Hilfe zu warten, Anna tat ihm den Gefallen: »Es gibt da eine Sache, bei der ich endlich Gewissheit haben muss. Es betrifft meinen leiblichen ..., meinen ...«, Anna atmete tief durch, schüttelte den Kopf und versuchte es nochmal: »Seit ich weiß, wer mich gezeugt hat, habe ich mich nie irgendeiner Illusion hingegeben: Ganz egal, warum er so wurde, dieser Mann war – entschuldigt – ein dummes, brutales Schwein, mit dem ich um nichts in der Welt irgendetwas zu tun haben wollte. Aber nach all dem, was ich, was meine Familie und meine Freunde in letzter Zeit mitmachen mussten, da frage ich mich, ob *er* nicht vielleicht etwas mit *mir* zu tun haben will?«

Dr. Alban schien die Frage durchaus verstanden zu haben, aber er sagte nichts, deshalb holte Anna noch einmal tief Luft und fragte in aller Deutlichkeit: »Herr Alban, ist Max Klinger *wirklich* tot?«

Der Doktor nickte und antwortete langsam: »Er ist tot, ich muss es wissen, ich ...«

Hektisch aber erleichtert unterbrach Anna: »Und ich hatte schon irgendwie gedacht ...« – *Klatsch* – ein lautes Patschen hatte ihr jäh das Wort abgeschnitten. Alle wandten sich erschrocken wieder dem Doktor zu, der die offene Hand mit Wucht auf die lederne Armlehne geschlagen hatte. Als sei nichts geschehen, beendete er seinen Satz: »... habe ihn umgebracht.«

Er blickte nun der Reihe nach in die schweigenden Gesichter, die ihn anstarrten. Und als sich in diesen Gesichtern das Nicht-Verstehen langsam in ungläubiges Begreifen wandelte, nickte er und wiederholte leise: »Ja, Max Klinger ist tot. Und ich muss es wissen, denn ich bin der Mann, der ihn umgebracht hat.« Dann sah er Anna direkt in die Augen, und als hätte sie die Bedeutung seiner Worte nicht verstanden, erklärte er: »Ich habe deinen Vater getötet.«

Patrick spürte, dass Anna bei den Worten *»deinen Vater«* wie unter einem heftigen Stromstoß zusammenzuckte.

Dr. Alban schlug nun die Hände vors Gesicht, ließ sie aber nach zwei heftigen Atemzügen wieder auf die Sessellehnen zurücksinken. Lars stand auf, kam nach wenigen Augenblicken mit einem gut gefüllten Cognacschwenker zurück und drückte ihn dem Doktor in die Hand. Als dieser automatisch einen Schluck genommen hatte, forderte Kathrin ihn sanft auf: »Erzählen Sie es uns. Erzählen Sie von Anfang an.«

Und Dr. Peter Alban erzählte: »Oh ja, ich erinnere mich noch sehr gut daran. Und ich werde mich bis ans Ende meiner Tage daran erinnern. Ha, als wir es geplant hatten, damals, im Aufenthaltsraum Nummer vier der Hubertusklinik, getragen von unserer Wut, da schien alles noch nicht so schlimm zu sein – in der Theorie. Aber es zu *tun*. Es *wirklich zu tun*. Das wurde viehisch.

Sie alle kennen ja schon den Teil der Geschichte, den der alte Lutz Heidmann Sandras zweitem Mann erzählt hat. Nun, Lutz war zwar unser Mitverschworener, aber er wusste nicht alles.«

Peter hielt einen Moment inne, um sich zu sammeln.

Die anderen wagten es nicht, ihn durch Fragen in seiner mühsam erkämpften Konzentration zu stören, sie hingen gebannt an seinen Lippen, als er fortfuhr: »Es war meine Idee gewesen. Schon der sinnlose Tod der kleinen Anna –, ich meine, die richtige ..., dass dieses Baby sterben musste, so unnötig sterben musste, nur weil ein Motorradfahrer nicht aufgepasst hatte, schon das hatte mich so verdammt wütend gemacht. Und vielleicht hat es mich noch wütender gemacht, dass es mir nicht gelungen war, das Mädchen zu retten. Drei Stunden lang kämpften wir und versuchten alles. Aber wir hatten gegen das Motorrad keine Chance, gegen die Verletzungen, die es diesem kleinen Körper zugefügt hatte.«

Lars tauschte mit Tommy den Platz, er wollte seiner Frau den Arm um die Schulter legen. Kathrin liefen Tränen über die Wangen, auch Lars schämte sich nicht seiner feuchten Augen, und als er zu Anna hinübersah, sich ihre traurigen Blicke trafen, erkannte er, dass auch in ihrem Gesicht zwei Tränen ihre Bahnen gezogen hatten.

Als Peter den Schmerz um sich herum spürte, musste er erst einen Klos herunterwürgen, der plötzlich in seinem Hals saß, doch er sprach weiter: »Mag sein, dass die Wut auch aus dem Gefühl kam, versagt zu haben. Und mag sein, dass ich und meine Kollegen auch dieses Versagen irgendwie wieder gut machen wollten, als wir später unseren Plan schmiedeten.

Auf jeden Fall hatte dem Schicksal an jenem Tag das eine tote Baby noch nicht gereicht. Die kleine Sahra – unsere Anna hier – wurde eingeliefert, und um sie stand es kaum besser als um das andere Baby. Uns gelang eine gewisse Stabilisierung ihres Zustandes, aber ich hatte keine großen Hoffnungen, dass sie ihre inneren Verletzungen länger als ein paar Stunden, vielleicht zwei, höchstens drei Tage überleben würde. Es sei denn ..., ja, es sei denn, wir würden rechtzeitig einen passenden Organspender finden, dann hätte eine kleine Chance bestanden. Doch natürlich stand kein Spender-Material zur Verfügung. Damals wie heute war und ist es nicht einfach, ein passendes Organ zu finden, das nicht von den körpereigenen Abwehrkräften abgestoßen wird. Die Wartelisten der Patienten sind lang. Doch warten konnten wir an jenem Tag nicht, denn dann hätte der Tod erneut gewonnen.

Als ich dann nach der Notoperation völlig erledigt mit Roswitha und Karl im Aufenthaltsraum saß, da packte mich wieder diese Wut. Und diesmal war sie noch viel stärker als zuvor. Dieses Dreckschwein löschte ein Leben aus, quälte sein eigenes Kind zu Tode ... Ich wollte, wollte, wollte das nicht zulassen. Diesmal *musste* ich einfach gewinnen und dem Tod ein Schnippchen schlagen. Doch ich wusste: Das konnte mir nur gelingen, wenn ich in kürzester Frist einen passenden Organspender finden würde. Die besten Chancen, wirklich gute Chancen auf kompatible Nieren bestehen immer innerhalb der eigenen Familie des Patienten. Am besten geeignet sind Geschwister oder Eltern. Ich war zu allem bereit. Und mein Hass gegen diesen Mann, den ich noch nie gesehen hatte, meine Enttäuschung, erleichterte mir die Sache.«

»*Nein!*«, der Schrei von Anna, die verstanden hatte, unterbrach die Ausführungen des Doktors. Am ganzen Leib zitternd fragte sie entsetzt: »In *meinem* Körper lebt ein Teil von *ihm* weiter?«

Peter nickte: »Ja, so kann man es wohl sehen, aber das hat dir dein Leben gerettet. Hör mir zu, lass mich meine Geschichte zu Ende erzählen. Der Plan, den ich mit Karl und Roswitha zusammen ausheckte, sah folgendermaßen aus: Wir wollten den Kerl ins Krankenhaus locken, ihn töten, so dass es wie ein Selbstmord aus Reue aussah. Auch dem Rest des Operationsteams, das in jener Nacht den Notfalldienst versah, Randy, Kurt und Sabine, wollten wir die Geschichte von einem Selbstmord auf die Nase binden. Wir dachten, es wäre einfacher, wenn wir ihnen nur die illegale Organentnahme schmackhaft machen müssten. Den Austausch der Babys haben wir ihnen erst später aufs Auge gedrückt. Aber was die Organentnahme betrifft: Nach Klingers *Selbstmord* wollte ich ihnen klar machen, dass man die Gunst der Stunde nutzen müsste.

Am Anfang funktionierte auch alles wie geplant. In den Patientenzimmern, die an das Treppenhaus angrenzten – das Treppenhaus, in dem es geschehen sollte –, hatte Schwester Zapf schon Vorarbeit geleistet: Alle Patienten dort hatten am Abend, ohne dass sie es wussten, leichte Schlafmittel bekommen. – Komisch. Ich glaube, die Menschen würden auch Zyankali schlucken, solange es nur von einem Weißkittel verteilt wird. Auf jeden Fall hatte Roswitha ganze Arbeit geleistet: Von den Patienten geisterte in jener Nacht kein einziger auf den Gängen herum. Und den Nachtdienst in der vierten Etage hatte sie selbst übernommen. Roswitha kam ohne Probleme an die Dienstpläne ran und richtete alles so ein, dass niemandem etwas auffiel.

Und dann stand mir dieser Klinger in meinem Büro gegenüber. Der Mann, den ich töten und ausschlachten wollte. Als ich seine Größe und seine breiten Schultern sah, wurde mir schon etwas mulmig. Aber ich dachte daran, dass ich es ja nicht alleine tun musste. Und Karl Palusky war ein Bär von einem Mann, zusammen würden wir es schon schaffen. Unter einem Vorwand lockte ich Klinger mit mir. Wie abgesprochen, ließ ich Sandra Klinger bei Roswitha zurück, damit sie die junge Frau im Auge behalten konnte.

Max war mir gefolgt ohne Verdacht zu schöpfen. Dann war es soweit: Ich öffnete die Tür zum Treppenhaus, ließ Max durch, kam nach und schloss die Türe hinter mir. Karl wartete schon. Er stand einfach da, mit dem Rücken an die

Wand gelehnt, die Arme verschränkt, und sah Max in die Augen. Neben Karl stand ein großer Putzeimer, eine leichte Schaumkrone bedeckte das heiße Wasser und zarter Dampf stieg nach oben. An dem Eimer lehnte noch eine kleine Plastiktüte. Heute glaube ich, das muss der Moment gewesen sein, in dem Max dämmerte, was passieren sollte: Als er den gefüllten Eimer sah und dann wieder in die Augen von Karl Palusky blickte.

Während unserer Planungen hatten wir uns sogar gefragt, ob wir Max nicht tatsächlich übers Treppengeländer stürzen sollten. Doch dabei wäre Max womöglich, na ja, für die Organspende unbrauchbar geworden. Vielleicht hätten wir es dennoch riskieren sollen. Vielleicht wäre es dann einfacher geworden.

Als ich die Türe geschlossen hatte, als ich im Rücken von Max stand und er noch in die Augen von Karl starrte, zog ich das Stahlrohr aus meinem Ärmel, das ich mir an den linken Unterarm gebunden hatte. Ich holte aus und schlug zu.

Aber es ist gar nicht so einfach, einen Menschen zu erschlagen. Vielleicht ist es im Affekt einfacher, oder im Kampfgetümmel. Doch als geplante Tat von hinten auf einen Mann einschlagen, dass er tot umfällt? Ich glaube, stark genug wäre ich gewesen. Nur muss es da irgendeine innere Hemmschwelle gegeben hjaben, die den Schlag bremste. Und als das Stahlrohr auf Max Klingers Hinterkopf traf, da wäre *ich* fast vor Schreck gestorben. Aber Max Klinger starb nicht. Er war noch nicht einmal bewusstlos. Während mir das Stahlrohr aus der zitternden Hand fiel, stolperte er benommen nach vorne, direkt in einen Schwinger von Karl. Ich bilde mir heute noch ein, ich hätte den Kiefer von Max krachen gehört. Aber Max stand noch. Er stand. Und dann kämpfte er um sein Leben.

Ich glaube nicht, dass er in diesem Augenblick noch einen klaren Gedanken fassen konnte. Ich glaube, es war das Leben selbst, das kämpfte. Das Tier, das er im Leben war, gab auch im Tod nicht auf. Es muss der gleiche Urinstinkt gewesen sein, der uns einst heil durch die Steinzeit gebracht hat, der reine Wille zu leben, der Max nun vollkommen ausfüllte. Der Wille zu leben und dafür zu töten.

Später merkten wir, dass der Kampf höchstens zwei Minuten gedauert hatte, aber mir kam es wie die Ewigkeit vor. Wie wir ihn gemeinsam niederrangen, wie er mir fast die Lunge zerquetschte, wie wir zu dritt über den Boden rollten und dabei versuchten, aufeinander einzuschlagen. Schließlich rutschten wir ein paar Treppenstufen hinunter – auf Max, wie auf einem lebenden, tobenden Schlitten. Und als der Schlitten hielt, hatte wir ihn endlich: Er lag auf dem Rücken, ich kniete auf seinem linken Arm und legte gleichzeitig mein ganzes Gewicht auf seinen Oberkörper, der unter mir bebte und zuckte. Karl kniete auf seinem rechten Arm, ergriff seinen Kopf, zog ihn mühsam hoch und schlug ihn dann wieder zurück, schlug ihn, gegen den Widerstand der Nackenmuskeln, zurück auf die Treppenstufe. Als Karl den Kopf ein zweites Mal anhob und zurückschlug, war der Widerstand schon geringer. Beim dritten Mal gab es keinen Widerstand mehr. Und nochmal schlug Karl den Kopf auf die Kante der Stufe ... und wieder ... und wieder. Ich weiß nicht, wie oft.«

Kläglich, mit ängstlichem Gesicht, unterbrach Anna: »Karl! Karl ist auch so gestorben.«

Peters Brustkorb hob und senkte sich in schnellen Stößen. Sein Polohemd war durchgeschwitzt, und seine Stimme zitterte, als er antwortete: »Ich weiß, ich weiß. Ich habe über seinen Tod gelesen. Wenn ich nur wüsste, *wieso* er so sterben musste? – Aber meine Geschichte geht noch weiter.

Karl und ich waren völlig am Ende. Doch wir hatten keine Zeit, uns auszuruhen. Wir verloren keine Worte, und Karl hat mir auch nie Vorwürfe gemacht, weil ich nicht hart genug mit dem Stahlrohr zugeschlagen hatte. Karl holte den Plastikbeutel, der neben dem Putzeimer lehnte, und zog eine breite, gelbe Plastikspachtel und einen Kuchenteller daraus hervor. Ich drehte Max auf den Bauch, Karl begann, das Blut und die Hirnmasse von der Treppenstufe abzukratzen und auf den Teller zu streifen, und damit es nicht zu wenig wäre, fuhr er abschließend noch zwei, drei Mal mit der Spachtel über Max Klingers Hinterkopf. Dann lief er hinunter in das Kellergeschoss und schmierte das Blut von Max auf den Boden. Natürlich suchte er sich dazu eine Stelle aus, an der Klinger nach einem Sprung auch tatsächlich aufgeschlagen sein könnte. In der Zwischenzeit kümmerte ich mich um die Spuren, die unser Kampf auf der Treppe hinterlassen hatte. Dann goss ich das Putzwasser in die nächste Toilette und brachte Eimer und Putzlappen wieder in die Abstellkammer, aus der wir sie am frühen Abend geholt hatten.

Als ich erneut beim toten Max war, kam auch Karl schnaubend wieder die Treppe hoch gehastet. Natürlich wollten wir uns beeilen, denn umso besser stünde die Chance für eine geglückte Transplantation. Karl hatte Teller und Spachtel schon verschwinden lassen, stattdessen brachte er nun eine Trage mit herauf. Wir wälzten Max auf die Bahre. Weit mussten wir ihn nicht tragen, denn vorsorglich hatten wir auch eine Rollbahre neben der Türe zum Treppenhaus platziert gehabt. Auf der legten wir Max ab, und während Karl ihn in den OP rollte, ging ich, um den Rest des Teams von Klingers *Selbstmord* zu informieren. Dann brachten wir das Baby aus der Intensivstation in den OP. Sabine und Randy hatte ich schnell überzeugt, dass wir es riskieren konnten, ja dass wir es riskieren *mussten*, Max illegal als Organspender zu benutzen, nur Kurt Kleinschmidt machte Probleme.

Ich erklärte ihm, dass ich sogar Lutz Heidmann aus der Verwaltung noch zu dieser späten Stunde aus dem Bett geklingelt und ein eiliges, ernstes Telefonat mit ihm gehabt hatte, und dass er auf unserer Seite stand. Er konnte die nötigen Formulare besorgen, und wir würden dann einen Organspenderausweis auf den Namen Max Klinger fälschen – was wir später vorsichtshalber auch taten, obwohl ihn niemals irgend jemand sehen wollte, nicht einmal die Polizei.

Aber Kurt wollte sich nicht überzeugen lassen, und mir wurde klar, dass er vor allem Schiss hatte, seine Karriere zu gefährden. Also drohte ich ihm, dass ich als sein Vorgesetzter in einer Position sei, in der ich ihm, dem Assistenzarzt, sehr schaden könnte. Dann schmeichelte ich, dass ich andererseits sein Vorankommen auch fördern könnte. Das gab schließlich den Ausschlag, und wir machten uns an die Arbeit.

Da lag nun vor uns auf dem OP-Tisch, was von Klinger übrig geblieben war: Ein großes Stück Fleisch, an dem ein Kopf mit einem zertrümmerten Schädel hing. Zunächst schnitten wir ihm die Kleider vom Leib und rieben ihn mit Desinfektionsmitteln ab, um keine Bakterien auf das Baby zu übertragen. Ich war ziemlich nervös, – schließlich war es mein erster Mord gewesen, ich glaube, da kann man schon nervös werden.

Aber ich beglückwünschte mich auch, denn war ich nicht clever und vorausschauend gewesen? Hatte ich nicht an alles gedacht? Das einzige, was ich übersehen hatte, was mir nicht einmal im Traum in den Sinn gekommen wäre: dass in Max Klinger, dessen Schädel zertrümmert war und von dessen Hirnmasse ich Teile auf dem Boden gesehen hatte, noch *Leben* steckte.

Als ich mit einem schnellen, langen Schnitt meines Skalpells seine Bauchdecke öffnete, saß er plötzlich aufrecht auf dem OP-Tisch, die Augen geöffnet. Und wenn ich mir nicht absolut sicher gewesen wäre, dass sein zerstörtes Gehirn keiner menschlichen Empfindung mehr fähig war, dann hätte ich geschworen, dass in diesen Augen abgrundtiefer Hass brannte. Wer weiß, vielleicht war es auch wirklich so? Weil Hass seine letzte bewusste Empfindung gewesen war? Wie auch immer: Sekundenlang schien alles wie erstarrt. Bis Randy einen Schreikrampf bekam und Klinger begann, unkontrolliert um sich zu schlagen. Dann *erhob* er sich, tat einen unsicheren, großen Schritt und fiel nach vorne. Und er wäre mit all seiner Masse genau auf den zweiten OP-Tisch gestürzt, auf dem bereits das Baby lag, hätte sich nicht Kleinschmidt geistesgegenwärtig von der Seite gegen ihn geworfen. So wurde der fallende Körper abgedrängt, und Max streifte nur mit dem Gesicht die Kante des OP-Tisches, fiel auf seine linke Seite und rollte auf den Rücken.

Randys Schreien verstummte plötzlich, ich hatte nicht auf ihn geachtet, aber Roswitha erzählte mir später, dass sie ihm eine schallende Ohrfeige verabreicht hatte, das hat wohl geholfen.

Nachdem Randy ruhig war, merkten wir, dass Klingers Stimmbänder auch noch funktionierten. Das Ding, das da nackt und zuckend mit aufgeschlitztem Bauch auf dem Boden lag, gab unartikulierte, dunkle, brummende Laute von sich, Laute, die mich noch Jahre später schweißgebadet aus dem Schlaf hochschrecken ließen. Und dann versuchte dieses Ding tatsächlich, sich wieder zu *erheben*. Ich glaube, Kleinschmidt hat das fast den Verstand gekostet. Mit einem heißeren Keuchen trat er Max gegen den Kopf, dann ließ er sich mit den Knien auf sein Gesicht fallen, – so heftig, dass wir später nur noch ein Auge an die Augenbank schicken konnten.

Und noch immer zuckte dieser Körper, dessen Herz einfach nicht stillstehen wollte. Doch als Kleinschmidt ihn so auf dem Boden festgenagelt hatte, zertrat ich ihm den

Kehlkopf. Als kein Sauerstoff mehr durch diese Masse aus Muskeln und Knochen und Sehnen strömte, da war es, nach ein paar letzten, heftigen Zuckungen, endgültig aus.

Kurt Kleinschmidt machte mir die heftigsten Vorwürfe, weil ich nicht gemerkt hatte, dass Max noch am Leben gewesen war. Doch ich verteidigte mich, dass Klinger ja auf jeden Fall schon hirntot gewesen sei, dass wir ja alle gesehen hätte, wie sein Schädel nach dem *Sturz* aus dem vierten Stock in den Keller ausgesehen hatte. Schließlich konnte ich ihn überzeugen, dass Max nicht mehr zu retten gewesen wäre. Außerdem war ohnehin klar, dass Kleinschmidt mit niemanden über den Vorfall reden würde, weil das auch für ihn, wie für uns alle, mächtigen Ärger bedeutet hätte.

Ja, und dann zogen wir die Operation durch. Zunächst hatte ich befürchtet, Randy würde uns keine große Hilfe sein, doch seine Professionalität war stärker als der Schock, und wir brachten den Eingriff schnell und sauber über die Bühne. Das Baby bekam an Stelle seiner kaputten Niere ein Stück von Klingers Niere. Wenn man einem Baby nur ein Teil einer Eltern-Niere einsetzt, dann beginnt mit dem Kind auch diese Niere wieder zu wachsen und entwickelt sich praktisch wie ein normales Organ. Die zweite, schwer geschädigte Niere entfernten wir nicht, das war zwar riskant, aber immerhin bestand so die Chance, dass sie heilen und das Kind auch noch über eine eigene Niere verfügen würde. Ja und dann bekam das Baby natürlich noch etwas: viel Fürsorge. Und es überlebte.«

Erschöpft schwieg Peter und ließ sich mit geschlossenen Augen in seinem Sessel zurücksinken.

Anna hatte sich zuletzt fest gegen Spock gedrückt, um ihr Zittern zu unterdrücken. Trotz der Hitze spürte sie überall das kalte Kribbeln einer Gänsehaut. Vielleicht aus Takt hatte der Doktor immer nur von »dem Baby« gesprochen, aber Anna wusste ja, dass *sie* dieses Baby gewesen war. Sie war so aufgewühlt, dass sie am liebsten losgeheult hätte, und sie konnte es noch immer nicht fassen, dass ein Teil von diesem Menschen in ihr steckte. Ungläubig sah sie an sich herunter und fuhr mit der flachen Hand über ihren Bauch. Sie musste daran denken, wie sie vor seinem Grab gestanden hatte, in der Überzeugung, dass seine Überreste da unten, drei Meter tiefer, lägen. Doch ein Teil von ihm hatte vor dem Grab gestanden. Und lebte noch immer.

Nun verbarg Anna wirklich ihr Gesicht an Patricks Schulter, doch es kamen keine Tränen, dazu war sie zu erschöpft. Patrick sagte nichts – was hätte er sagen können? Doch er begann, vorsichtig Annas Nacken zu streicheln.

Auf der anderen Seite des Couchtisches waren auch Annas Eltern und ihr Bruder eng zusammengerückt. Tommy war ziemlich grün im Gesicht und schmiegte sich schutzsuchend an seinen Vater.

Lars bemühte sich, seine Fassung wiederzugewinnen. Er fragte Peter: »Ich nehme an, den Rest kennen wir? Sie haben es dann so hingedreht, dass wir Anna lange Zeit nicht wirklich zu Gesicht bekommen haben. Und als es dann soweit war, akzeptierten wir sie ohne weiteres als ... Anna.«

Peter öffnete wieder die Augen, beugte sich vor, nickte und bat leise: »Anna, sag etwas.«

Sie wollte nichts sagen, wollte nur weiter ihr Gesicht an Patricks Schulter verstecken. Wie sollte sie denn in der Unordnung ihrer Gedanken überhaupt etwas finden, das sich zu sagen lohnte? Doch dann wandte sie ihr Gesicht dem Doktor zu, und sie ließ einfach die Worte heraus, die ganz von selbst kamen: »Sie haben mir das Leben gerettet. – Was immer Sie auch sonst getan haben, Sie haben mir das Leben gerettet. Und es ist ein Leben, das es wert ist, gelebt zu werden.« Ihre Stimme wurde heftig: »Daran kann auch die ganze verdammte Scheiße nichts ändern, in der ich zur Zeit bis zum Hals drinstecke.« Dann sprach sie wieder ruhig weiter:

»Sicher, es tut weh, zu wissen, dass ein anderer Mensch sterben musste, damit ich leben konnte. Und es *macht* mir etwas aus. Aber selbst wenn das jetzt brutal oder feige klingt: Besser *dieser* Mensch, der sonst mein Mörder geworden wäre, als ich. Und dass ich Max Klinger nicht als meinen Vater betrachte, das dürfte Ihnen wohl schon klar geworden sein. Nein, falsch: Ich betrachte ihn nicht nur nicht als meinen Vater, er *ist nicht* mein Vater. Lars ist mein Vater und sonst niemand. Lieber Doktor Alban: Es tut mir sehr leid, für das, was Sie wegen mir durchgemacht haben, was Sie sich wegen mir auf Ihr Gewissen geladen haben und was Sie in Zukunft vielleicht noch durchmachen müssen. Verstehen Sie es bitte nicht als Beleidigung, aber ich habe Mitleid mit Ihnen. Und ich wünsche Ihnen, dass Sie mit ihrem Gewissen und mit sich selbst ins Reine kommen.«

Dann wandte sich Anna leise und betont sachlich an ihre Eltern: »Wenn sich Herr Alban nicht selbst anders entscheidet, dann bin ich dafür, dass wir der Polizei nicht sagen, wie Max Klinger gestorben ist, selbst wenn wir dadurch unser eigenes Gewissen belasten. Wir bleiben bei der Geschichte, die auch die Überlebenden des Operationsteams kennen: Es hat eine illegale Organentnahme gegeben, das ist alles.«

Nach kurzem Nachdenken fuhr Anna fort: »Ich denke, es muss wohl wirklich ein Verbindung bestehen, zwischen dem Wahnsinnigen der mich verfolgt und den Ereignissen in der Hubertusklinik. Aber wenn es nach dieser langen Zeit überhaupt noch Spuren zu entdecken gibt, dann muss Hauptkommissar Pauli der Hinweis auf die illegale Organentnahme genügen. Und allein wegen dieser Organentnahme kann man den Doktor nach all den Jahren wohl nicht mehr vor Gericht stellen, oder?«

Das »oder?« galt ihrem Vater, der nun Peter erklärte: »Mir ist so ein Fall zwar noch nicht untergekommen, aber ich bin ziemlich sicher, dass die illegale Organentnahme verjährt sein dürfte – aber ich werde mich noch genau kundig machen, bevor wir mit Pauli reden. Und außerdem stimme ich Anna zu: Wie Klinger ums Leben gekommen ist, braucht die Polizei nicht zu wissen. Als Jurist müsste ich ja vielleicht verurteilen, was Sie gemacht haben. Und dass Sie selbst Schicksal gespielt haben ..., ehrlich gesagt, als Außenstehender *hätte* ich es verurteilt. Aber ich bin nicht nur Jurist. Und ich bin *kein* Außenstehender. Sehen Sie sich doch dieses hübsche Mädchen mit dem traurigen Gesicht an: Sie ist voller Leben, sie ist ein Teil meines Lebens, sie ist ein Teil meines Glücks, sie ist meine Tochter. Herr Alban, Sie können sich meiner Dankbarkeit genauso sicher sein wie vor sechzehn Jahren.« Nun stand Kathrin auf, ging zu Peter hinüber, nahm seine Hand und sagte: »Auch wenn es wohl auf irgendeiner Ebene falsch war, was Sie getan haben, Sie wollten versuchen, gerecht und richtig zu handeln. Und ich danke Ihnen dafür. Für alles, was Sie auf sich genommen haben, um meine Tochter zu retten.«

Peter wusste nicht, was er antworten sollte. Immer und immer wieder hatte er sich in den ersten Jahren nach Klingers Tod gesagt, dass er das Richtige getan hatte. Aber immer und immer wieder waren Zweifel in ihm hochgestiegen. Schließlich war es ihm im Laufe der Jahre doch gelungen, die Tat zu verdrängen. Auch das Bild von Max Klinger, wie er plötzlich auf dem Operationstisch noch einmal hochgefahren war, während ihm das Blut aus dem Bauch lief, hatte ihn irgendwann nicht mehr heimgesucht. Doch als er vor ein paar Wochen Annas Stimme auf dem Anrufbeantworter gehört hatte, als er von den Morden gehört hatte und erfahren musste, dass seine Freunde getötet worden waren, da war alles wieder hervorgebrochen. All seine Ängste und das schlechte Gewissen, das er doch so gut weggeschlossen zu haben glaubte. Als er dann mit seiner Familie nach Kalifornien geflohen war, wurde er von Tag zu Tag nervöser.

Ursprünglich hatte er wirklich mit dem Gedanken gespielt, so lange in Amerika zu bleiben, bis der Fall aufgeklärt wäre. Aber immer wieder war ihm Anna im Kopf herumgespukt. Er hatte sich auch gesagt, dass er wegen seiner Arbeit zurück müsse, aber das war wohl nur ein zusätzlicher Ansporn. Anna war der eigentliche Grund. Anna, die ihn gewarnt hatte, und die ihn um Hilfe gebeten hatte. Und irgendwann war ihm klar geworden, dass er zurück musste, dass er hier sein musste, wenn das zu Ende ging, was er vor fast siebzehn Jahren begonnen hatte. Er hatte es noch ein paar Tage hinausgezögert, sich ziemlich oft mit seiner Frau und seinen beiden Töchtern gestritten, aber schließlich war er gefahren. Er bereute es nicht.

Lars dachte noch an ein wichtiges Detail: Er nahm seinen Sohn beiseite, um ihn darauf einzuschwören, dass er in der Schule und gegenüber seinen Freunden nur ja nichts von dem erzählen sollte, was er heute gehört hatte. Und da Lars seinen Sohn kannte und auch die Freude von Jungs, wenn sie mit einer abenteuerlichen Geschichte auftrumpfen (oder aufschneiden) konnten, ließ er Tommy keine Ruhe, bis der ihm hoch und heilig versprochen hatte, dass kein Sterbenswörtchen über seine Lippen kommen würde.

Im Laufe des Nachmittags besprach die Gruppe noch verschiedene Einzelheiten und klärte den Doktor über die Vorfälle auf, die er noch nicht kannte. Vor allem aber zermarterten sie sich den Kopf, was der Austausch der Babys und Klingers Tod mit dem Terror zu tun hatte, dem Anna und ihre Familie ausgeliefert waren. Doch alle Spekulationen brachten sie keinen Schritt weiter.

Als es später wurde, boten die Silvans dem Doktor an, in ihrem Gästezimmer zu übernachten, zumal er dann morgen, vor der Heimfahrt nach Trier, noch mit Pauli rede könnte.

Peter nahm das Angebot gerne an. Er war von der langen Reise und den aufreibenden Gesprächen sehr müde und freute sich auf ein Bett. Außerdem kam noch ein nicht ganz unwesentlicher Grund hinzu: Er mochte diese Menschen. Und obwohl er sie kaum kannte, fühlte er sich mit ihnen verbunden. Vor allem natürlich mit Anna, der er das Leben gerettet und für die er getötet hatte – und die ihm gesagt hatte, dass sie Mitleid mit ihm fühle.

*

Anna hatte an diesem Abend Spock nur höchst ungern gehen lassen, aber schließlich hatte er auch noch ein langes Gespräch mit seinem Vater vor sich gehabt, dem er einiges erzählen und erklären musste. Obwohl hundemüde, drückte sich Anna von einer Ecke in die andere, statt schlafen zu gehen. Sie wusste auch sehr genau, warum sie das machte: Heute hatte sie Angst vor dem Alleinsein und davor, wach im Bett zu liegen. Die Geschichte des Doktors ließ ihr keine Ruhe, die Gedanken in ihrem Kopf schienen sich einfach nicht ordnen zu wollen.

Dr. Alban war der erste gewesen, der sich für die Nacht verabschiedet hatte. Kurz nach halb elf war auch Tommy zu Bett gegangen. Während ihre Eltern noch am Esstisch saßen und sich unterhielten, holte Anna die kleine Zimmergießkanne und begann, die Topfpflanzen in der unteren Etage zu gießen. Eigentlich wäre das noch gar nicht nötig gewesen, aber irgendetwas musste sie einfach tun.

Das Wasser plätscherte in den großen Topf mit den Drachenbäumen im Büro ihres Vaters.

Da hatte sie heute ja so einiges erfahren. Kein Zweifel, dass Max Klingers Tod und das lebensbedrohliche Rätsel, in dem sie selbst gefangen war, in einem unmittelbaren Zusammenhang standen. Aber wieso? Was nützte es, wenn ein Rätsel gelöst war, an dem gleich wieder eine schier unlösbare Frage dran hing?

Anna ging in die Küche, füllte die Kanne erneut, nun waren die kleinen Kakteen auf dem Fenstersims an der Reihe.

Sie hatte sich doch immer so darum bemüht, sich nicht unterkriegen zu lassen. Aber dieser ganze Schlamassel – das konnte doch nicht ewig so weiter gehen?

Anna füllte noch einmal Wasser in die kleine Gießkanne. Noch immer fühlte sie sich müde und aufgewühlt zugleich. Aufgewühlt, weil des Rätsels Lösung immer noch so fern war. – Oder?

Anna stutzte. Konnte es sein, dass es genau anders herum war? Dass sie so aufgewühlt war, weil sie dem Ziel näher kam? Weil sie *dem Ende* näher kam? Hatte die Geschichte des Doktors *doch* einen Hinweis enthalten, wie es endlich gelingen könnte, *IHN* in die Enge zu treiben? Einen Hinweis, den sie bemerkt, aber nicht erkannt hatte?

Langsam bekam Anna Kopfweh, dann sah Sie, dass das Wasser munter über den Gießkannenrand ins Spülbecken plätscherte – wie lange eigentlich schon?

Anna drehte den Hahn zu, ließ die Kanne einfach stehen, ging wieder zu ihren Eltern und fragte: »Sagt mal, haben wir eigentlich Schlaftabletten im Haus? Ich bin todmüde, aber ich habe Angst, dass mich das höllische Durcheinander in meinem Kopf die ganze Nacht kein Auge zutun lässt.«

Lars stand auf, drückte seine Tochter kurz an sich, meinte: »Mein armer Muck, ist es so schlimm? Nein, Schlaftabletten haben wir nicht. Wir halten nicht viel von so einem Zeug. Ehe Du dich versiehst, kannst Du nicht mehr ohne Chemie einschlafen. Aber weißt Du was? Zurzeit haben wir ja Ausnahmezustand. Also schau ich mal in der Zeitung, welche Apotheke Nachtdienst hat, dann besorge ich die Tabletten – ausnahmsweise. Einverstanden?«

Als Antwort bekam Lars einen schnellen Kuss auf die Wange, dann machte er sich auf den Weg während Kathrin ihrer Tochter anbot: »Komm mit in die Küche, ich werde uns einen Tee machen. Schwarzer Tee, der nur kurz zieht, entspannt. Vielleicht brauchst Du dann die chemische Keule gar nicht?«

Wenig später saß Anna an dem kleinen Küchentisch und schlürfte müde ihren Tee in kleinen Schlucken. Kathrin lehnte an der Küchenzeile, ihre Tasse in der Hand, beobachtete ihre Tochter und wurde plötzlich traurig, weil sie ihr nicht besser helfen konnte. Sie stellte die Tasse ab, trat hinter Anna, massierte locker ihre Schultern und erklärte: »Hör zu, eine Sache habe ich wenigstens, die dich vielleicht ein kleines bisschen aufmuntern kann: Als ihr vergangene Nacht in Trier wart, da konnten *wir* nämlich nicht schlafen – mach so was bloß nicht nochmal, ohne vorher mit uns zu sprechen, hörst Du? – Und statt wach im Bett zu liegen, hatten Lars und ich eine längere Unterhaltung – auch hier in der Küche. Na ja, der langen Rede kurzer Sinn: Wir haben uns ganz auf eure Seite geschlagen.«

Anna sah fragend über ihre linke Schulter zurück.

Kathrin sagte: »Du weißt schon, was diese *ungewöhnlichen* ...« Kathrin gab sich einen Ruck, »... was diese *übersinnlichen* Erlebnisse von euch betrifft. Wir sind übereingekommen, dass wir alles genau so akzeptieren, wie Du es uns erzählt hast.« Dann lächelte Kathrin kurz und fügte hinzu: »Ich sag dir, das ist der reinste Jungbrunnen, wenn man seine Fantasie nochmal entstaubt.«

Anna drückte einen Kuss auf die Hand, die auf ihrer linken Schulter lag, dann rieb sie mit ihrer Wange darüber und meinte leise: »Das ist gut. Das ist wirklich eine gute Nachricht. Weißt Du, wenn ich nicht in dieser Familie wäre ... ohne Vertrauen und auch ohne Patrick, ich glaube, ich hätte schon längst aufgegeben. Verstehst Du was ich meine?«

»Ja. Und glaub mir: Zusammen werden wir's schon schaffen. Solange wir zusammenhalten, kann uns nichts passieren.«

Plötzlich stutzte Kathrin, dann meinte sie munter: »He, Muck, Du gähnst ja wie ein Walross! Und Du willst mir erzählen, dass Du heute nicht von alleine einschlafen kannst? Ab ins Bett mit dir. Wenn Lars wieder da ist, bringe ich dir die Tabletten – aber wahrscheinlich werde ich dann nur noch dein Schnarchen hören.«

Anna reckte und streckte sich. Tatsächlich: Nach dem Gespräch mit ihrer Mutter war sie viel ruhiger geworden. Dann musste sie schmunzeln und meinte: »Jetzt habe ich den armen Papa vielleicht wirklich umsonst rausgejagt.«

Kathrin seufzte: »Na ja, wozu sollte denn der Nachwuchs sonst gut sein, wenn er uns altes Volk nicht ein bisschen auf Trab halten würde?«

*

Als Anna aus dem Bad kam, war Lars schon wieder zu Hause. Er hörte sie oben rumoren, kam selbst zu ihr ins Zimmer, als sie sich gerade ins Bett legen wollte, und erklärte: »Kathrin hat gesagt, dass es dir besser geht? Nicht, dass Du mir eine Schlaftablette nimmst, nur weil Du glaubst, das müsstest Du tun, weil sie dein alter Herr extra geholt hat. Mir ist es lieber, Du kommst ohne aus. Und nimm auf gar keinen Fall mehr als eine. Wäre doch schlecht, wenn es heute Nacht ein Erdbeben gibt und Du verschläfst das.«

Anna musste grinsen und meinte: »Ist dir eigentlich mal aufgefallen: Wenn Du in Sorge bist, weil ich was falsch machen könnte, aber Du willst mir auch keine richtigen Vorschriften machen, dann verfällst Du immer in diese Kasper-Dramatik.«

»*Kasper-Dramatik?*«, wiederholte Lars verblüfft, »ich hör wohl nicht richtig!«, und er deutete einen Tritt in ihre Kehrseite an, so dass Anna schnell in ihr Bett hüpfte und die Decke über ihren Kopf zog.

Kopfschüttelnd meinte Lars: »Warum ist das jungen Gemüse heutzutage eigentlich so vorlaut?« Doch er sagte es mit Bewunderung in der Stimme. Dann gab er ihr einen Kuss auf die Stirn und wünschte: »Gute Nacht, Schatz, schlaf dich ordentlich aus.« Während er die Türe hinter sich schloss, hörte seine Tochter ihn noch murmeln: »*Kasper-Dramatik*? Muss ich gleich Kathrin fragen.«

Als Anna schließlich allein war, entschloss sie sich dann doch, eine Schlaftablette zu nehmen. Sie wollte ihrem grübelnden Kopf keine Chance lassen, sie wach zu halten. Mit einem skeptischen Achselzucken schluckte sie so ein kleines, rundes Ding, löschte das Licht und legte sich wieder ins Bett. Natürlich hatten ihre Gedanken noch ein bisschen Zeit, bevor die Tablette wirkte.

Und ihre Gedanken galten Patrick. Wenn er hier gewesen wäre, dann hätte sie sicher kein Schlafmittel genommen. Wenn sie einander festhalten würden, wie in der vergangenen Nacht in den Kaiserthermen – mein Gott, war das erst letzte Nacht gewesen? Ihr schoss durch den Kopf, wie seltsam es doch war, dass sie Patrick schon wieder vermisste, obwohl sie doch in den vergangenen Tagen so viele Stunden gemeinsam verbracht hatten. Und sie wünschte sich, dass er jetzt hier bei ihr wäre.

Dass er sie umarmen und streicheln würde.

Dass sie ihn berühren, seine Haut spüren könnte ...

Langsam zeigte die Tablette ihre Wirkung und ihre Gedanken begannen zu verschwimmen.

Als sie schon fast in den Schlaf hinüber geglitten war, kam ihr noch in den Sinn, dass ihre kleinen grauen Zellen vielleicht nicht ohne Grund versucht hatten, sie am Einschlafen zu hindern. Denn sie merkte, dass auf der anderen Seite wieder ein Traum auf sie wartete, sich duckte – und sprang ...

*»Kommmmen Sie nä-herrr, meine Daaamen und Herrr-
ren! Staunen Sie über unsere weltberrrühmtennnn Atrrrack-
tionennnn!«*

Und Anna staunte wirklich. Im Hintergrund machten der
obligatorische Fakir, eine Frau mit Bart, ein stärkster Mann
der Welt und eine nicht ganz so schöne Schöne die Anreißer
für eine Jahrmarkt-Show. Vor der Bretterbude hatte sich eine
ziemliche Menschenmenge angesammelt, doch Anna, die
weiter zurück stand, nahm das alle nur am Rande wahr. Sie
hatte nur Augen für den Clown, der vor ihr stand und nur für
sie seine Kunststücke vollführte. Fast ganz in weiß stand er
da, lediglich die spitzen Schuhe und die Knöpfe seiner weit-
ärmeligen Jacke waren golden.

Der Pierrot lachte ihr hinter seinem weiß geschminkten
Gesicht zu, und er jonglierte nur für sie: Wirbelnd ließ er
eine Unzahl bunter Murmeln durch die Luft kreisen, dass sie
zu einem einzigen flirrenden und schwirrenden Ring ver-
schmolzen, der den Kopf und den hohen weißen Hut des Pi-
errots einrahmte.

Anna jauchzte vor Vergnügen und klatschte begeistert in
die Hände.

Nun beugte der weiße Clown seinen Oberkörper etwas
zurück, etwas zur Seite, und während des Jonglierens ließ er
eine Murmel nach der anderen in die große, etwas offen ste-
hende Tasche seiner Jacke plumpsen, bis er nur noch eine
einzige Murmel in der Hand hielt.

Er streckte die Hand vor, drehte sie um – schwups –, die
Murmel war verschwunden. Noch eine Drehung – schwups
–, da war sie wieder. Er warf sie in die Luft und – ex – weg
war sie. Er trat auf die lachende Anna zu, griff an ihr linkes
Ohr und – hopp – lag die kleine Kugel wieder in seiner

Hand. Er bot ihr die Murmel auf der offenen Handfläche dar, und die Murmel sah sie an.

Annas Herz drohte auszusetzen.

Die Murmel war keine Murmel. Die Murmel war ein glänzender, runder Augapfel. Das Weiß des Augapfels war von roten, teils geplatzten Äderchen durchzogen. Die Iris war grau – stahlgrau. Als sich Anna, vom Entsetzen getrieben, vorbeugte, zog sich die Pupille schlagartig zusammen. Ein stecknadelkopfgroßer, tiefschwarzer Punkt starrte sie böse an, die Zackenlinie in der geweiteten Iris schien zu pulsieren.

Einen Schreckensruf mit der rechten Hand erstickend, starrte Anna erst das Auge, dann den Clown fassungslos an.

Der schüttelte lachend den Kopf und meinte: »Aber Anna, Dummerchen, Du musst mich doch nur fragen!«

Ihn fragen? *Was?* Und wieso gerade den Clown?

Da erkannte Anna das Gesicht unter der dicken weißen Schminke, obwohl die runde Nickelbrille fehlte: Ganz klar, das war Doktor Alban. Anna wunderte sich noch, als sie von einem glibbernden, klickernden Geräusch abgelenkt wurde. – Das kam aus der prall gefüllten Tasche des Clown-Doktors, die sich zuckend ausbeulte und bewegte. Genug ist genug! Sie floh in die Menschenmenge vor der Bretterbude des »Weltberühmten Cabarets«. Und, so schnell kann's gehen, da hatte sie gleich wieder einen Grund zum Lachen, denn jetzt sah sie den »stärksten Mann der Welt« aus der Nähe und stellte fest, dass es ihr Vater war, der da oben eine Kette zerriss. Sie lachte aber nicht über ihren Ketten sprengenden Vater, sie lachte über sich selbst. »Anna«, sagte sie sich und kicherte dabei, »deine Träume werden ja ziemlich platt: Einfacher kannst Du es dem guten Sigmund Freud ja wohl wirklich nicht machen. – Sich den Vater in die Rolle des stärksten Mannes zu träumen, das ist ja wohl ein bisschen billig, oder?«

Kopfschüttelnd marschierte sie weiter über den Jahrmarkt und kam zu den Autoskootern.

Aha, das da war schon etwas schwieriger: Alle Wagen waren im Einsatz, und die Menschen kurvten fröhlich durcheinander, doch in all dieser hektischen Betriebsamkeit kurvten auch zwei fahrerlose Wagen umher. Die beiden roten, glänzenden Wagen umkreisten sich immer wieder, fuhren aufeinander zu, um im letzten Moment auszuweichen, aneinander vorbeizuscheren und sich wieder aufs Neue zu umkreisen. Das ging eine ganze Weile so, bis sich die beiden Wagen schließlich doch berührten; der Boden zitterte unter Annas Füßen (was die anderen Jahrmarktbesucher gar nicht zu merken schienen), die beiden roten Wagen drehten noch eine Ehrenrunde, durchstießen dann die Absperrung auf der gegenüberliegenden Seite und flogen fröhlich brummend davon.

»Und was soll das bedeuten?«, fragte Anna verblüfft.

Sigmund Freud kam aus dem Zelt einer Wahrsagerin spaziert und erklärte es ihr: »Also so schwierig ist das doch wirklich nicht: Die beiden Wagen, das seid natürlich ihr – Du und dein Freund Patrick.«

»Ach? Und was soll das Ganze?«

»Jetzt stell dich doch nicht dümmer als Du bist. Ist doch wohl klar, was das soll: Du möchtest mit Patrick schlafen.«

»Ach, *wirklich*? – Hm, jetzt, wo Sie's sagen ... Vielleicht haben Sie recht – ich meine, so als weltberühmter Psychologe und Begründer der Psychoanalyse ...«

»Klar hab' ich recht. Ewig nur Nasi-Nasi spielen genügt dir halt nicht mehr.«

Anna befeuchtete kurz mit der Zungenspitze ihren linken Mundwinkel und fragte beiläufig: »Und wann passiet's?«

»Na wirst's ja wohl noch erwarten können, oder? Außerdem bin ich für solche Fragen wirklich nicht zuständig. Da müsstest Du dann wohl eher in das Zelt gehen, aus dem ich gerade gekommen bin. Doch eine Warnung kann ich dir noch mit auf den Weg geben: So wie ich das sehe, hast Du ziemlich hohe Erwartungen, was den Sex betrifft. Aber diese alten Männlein-Weiblein-Spiele bedeuten auch nicht immer den Flug auf Wolke Sieben. Also: Wenn Du deine Erwartungen etwas zurückschraubst, dann wirst Du auch nicht so leicht enttäuscht werden.«

»Na vielen Dank auch. Wenn ich vorher nicht nervös war, jetzt bin ich's bestimmt. Also schön, ich will mal annehmen, dass der Tipp gut gemeint war. Aber so völlig ahnungslos bin ich ja nun auch wieder nicht.«

»He, vor mir brauchst Du doch nicht aufzuschneiden, ich bin doch nur ein Produkt deiner Phantasie.«

»Ach ja, bei der Gelegenheit: Wie kommen eigentlich ausgerechnet *Sie* in meinen Traum?« Nach kurzem Zögern fügte Anna verwirrt hinzu: »Und, um Himmels willen, warum gerade *Autoskooter*?«

Unwirsch antwortete Freud: »Ja woher zum Teufel soll ich das denn wissen?« Dann murmelte er noch kopfschüttelnd: »Dass die Leute auch immer denken, ich hätte auf jeden Mist eine Antwort parat«, sprach's, drehte sich um, kaufte sich eine Zuckerwatte und verschwand in der Menge.

Anna verdrehte die Augen und murmelte, während sie weiter wanderte: »Himmel, hätte nicht gedacht, dass mein Unterbewusstsein so schnell eingeschnappt ist. Aber ist ja zu blöd: Da nehme ich zum ersten Mal in meinem Leben ein Schlafmittel, weil mich meine Gedanken nicht zur Ruhe kommen lassen, und dann geht es in meinem Traum genauso drunter und drüber. Was wohl als nächstes passiert?«

Rrrums – erschrocken fuhr Anna herum. Neben ihr wurde das Tor der Geisterbahn aufgestoßen. Ein kleiner Schienenwagen zuckelte ans Tageslicht. Darin saßen Hugo und Bambam, die Anna fröhlich zuriefen: »Frag nicht, was als nächstes passiert. Frag lieber, was *dir* als nächstes passiert!«

Oh Freud, oh Freud, die beiden mussten ja wohl aus der Geisterbahn kommen. Doch schnell verging Anna der Sarkasmus. Es wurde ernst.

Es wurde sogar bitterernst, als die beiden aus dem Wagen sprangen, Hugo mit einem weiten Satz über die Absperrung flankte und plötzlich direkt vor ihr stand, während Bambam aus ihrem Gesichtsfeld verschwunden war.

»Weißt Du ...«, sagte Hugo, dann wurde sie von hinten an den Schultern gepackt, herumgerissen, und Bambam fuhr fort: »... das in Trier ...«, nun riss Hugo sie wieder herum, »... hat uns ...«, das Spiel ging weiter, »... sehr, sehr ...«, und noch einmal wurde an ihr gezerrt »... weh getan.«

Nicht nur, dass ihr die Beiden furchtbare Angst einjagten, so langsam wurde ihr jetzt auch schwindlig. Nun reichten sich Hugo und Bambam die Hände, schlossen Anna zwischen sich ein und begannen, um sie herum zu tanzen.

Immer abwechselnd brachten sie dabei ihre Gesichter ganz nahe an Annas Gesicht, dass sich fast ihre Nasen berührten, während sie in einem fröhlich wahnsinnigen Kindersingsang schnatterten: *»Was hast Du uns nur angetan? – Wir mögen dich doch sehr – Dein Vater war ein Schlä-ger-Schwein – Doch lebt er jetzt nicht mehr.*

Der Alban hat ihn tot gemacht – und hat ihn ausgeweidet – was vorher bei ihm drinnen war – dich, süßes Kind, nun kleidet.

Du bist das Kind vom lieben Max – und in dir brennt sein Feuer – gemein zu sein, das ist ein Klacks – für dich, Du Ungeheuer.«

Die beiden waren ja wahnsinnig! *»Wieso ich?«*, wollte Anna durch ihre aufsteigende Panik hindurch schreien und sich die Ohren zuhalten. Doch da wurde sie von den Beiden an ihren Händen ergriffen und mit in das teuflische Ringelreihen gezerrt, ob sie nun wollte oder nicht.

Und während sie Anna weiter im Kreis herum zerrten, begannen die beiden Zuhälter ein schreiendes, ganz offensichtlich absurdes Gespräch: »Oh – Augenblick mal, wirf doch mal ein Auge auf unseren kleinen Augenstern.«

»Ich äuge aus den Augenwinkeln – oho, augenscheinlich hat unser Augäpfelchen Ringe unter den Augen.«

»Oh ja, wie augenfällig, wenn man sein Augenmerk auf unseren kleinen Augentrost richtet.«

»Tja, der Augenschein trügt den Augenzeugen nicht ...«

»... da hilft auch kein Augenzwinkern.«

»Trallala, trallala, da hilft kein Augenzwinkern, da hilft kein Augenzwinkern, da hilft kein Augenzwinkern ...«

Anna wurde schlecht. Sie glaubte, es keine Sekunde länger auszuhalten, als die beiden – endlich – kindisch kichernd anhielten. Doch es wurde noch schlimmer: Sie nahmen Anna wieder in die Mitte und begannen, sie mit Wucht zwischen sich hin und her zu schubsen. Jedes Mal, wenn sie auf Hugo oder Bambam zuflog, schleuderte der Fänger ihre eine Kosenamen ins Gesicht: »*Augenstern*« – »*Augapfel*« – »*Augenweide*« – »*Augentrost*« – »*Augenstern*« – »*Augapfel ...*«

Alles um Anna begann sich zu drehen und zu verschwimmen, da half es auch nicht, dass sie ihre Augenlider fest zusammenkniff. Sicher würde sie sich gleich übergeben müssen. Sie konnte nicht einmal um Hilfe rufen, weil ihr die Worte von den Lippen gerissen wurden. Wenn doch nur Patrick hier gewesen wäre. *Patrick, hilf mir.*

Nun kamen die Stöße nicht nur von hinten und von vorne, sondern auch noch von der Seite ..., aber das war nur ein einziger Stoß, und danach wurde sie auch nicht mehr hin und her geschleudert, sondern nur noch in eine Richtung gezerrt. Sie hörte eine vertraute Stimme in ihr Ohr rufen: »Schneller, los, Du könntest ruhig auch ein bisschen laufen.«

Sie blinzelte, schnaufte: »Oh! Oh? *Patrick?*«

»Wen hast Du denn erwartet? Al Bundy? Natürlich bin ich's, Du hast mich doch gerufen.«

Patrick warf einen schnellen Blick zurück: Hugo und Bambam hatten etwas verspätet zur Verfolgung angesetzt, so war es kein allzu großes Problem, die Beiden im Jahrmarkt-Gewühl abzuhängen. Schließlich quetschten sich die Flüchtenden zwischen einer Schieß- und einer Wurfbuden durch, um sich dahinter zu verstecken.

Anna lehnte sich gegen Patrick, verschnaufte erstmal, bis auch die letzten Schwindelgefühle verschwunden waren, dann fragte sie: »Ich hab das richtig verstanden, ja? Du bist gekommen, weil ich dich *gerufen* habe? Das heißt also, ich träume dich nicht nur, sondern Du träumst mich auch, und wir sind wieder im selben Traum gelandet?«

Spock stellte schmunzelnd die Gegenfrage: »Du könntest ja auch träumen, dass ich zu dir gesagt habe, Du hättest mich gerufen. Also sag selbst: Bin ich nur geträumt oder bin ich echt? Ich meine, soweit man in einem Traum überhaupt echt sein kann. Verstehst Du, was ich meine?«

»Verstehst Du's denn selbst?«

»Äh, eigentlich ... Nö.«

Beide mussten lauthals loslachen, bis Anna schließlich schnaufte: »Du *musst* echt sein, aus meinem Unterbewusstsein kann dieser Quatsch nicht kommen.« Dann umarmte sie ihn, gab ihm einen langen, langen Kuss und meinte leise: »Jetzt bin ich mir wirklich sicher, dass Du echt bist.« Mit einem Blinzeln fügte sie noch spitz hinzu: »Ich meine natürlich Traum-echt – oder wie auch immer. Aber jetzt erzähl.«

»Da gibt es nicht viel zu erzählen. Ich war gerade in einem ziemlich banalen Traum: Ich habe die letzte Englisch-Arbeit wiederholt, und der Müller-Zwo ist immerzu um mich rumgehüpft und hat mir dauernd gesagt, dass ich bloß nicht abschreiben soll – ich glaube, der kann mich nicht leiden. Dann habe ich gemerkt, dass Du mich brauchst.«

Spock grinste, als er genießerisch fortfuhr: »Und als mich der Müller gefragt hat, was mir denn einfalle, dass ich einfach mitten während der Klassenarbeit aufstehe, da habe ich ihm bloß lässig den ausgestreckten Mittelfinger gezeigt. – Ich glaube, davon habe ich immer schon geträumt.«

»Ich will dich ja nicht enttäuschen«, fuhr Anna lachend dazwischen, »aber mehr war es diesmal auch nicht.«

»Wie? Oh, natürlich. Aber ist vielleicht auch besser so. Auf jeden Fall habe ich dann sogar deinen Ruf *gehört*, und als ich mich umdrehte, da stand ich auch schon auf deinem Jahrmarkt. – Hübsch hast Du's dir eingerichtet. Nur dass das Erste, was ich hier zu sehen bekomme, unsere beiden Schlä-ger-Freunde sind, wie sie mit dir Pingpong spielen. Da habe ich dich mit einem Sprung aus ihrer Mitte herausgefischt, ja, und das war's eigentlich auch schon.«

Begeistert rief Anna aus: »Dann ist es also wahr, was wir uns schon damals im Krankenhaus gedacht haben: Wenn Gefahr in Verzug ist, dann können wir uns sogar im Schlaf treffen.« Doch dann stutzte sie und grübelte: »Aber *ER* spielt diesmal gar keine Rolle. Er hat sich nicht, wie das letzte Mal, in diesen Traum eingemischt. Warum funktioniert unsere Verbindung dann trotzdem?«

»Weiß auch nicht so recht ... aber vermutlich macht es keinen Unterschied, woher die Gefahr kommt. Diesmal war es halt einfach ein hausgemachter Alptraum von dir. Ist ja auch kein Wunder, nach all dem, was wir in letzter Zeit er-lebt haben.«

Bedrückt meinte Anna: »Was den Alptraum betrifft, hast Du recht. Und, na ja, es geht ziemlich tief.«

Dann erzählte sie von dem verrückten Lied, das ihr Hugo und Bambam vorgesungen hatten. Die Bedeutung dieses Alptraums schien ihr klar: Ihre tatsächliche Herkunft machte ihr immer noch zu schaffen, genauso wie die verwirrende Tatsache, dass sie Max in ihrem Bauch trug – zumindest einen kleinen Teil von ihm. Und sie hatte große Angst, dass nicht nur die Niere, sondern noch viel mehr von Max in ihr stecken könnte, Dinge, die nichts mit Organen oder dem Körper zu tun hatten.

Patrick versuchte Anna zu trösten, was ihm halbwegs schon durch seine Nähe gelang. Schließlich meinte er: »Wirst schon sehen: Die Zeit heilt alle Wunden, das ist zwar nur ein dummer, alter Spruch, aber es ist schon was dran. Ist doch ganz klar, Prinzessin, dass Du das alles nicht so ohne weiteres wegstecken kannst. Außerdem: Habe ich dir eigentlich schon mal gesagt, dass Du dich wirklich ganz fantastisch hältst?«

Anna murmelte ein verlegenes »Danke« und drückte Patrick einen Kuss auf das rechte Ohr.

Der schnippte plötzlich mit den Fingern und rief: »He, ich habe eine Idee: Glaubst Du nicht, wir haben uns eine kleine Belohnung verdient? Wenn wir schon hier auf deinem wunderschönen Jahrmarkt sind, dann wollen wir uns auch ein bisschen amüsieren. So ein Traum-Jahrmarkt hat außerdem den ungemeinen Vorteil, dass er keinen echten Pfennig kostet.«

»Und Du meinst, das funktioniert?«, fragte Anna verblüfft.

»Na klar, warum nicht? Los, lass uns gleich mal eine Runde Autoskooter fahren.«

»Oh! Aber doch nicht vor all den Leuten!«, entfuhr es Anna, dann biss sie sich auf die Unterlippe und wurde dunkelrot bis unter die Haarwurzeln.

Stirnrunzelnd sah Patrick sie an und fragte irritiert: »Habe ich jetzt irgendetwas verpasst?«

Anna zog es vor, schnell das Thema zu wechseln: »Da fällt mir ein, ich habe dir ja noch gar nichts von dem ersten Teil meines Alptraums erzählt: Da ist Dr. Alban als Clown aufgetreten und hat vor mir jongliert – mit *Augäpfeln*.«

»Oha, erzähl.«

Patrick ließ sich tatsächlich ablenken.

Sie schlenderten Arm in Arm über den Jahrmarkt, und Anna schilderte den ersten Teil ihres Traums (allerdings ohne die Autoskooter). Während sie ein paar Runden Riesenrad fuhren, rätselten sie, was der Traum mit den Augen und dem Doktor bedeuten könnte, aber weder Anna noch Patrick fiel eine gescheite Erklärung ein. Schließlich gaben sie es auf und genossen einfach den Rummelplatz.

Als sie gerade gemeinsam an einer Zuckerwatte naschten, stutzte Spock plötzlich, horchte in sich hinein und meinte dann: »Tut mir leid, aber ich glaube, ich nähere mich einer Tiefschlafphase. Wie's aussieht, werde ich gleich aufhören zu träumen und muss dich dann wohl alleine lassen?«

»Wie bitte?«, an die Möglichkeit hatte sie nicht gedacht.

»He, Augenblick mal«, rief sie schließlich, »ich habe keine Lust, alleine in diesem Traum zu bleiben. Meinst Du ..., kannst Du mich vielleicht *mitnehmen* oder wenigstens hier herausbringen, wenn Du gehst?«

»Hm, weiß nicht, probieren können wir's ja.«

Sie umarmten sich und Patrick sagte noch: »Konzentrier dich.«

»Worauf?«

»Keine Ahnung.«

Und plötzlich war Patrick verschwunden. Das Mädchen spürte ein Ziehen, der Jahrmarkt um sie herum wurde unscharf, wieder schärfer und noch einmal unscharf, und sie erwachte.

Kaum eines klaren Gedankens fähig lag Anna in ihrem Bett. Nur eines wusste sie mit Sicherheit: Sie war immer noch todmüde, das Schlafmittel wirkte noch. Sie fuhr sich mit der Zunge über ihre Zähne, um imaginäre Reste von Zuckerwatte zu entfernen, während sie langsam überlegte, ob sie Dr. Alban wecken sollte, damit sie ihm von der Sache mit den Augen erzählen könnte. Doch bevor dieser Gedanke noch richtig zu Ende gedacht war, hatte der Schlaf Anna schon wieder übermannt. Und für den Rest der Nacht wurde sie von keinem Alptraum mehr heimgesucht.

*

Am nächsten Morgen, während des gemeinsamen Frühstücks, dachte Anna nicht mehr daran, mit Peter über den Augen-Traum zu sprechen, und am Mittag wollte der Doktor wieder nach Trier fahren. Doch zunächst einmal stand ein Besuch beim Hauptkommissar auf dem Programm. Für zehn Uhr hatten sie – wieder einmal – einen Gesprächstermin vereinbart. Pauli hatte allerdings noch keine Ahnung davon, dass sie Dr. Alban mitbringen würden.

Anna und ihre Eltern wollten gemeinsam mit Peter Alban zur Mordkommission fahren. Auf dem kurzen Weg zur Garage ging Anna vor Peter durch die Sonne. Sie trug einen langen Sarong-Rock mit breiten, blauen und weißen Längsstreifen, die weißen Streifen durch rötlich-braune Pflanzenornamente verziert. Dazu ein blaues T-Shirt und darüber eine hellbeige, mit etwas dunkleren Querstreifen versehene Kurzjacke mit einem weiten, runden Ausschnitt und weiten Ärmeln, die nur bis zu den Ellenbogen reichten. Anna musste Peters Blick in ihrem Rücken gespürt haben, denn plötzlich schaute sie für einen Moment über die Schulter zurück und lächelte dem Doktor kurz zu. Und Peter kam es in den Sinn, dass er vermutlich Fehler begangen hatte, vor fünfzehn Jahren, aber Fehler, die es wert waren, begangen zu werden.

*

Patrick würde, zusammen mit seinem Vater, etwas später zu den Vorgängen in Trier vernommen werden. Wie schon einmal, war es Pauli auch diesmal lieber, mit Anna und Patrick getrennt zu sprechen. Walter gegenüber hatte er erklärt: »Nach all ihren Geschichten möchte ich ihnen doch gerne die Chance geben, sich anständig in Widersprüche zu verwickeln.«

Der Hauptkommissar hatte auch Bill Brown eingeladen, an der Vernehmung teilzunehmen, aber er war nicht gekommen, und auf ihn warten wollte der Hauptkommissar auch nicht.

Als die Silvans schließlich gemeinsam mit einem ihm fremden Mann auftauchten, vermutete Pauli zunächst, dass sie einen zusätzlichen Anwalt hinzugezogen hätten, – aber wieso fremd? Irgendwoher kannte Pauli dieses Gesicht doch? Und dann machte er ziemlich große Augen, als Lars den Namen seines Überraschungsgastes nannte.

Peter wurde von dem Hauptkommissar mit einem vorwurfsvollen Blick begrüßt und den Worten: »Sieh an, der Herr Doktor Alban. Meinen Sie nicht, Sie hätten sich ein bisschen früher melden können? Aber es ist wirklich interessant, dass Sie gerade jetzt wieder in Deutschland auftauchen, und ich bin gespannt, was Sie mir zu erzählen haben. Ich habe nämlich heute morgen über Interpol Nachrichten aus Frankreich und Luxemburg bekommen, die es eindeutig belegen, dass unser Fall tatsächlich ...«, er warf Anna einen merkwürdigen Blick zu, »… mit den so lange zurückliegenden Vorgängen in der Hubertusklinik zusammenhängt.«

Anna glaubte, den Hauptkommissar inzwischen etwas besser zu kennen, und so war sie überzeugt, dass seine gestelzte Ausdrucksweise darauf hindeutete, dass er innerlich ziemlich aufgewühlt, vielleicht auch bedrückt war. Das konnte nichts Gutes heißen. Anna sah ihn an und fragte: »Es ist also wieder etwas ...«, eigentlich wollte sie »Unangenehmes« sagen, doch dann formulierte sie es bewusst anders: »Es ist also wieder etwas Böses passiert?«

Pauli nickte nur. Kurz hatte er überlegt, ob er dem Mädchen die Fotos von dem Verbrechen in Wasserbillig zeigen sollte. Doch trotz allem, was sie bisher schon gesehen hatte, wollte er ihr das dann doch nicht antun. Aber dem Doktor würde er sie später zeigen, vielleicht würde der ihm dann ein paar Dinge etwas ausführlicher erzählen als er es geplant hatte. Pauli selbst würde keinen weiteren Blick auf die Bilder werfen, und er war auch keineswegs gespannt auf die Aufnahmen, die noch aus Nizza erwartet wurden.

Schließlich gab sich Pauli einen Ruck und erklärte: »Ja, allerdings ist wieder etwas *Böses* passiert. Es sieht so aus, als hätte unser Mörder wieder zugeschlagen, und er scheint sehr mobil zu sein: In Nizza wurde ein Arzt getötet und in der Luxemburger Gemeinde Wasserbillig wurde eine ganze Familie niedergemetzelt.«

Lars wollte wissen: »Aber was hat das mit unserem Fall hier ...«

Ein erschrockener Ausruf von Peter unterbrach ihn: »Mein Gott – das nicht! *Kurt und Sabine?* – Doch nicht Sabine?«

Peters Knie wurden weich, und er ließ sich schwer auf einen der Stühle vor Paulis Schreibtisch fallen. Der forderte die anderen mit einer Handbewegung auf, sich ebenfalls zu setzen, nahm wieder hinter seinem Schreibtisch Platz und fragte Peter: »Sie hatten also noch Kontakt zu ihnen?«

»Sie sind es also wirklich«, flüsterte Peter mit fassungsloser Ruhe, dann antwortete er: »Nein, echten Kontakt hatte wir eigentlich nicht mehr, aber ich wusste halt, wo sie inzwischen gelandet waren. Bei Sabine war ich damals noch auf ihrer Hochzeit, und dass Kurt in die plastische Chirurgie überwechseln wollte und – das müsste etwa sieben, acht Jahre her sein – auf ein Angebot aus Nizza spekuliert hat, das hat er mir auch noch selbst erzählt.« Dann sagte er stockend zu den Silvans: »Kurt und Sabine, die ..., die haben damals auch zu dem Operationsteam gehört.« Übergangslos fuhr er dann wieder zu Pauli herum und stieß hervor: »*Randy!* Randolph Filipowitz! Der hatte auch assistiert! Sie müssen ihn unbedingt unter Personenschutz stellen!«

»Ganz so blöd sind wir auch wieder nicht. Die Namen des Operationsteams hatten wir bereits, und ein Amtshilfeersuchen, wie es so unschön heißt, ist schon an die Kollegen in Luxemburg und Frankreich gegangen. Aber – oh Gott – der Dienstweg war zu lang. Vier Menschenleben zu lang.« Pauli machte eine Pause und sein Blick ging für wenige Augenblicke ins Leere, dann fuhr er fort: »Randolph Filipowitz, der hat wenigstens schon Besuch bekommen. – Von einem Mitarbeiter der Lübecker Mordkommission. Allerdings ... – Sie wissen, dass er diesen Schlaganfall hatte? – Also, nach dem Bericht des Kollegen zu urteilen, hat der Besuch bei Herrn Filipowitz nicht sehr viel gebracht. Und um Sie zu beruhigen: Das Haus, in dem das Ehepaar Filipowitz wohnt, wird rund um die Uhr bewacht.«

Anna hatte die ganze Zeit schweigend zugehört, nun fragte sie: »Die Familie ..., diese ..., *eine ganze Familie?*«

Pauli nickte, blickte Anna starr in die Augen und antwortete mit belegter Stimme: »Sabine, ihren Mann und ihre neunjährige Tochter. Und es ging nicht schnell. Ja, Anna, sie wurden von dem Mann getötet, der hinter *dir* her ist.«

Mit einem leisen, klagenden Schrei biss sich Anna in ihren rechten Handrücken, so fest, dass sie noch am nächsten Tag den Abdruck ihrer Zähne sehen konnte.

Lars und Kathrin waren aufgesprungen, und in diesem Augenblick war es ein Glück für Pauli, dass sein breiter Schreibtisch zwischen ihm und Annas Eltern stand.

Während Kathrin Anna an sich zog und zu beruhigen versuchte, beugte sich Lars, die Hände auf die Tischplatte aufgestützt, weit über den Schreibtisch und schrie Pauli an: »Das ist nicht fair! Bei Gott, Sie Schweinehund, das ist nicht fair! Glauben Sie nicht, das Kind hat schon genug Kummer? Sie haben hier doch keinen ihrer schweren Jungs vor sich, an dem sie irgendwelche fragwürdigen Methoden ausprobieren können!«

Merkwürdigerweise blieb der Hauptkommissar ganz ruhig, ja man hätte fast den Eindruck haben können, als sei er plötzlich sehr müde geworden. Und auch Lars fühlte sich auf einmal sonderbar kraftlos. Irgendwie hatte er gehofft, der Kommissar würde ihn nun auch anschreien ... Lars versuchte sich zu sammeln und die richtigen Worte zu finden, da löste sich Anna von ihrer Mutter und schniefte: »O.k., ist schon gut.«

Sie zog ein Papiertaschentuch aus der Tasche ihrer kurzen Sommerjacke, wischte sich die Tränen aus den Augen, putzte sich die Nase und wiederholte, diesmal mit einer festeren Stimme: »O.k., ist schon gut.« Dann wandte sie sich direkt an Pauli: »Und Sie muss ich enttäuschen: Egal, mit welchen Methoden Sie es auch versuchen, ich kann Ihnen nicht weiterhelfen. Und wenn ich Ihnen Sachen erzählt habe, wenn ich Ihnen von *Tatsachen* berichtet habe, die *Sie* nicht akzeptieren können, dann ist das einzig und allein Ihr Problem. Ich hoffe nur – und ich hoffe es auch für Sie – dass *IHM* dadurch nicht die Möglichkeit gegeben wird, noch mehr Schaden anzurichten.«

Ein paar Sekunden herrschte Schweigen, und in dieser Zeit schien sich eine Art Waffenstillstand auszubreiten. Zum einen mochte es daran liegen, dass alle wussten, dass der eigentliche Feind nicht hier drinnen zu finden war. Vor allem aber konnte keiner mehr die Energie aufbringen, um den Streit fortzusetzen.

Schließlich, als der Hauptkommissar gerade begonnen hatte, mit Anna über die Vorfälle in Trier zu sprechen, schaute Walter herein und sorgte dafür, dass die Gesellschaft schnell auf andere Gedanken kam: »Wir haben Kühlmann.«

»Prima«, rief Anna, »vielleicht kommen Sie ja durch Hugo auf eine Spur.«

Doch der Hauptkommissar wirkte seltsamerweise gar nicht erfreut. Er arbeitete lange genug mit Walter zusammen, um zu merken, dass etwas nicht stimmte. Ohne ein Wort verließ er mit ihm den Raum.

»Und was ist nun schon wieder?«, fragte Anna, ohne wirklich eine Antwort zu erwarten.

Doch Lars meinte bedrückt: »Es würde mich auf jeden Fall sehr wundern, wenn es mal zur Abwechslung etwas Positives wäre.«

Lars brauchte sich nicht zu wundern. Als Pauli wieder hereinkam, stand ihm nicht der Sinn nach irgendwelchen Feinheiten: »Ja, wir haben den Zuhälter gefunden, – wenn auch nicht am Stück. Jemand hat ihn am Guppinger Bahndamm ein Messer zwischen die Rippen gejagt und ihn dann unter einen Zug geworfen. Ob er da schon tot war? – Keine Ahnung.«

Einige tiefe, erschrockene Atemzüge waren die einzige Reaktion auf die Worte des Hauptkommissars, so fuhr er fort: »Bleibt also nur noch *Bambam*. Der heißt übrigens richtig Balthasar Maria Pfeiffer. Er ist in der Szene ziemlich bekannt, und ich glaube nicht, dass er allzu lange untertauchen kann. Die Chancen stehen gut, ihn zu erwischen – vorausgesetzt, er lebt noch und es kommt uns nicht wieder jemand zuvor.«

*

Neben dem Ärger an diesem Tag bekam Pauli dann auch noch eine Portion Verwunderung serviert. Walter war bei ihm im Büro, als Larissa Schmidt-Rodtdörfer vorbeikam, und sie brachte Bill Brown mit.

Im ersten Moment sah der Polizeileutnant so korrekt aus wie immer, aber auf den zweiten Blick kam er Pauli irgendwie seltsam vor. – Der war doch nicht etwa so ein wenig alkoholisiert?

Die Polizistin erklärte munter: »Habe unseren Gast in der Kantine aufgelesen, unser Bier scheint's ihm wirklich angetan zu haben. Und er hat mir da ein paar Sachen erzählt, die ihr vielleicht auch wissen solltet.«

Im Geiste schlug Pauli die Hände über dem Kopf zusammen – noch mehr Ärger konnte er jetzt absolut nicht gebrauchen. Dennoch verlangte er ruhig: »Na gut, also setzen Sie sich mal und erzählen Sie, wo der Schuh drückt.«

Brown lehnte sich gegen die Wand, verschränkte die Arme und meinte trotzig: »Ich habe Heimschmerzen.«

»*Heimweh?*«, das hatte Pauli nun wirklich nicht erwartet.

Brown nickte heftig und erklärte: »Ja, nach meiner Arbeit in Los Angeles, nach meinen Freunden und Kollegen und nach meiner Familie.«

Pauli kratzte sich am rechten Mundwinkel und meinte dann, nur scheinbar vom Thema abweichend: »Ehrlich gesagt war ich von Anfang an nicht völlig überzeugt, dass Sie aus reinem Interesse beim C.O.P-Programm mitmachen. – Als ich von dem Austauschprojekt erfahren hatte, da dachte ich auch, dass das eher was für jüngere Polizisten ist.«

»Well, – zugegeben, vermutlich bin ich der Älteste, der mit dieser C.O.P.-Aktion unterwegs ist.«

Pauli brachte Brown nun doch dazu, sich auf einem Stuhl niederzulassen und übernahm es dann, die Kaffeemaschine nachzuladen. Während er das Kaffeepulver in die Filtertüte löffelte, forderte er seinen Gast auf: »Dann erzählen Sie mal, warum Sie wirklich hier sind.«

Brown, bei dem offenbar eine innere Anspannung den Schwips vertrieben hatte, zögerte einen Augenblick, dann wurde seine ohnehin beherrschte Stimme noch beherrschter, als er erzählte: »Gut, ich denke, ich werde Ihnen am besten reines Bier einschenken.«

»Reinen Wein?«

»Wie? Oh ja, den natürlich auch.«

»Da bin ich aber gespannt, was jetzt kommt.«

»Denken Sie nicht, dass ich ohne Interesse dafür bin, was Sie hier machen. Aber es ist die Wahrheit, dass ich gar nicht bei dem Cop-Austausch mitgemacht hätte, wenn ich nicht zu Hause eine kleines ..., well, eine *großes* Problem hätte.«

Der kräftige Mann atmete noch einmal tief durch, dann packte er aus: »Sie müssen wissen: Wir sind zu Hause eine Polizisten-Familie. Pa war Polizist, und nicht nur ich habe denselben Beruf gewählt, auch meine beiden Brüder, ein Neffe von mir, und jetzt ist sogar meine älteste Nichte in den Dienst eingetreten. Und alle sind wir bisher gesund durch all die vielen Jahre gekommen, – bis auf meinen jüngeren Bruder. Er wurde erschossen. Dabei war John der eine aus unserer Familie, den es nicht in die große Stadt verhauen hatte. Er war zu Hause geblieben, in der wirklich kleinen Kleinstadt Notclap, und dort ist John Sheriff geworden. Und Notclap ist eine ehrlich ruhige Ort. Bis sich dann dieser Mensch da niedergelassen hat. Eine Herumtreiber. Oh, keinesfalls dumm, er hatte sogar ein paar Jahre Highschool hinter sich. In Notclap machte er dann eine sonderbare Reparaturwerkstatt auf. Da trieben sich dann oft Typen im dunklen Licht herum, und dieser Mensch selbst, nun, er reparierte nicht viel, sondern saß meistens nur da und klimperte auf seiner Gitarre. Und dann, im letzten Jahr, ist es passiert: Ganz nahe bei der Stadt hat man gefunden den Deputy, – den Helfer-Sheriff von meinem Bruder. Tot. Mit einen Loch von hinten in den Rücken hereingeschossen. Niemand wusste, was er da draußen gesucht hatte, niemand hatte etwas gesehen oder gehört. Aber natürlich hat John sofort gedacht, das muss mit dieser sonderbaren Werkstatt zusammenhängen.«

»Und was hat das alles mit Ihnen zu tun?«, wollte Pauli von dem Amerikaner wissen.

»Warten Sie nur ab. John hat versucht, die Hintergründe aufzuklären, aber er konnte diesem Menschen nichts nachweisen. Und mit den Monaten hat es den armen John richtig auf den Baum gebracht. Nun, leider muss ich zugeben, dass mein Bruder kein geduldiger Mensch war. Er war rau und direkt. Und er konnte zupacken. Es war nicht klug, aber er hat wohl auch darüber gesprochen, dass er diesen Menschen schon noch erwischen wird – irgendwie. Und dann war auch mein Bruder tot. Und was nicht zu glauben war: Dieser Mensch gibt doch einfach zu, dass er John erschossen hat. Aber er sagt: Es war alles Notwehr, der Sheriff habe zuerst auf ihn gezielt, aber er hätte gehabt die besseren Reflexe. Die Gerichtsverhandlung war dann natürlich nicht in Notclap. Und dann sitze ich im Gerichtssaal bei den Zuschauern und muss anhören, was er die Geschworenen erzählt: Dass John ihn immer gehasst hat – er könnt' gar nicht verstehen, warum. Dass John ihm den Mord am Deputy anhängen wollte. Aber er hätte zwar den Sheriff erschossen – weil er musste –, jedoch nicht den Deputy. Wer das getan hätte, wüsste er natürlich auch nicht. Und nun denken Sie: Der Typ hatte keine Strafen von vorher, und er kam durch mit der ganzen Scheiße!«

»Aber jetzt verstehe ich immer noch nicht, was das alles mit Ihnen zu tun hat?«, wurde der Hauptkommissar langsam ungeduldig.

»Na ja, nicht lange nach der Gerichtsverhandlung hat man auch den Gitarrenspieler gefunden. – Mit einem zusätzlichen Loch. In der Stirn. Pech für mich, dass ich zu der Zeit gerade in Notclap war. Habe meinen Bruder geliebt. Wollte meinen Urlaub gebrauchen, um vielleicht eine Spur zu finden. Und ich hatte kein Alibi. Aber da war auch keine Beweise, dass ich es war, der ihm das Loch in den Kopf getan hat. Und der Tote hatte viele Kontakte zu Typen vom dunklen Licht gehabt. Also konnte ich nur die Freiheit zugesprochen bekommen. Doch waren meine Kritiken nicht gut in all den Zeitungen, – oh nein, das waren sie nicht. Und so hat dann mein Chef ganz oben gemeint, ich sollte eine Gelegenheit entdecken, wie ich etwas aus der Linie des Schusses komme, bis über die Sache etwas Zeit gewachsen ist. Nun, hier bin ich.«

Pauli stellte die Frage: »*Haben* Sie den Mann getötet?«

»Würde ich Ihnen das sagen, wenn ich es getan hätte?«

»Nein. Hm. Als ob ich nicht schon genug ..., es war auf jeden Fall richtig, dass Sie es mir erzählt haben. Nur, im Augenblick bleibt mir gar nichts anderes übrig, als ihr Problem – und das Problem mit Ihnen – hintenanzustellen. Aber tun Sie mir wenigstens einen Gefallen: Hände weg vom Alkohol. Und plaudern Sie nicht zu viel. Wenn unsere Presse diese Geschichte auch noch erfährt ..., *meine* Kritiken sind derzeit nämlich auch nicht gerade berauschend.«

5. Ein Fisch im Netz

Anna stieß einen unterdrückten Schmerzensschrei aus, dann folgte ein halb unterdrückter Fluch: »Verdammte Sch...«, und ärgerlich sagte sie sich, heute würde ihr einziger Daseinszweck wohl nur noch darin bestehen, dass die anderen die Matte mit ihr aufwischen konnten. Jetzt hatte sogar diese Kim sie ohne große Probleme durch die Luft segeln lassen, und die gehörte nun wahrlich nicht zu den Besten in ihrem Judo-Verein.

Anna musste sich eingestehen, dass sie einfach nicht richtig bei der Sache war. Hinzu kam natürlich, dass sie in letzter Zeit ihr Training sehr vernachlässigt hatte, zum einen wegen des Drucks der Ereignisse, zum anderen natürlich auch wegen – na, was wohl – wegen Mr. Spock, natürlich.

Als sie sich wieder von der Matte aufgerappelt hatte, stand plötzlich Toni kopfschüttelnd vor ihr. Der etwas zu kurz geratene Trainer hatte die Hände in die Hüften gestemmt, dann hob er in einer übertrieben verzweifelten Geste die Hände zum Himmel, seufzte herzerweichend und ließ seine Tirade los: »Mama mia! Wo hast Du heute bloß deine Gedanken? Wenn Du schon glaubst, dass Du uns hier nur Luftakrobatik vorführen musst, dann tu' mir wenigstens den Gefallen und pass bei der Landung besser auf.«

»Lass gut sein Toni«, antwortete Anna, immer noch außer Atem, »für heute hab' ich die Nase voll. Außerdem: zurzeit gibt es da ein paar andere Sachen außer Judo ...« Anna brach ihren Satz ab uns zuckte etwas hilflos mit den Schultern.

Toni antwortete mitfühlend: »Ja, hab' schon gehört, dass Du im Moment ziemlichen Ärger hast, nicht? Lass es dann mal gut sein, die Zeit ist eh bald um. Und wenn wir dir irgendwie helfen können, lass es uns wissen.«

»Danke, aber im Augenblick wüsste ich wirklich nicht wie.«

»Bleibst Du wenigstens noch auf 'ne Limo? Wir sind hier ja auch bald fertig.«

»O.k., gerne, bis gleich.«

Nachdem Anna sich geduscht und umgezogen hatte, ging sie in das einfache, aber geräumige Vereinslokal, das um diese Zeit – kurz vor sechs Uhr – nur mittelprächtig besetzt war. Die zierliche Wirtin, eine Frau um die vierzig mit schmalem Gesicht und dauergewellten, schwarzen Haaren, stand hinter der langen 60er Jahre Kunstholz-Theke und unterhielt sich mit einem jungen Leichtathleten, den Anna nur vom Sehen kannte.

Als die Wirtin Anna auf die Theke zukommen sah, unterbrach sie kurz ihr Gespräch und fragte mit ihrer überraschend dunklen Stimme: »Ah, hallo, Anna, Schätzchen, länger nicht gesehen, was möchtest Du denn?«

Anna hatte schon einige vergebliche Versuche gestartet, der Wirtin das »Schätzchen« abzugewöhnen. Irgendwann hatte sie es aufgegeben, zumal sie gemerkt hatte, dass für die Frau offenbar durchweg alle Vereinsmitglieder »Schätzchen« waren.

Zwischen verschiedenen Regalen hingen ein paar Spiegel an der Wand hinter der Bar. Anna verdrehte kurz ihrem Spiegelbild die Augen, dann wandte sie sich der Wirtin zu: »Tag, Frau Lorenz, na ja, hatte 'n bisschen was um die Ohren, in letzter Zeit. Geben Sie mir bitte einen Apfelsteiner – einen großen. Ach, und so eine Brezel, bitte.«

Anna suchte sich einen leeren, großen Tisch aus, da sicher noch ein paar andere durstige Kehlen aus ihrer Mannschaft auftauchen würden.

Sie nahm einen langen Zug aus dem kühlen Glas und begann gerade, an ihrer Brezel zu knabbern, als die Wirtin von der Theke herüberrief: »He, Anna, Schätzchen,« – warum musste sie es eigentlich auch noch durchs ganze Lokal brüllen? – »Du heißt doch Silvan mit Nachnamen, nicht wahr?«

Anna nickte ein wenig indigniert, und Frau Lorenz fuhr fort: »Dann hab' ich hier Telefon für dich, ein, äh, Irgendwie-Mayer ist dran.«

Während Anna aufstand und zur Wirtin ging fragte sie: »Patrick?«

»Ja, ich glaub'.« Dann deutete Frau Lorenz auf das andere Ende der Theke, wo sie das Telefon abgestellt und den Hörer daneben gelegt hatte.

Anna schlenderte hinüber, nahm den Hörer auf und grüßte, wie sie es oft tat, wenn sie mit ihrem Freund telefonierte: »Hallo, Mr. Spock, ich beam dir ein paar Küsse rüber.«

»Tut mir leid, mein kleiner Schatz, wenn ich dich enttäuschen muss«, antwortete eine gedämpfte Stimme.

Anna wunderte sich.

Sie wunderte sich, dass sie nicht das große Zittern überkam, obwohl sie doch gerade mit einem geisteskranken Massenmörder telefonierte. Und sie fragte sich, ob sie vielleicht selbst auf irgendeine Weise am Durchdrehen war, weil sie plötzlich eine sonderbar gelöste Stimmung überkam – oder war das nur eine Art Schock? Oder war es womöglich ein Loslösen von ihrer Umgebung, um sich allein auf diese Stimme zu konzentrieren und das Gespräch zu nutzen, um mehr über *IHN* herauszufinden?

Und Anna antwortete: »Ach, Sie sind's nur. Aber warum melden Sie sich unter Patricks Namen? Sie sind wohl ein wenig schüchtern? Oder sogar feige? Also, ich muss schon sagen – wie heißen Sie eigentlich?«

Ein leises Lachen war die Antwort, dann: »Ach, mein süßer Fratz, das war ja vom Ansatz her gar nicht so übel, aber die Ausführung war doch etwas dilettantisch – da hätte ich ein bisschen mehr von dir erwartet.«

»Na ich hatte halt gehofft, Sie seien vielleicht etwas nervös. – Weil Sie heute noch gar niemanden umgebracht haben. Oder?«

»Ah – nein, mein kleiner Liebling. Ohne mir schmeicheln zu wollen, aber in Sachen Tot bin ich ein Profi. Außerdem war das bisher doch alles nur nebensächlicher Kram, gar nicht der Rede wert. Ja ich muss gestehen, ich weiß schon gar nicht mehr so recht ..., sag mal, wie viele habe ich eigentlich mittlerweile erwischt?«

»Und ich muss gestehen, dass ich als Buchhalterin ungeeignet bin. Die einzigen Sachen, die ich mit Genuss zähle, sind Ihre Niederlagen. Ihre Schläger waren ja wohl eine einzige Pleite! Und erinnern Sie sich doch mal daran, wie Ihnen Patrick in unserem hübschen Traum die Glasscherbe in den Bauch gerammt hat?«, während Annas Stimme gleichmütig blieb, krabbelte ihr ein Schauder über den Rücken, »sagen Sie, hat das nicht furchtbar weh getan?«

»Im *Traum?* Ha – das zählt doch gar nicht.«

»So? Na dafür haben Sie ganz ordentlich gebrüllt. Und Ihr Schuss ging wirklich in den Ofen. Nachdem der daneben gegangen war, hat's mich gewundert, dass Sie sich nicht wie Rumpelstilzchen in der Mitte durchgerissen haben.«

»Ach Kindchen, das kommt doch in den besten Familien vor. Aber sag mir doch, was ich an dem Tag falsch gemacht habe, dann klappt es ja vielleicht beim nächsten Mal.«

»Ihr Fehler? Nun, ihr Hauptfehler bestand wohl darin, dass Sie auf die Welt gekommen sind«, Anna widerstrebte es, aber sie wollte unbedingt versuchen, ihn aus der Reserve zu locken, »genaugenommen war's ja schon ein Fehler Ihrer Eltern gewesen, dass sie auf Verhütungsmittel verzichtet haben. Aber vielleicht tue ich denen ja unrecht? Vielleicht hatte ihr Vater ja Syphilis? Oder ihre Mutter – die Gute war sicher nicht allzu helle – hat sich mit einem Ziegenbock eingelassen?«

Ein paar Sekunden herrschte Schweigen, und als die Stimme wieder antwortete, glaubte Anna, dass sie nun nicht nur gedämpft, sondern auch etwas heißer klang, als sie flüsterte: »Ich muss sagen, Du überraschst mich. Ich hätte nicht gedacht ...«

»He, falls Sie's vergessen haben: *Sie* wollen *mir* an's Leder. Haben Sie vielleicht erwartet, dass ich Sie für den Friedensnobelpreis vorschlage?«

»Oh, da hast Du mich wohl missverstanden. Es hat mich nur überrascht, dass Du mich mit so billigen Psychotricks zum Reden bringen willst. Und, Mäuschen, Du hast Sachen gesagt, die so gar nicht zu dir passen. Wenn Du aber deine Sprache, deine Art, dich selbst verlässt, während Du mit mir sprichst, dann begehst Du auch einen Verrat an dir selbst. – Und wenn Du dich selbst betrügst, wenn Du dich selbst verletzt, glaubst Du, mein heißgeliebter Engel, das bereitet mir keine Freude?«

Jetzt war es an Anna, zu schweigen. Er hatte sie tatsächlich dazu gebracht, über seine Worte nachzudenken. Und schaudernd musste sie erkennen, dass er auf eine absonderliche Weise recht hatte.

»Hallo, meine Süße, bist Du noch dran?«

Wenn er doch wenigstens aufhören wollte, sie ständig mit irgendwelchen Kosenamen anzureden, – jedes Mal verspürte Anna geradezu körperliche Schmerzen.

Sie versuchte, ihren Kopf wieder frei zu kriegen und antwortete beherrscht: »Na gut, wenn Sie wollen: Ich gebe zu, der Punkt geht an Sie. Aber bitte üben Sie Nachsicht mit mir, zumal ich sagen muss, dass ich doch etwas ungehalten über Ihre Aufschneiderei bin.«

»Ich? Ein Aufschneider? Das musst Du mir erklären.«

»Na Sie sagten doch gerade so großspurig, dass Sie in Sachen Tot ein Profi seien? Aber denken Sie an die Familie in Luxemburg und fragen Sie sich selbst: Würde ein *echter*

Profi ein neunjähriges Mädchen töten? Damit haben Sie sich aus der Profiliga ausgeschlossen.«

»Ach, ein neunjähriges Mädchen? Ich kann mich, ehrlich gesagt, gar nicht so genau erinnern.«

»Also hören Sie mal, das ist ja wohl billig. – Wollen Sie sich wirklich so einfach herausreden?«

»Nein, Du verstehst nicht.« Dann wurde die flüsternde Stimme zu einem gedämpften Lachen, bevor sie fortfuhr: »Glaub mir, meine kleine Zuckerschnute, es gibt tatsächlich Gründe, warum das, was ich getan habe, meine Kunst, bei mir selbst etwas im Dunkeln liegt.«

»So? Na, das müssen Sie nun wiederum mir genauer erklären.«

»Erst möchte ich, dass Du mir mein Kunstwerk in Luxemburg beschreibst.«

»Na hören Sie, ich stehe hier mitten in der Vereinswirtschaft, wie Sie ja wissen, und rundrum wird es langsam voll. Da kann ich Ihnen die Sachen doch nicht am Telefon erzählen. Aber ... wir könnten uns ja zu einem kleinen Plauderstündchen treffen?«

Um Himmels willen, was hatte sie denn jetzt gesagt? Doch zum Glück würde er natürlich lachen und ablehnen!

Er lachte und sagte: »Ja, warum eigentlich nicht?«

Anna betrachtete ihr entsetztes Spiegelbild und glaubte fast, es sagen zu hören: »Na, große Klappe riskiert? Sei froh, dass Du dein hübschen blauweißen Rock anhast, sonst wär' dir das Herz ganz in die Hose gerutscht.«

Die Stimme am Telefon fuhr fort: »Aber natürlich, das musst Du verstehen, werde ich mich absichern. Ich werde einen Plan ausarbeiten, wie wir uns ungestört treffen.«

Anna fiel ihm ins Wort: »Ach wissen Sie, Sie sollten sich nicht zu viele Umstände machen, das Treffen sollte schon innerhalb von Saarfurth sein. Also schlagen Sie keine allzu abgelegene Gegend vor, das müsste ich leider ablehnen.«

Wieder war ein gedämpftes Lachen am anderen Ende der Leitung zu hören, dann erklärte die Stimme: »Ich bin doch ein Gentleman, da wird sich schon was finden lassen. Ich melde mich – schon bald, mein Schatz.« Dann klickte es in der Leitung.

Noch sekundenlang hielt Anna den Hörer ans Ohr gepresst, und ihr Spiegelbild flüsterte ihr zu: »Um Himmels willen! Was wirst Du jetzt bloß machen?«

Doch dann hob ihr Spiegelbild langsam die Hand, schloss sie zur Faust und zischte: »Um Himmels willen – jetzt können wir ihm eine Falle stellen!«

Als Toni Concetti gemeinsam mit ein paar Mannschaftsmitgliedern die Vereinswirtschaft betrat, fand er keine Anna mehr, nur einen Tisch, auf dem neben einer angeknabberten Brezel ein noch fast volles Glas Apfelsteiner stand.

*

»Tatsächlich! – Ich wollte erst gar nicht glauben, dass Du es wirklich bist, als mir der Empfang deinen Besuch gemeldet hat!«

Ohne Hauptkommissar Paulis Aufforderung abzuwarten, ließ sich Anna auf einen der Stühle vor seinem Schreibtisch fallen, ihre Sporttasche plumpste auf den Boden, als sie auch schon begann: »Vielleicht werden Sie ja heute ausnahmsweise mal mit mir zufrieden sein. Ich dachte mir übrigens schon, dass ich Sie überraschen würde – ich war ja selbst überrascht. Vor einer Stunde wusste ich auch noch nicht, dass ich vom Judotraining aus direkt zu Ihnen kommen würde. Und um gleich richtig einzusteigen: Ich denke, die Überwachung unseres Telefons können Sie vergessen, denn das kann *ER* sich an allen zehn Fingern ausrechnen. Vermutlich deshalb hat er mich vorhin in der Wirtschaft meines Sportvereins angerufen.«

Paulis Augenbrauen schafften es beinahe, Spocks Rekord einzustellen.

Anna fuhr fort: »Das Beste kommt noch: Er will sich mit mir treffen.«

Pauli ließ einen ganz leisen Pfiff hören.

Anna nickte und erklärte: »So, jetzt sind Sie dran. Lassen Sie sich was einfallen. Wir locken ihn in eine Falle. Und wenn er glaubt, dass er mich hat, dann haben wir ihn.«

»Moment mal, verstehe ich das richtig? – Du bist bereit, dich als Lockvogel zur Verfügung zu stellen?«

»Ich will es endlich hinter mich bringen. Ja.«

»Nun, bevor Du mir von dem Anruf erzählst und bevor wir uns überlegen, was wir machen, muss ich dir eine Frage stellen: Du bist alleine hier erschienen, deswegen nehme ich mal an, dass du deinen Eltern noch nichts gesagt hast?«

»Sie haben recht. Und es wäre mir lieber, wenn sie nichts davon erfahren. Denn es würde ein verdammt schweres Stück Arbeit werden, sie davon zu überzeugen, dass ich es tun *muss*.«

Der Kommissar seufzte: »Ich befürchte, da hast Du recht. Nur ist es nun mal so: Immer vorausgesetzt, wir probieren es wirklich mit dir als Lockvogel, dann geht das nicht ohne die Einwilligung deiner Eltern. Und ich würde es auch nicht anders wollen.«

Anna machte ein enttäuschtes Gesicht, so dass Pauli kopfschüttelnd meinte: »Du scheinst es ja gar nicht erwarten zu können, dich in die Gefahr zu stürzen? Du weißt, dass ich – sagen wir's mal freundlich – in mancher Beziehung nicht so ganz schlau aus dir werde. Aber eines muss ich dir lassen: Mut hast Du!«

»*Mut?* – Ich könnt's wirklich sehr gut erwarten, mich in irgendeine Gefahr zu stürzen. Nur leider *bin* ich bereits in Gefahr. Und die möchte ich beenden.«

Pauli rieb sich die Nase und sagte: »Na gut, ich rufe gleich mal Walter und Kommissarin Schmidt-Rodtdörfer herüber. Leider ist Herr N'Tobo unterwegs, – man mag's kaum glauben, aber ein paar andere Fälle haben wir auch noch zu klären. Dann erzählst Du uns genau von diesem Anruf, und wenn wir wirklich zu der Auffassung kommen, dass wir es riskieren können, dich als Lockvogel zu benutzen, dann überlegen wir uns eine Strategie, wie wir deine Eltern überreden.«

*

In Paulis Büro rauchten die Köpfe. Pascal N'Tobo war inzwischen auch zurückgekehrt. Fast eine Stunde lang war Anna zu dem Telefongespräch befragt worden, um es so genau wie möglich zu rekonstruieren. Einigermaßen merkwürdig kam es dabei allen vor, dass der Killer von Anna verlangt haben sollte, ihm von seinen eigenen Taten zu erzählen, weil »seine Kunst« bei ihm selbst »im Dunkeln« liege.

Walter meinte: »Da gäb's einmal die Möglichkeit, dass er unter irgendwelchen Drogen steht, während er mordet. – Na ja, aber ehrlich gesagt, scheint mir das selbst recht unwahrscheinlich. Hätte er im Drogenrausch gemordet, dann wären ihm Fehler unterlaufen. Nein, unser Mann ist bestimmt kein Drug-Head. Dazu ist er zu gerissen.«

»Er is' 'n echter Freak«, warf Kommissarin Schmidt-Rodtdörfer ein, »vielleicht steht er ja einfach drauf?«

»Wo rauf?«, wollte Anna wissen.

N'Tobo erklärte: »Der Kerl fährt vielleicht einfach darauf ab, wenn er aus deinem Mund hört, was er mit diesen armen Menschen gemacht hat.«

Die Kommissarin warf zornig ein: »Ja, dann geht ihm vermutlich vom bloßen Zuhören einer flöten.«

N'Tobo verdrehte die Augen, während Pauli der Polizistin einen missbilligenden Blick zuwarf und dann Anna erklären wollte: »Äh, was die Kollegin hier so feinfühlig meint ...«

»Schon gut, ich habe verstanden«, winkte Anna ab. »Es ist ja nett, Herr Pauli, dass Sie um mein zartes Gemüt besorgt sind. Aber hoffentlich sind Sie nicht zu besorgt, um den Versuch zu wagen? Wie steht's, soll ich mich von unserem Freund auf eine Tasse Kaffee einladen lassen?«

Natürlich war Anna nicht wirklich so abgebrüht. Aber sie hoffte, dem Kommissar würde die Entscheidung leichter fallen, wenn sie ihm eine standhafte Entschlossenheit vorspielte – auch wenn ihr tatsächlich gar nicht so standhaft zumute war.

Pauli sah Walter an. Walter zuckte erst mit den Schultern, dann nickte er.

Pauli sah Pascal an. Pascal sagte: »Vermutlich bekommen wir so eine Chance nicht noch einmal.«

Pauli sah Larissa Schmidt-Rodtdörfer an. Die Kommissarin zeigte ein Grinsen, das einem Zähnefletschen ähnelte: »Jop! Lasst uns das Dreckschwein bei den Eiern packen!«

Keineswegs reinen Herzens wandte sich der Hauptkommissar mit ernster Miene an Anna: »Also, dann lass uns mal überlegen, wie wir's deinen Eltern am besten verkaufen.«

*

Kathrin, Lars und Tommy hatten sich gerade zum Abendessen niedergelassen, als sie die Haustüre klappern hörten. Wenige Sekunden später kamen Anna und Patrick ins Wohnzimmer.

Lars begrüßte sie munter: »Na, ihr Beiden, wo habt ihr euch denn schon wieder rumgetrieben? Wie ist's, willst Du mithalten, Spock?«

Anna sagte: »Er will sich mit mir treffen.«

Verwirrt fragte Lars: »Spock?«

Anna schüttelte den Kopf: »*Er* hat mit mir telefoniert, er will ein Treffen mit mir vereinbaren.«

»Wer ›*er*‹?«

»*ER*.«

»Ich verstehe ni... – doch nicht ›*er*‹?«

»Ja, und ich habe schon mit Kommissar Pauli gesprochen, und wir wollen ihm eine Falle stellen, und es ist gar nicht so gefährlich, wie ihr vielleicht denkt, und ihr müsst es einfach erlauben, ihr *müsst!*«

Lars war der Appetit vergangen. »Verstehe ich dich richtig? Du willst den Lockvogel machen?« Dann verengten sich seine Augen, er sprang von seinem Stuhl auf und sagte zornig: »Das war doch sicher die Idee von diesem Pauli. Nein, schlag dir das aus dem Kopf, das kommt überhaupt nicht in Frage!«

Anna trat auf ihren Vater zu, nahm seine Hand und sagte: »Nein, es war *meine* Idee, und ich bin aus freien Stücken zu Pauli gegangen. Wir müssen es einfach tun.«

Während der Beratung mit Pauli und seiner Mannschaft war Anna zu der Überzeugung gelangt, dass sie zuerst ohne Polizeibegleitung mit ihren Eltern reden sollte, damit sie sich nicht noch mehr unter Druck gesetzt fühlten. Allerdings hatte sie zuerst Patrick eingeweiht, damit er ihr helfen konnte, ihre Eltern zu überzeugen. Patrick selbst hatte Anna sogar in ihrem Plan bestärkt, aber gleichzeitig hatte er sie fest in die Arme genommen, und sie hatte das kaum merkliche Zittern ihres Freundes gespürt.

Es war ein schweres Stück Arbeit, Lars umzustimmen. Vielleicht hätte es nicht geklappt, wenn Anna und Patrick nicht unerwartet Unterstützung bekommen hätten. Kathrin hatte zunächst kaum etwas gesagt, doch dann trat sie hinter ihren Mann, legte ihm die Hände auf die Schultern und meinte ruhig aber bestimmt: »Ich will es auch nicht. Doch Anna hat recht. Es muss sein. Wenn dieser Kerl noch länger frei herumläuft, dann wird er ihr irgendwann etwas antun. Oder es müssen wieder andere Menschen unter seinem Wahnsinn leiden. Außerdem: Wie lange sollen wir ..., wie lange *können* wir diese Belastung noch aushalten? Dieser ständige Druck ist nicht gut. Nicht für Tommy, nicht für dich, nicht für mich und natürlich auch nicht für Anna.«

*

Am nächsten Morgen erklärte Lars schweren Herzens Pauli sein Einverständnis. Allerdings stellte er eine Bedingung: Er und Kathrin wollte bei der ganzen Aktion dabei sei. Pauli wollte Lars diese Idee ausreden, aber Annas Vater saß am längeren Hebel. Er ließ keinen Zweifel daran, dass er die ganze Aktion abblasen würde, wenn er und Kathrin nicht die Arbeit der Polizei im Auge behalten konnten. Schließlich willigte Pauli ein, da ihm ohnehin nichts anderes übrig blieb. Anna bat daraufhin, ob Patrick nicht auch bei ihren Eltern bleiben könne: »Mir ist schon klar, dass er Ihre Arbeit nicht wirklich unterstützen kann, aber ich fühle mich sicherer, wenn ich weiß, dass er in der Nähe ist.«

In diesem Fall hätte der Hauptkommissar ablehnen können, und Anna hätte trotzdem mitgemacht, das wusste er. Aber wenn das Mädchen schon so mutig war und sich freiwillig für diese gefährliche Aufgabe zur Verfügung stellte, dann wollte er ihr auch den Gefallen tun, ihren Freund in ihrer Nähe zu lassen. Außerdem wäre der Junge für Anna ja vielleicht wirklich ein psychologischer Schutz gegen die Angst. Und die Angst, das war allen klar, die würde unweigerlich kommen, sobald es ernst wurde.

Doch mit der neuerlichen Zustimmung Paulis ging die Kettenreaktion natürlich noch einen Schritt weiter, denn jetzt brauchte er auch die Einwilligung von Patricks Vater. Und das bedeutete, dass auch Edgar Mayer mit von der Partie sein würde.

Natürlich könnte man den endgültigen Plan erst dann ausarbeiten, wenn *ER* mitteilen würde, wie er sich das Treffen vorstellte. Doch ein paar wesentliche Details konnten schon im Vorfeld geklärt werden. Eines dieser Details bestand aus einem Päckchen für Anna, dessen Inhalt sie sich am Telefon von dem zuständigen Polizeiexperten zweimal genau erklären ließ. Dann musste sie nur noch auf ein Zeichen von *ihm* warten.

*

Noch gestern Morgen hätte Anna jedem den Vogel gezeigt, der ihr erzählt hätte, sie würde sich nichts sehnlicher wünschen, als eine erneute Kontaktaufnahme von jenem Monster, das ihr so grausam nachstellte. Doch genau das war eingetreten. Denn sie hatte Angst vor ihrer Angst. Sie war überzeugt, dass sie schon bald der Mut verlassen würde, wenn sie den Plan der Polizei nicht bald umsetzen könnte. Und sie wusste nicht, wie lange sie die Kraft aufbringen würde, ihren Eltern eine einigermaßen gefasste Gemütslage vorzugaukeln. Soweit möglich, war alles geplant und Anna konnte nun nur noch Däumchen drehen. Selbst Patrick konnte nichts gegen ihre ständig wachsende Nervosität unternehmen. In der Nacht zum Samstag schließlich war sie so aufgeregt, dass sie sogar eine Schlaftablette schluckte, um einschlafen zu können.

Aber Anna musste nicht lange auf eine Nachricht warten. Schon am Samstagvormittag bekam sie Post. Vielleicht befürchtete er ja, dass sie ihm wieder vom Haken springen würde, falls er sie zu lange zappeln ließ?

In dem Brief – neutraler Umschlag, einfaches, weißes Papier – stand nicht viel: »Hallo, Schatz, denkst Du an unsere Verabredung? Sei doch bitte am Montag Punkt 10 Uhr in der Telefonzelle am Ende der Bahnhofstraße.«

Also übermorgen schon. Komisch, vorhin noch hatte sich Anna eine Nachricht von ihm gewünscht, doch plötzlich wäre es ihr viel, viel lieber gewesen, dieser Brief wäre nie gekommen. Aber er war gekommen.

Es wurde das längste Wochenende, das sie je erlebt hatte. Besonders schlimm wurde der Sonntag. Sehr spät, es war schon kurz vor Elf, kam Anna aus dem Bett gekrochen, weil sie erst gegen Morgen eingeschlafen war. Später bemühte sie sich dann, das Mittagessen herunterzuwürgen, um keine Schwäche zu zeigen. Aber dennoch fragten sich Lars und Kathrin an diesem Tag mehr als einmal, ob sie diese ganze Aktion abblasen und Pauli sagen sollten, dass er es verstehen müsse, wenn sie ihre Tochter keine Sekunde länger dieser Belastung aussetzen wollten. Denn Kathrin und Lars fiel die Blässe in diesem vertrauten Gesicht auf, ebenso die kleinen roten Flecken unter den Augen, die sie so gerne leuchten sahen und die nun so oft fahrig und ohne Ziel im Zimmer umherhuschten. Aber gerade die Angst ihrer Tochter ließen Kathrin und Lars auch immer wieder schweren Herzens zu der Überzeugung kommen, dass sie dem ganzen Spuk ein Ende bereiten mussten. Es war höchste Zeit, dass *er* aus ihrem Leben verschwand.

Am Abend konnte Anna nur noch ein wenig in ihrem Essen herumpicken. Patrick war den ganzen Tag bei den Silvans geblieben, doch schon kurz nach dem Abendessen meinte Anna, dass sie nun versuchen wolle, ob sie nicht doch schlafen könnte. So verabschiedete sich Patrick mit sorgenvollem Blick, und eine halbe Stunde später lag Anna in ihrem Bett.

Die Schachtel mit den Schlaftabletten hatte sie diesmal wieder beiseite gelegt, und ihr war klar, warum: Sie hatte Angst vor dem Einschlafen. Aber wach im Bett zu liegen war noch viel schlimmer. Dabei konnten sich so viele Gedanken im Kopf ausbreiten. Würden sie ihn morgen erwischen? Oder würde er es sein der ... – der *jemanden* erwischte? Würde alles gut gehen? Und selbst wenn alles gut ginge, was würde sie empfinden, sobald sie ihm von Angesicht zu Angesicht gegenüber stand? Aber was, wenn es schief ginge? Wenn die Polizei nicht rechtzeitig da wäre? Vielleicht wollte er sie ja inzwischen einfach nur töten und wieder verschwinden? Oder wollte er am Ende tatsächlich nur mit ihr sprechen? War es nur ein weiteres seiner grauenvollen Spielchen? Aber was, wenn er einen so genialen Plan hatte, dass sie es war, die morgen *ihm* ins Netz gehen würde – lebendig? Was würde er mit ihr machen? Wenn sie ihm ausgeliefert wäre? Was hatte er dann mit ihr vor? Würde er ...?

Anna warf die Decke zurück, sprang aus dem Bett, lief aus ihrem Zimmer und rannte die Treppe hinunter. Sie wollte ihren Eltern sagen, es täte ihr leid, aber sie könne es einfach nicht tun.

Ihre Eltern saßen noch im Wohnzimmer. Als Anna hereinstürmte, sprangen beide auf, Kathrin rief: »Was ist denn los, mein Schatz?«

Verwirrt und außer Atem antwortete Anna: »Ach, nichts, ich wollte nur noch mal ...«, ja, was wollte sie eigentlich? »... mit Patrick telefonieren.«

Sie lief zum Telefon, wählte, hatte Edgar Mayer am Apparat und fragte: »Kann ich bitte Patrick noch mal sprechen? – Hier ist Anna, oh, und entschuldigen Sie bitte die späte Störung.«

Patricks Vater antwortete: »Na es ist doch erst kurz nach neun. Bist Du aufgeregt? Ach, blöde Frage, es wäre ja ein Wunder, wenn Du nicht aufgeregt wärst. Alles Gute für morgen. Es wird schon alles richtig laufen, wirst sehen. Ich rufe Mr. Spock.«

Kurz darauf kam Patrick an den Apparat und Anna bat: »Kannst Du noch mal 'rüberkommen?«

Keine viertel Stunde später saß Anna wieder in ihrem Bett, mit dem Rücken lehnte sie an der Wand, Patrick saß neben ihr. Auch er war ungewöhnlich früh auf dem Weg ins Bett gewesen, doch nach Annas Anruf war er in Windeseile in ein T-Shirt und seine abgeschnittenen Jeans geschlüpft, um sich nochmal auf den Weg zu machen.

Anna hatte ihren Kopf an seine Schulter gedrückt, er hatte seinen Arm um ihre Schultern gelegt und forderte sie leise auf: »Sag es mir.«

Sie schnüffelte kaum hörbar und flüsterte ebenso leise zurück: »Wenn ich doch nicht so eine verdammte Angst hätte. – Was ist morgen um diese Zeit? Was wird er ...? Bleib heute Nacht bei mir. Halt mich fest, sonst, glaube ich, geb' ich auf.«

Patrick gab ihr einen langen Kuss, dann stand er auf, bedeutete ihr, sich hinzulegen und deckte sie mit ihrer leichten Sommerdecke zu. Nun schlüpfte er aus seinen Sandalen, löschte das Licht und legte sich neben Anna auf ihr Bett. Ganz automatisch breitete sie ihre Decke auch über ihn aus und drückte sich an ihn. Er erwiderte ihre Umarmung und sagte: »Nein. Du würdest nicht aufgeben. Selbst wenn Du noch soviel Angst hättest, Du würdest nicht aufgeben. Natürlich bleibe ich bei dir, Prinzessin. Weißt Du eigentlich, dass ich alles für dich tun würde?«

»Ja«, antwortete Anna, drückte sich noch fester an ihn, hatte immer noch Angst und freute sich, die Wärme seines Körpers zu spüren. Sie freute sich, mit den Zehen ihres linken Fußes seinen Fuß zu berühren und wie ihr rechtes Knie auf seinem linken Bein ruhte. Sie freute sich, mit ihrer rechten Hand seinen Rücken zu ertasten und wie sie durch ihren Schlafanzug hindurch das leichte Heben und Senken seines Brustkorbs an ihren Brüsten spürte. Sie freute sich über jeden seiner Atemzüge, der durch ihr Gesicht strich und den sie mit ihrem eigenen Atmen aufnahm.

Sie hatte immer noch Angst, und dennoch fühlte sie sich nun etwas geborgen. Sie fragte: »Wenn ich einschlafe, wirst Du dann wach bleiben? Wirst Du heute Nacht auf mich aufpassen?«

Sie spürte sein Nicken und fühlte das Streicheln seiner Hand in ihrem Haar. Und die Erschöpfung durch die Angst des Tages schaffte es gemeinsam mit Patrick: Das Mädchen schlief ein mit dem beruhigenden Gefühl, dass ihr Freund sein Versprechen halten würde.

*

Kurz nach halb Sieben erwachte Anna. Im ersten Moment wusste sie gar nicht, dass sie geschlafen hatte und die Nacht vorbei war, denn sie lag so in Patricks Armen, wie sie eingeschlafen war. Sie gab ihm einen Kuss auf den Hals, und er sagte: »Oh, Du bist wach, Prinzessin? Aber Du hast gut geschlafen?«

Anna nickte ihm ein »Mhm« zu, streichelte ihm durch das Haar und sagte: »Danke.« Dann lagen sie noch fünf Minuten still beieinander. Schließlich sah Anna ihrem Freund ins Gesicht, versuchte ein Lächeln und meinte: »He, Mr. Spock, Sie sehen ziemlich übernächtigt aus. Vielleicht sollten Sie nachts lieber schlafen, statt sich breitschlagen zu lassen, Wache zu schieben?«

Schließlich wurde Anna wieder ernst: »Ich glaube, ich werde gleich aufstehen. Es ist zwar noch etwas Zeit, aber ich mache mich lieber frühzeitig fertig und prüfe noch mal alles. Schließlich will ich nicht zu spät zu meiner Verabredung kommen.«

Patrick gab Anna einen letzten Kuss, drückte sie noch einmal fest an sich und sagte zum Abschied: »Ich liebe dich«, dann ging er nach Hause, um zu versuchen, mit einer eiskalten Dusche die Müdigkeit zu vertreiben. Denn es würde ein langer Tag werden.

Auch Anna duschte und entschied sich dann für eine Kombination aus Slip und Sport-BH, die sie auch an einem Schultag mit Sportunterricht gewählt haben könnte – schließlich wartete heute eine mehr als sportliche Herausforderung auf sie. Dann zog sie ihren weichen Bademantel an und ging hinunter. Sie nahm sich vor, sich bis zehn Uhr immer zu beschäftigen, um sich von ihrer Angst abzulenken. So begann sie, den Frühstückstisch zu decken, als ob es ein ganz normaler Tag wäre. Plötzlich erschien Tommy neben ihr, der sich sonst an den freien Tagen gerne etwas länger im Bett herumdrückte. Ohne ein Wort zu sagen, verteilte er Unterteller und Kaffeetassen, während Anna die kleinen Teller und das Besteck auf den Tisch legte.

Tommy machte einen bedrückten Eindruck.

Als Anna gerade wieder in die Küche gehen wollte, rief er: »Anna ...«

»Ja?«

Er machte einen unsicheren Schritt auf sie zu und wusste offensichtlich nicht, wie er beginnen sollte. Schließlich meinte er: »Warst Du mir eigentlich, wenn ich dich mal geärgert habe ... , warst Du dann manchmal *wirklich* böse mit mir?«

Etwas überrascht und mit schiefem Lächeln antwortete sie: »Also, manchmal bist Du schon eine echte Plage, aber sonst wärst Du ja wohl kaum mein Bruder, oder? Keine Angst, Du bist schon in Ordnung, und ich mag dich so wie Du bist.«

Annas Überraschung war komplett, als ihr Bruder etwas Außergewöhnliches tat: Er stürzte fast auf sie zu, umarmte sie ungeschickt, und während er an ihr vorbei auf den Boden blickte, sagte er mit einer beschwörenden Stimme: »Dir darf nichts passieren. Versprich mir, dass dir nichts passiert. Versprich mir, dass Du wiederkommst.«

Mit einem Klos in der Kehle erwiderte Anna Tommys Umarmung und antwortete: »Ich verspreche es dir, kleiner Bruder.«

Tommy riss sich aus der Umarmung, lief aus dem Wohnzimmer. Anna hörte ihn die Treppe hoch rennen und die Türe zu seinem Zimmer zuschlagen. Sie ging in die Küche und setzte mit zitternden Fingern Kaffee auf. Ihr schoss durch den Kopf, dass der heutige Tag für Tommy vermutlich schwerer werden würde als für ihre Eltern, denn er durfte nicht mit ihnen gehen. Anna beschloss, Heike und Roland zu bitten, zusammen mit Tommy auf den Ausgang des Abenteuers zu warten.

Als der Kaffee durchgelaufen war, kamen auch ihre Eltern, die sich bereits angezogen hatten. Anna sah ihnen an, dass sie in der letzten Nacht nicht viel geschlafen hatten. Kathrin ihrerseits fragte: »Was ist, Schatz, hast Du ein bisschen schlafen können?«

Anna nickte: »Ja, ich habe sogar durchgeschlafen. Patrick ist bei mir geblieben und..., na ja, er hat mich die ganze Nacht festgehalten.«

Anna versuchte, ein Zeichen der Missbilligung in den Gesichtern ihrer Eltern zu finden, doch sie konnte nichts entdecken.

Lars seufzte nur und meinte: »Ach Anna, hoffentlich erwischen wir den Mistkerl heute. Ich glaube, irgendwie hat er einen Teil von dir so verdammt schnell erwachsen werden lassen.«

Beim Frühstück zwang sich Anna, drei Scheiben Toast zu essen. Es war still am Tisch. Was hätte es auch noch zu sagen gegeben? Tommy war auf seinem Zimmer geblieben und wollte nicht herunter kommen.

Nach dem Frühstück kam Kathrin mit Anna auf ihr Zimmer, um ihr bei den Vorbereitungen zu helfen. Die kleinen elektronischen Geräte, die Pauli geschickt hatte, lagen schon auf dem Schreibtisch bereit. Sender und Empfänger waren nicht viel größer als Zehn-Pfennig-Stücke, dazu kamen noch winzige Kabelrollen. Sie hatten sich nach Absprache mit der Polizei dazu entschlossen, die Geräte ein Stückchen über Annas linkem Knöchel zu befestigen, so würden sie unter dem Hosenschlag verborgen bleiben.

Kathrin zog etwa zwanzig Zentimeter Leukoplastband von einer fünf Zentimeter breiten Rolle, ohne es aber abzuschneiden. Sie hielt das Band stramm, während Anna die drei elektronischen Knöpfe auf der Klebefläche festdrückte, – so wie sie es geübt hatten. Dann stellte Anna den linken Fuß auf ihren Schreibtischstuhl, drückte das Leukoplast oberhalb ihres Knöchels gegen ihr Bein und zog die Leukoplastrolle mehrmals um ihr Bein herum. Als sie sicher war, dass die Knöpfe nicht mehr abfallen konnten, nickte sie ihrer Mutter zu, die das Klebeband mit einer Schere durchtrennte.

Nun kam das Verlegen der Kabel an die Reihe, aus Sicherheitsgründen für jede Funktion ein eigenes Kabel. Anna legte den Bademantel ab, Kathrin kniete sich vor sie hin und wickelte vorsichtig die vier Kabel von ihren winzigen Rollen. Mit je zwei Lagen Leukoplast befestigte Kathrin dann den dünnen Kabelstrang zunächst unterhalb, dann oberhalb von Annas Knie. Probeweise bewegte Anna ihr Bein – sie konnte es noch ohne Probleme beugen und strecken. Sie wickelte die Drähte weiter ab, zog die kleinen Kabelrollen vorsichtig an der linken Seite unter ihrem Slip durch, ließ den Kabeln etwas Spiel, dann half ihr Kathrin, die Kabel mit Hilfe eine neuen Leukoplastrolle um ihren Bauch zu befestigen.

Anna zog ihre Jeans an, setzte sich – ja, die Kabel saßen richtig. Sie kappte die beiden Antennenkabel des Peilsenders und des Miniatur-Sendegerätes – das war lang genug. Das Kabel des Empfängers und das Mikrofonkabel des Senders mussten allerdings noch weiter geführt werden. Kathrin nahm nun ein hautfarbenes, sechs mal sechs Zentimeter großes Spezialpflaster. Damit klebte sie die beiden übrig gebliebenen Drähte unter Annas linkem Arm fest, das Kabel des winzigen Mikrofons musste sie dabei zunächst in ein paar Schleifen legen, damit nur noch das Mikrofon selbst etwas unter dem Pflaster herausragte. Das letzte Kabel führte Kathrin noch weiter, nach hinten unter Annas Arm hindurch, dann klebte sie es mit einem weiteren Spezialpflaster auf der Schulter ihrer Tochter fest. Etwa zwanzig Zentimeter Draht lugten noch unter dem Pflaster hervor. Anna steckte sich den kleinen Knopf am Ende dieses Drahtes ins Ohr. Ihre Haare verdeckten das Kabel vollkommen. Zuletzt zog sie ihre weite hellgrüne Sommerbluse mit den blauen Blumenmustern an, die sie bis oben hin zuknöpfte, dann ging sie ein paar Schritte in ihrem Zimmer auf und ab.

Schließlich nickte Kathrin: »Prima. Ich kann nichts entdecken, und er wird sicher auch nichts bemerken.«

Anna sagte: »Na gut. Guten Morgen, Herr Pauli. Sind sie schon wach?«

Aus dem Stöpsel in ihrem Ohr kam leise aber deutlich die Antwort: »Guten Morgen. – Wenn ich bisher nicht wach gewesen wäre, jetzt wäre ich es bestimmt. Ich glaube, ich muss die Lautstärke etwas herunter drehen, wenn ich nicht taub werden will. Das Mikro ist wirklich leistungsstark.«

Anna hoffte nur, dass sie in der Lage sein würde, das Mikrofon zu ignorieren. Denn in erster Linie war es dazu gedacht, ihre Umgebung und eventuelle Anweisungen von *ihm* abzuhören. Sie selbst sollte möglichst nichts sagen, was nur für dieses Mikro bestimmt war. Denn wenn sie beobachtet würde, dann könnten solche scheinbaren Selbstgespräche doch etwas abschreckend wirken. Natürlich war das Mikrofon auch eine Lebensversicherung, über die Anna im Notfall Hilfe herbeirufen konnte. So sah es zumindest der Plan vor.

Nachdem Kathrin das Zimmer verlassen hatte, tat Anna noch etwas, und das war mit niemandem abgesprochen. Sie zog die Schreibtischschublade heraus, in der sie ihre ganzen sonderbaren Geburtstagsgeschenke verstaut hatte. Dann zog sie das Elektroschock-Gerät hervor, krempelte ihr rechtes Hosenbein hoch und befestigte die Waffe über ihrem Knöchel, – mit nur einer Lage Leukoplast, denn sollte sie dieses sonderbare Spielzeug wirklich brauchen, würde es ihr reichlich wenig nützen, wenn sie es nicht vom Bein abbekam.

Nachdem die Vorbereitungen abgeschlossen waren versuchte Anna, ein paar Französisch-Vokabeln zu wiederholen, doch es gelang ihr nicht wirklich, sich abzulenken. Irgendwann starrte sie nur noch in ihr Vokabelheft, ohne die Buchstaben wahrzunehmen. Und dann schrak sie zusammen, als sie plötzlich ein leises Piepsen in ihrem Ohr hörte. Es wurde Zeit.

Als sei es abgesprochen, warteten Kathrin und Lars bereits am Fuß der Treppe. Nacheinander umarmten sie ihre Tochter heftig und lange. Beide hatten Mühe, ihre Tränen zurückzuhalten.

Schließlich saßen sie im Wagen und fuhren los. Anna hatte sich fest vorgenommen, es nicht zu tun, aber dann drehte sie sich doch auf dem Rücksitz herum und warf einen letzten Blick zurück, bis der Wagen um die Ecke gebogen und das Haus aus ihrem Blickfeld verschwunden war. Ein ganz eigenartiger Klumpen setzte sich in ihrem Magen fest, der sich sonderbarerweise auch auf die Schweißdrüsen ihrer Handinnenflächen auswirkte und mit aller Gewalt versuchte, seinen Einfluss bis zu ihren Tränendrüsen auszudehnen. Doch das konnte sie verhindern und war fürs erste schon froh über diesen kleinen Sieg.

Dann war es soweit: Lars hielt mit dem Wagen am Bordstein nahe des Rathauses. Er und Kathrin drehten sich auf den Vordersitzen herum, wollten noch ein paar Worte mit ihrer Tochter wechseln. Doch sie stieß hastig die Tür auf, sprang aus dem Wagen und entfernte sich mit schnellen Schritten.

*

»Heute erlebt Saarfurth einen Rekord, der aber kaum jemandem auffallen dürfte«, meinte Pauli, »ich bin ziemlich sicher, dass in dieser Stadt noch nie so viele Polizisten in Zivil und so viele getarnte Einsatzfahrzeuge gleichzeitig unterwegs waren.«

Die Worte waren eigentlich zur Beruhigung seiner Gäste gedacht, schienen aber nicht viel Eindruck zu hinterlassen.

Pauli hatte die Einsatzleitung selbst übernommen. Das Hauptquartier war ein großer Lieferwagen, der von außen wie ein gelber Transporter der Post aussah. Außerdem saßen in der Führerkabine des Wagens zwei Männer, von denen bei jedem Halt einer herausspringen würde, um ein Päckchen zu einem nahe gelegenen Haus zu bringen. Doch in den Päckchen waren bloß verschieden große Holzstücke verpackt, und auch in seinem Laderaum hatte der Wagen kaum etwas mit einem Postfahrzeug gemeinsam. Das gleiche galt für den Motorraum, denn der Motor hätte jedem Renn-Truck zur Ehre gereicht.

Im hinteren Teil des Wagens waren keine Pakete, sondern reichlich Elektronik, ein paar Waffen und eine Reihe entschlossener Menschen untergebracht. Drei Funkgeräte an der linken Seite wurden von jungen Polizisten bedient, die darauf warteten, Paulis Befehle an die anderen Einsatzfahrzeuge und die Zivilbeamten, die zu Fuß unterwegs waren, weiterzugeben. Pauli hatte zudem ein kleines Funkmikrofon umhängen, mit dessen Hilfe er über ein weiteres Funkgerät Kontakt zu Anna und allen am Einsatz beteiligten Beamten aufnehmen konnte. Eine Automatik an diesem Funkgerät sendete dazu alle fünf Minuten einen leisen Piepston aus, der Anna zeigen sollten, dass die Verbindung noch stand. Pauli und ein Techniker saßen vorne in Fahrtrichtung auf zwei Drehstühlen. Sie blickten auf einen großen Monitor, auf dem ein Ausschnitt eines Stadtplans von Saarfurth zu erkennen war. Der lange, schlaksige Techniker, der links saß, konnte mit seinem Terminal andere Ausschnitte auf den Bildschirm holen oder noch kleinere Ausschnitte heranzoomen. Besonderes Interesse brachten die Beobachter einem kleinen, roten Punkt entgegen, der sich sehr langsam über den Monitor bewegte.

Über dem großen waren nebeneinander noch zwei kleine Monitore angebracht, hoch genug, dass sie auch vom hinteren Teil des Wagens aus gesehen werden konnten. Der linke Bildschirm war noch leer, der rechte zeigte nichts weiter als eine im Moment nicht besetzte Telefonzelle. Über eine Straße hinweg aufgenommen, wurde sie oft durch vorbeigehende Leute oder vorüberfahrende Autos verdeckt.

Durch einen Lautsprecher an der Decke breiteten sich, gedämpft, die Geräusche der Stadt auch im Wageninneren aus. Vor etwa zehn Minuten war Annas Stimme zu hören gewesen, die, offenbar an einer Bude, eine Büchse Mineralwasser verlangt hatte. Dann waren die Antwort des Verkäufers und kurz darauf in kurzen Abständen leise Schluck-Geräusche zu hören gewesen.

Hinter dem Drehstuhl des Kommissars begann eine schmale Sitzbank, die sich über die rechte Seite des Laderaums erstreckte. Dort saßen Pascal N'Tobo, Kathrin und

Lars Silvan, dann folgten Patrick, Edgar Mayer und Bill Brown, der sich »das Spektakel nicht davongehen lassen« wollte.

Lars hielt ein mobiles Funktelefon der Polizei auf seinem Schoß – in diesem Jahr war man ja dabei, in Deutschland gleich zwei digitale Mobilfunknetze aufzubauen, und manche Leute glaubten, irgendwann könne es kleine mobile Telefone für Jedermann geben. Aber mit der noch analogen Technik und dem hauptsächlich für Autotelefone genutzten C-Netz war das Zukunftsmusik.

Die Nummer des klobigen Polizeitelefons, das Lars umklammert hielt, wusste Anna auswendig – dessen hatte sich ihr Vater versichert. Wozu das gut sein mochte, konnte zwar niemand sagen, aber schließlich wollten sie für jede noch so sonderbare Eventualität gerüstet sein.

Hinter Bill Brown saßen noch drei ausgewählte Polizisten, die außer Pistolen in Gürtelhalftern noch je eine Maschinenpistole über den Knien liegen hatten. Obendrein lagen unter der Sitzbank, hinter aufklappbaren Gittern, eine Reihe kugelsicherer Westen und Helme.

Pauli sah über seine rechte Schulter zurück und berichtete: »Sie nähert sich der Telefonzelle. Bald müsste sie ins Bild kommen.«

Eine Minute später – zwei Minuten vor zehn Uhr – war Anna tatsächlich auf dem Monitor zu sehen. Sie ging auf die Telefonzelle zu, blieb davor stehen und begann, ihrer Umgebung unsichere Blicke zuzuwerfen. Einen Augenblick schien sie sogar direkt in der Linse der Kamera zu starren, die hinter einem Brezel-Stand versteckt war. Ein halbe Minute vor zehn Uhr betrat sie die Telefonzelle. Als sich die Türe hinter ihr geschlossen hatte und die Geräusche der Stadt ausgesperrt waren, war plötzlich durch den Deckenlautsprecher des Einsatzfahrzeugs, ganz, ganz leise, ein regelmäßiges, sanftes Pochen zu hören.

»Ist das ...?«, fragte Lars erstaunt.

»Ja«, antwortete Kathrin leise, »das Mikrofon sitzt nahe bei ihrem Herz.«

Patrick bekam eine Gänsehaut.

Annas Verabredung war pünktlich. Exakt um zehn Uhr tönte durch den Deckenlautsprecher das Klingeln des Telefons.

*

Das Mädchen nahm den Hörer ab und legte ihn so, wie sie es geprobt hatte, ein wenig schräg an ihr Ohr. Pauli hatte ihr erklärt, dass auf diese Weise das hochempfindliche Mikro wahrscheinlich auch die Stimme des Anrufers auffangen würde. Aber das Gespräch war nicht sehr lang.

Nach einem zaghaften »Hallo?« von Anna, war vom anderen Ende nur zu hören: »Ah, ich schätze Pünktlichkeit, meine Süße. Geh hinüber in das Kaufhaus, in die Damenabteilung im zweiten Stock. Geh zu den Umkleidekabinen direkt bei der Rolltreppe. Nimm die äußerste, rechte Kabine und betrachte dir die Unterseite der kleinen Ablage«, und schon klickte es in der Leitung.

Nun ging es also los.

*

Anna überquerte die Straße und betrat das Kaufhaus. Was hatte er gesagt? Zweiter Stock. Also auf zur Rolltreppe. Irgendwie hatte Anna den Eindruck, dass sich ihr Blickfeld eingeengt hatte. Sie erntete ein paar unwirsche Blicke von Leuten, die sie auf ihrem Weg anrempelte. Kurz vor der Rolltreppe stieß sie sogar heftig mit einem fetten, schwitzenden Mann zusammen, der ihr ein giftiges »He, hast Du keine Augen im Kopf?« nachzischte. Aber das war vielleicht gar nicht so schlecht, denn Anna sagte sich nun während ihrer Rolltreppenfahrt, dass sie sich unbedingt zusammenreißen musste, um nicht in ihrer Aufregung alles zu verderben. Sie atmete tief durch und versuchte sich vorzustellen, dass sie auf einer der Schnitzeljagden wäre, die sie früher bei Kindergeburtstagen gespielt hatten. Sie blieb zwar ängstlich und nervös, aber immerhin bekam sie wieder einen Blick für ihre Umgebung.

Gerade noch rechtzeitig fiel ihr ein, dass sie besser irgendein Kleidungsstück mit in die Umkleidekabine nehmen sollte, damit ihr nicht eine Verkäuferin unangenehmen Fragen stellte und sie aufhielt. (Wie hatte es der Kerl eigentlich angestellt, in eine *Damen*-Umkleidekabine zu gelangen?) Sie griff sich den nächstbesten Rock von einem Drehständer, verschwand in der rechten Kabine, die glücklicherweise frei war, zog den Vorhang hinter sich zu, hängte den Rock an einen Haken und sah unter die kleine Ablage. Da sie hier nicht beobachtet werden konnte, flüsterte sie in Richtung ihres kleinen Mikrofons: »Ein Funkgerät und ein Zettel!«

Dann las Anna ganz, ganz leise vor, was in Druckbuchstaben auf dem Zettel stand: »Das Funkgerät ist auf die richtige Frequenz eingestellt. Zum Senden Knopf an der rechten Seite drücken. Du wirst über Funk bestätigen, wenn Du ein neues Ziel erreicht hast, dann bekommst Du weitere Anweisungen. Dein erstes Ziel: Das Gefängnis. (Gehe nicht über Los, ziehe keine 4000 Mark ein – ha, ha.) Du gehst zu Fuß. Du wirst dich beeilen. Du nimmst den Weg durch die Altstadt, dann über die Alte Brücke, danach hinauf zum Schlossplatz, dann auf direktem Weg zur Metzer Straße und hoch zum Gefängnis. Du gehst am Eingang vorbei bis zur Ecke der Außenmauern, dort funkst Du.«

Na das konnte ja heiter werden! Da musste sie einen ganz hübschen Fußmarsch hinlegen.

Plötzlich hörte Anna Paulis Stimme im Ohr: »Ich vermute, Du bist noch in der Kabine. – Also: Der hat natürlich extra eine lange Strecke ausgewählt, damit er viele Möglichkeiten hat, dich zu beobachten und zu sehen, ob dir ein paar Aufpasser an den Fersen hängen«, das hätte er ihr nicht zu sagen brauchen, »aber solange er nur damit rechnet, dass Du möglicherweise beschattet wirst, kann uns eigentlich nicht viel passieren.« (*Uns?* Ha, ha!) »Pass auf: Welche Frequenz hat er auf dem Funkgerät eingestellt?«

Anna betrachtete sich das kleine Handgerät mit der verkürzten Antenne und flüsterte: »Die Linie auf der Skala, die ich hier erkennen kann, steht zwischen 77 und 78 – etwas näher zur 78.«

Paulis Stimme drang eindringlich an ihr Ohr: »Wenn Du mit ihm Kontakt aufnimmst, dann versuch, ihn zu einem längeren Gespräch zu verleiten, vielleicht können wir ihn dann anpeilen. Soweit alles klar bei dir?«

Anna seufzte und schüttelte den Kopf, flüsterte aber in das Mikrofon: »Bisher alles klar.«

»Gut, beeil dich jetzt, sonst schöpft er noch Verdacht. Viel Glück.«

Beeilen! Der Kommissar hatte gut reden. Dabei hatte sie überhaupt keine Lust, sich zu beeilen, um in die Höhle des Löwen zu gelangen. Sie machte sich auf den Weg.

Und der Weg wurde lang. Nicht nur, weil es tatsächlich eine lange Strecke war, sondern auch, weil Anna jeden Augenblick erwartete, dass irgendetwas geschehen würde. Aber was würde dieses *Etwas* sein? Und dann die Leute, die ihr über den Weg liefen! Anna musste sich sehr zusammennehmen, um nicht jeden harmlosen Passanten mit großen Augen anzustarren – vorausgesetzt, es waren wirklich nur harmlose Passanten. Denn natürlich würde es immer wieder ein Paar Augen geben, das sie tatsächlich beobachtete. Augen, die prüfen wollten, ob sie wirklich alleine unterwegs wäre.

Was war zum Beispiel mit diesem Radfahrer, der ihr auf der Alten Brücke entgegen gekommen war? Hatte der sie nicht irgendwie seltsam angesehen? Oder dann auf dem Weg zum Schlossplatz, da hatte sich ein kräftiger Mann angeblich die Auslage in einem *Kinder*buchladen betrachtet. War das nicht auffällig? Außerdem wusste ja wohl jedes Kind, das schon ein, zwei Krimis gesehen hat, dass man spiegelnde Schaufensterscheiben nutzen konnte, um andere Leute unbemerkt zu beobachten. Oder dieser Bodybuilder-Typ, der sich so lange den Schnürsenkel gebunden hatte, – hatte der nicht aufgeblickt, als Anna an ihm vorbeigegangen war? Und was war mit diesem etwa fünfzigjährigen Herrn? Anna war sich sicher, dass der eine Perücke getragen hatte – eine Verkleidung? Aber es konnten doch nicht alle sein. Und vielleicht war es ja überhaupt keiner von diesen Leuten, die ihr aufgefallen waren, vielleicht saß er ja gerade *jetzt* hinter irgendeinem Fenster oder in irgendeinem Wagen und beobachtete sie durch ein Fernglas, oder aber ...

Je mehr sich Anna dem Gefängnis näherte, umso stärker wurde ihre Befürchtung, dass sie heute irgendwann noch weiße Mäuse in Trenchcoats und mit tief über die Schnauzen gezogenen Hüten sehen würde.

Als sie endlich, endlich an der Ecke des Gefängnisses stand, wartete sie eine halbe Minute und schrak dann zusammen, als eine Stimme in ihrem Ohr sie leise und sachte erinnerte: »Das Funkgerät!«

Verdammt, da hatte sie das Ding die ganze Zeit in der Hand gehalten, und nun hätte sie es beinahe vergessen! Hastig hob sie es an ihren Mund, drückte den Knopf auf der Seite und flüsterte hektisch: »Hallo! Hallo? Sind Sie ...? Ich bin am Gefängnis!«

Dann ließ sie den Knopf los, und nach einem kurzen Rauschen hörte sie aus dem Gerät: »Nervös? Solltest Du auch sein. – Das war gerade noch so im Zeitlimit. Ich finde, zu deinem nächsten Ziel solltest Du dich etwas mehr beeilen. Du gehst weiter bis zur übernächsten Bushaltestelle, nimmst die Linie drei und bleibst an der hinteren Tür stehen. Weitere Anweisungen folgen.«

Anna dachte an den Plan des Kommissars und fragte durch das Funkgerät: »Hallo, warum soll ich denn stehen bleiben? Kann ich mich nicht hinsetzen?« Aber es kam keine Antwort.

*

Verbissen dirigierte der Hauptkommissar seine kleine Armada von Einsatzfahrzeugen und Polizisten. Auf dem Monitor, der den Stadtplan zeigte, blieb der kleine rote Punkt ständig von mehreren grünen und blauen Ziffern eingekreist; auf die echte Stadt übertragen bedeutete das: Nie wurde Anna von einem der Einsatzfahrzeuge (grüne Ziffern) oder von einem der Fußtrupps (blaue Ziffern) über einen längeren Zeitraum hinweg direkt observiert. Doch sie bildete das Zentrum eines Rings von Polizisten, der sich ohne Unterlass mit ihr bewegte. Der Hauptkommissar hielt das Netz, das er um Anna gesponnen hatte, ständig dicht genug: Er konnte alle Wege abriegeln, wenn *ER* im Inneren dieses Netzes auftauchte und versuchen sollte, nach außen durchzubrechen.

Auf der anderen Seite achtete Pauli natürlich auf genügend Abstand zwischen seinen Leuten und dem Mädchen. Denn wer auch immer Anna beobachtete, durfte keinen Verdacht schöpfen.

Zwar war es den Technikern nicht gelungen, das Funkgerät des Monsters anzupeilen, doch immerhin war es ein großer Vorteil bei der Observierung, dass Pauli die Befehle, die Anna bekam, mithören konnte.

*

Falls Anna gedacht hatte, sie hätte mit ihrem Marsch zum Gefängnis schon den größten Teil ihrer Tour hinter sich gebracht, dann hatte sie sich gewaltig getäuscht. Gut sieben Stunden war sie inzwischen unterwegs. Kreuz und quer durch die Stadt hatte sie die Stimme aus dem Funkgerät gejagt. Dreimal hatte sie in kurzer Reihenfolge den Bus wechseln müssen, und später musste sie zweimal ein Taxi nehmen, dann wieder dreimal einen Bus für sehr kurze Strecken. Aber die meiste Zeit war sie zu Fuß unterwegs. Er hatte sie durch verschiedene Läden und Bürohäuser geschickt, zweimal musste sie sogar quer über ein Baustellengelände marschieren oder – mehr oder minder – klettern.

Inzwischen hatte sich zur Angst die Müdigkeit gesellt, und so langsam taten ihr die Füße weh. Außerdem machten sich, auch wegen der hohen Temperaturen des Tages, die Leukoplaststreifen schon eine ganze Weile sehr unangenehm bemerkbar, ganz besonders die über ihren Knöcheln und am Bauch. Schon drei, vier Mal hatte sie sich dabei ertappt, wie sie sich, sei es mit dem freien Fuß oder mit der Hand, an ihrem Elektro-Schocker kratzen wollte. Nicht auszudenken, wenn ihr das Ding aus dem Hosenbein purzelte, während sie gerade beobachtet wurde! Es genügte schon völlig, wenn sie sich manchmal wie zufällig am Bauch kratzte, wo dieses verflixte Klebeband inzwischen für einen scheußlichen Juckreiz sorgte.

Den ganzen Tag hatte sie unter Dampf gestanden. Der Druck, der auf ihr lastete, hatte dafür gesorgt, dass ihr die körperlichen Strapazen gar nicht so sehr aufgefallen waren. Doch ganz allmählich drohte die Angst in der Müdigkeit unterzugehen. Aber genau das wollte *er* ja, sagte sich Anna. Er wollte, dass sie und etwaige Beschützer unkonzentriert und nachlässig wurden.

Nun war sie in einem Stadtteil gelandet, das sie kaum kannte. Hier gab es nur ein paar Wohnhäuser, vor allem aber etliche fünf- bis sechsstöckige Bürogebäude.

Anna war von der Stimme zu einem Komplex von fünf wuchtigen, neben- und aneinandergebauten, gleichförmigen Bürohäusern geschickt worden. Dann wurde ihr gesagt, dass sie das vorletzte Haus in der Reihe betreten sollte, um mit der ersten von drei Liftkabinen in den obersten Stock zu fahren, allerdings sollte sie auf ihrem Weg nach oben in jeder Etage halten und kurz aus dem Lift treten. Dieses Spiel hatte er heute schon vier Mal mit ihr getrieben, und es hatte ein paar böse Worte gegeben, als sie in einem vollbesetzten Aufzug die Kabine in jedem Stock anhalten ließ, nur um jeweils einmal kurz vor die Türe zu gehen. Zurück in das Erdgeschoss konnte sie dann auf einen Rutsch durchfahren.

Das Bürohaus war um diese Uhrzeit schon ziemlich leer. Anna stand diesmal alleine im Aufzug.

Irgendetwas war anders.

Jedes Mal, wenn sie nach einem Zwischenstopp wieder den Aufzug betrat, meldete sich in ihrem Kopf eine ganz, ganz leise Irritation. Als sie schließlich im sechsten Stock erneut in den Aufzug stieg und den Knopf für das Erdgeschoss drückte, wusste sie plötzlich, was sie die ganze Zeit gestört hatte: Der Aufzug selbst. Nur wenige Male hatte sie so etwas schon in anderen Häusern gesehen: Die Liftkabine hatte nicht nur eine Tür, sondern man konnte auf beiden Seiten durch automatische Schiebetüren ein- und aussteigen. Vermutlich war der gesamte Gebäudekomplex auf einmal gebaut worden, und der Architekt hatte die Möglichkeit genutzt, um bei den Aufzuganlagen einen Batzen Geld einzusparen. Auf jeden Fall war dies nicht nur ein Aufzug für das Gebäude, in dem Anna die ganze Zeit ein- und ausgestiegen war, sondern gleichzeitig für das Nachbarhaus.

Auf jeder Seite gab es auch eine separate Tastenleiste, um das gewünschte Stockwerk zu wählen. Wenn die Liftkabine in einem Stock hielt, öffnete sich nur die Schiebetür auf der gewählten Seite. Eine Digitalanzeige über jeder Tür ließ erkennen, wo der Aufzug als nächstes halten würde. Und als der Aufzug mit Anna schon etwas mehr als die halbe Strecke zum Erdgeschoss zurückgelegt hatte, begann plötzlich die »2« zu blinken.

Auf der falschen Seite.

*

In dem großen Postwagen, der kein Postwagen war, konnte man inzwischen fast nur noch die Stimmen von Pauli und seinen Funkern hören, die nach wie vor verbissen bei der Arbeit waren.

Wenn der Hauptkommissar mal gerade keine Anweisungen gab, wäre es sicher möglich gewesen, eine Nadel auf dem Boden von »Grün 1« aufdonnern zu hören, denn Paulis Begleiter waren durch die Stunden des Wartens und der Ungewissheit sichtlich erschöpft. Die Anspannung, die Angst um Anna, hatte erheblich an ihren Nerven gezerrt.

Auch »Grün 1« war immer in Annas Nähe geblieben. Nun hielt der Wagen nur zwei Straßenzüge von dem Häuserblock entfernt, zu dem das Mädchen diesmal bestellt worden war, und wie immer war ihr das Netz ihrer Bewacher gefolgt. Der Hauptkommissar hatte seine Anweisungen gegeben und lehnte sich in seinem Drehstuhl zurück. Neue Befehle wollte er erst wieder erteilen, wenn Anna ihre Aufzugtour hinter sich hatte und ihrerseits neue Anweisungen von diesem Irren bekam.

Der rote Punkt im Zentrum des Bildschirms bewegte sich praktisch überhaupt nicht, was den Hauptkommissar nicht verwunderte, da das Mädchen gerade im Aufzug stand und nach oben fuhr, und das hatte keine Auswirkungen auf den Bildschirm, da der Computer nur horizontale, aber keine senkrechten Bewegungen zeigen konnte.

Im Wagen herrschte Stille, nur ein leises, nachhallendes »Pling«, gefolgt von einem leisen, schabenden, metallischen Ton war jedes Mal zu hören, wenn sich die Aufzugtür öffnete. Und wie immer, wenn es so still war, konnte man zwischen den *Plings* und dem metallischen Schaben ganz, ganz leise Annas Herzschlag hören.

Dem ersten *Pling* war in regelmäßigen Abständen das zweite, das dritte, das vierte, das fünfte gefolgt, und nun hatte es bereits zum sechsten Mal diesen hellen, silbernen, kurz nachhallenden Ton gegeben. Anna musste jetzt wieder auf dem Weg nach unten sein. Nur ihr zarter Herzschlag pochte regelmäßig aus dem Lautsprecher an der Decke des Wagens.

Ein Herzschlag, dessen Geschwindigkeit sich schlagartig verdoppelte, verdreifachte, ein Herzschlag, der nun laut und deutlich durch das Wageninnere hämmerte. Dann wurde gegen irgendetwas geschlagen, wieder ertönte der silberne Klang und ein weiteres *Pling* ging fast unter in einem erschrockenem Keuchen, einem hektischen Kratzen und Rascheln. Dann war nichts mehr zu hören. Gar nichts.

Alle waren in ihren Sitzen hochgefahren. Obwohl niemand etwas gesagt hatte, brüllte Pauli: »RUHE!«, dann sprach er in sein Mikro: »Anna, wir hören dich nicht mehr, wenn Du mich hörst: *Sofort* das Haus verlassen.«

Pascal N'Tobo war an das nächste Funkgerät getreten und hatte allen am Einsatz beteiligten Polizisten den Befehl gegeben, unverzüglich an ihren Positionen die Straßen abzuriegeln. Nun machte sich N'Tobo daran, einzelne Gruppen näher an das Gebäude heran zu dirigieren, in dem sich Anna eigentlich aufhalten sollte, während Pauli den Fahrer anwies, vor den Haupteingang zu fahren. Mit einem Ruck schoss der Wagen voran.

Kathrin und Lars hatten sich, ihre Hände ineinander verkrampft, ängstlich gespannt nach vorne gebeugt, Spocks rechtes Augenlid begann unkontrolliert zu zucken, während sein Vater einen Arm um seine Schultern legte. Endlich fand Pauli die Zeit für fünf beruhigende Worte: »Das rote Licht leuchtet noch«, doch dann: »Was zum Henker...? – Sie ist jetzt im *Nachbarhaus*! Wie ist das möglich?«

Es war Leutnant Brown, der ihm aufgeregt die Antwort zurief: »Es ist ein Doppelaufzug. Ich habe die zweite Tür gehört!«

Pauli verstand. Er gab N'Tobo die Anweisung, seine Leute schnell vorrücken zu lassen, bis sie den ganzen Häuserblock umstellt hätten. Dabei ließ er die ganze Zeit den roten Punkt auf dem Bildschirm nicht aus den Augen. Während der Einsatzwagen vor dem Bürogebäude hielt, meinte er: »Seltsam, es scheint so, als würde sie einfach diagonal durch das Haus gehen. – *Was ist …?* Jetzt ist sie in einem Gebäude auf der *anderen* Seite des Blocks!«

Der lange Techniker mischte sich nun ein: »Wenn ich den Stadtplan hier richtig interpretiere, dann glaube ich, es gibt nur eine einzige Tiefgarage unter dem gesamten Gebäudekomplex. Die Garage hat nur zwei Ein- und Ausfahrten, hier und in der nächsten Querstraße.«

N'Tobo hatte zugehört. Er schickte sofort vier Fahrzeuge los, um die Tiefgarage zu blockieren, dann gab er dem Fahrer von *Grün 1* die Anweisung, auf die andere Seite des Häuserblocks zu fahren.

Pauli versuchte sich seine Nervosität nicht anmerken zu lassen. Das dauerte alles viel zu lange. Falls dieser Irre schon bei dem Mädchen war ... Der Plan hatte natürlich vorgesehen, sofort zuzugreifen, sobald *ER* auf der Bildfläche erschien. Doch durch seinen Trick mit dem Aufzug verzögerte sich alles. Das Netz schien dicht, *er* würde ihnen nicht durch die Lappen gehen, aber inzwischen hatte er genügend

Zeit, um ... – Pauli konnte die Angst hinter sich geradezu spüren.

Während *Grün 1* seinen neuen Standort erreichte, meinte Pauli plötzlich: »He, offenbar bleibt sie in dem Gebäude, der Punkt bewegt sich kaum noch. Aber – in welchem Stock ist sie?«

Kathrin und Patrick stießen ein unterdrücktes Stöhnen aus, Lars konnte nun nicht länger an sich halten und rief: »Um Himmels willen, tun Sie was! Beeilen Sie sich doch! Mein Mädchen!«

Zwei Sekunden herrschte Schweigen, während Pauli einen Blick auf den Stadtplan warf, dann sprach er in sein Mikrofon: »An die Einsatzleiter der beiden Sturmtrupps: Nehmen Sie sich das Bürogebäude Wallstraße 38 vor. Trupp eins übernimmt nacheinander die Stockwerke eins, drei, fünf, Trupp zwei übernimmt zwei, vier, sechs. Beeilung und Vorsicht, es ist möglich, dass in einzelnen Büros noch jemand bei der Arbeit ist.«

Dann gab Pauli einem der jungen Polizisten ein Zeichen, der öffnete die Rücktüre des falschen Postwagens und gab so den Blick auf die Straße frei. Nur wenige Sekunden später hielten mit quietschenden Reifen zwei Mannschaftswagen direkt hinter *Grün 1*, bewaffnete Männer in kugelsicheren Helmen und Westen sprangen heraus und verschwanden im Laufschritt aus dem schmalen Blickfeld der Insassen von *Grün 1*.

Lars legte das Funktelefon, das er sieben Stunden lang auf dem Schoß gehalten hatte, neben sich und stand auf, Patrick und Edgar Mayer folgten seinem Beispiel. Lars sagte: »Ich gehe auch rein.«

Pauli fuhr herum und rief: »Kommt gar nicht in Frage! Denken Sie an unsere Abmachung. Ich kann nicht verantworten, dass Sie da drin im Weg stehen.«

In dem lauten Streit, der nun entbrannte, ging das Klingeln des Funktelefons fast unter, und die Männer achteten nicht weiter auf Kathrin, die den Hörer an ihr Ohr hob. Doch dann blieb ihnen gar nichts anderes übrig, als ihre Aufmerksamkeit Kathrin zu widmen, denn sie schrie die Streithähne mit überschnappender Stimme an: *»Jetzt haltet verdammt noch mal die Schnauze!«*

Alle Augen richteten sich verblüfft auf die einzige Frau im Wagen, doch die Verblüffung sollte noch größer werden, denn während Annas Mutter den Hörer an ihr Ohr gepresst hielt, begann ihre Unterlippe zu zittern, Tränen schossen ihr in die Augen, und sie biss sich in die linke Hand, um ein Schluchzen zu unterdrücken. Schließlich stammelte sie: »Oh mein Schatz, mein Liebling, geht es dir gut? Geht es dir wirklich gut?« Dann, nach ein paar Sekunden des Zuhörens: »Schsch, ja, es wird alles gut, ... das hast Du sehr gut gemacht ..., ja, wir sind gleich bei dir ... ja, ich bleibe dran, ich muss nur den anderen Bescheid sagen.« Und als ob es noch niemand gemerkt hätte, sagte Kathrin: »Es ist Anna!« Mit einer Stimme, als wolle sie selbst nicht daran glauben, fuhr sie fort: »Ich weiß auch nicht ..., sie sagt, sie hat *IHN* erwischt, aber sie käme nicht raus. Wir sollen uns beeilen, bevor er wieder zu sich kommt«, ganz leise, fügte sie noch hinzu: »Und sie weint – oh, ich konnte sie kaum verstehen.«

»Ihn *erwischt*?«, echote Pauli ungläubig.

Während N'Tobo die Sturmkommandos über Funk anwies, Stellung zu beziehen, wo sie gerade waren, riss Pauli das Telefon aus Kathrins Händen, bemühte sich um eine ruhige Stimme und sprach in den Hörer: »Hier ist Pauli ..., ja, ... ja, mein Kleines, versuch jetzt, ganz ruhig zu bleiben, und sag mir genau, wo Du bist, umso schneller sind wir bei dir. ... Fünfter Stock, aus dem Aufzug nach links, das zweite Büro ... Was? Ein Durchgang hinter einem Aktenschrank? ... Wir sind sofort da.«

Diesmal machte der Hauptkommissar keine Einwände, als die ganze Schar hinter ihm her aus dem Wagen hastete. Pauli nahm sich gerade noch die Zeit, einen der jungen Polizisten anzuweisen, zwei Brecheisen mitzunehmen, und unterwegs sammelte er auch noch zwei Mann des Sturmkommandos auf. Kathrin, der Kommissar, Edgar Mayer, Leutnant Brown und der Polizist mit den Brecheisen fuhren mit dem Aufzug in den fünften Stock. Da die beiden anderen Kabinen nicht im Erdgeschoss waren, hetzten Lars und Patrick mit den übrigen Polizisten zu Fuß die Treppe hinauf, nur N'Tobo und die Funker waren im Wagen der Einsatzleitung zurückgeblieben.

Lars und Patrick hätten nicht im Traum daran gedacht, auf die zweite Liftkabine zu warten, und Kathrin kam die Fahrt mit dem Aufzug unendlich lange vor. Aber sie hatte das Bedürfnis unterdrückt, auch die Treppe hinaufzurennen, denn sie hatte nun wieder das Funktelefon, und beim Rennen hätte sie den Kontakt zu Anna nicht aufrechterhalten können. Vor lauter Aufregung fiel ihr im Aufzug nichts ein, was sie zu ihrer Tochter sagen könnte. Schließlich nannte sie einfach die Stockwerke, die der Aufzug gerade passierte, um Anna zu zeigen, dass sie schon ganz nahe waren.

Lars und Patrick hatten das Kunststück fertig gebracht, noch vor dem Aufzug im fünften Stock zu sein. Als Kathrin und der Kommissar aus dem Lift drängten, brach Lars gerade mit einem gewaltigen Tritt die zweite Türe links von ihnen auf, dabei ignorierte er die Warnung eines Polizisten, der als erster seiner Gruppe aus dem Treppenhaus herausgekeucht kam.

Während Lars und Patrick Annas Namen riefen, stürzten sie in ein Büro, das ganz offensichtlich auf einen neuen Mieter wartete: Bis auf zwei leere Pappkartons, einen alten Papierkorb und einen großen, türlosen Blech-Aktenschrank war das Zimmer leer. Zur rechten gab es noch eine Türe, doch die interessierte Lars und Patrick nicht, ganz im Gegensatz zu dem Aktenschrank an der linken Wand. Denn deutlich war zu hören, wie jemand von der Rückseite dagegen hämmerte, und dann meldete sich Annas tränenerstickte Stimme mit hastigen Worten: »*Hier!* Hier bin ich! Schnell! Bitte macht schnell! Ich glaube, die Batterien sind leer!«

Zwar wusste Lars nicht, was es mit den Batterien auf sich hatte, das hinderte ihn aber nicht, gemeinsam mit Patrick an dem Blechschrank zu zerren, während er rief: »Anna! Geh zur Seite!«, aber der Schrank rührte sich nicht.

Doch dann kamen die beiden Sturmtrupp-Polizisten mit den Brecheisen. Sie stießen die Eisen an beiden Seiten zwischen Schrank und Wand, und mit zwei kräftigen Rucken platzte der Schrank geradezu von der Wand weg, kippte scheppernd nach vorne, während auf der Rückseite irgendetwas zu Boden polterte und ein Durchgang in einen kleinen Nebenraum sichtbar wurde.

Pauli wollte die Silvans und Spock zurückhalten, um zuerst die beiden gepanzerten und bewaffneten Polizisten vorzulassen, doch da waren die drei auch schon in den Raum hinter dem Durchgang gesprungen. Also folgte Pauli mit gezogener Waffe so schnell er konnte. Doch seine Pistole war nicht nötig.

In der Ecke links neben dem Durchgang kauerte mit verängstigtem Gesicht Anna, sie hielt ein Telefon an sich gepresst, als hinge ihr Leben davon ab, gleichzeitig umklammerte ihre rechte Hand ein seltsames Gerät, das entfernt an einen Elektrorasierer erinnerte. Doch der Hauptkommissar konnte nur einen kurzen Blick auf Anna werfen, dann wurde sie schon hochgezogen und war hinter einem Gedränge und Gedrücke von Umarmungen verschwunden. Im Augenblick musste Pauli ohnehin der zweiten Person in dem fast leeren Zimmer mehr Beachtung schenken: Ein wenig zu seiner Rechten lag ein Mann, quer in den Raum hinein, auf dem abgetretenen, braunen Teppichboden. Der Mann war mittelgroß, etwas untersetzt, hatte einen ziemlich schwarzen Lockenkopf und ein breites Gesicht mit dunklem Teint, außerdem trug er eine dicke Hornbrille auf der schmalen Nase, unter der ein kleines Bärtchen saß. Seine Kleidung war unauffällig: blaue Jeans, ein rötlich-braunes Holzfällerhemd und einfache braune Wildlederschuhe mit Kreppsohlen, die dem Kommissar zugewandt waren. Und der Mann zuckte. Seine Augenlider flatterten, sein halboffener Mund machte mahlende Bewegungen. Irgendwie schien der ganze Kerl bemüht, seine Glieder wieder unter Kontrolle zu bringen.

Der kleine Raum schien inzwischen vor Polizisten geradezu überzuquellen. Es bedurfte nur eines kurzen Winks von Pauli. Der Mann wurde auf den Bauch gerollt und bekam Handschellen verpasst. Eine große, blaue Sporttasche, die neben ihm auf dem Boden stand, wurde vorsorglich aus seiner Reichweite geschoben. Dann schickte Pauli alle Polizisten wieder aus dem Zimmer, mit Ausnahme von zwei Beamten, die er als Wachen links und rechts des gefesselten Mannes Aufstellung nehmen ließ. Nun erst wandte er sich wieder der Gruppe auf der anderen Seite des Zimmers zu.

Anna hing mit geschlossenen Augen wie ein nasser Sack in den Armen ihres Vaters. Nach all den Anstrengungen und all der Angst der vergangenen Stunden schien mit einem Schlag jede Energie aus ihr gewichen. Ihre Arme baumelten einfach herunter, nur mit der rechten Hand hielt sie immer noch den Elektro-Schocker fest umklammert, von dem links und rechts der Leukoplaststreifen herunterbaumelte. Patrick nahm diese Hand, löste vorsichtig die verkrampften Finger von der Waffe, warf sie dem Kommissar zu und meinte leise zu Anna: »Das Ding brauchst Du nicht mehr«, dann küsste er lange ihre Hand und hielt sie ganz fest. Kathrin stand auf der anderen Seite, hatte ihren linken Arm um die Schulter ihres Mannes gelegt, und mit der rechten Hand streichelte sie Annas Nacken, wie sie es als kleines Mädchen so gerne gehabt hatte.

Nach vielen Sekunden schlug Anna die Augen auf, und als ob Patricks Worte erst jetzt zu ihr durchgedrungen wären, sagte sie leise: »Nein, ich brauche die Waffe nicht mehr.« Dann brachte sie fast ein Lächeln zustande, als sie mit belegter Stimme hinzufügte: »Es ist vorbei.« Doch die ganz große Freude blieb aus, dazu war sie einfach zu erschöpft.

Nun schaltete sich der Hauptkommissar ein: »Ich weiß, Mädchen, dass Du geschafft bist, aber … Was um Himmels Willen ist hier passiert?«

Anna genoss das sachte Streicheln in ihrem Nacken, das kaum wahrnehmbare Wiegen ihres Vaters und Patricks Hände, die immer noch ihre rechte Hand umfasst hielten. Am liebsten hätte sie überhaupt nichts anderes gemacht, als sich immer weiter auf diese Weise trösten zu lassen.

Doch ohne ihre Position zu verändern begann sie schließlich leise zu erzählen, und allein ihre Stimme war in dem Zimmer zu hören: »Ich hab's gemerkt. Ich habe es einen winzigen Moment vorher gemerkt, aber da war es schon zu spät. Vielleicht, wenn ich nicht schon so müde gewesen wäre, vielleicht hätte ich es rechtzeitig durchschaut. Gesehen hatte ich es natürlich sofort, dass der Aufzug zwei Türen hat. Aber was das für mich bedeutete, das war mir nicht klar gewesen. Als dann auf dem Runterweg plötzlich ein Halt im zweiten Stock angezeigt wurde – im zweiten Stock auf der anderen Seite –, da wusste ich, dass das die Falle war, auf die ich den ganzen Tag gewartet hatte. Ich bin so erschrocken …, ich hätte schneller reagieren müssen. Ich hab' dann noch auf die Zwei auf meiner Seite geschlagen, damit auch da die Tür aufgehen sollte. Natürlich wollte ich versuchen, abzuhauen, aber ich …«, Anna musste ein paar Mal heftig Schlucken, bevor sie weiterreden konnte, »… ich *konnte* mich nicht durchquetschen, ich *konnte* nicht. Und *Er* stand schon im Aufzug, zerrte mich an den Haaren zurück. In dem Augenblick war ich sicher, dass er ..., dass er mich jeden Moment ..., dass er mich umbringen würde.«

Anna schloss wieder die Augen und schwieg. Lars fragte: »Willst Du es später erzählen?«

Anna schüttelte den Kopf, aber es dauerte noch eine Minute, bis sie weiterreden konnte: »Natürlich wollte ich um Hilfe schreien, aber er presste mich gegen die Aufzugwand, und ich fühlte plötzlich ein Messer an meinem Hals. Er hob seinen linken Zeigefinger an seine Lippen und kratzte mir mit der Rückseite der Klinge über die Kehle. Was das bedeuten sollte, war klar. Dann drückte er den Knopf für das Kellergeschoss und begann, mich abzutasten.« Anna schüttelte sich »Er entdeckte die beiden Kabel unter meinem linken Arm. Da sie nicht sehr stramm saßen, konnte er sie zusammen mit einer Falte von meiner Bluse greifen und etwas von mir wegziehen. Dann hat er mit einem Schnitt die Kabel durchtrennt, und ich glaube, seit dem Augenblick, als ich gemerkt hatte, was gespielt wurde, waren nicht einmal zehn Sekunden vergangen. Und jetzt erst hat er etwas gesagt: *Ganz schön blöde*, sagte er, *na, war ja wohl nicht anders zu erwarten: Ein Knopf im Ohr und ein Mikro, nicht wahr? Typisch Pauli, die Einfalt in Person.* – 'Tschuldigung, aber das hat er gesagt.«

Der Hauptkommissar drehte sich herum, warf einen Blick auf den am Boden liegenden Mann und meinte laut: »Aber glücklicherweise nicht ganz so einfältig wie unser Freund hier, der nicht daran gedacht hat, dass es noch einen zusätzlichen Peilsender geben könnte.«

»Ja,« sagte Anna, »Sie glauben gar nicht, was ich für eine Angst hatte, dass er mich noch weiter durchsucht und auch den zweiten Sender findet, – aber er hat's nicht getan.«

Kathrin stellte jetzt die Frage, die alle brennend interessierte, und noch immer schwang Unglaube in ihrer Stimme mit: »Wie hast Du es bloß geschafft, mit dem Irren fertig zu werden?«

»Na ja, da war Papas Geburtstagsgeschenk wohl doch nicht so schlecht. Als der Aufzug unten ankam, waren wir in einer Tiefgarage, – fast leer, um diese Zeit. Er hat mich am Kragen gepackt und quer vor sich her auf die andere Seite getrieben. Dort sind wir in einen anderen Aufzug eingestiegen und hier in den fünften Stock gefahren. Die Tür zu dem Büro war nur angelehnt, hinter sich riegelte er sie ab und trieb mich weiter hier in den Raum und verlangte: *Setz dich und Mund halten*, also setzte ich mich mit untergeschlagenen Beinen auf den Boden und hielt meinen Mund, während er sich an dem Aktenschrank zu schaffen machte, den er bestimmt vorbereitet hatte: An die Rückseite sind zwei breite Griffe und zwei Winkeleisen geschraubt, an den Griffen zerrte er den Schrank von innen vor den Eingang, und mit einem bereitliegenden Akkuschrauber hat er dann angefangen, durch die Löcher in den Winkeleisen Schrauben in den Türrahmen zu drehen. Mir war schon klar, was er damit erreichen wollte: Er konnte sich ja ausrechnen, dass es um das Gebäude herum von Polizisten nur so wimmelte. Sein Trick bestand ganz einfach darin, gar nicht erst zu versuchen durchzubrechen. Stattdessen ließ er uns von der Bildfläche verschwinden. Wer wäre bei einer noch so gründlichen Durchsuchung schon auf die Idee gekommen, dass sich jemand hinter einem Aktenschrank verstecken könnte, der noch dazu mit der Wand verschraubt zu sein scheint?

Ihr solltet glauben, er hätte es tatsächlich irgendwie geschafft, unbemerkt an allen Straßensperren vorbeizukommen. Was er natürlich nicht wusste: Dass ich immer noch den Peilsender an meinem Knöchel hatte und die Suche erst dann geendet hätte, wenn der Sender wieder zum Vorschein gekommen wäre. Was nun aber wiederum *ich* nicht wusste: Wie lange würde es dauern, bis ihr mich finden würdet? Wie viel Zeit wäre ihm geblieben, zu tun ... was eben immer er vorgehabt hatte? Ja und dann, während er sich daran machte, den Durchgang zu verschließen, dachte ich an Papas Geschenk, das ich mir heute morgen noch um den Knöchel gebunden hatte. Und da ich ohnehin die Beine untergeschlagen hatte, ließ ich meine rechte Hand vorsichtig unter den Hosenschlag gleiten und berührte den E-Schocker.

Glaubt aber nicht, der Rest wäre einfach gewesen. Denn jetzt ging wieder das Grübeln los. Sollte ich versuchen, mich vorsichtig an ihn heranzuschleichen, während er noch an dem Schrank herumhantierte? Oder wäre es besser, mich einfach von hinten auf ihn zu stürzen? Und vor allem: Was würde er mit mir machen, wenn ich keinen Erfolg hätte? Da habe ich dann gemerkt, dass ich ganz einfach Schiss hatte, den Versuch zu wagen. Ich war drauf und dran, die Chance zu verpassen, denn er war gerade dabei, die letzte Schraube in den Türrahmen einzudrehen. Da blieb keine Zeit mehr für großartige Pläne, – was vielleicht ganz gut war. Ich riss mir den E-Schocker vom Bein – und so, wie sich's anfühlt, gleich noch zwei, drei Kilo Haut dazu.

Ich weiß bis jetzt noch nicht, wie ich so schnell vom Boden hochgekommen bin. Und natürlich *hat* er etwas gehört. Während ich ihn noch ansprang, drehte er sich herum, und so hab ich ihn, glaub' ich, etwas seitlich am Hals erwischt, als ich den Abzug durchdückte. Der Kerl fiel auf der Stelle wie ein Stein nach vorne und hätte mich beinahe noch mitgerissen. Er muss gewaltig zusammengezuckt sein, als ihn der Stromschlag traf, denn der Schrauber flog quer durch den Raum. Dabei hat das Ding den Geist aufgegeben, und ich konnte die verflixten Schrauben nicht aufdrehen.

Ich habe meine Versuche aufgegeben, als der Kerl wieder anfing, sich ganz leicht zu bewegen. Ich hab' ihm den Schocker an die Nase gehalten und noch mal abgedrückt«, dann rief Anna zu dem Mann auf dem Boden hinüber: »Und es tut mir *nicht* leid!«

Leiser setzte sie ihre Erzählung fort: »Ja, und dann ist mir das Telefon aufgefallen, das einfach hier in der Ecke auf dem Boden stand. Natürlich hatte ich gemerkt, dass die Büroräume hier leer stehen, deshalb war ich sicher, dass das Telefon bestimmt abgemeldet wäre. Aber diesmal...«, Anna atmete tief durch, »na ja, die Telekom war halt nicht gerade von der schnellsten Truppe, oder vielleicht hatte ich diesmal auch einfach nur Glück. Bevor ihr schließlich hier wart, hab' ich ihm noch eine verbraten, weil er sich schon wieder gerührt hatte, aber als ich es ein viertes Mal tat, schien es keine Wirkung mehr zu haben. Ich hatte wohl schon die ganze Energie verbraucht. Und ich saß ganz schön auf glühenden Kohlen, bis ich endlich eure Stimmen gehört habe. Den Rest kennt ihr.«

»Alle Achtung«, aus Paulis Stimme war echte Bewunderung herauszuhören, »deine Eltern können wirklich sehr stolz auf dich sein. Verdammt noch eins, ich wünschte, alle unsere Polizisten hätten soviel Schneid!« Dann wandte er sich um: »Ja, den Rest von dem, was hier passiert ist, den kennen wir. Aber jetzt brenne ich darauf, unseren Freund hier besser kennenzulernen. Hebt ihn hoch.«

Die letzten Worte galten den beiden Bewachern des Mannes, die ihn nun an den Oberarmen packten und auf die Füße stellten. Trotz der Handschellen behielten sie seine Arme fest im Griff.

Der Hauptkommissar trat auf den Mann zu, blieb einen Meter vor ihm stehen und betrachtete sich den Kerl eingehend. Schnell hatte Pauli Gesellschaft. Trotz ihrer Müdigkeit befreite sich Anna aus den Armen ihres Vaters und stellte sich neben den Kommissar. Auch ihre Eltern und Patrick mit seinem Vater kamen näher. Anna sah ihrem Gegenüber direkt in die Augen, ihr Herz schlug bis zum Hals und ihre Haut kribbelte, als sie ihre Frage stellte, die nur aus einem einzigen Wort bestand: »*Warum?*« Aber sie bekam keine Antwort – an dem elektrischen Schlag konnte es nicht mehr liegen.

Sie starrte weiter durch die dicken Brillengläser hindurch in diese graubraunen Augen, schüttelte schließlich den Kopf und meinte leise: »Seltsam.«

»Was findest Du seltsam, mein Kind?«, wollte der Kommissar wissen.

Anna versuchte die richtigen Worte zu finden, meinte schließlich: »*Das* soll der Mann sein, der all das Leid über so viele Menschen gebracht hat? Der Mann, der mich, der Teufel mag wissen warum, so sehr hasst, dass er sogar bereit ist, zu Morden? Sehen Sie sich doch mal seine Augen an! Im Augenblick kann ich darin nichts weiter erkennen als nackte Angst.«

»Ja, es ist manchmal beinahe komisch, wie wenig gerade *die* Leute einstecken können, die so gerne und viel austeilen.«

Plötzlich stutzte Anna, und sachte begann sich eine neue Beklemmung in ihrer Brust breitzumachen. Da war noch etwas ..., nicht nur diese Augen auch die ... »*Die Brille!*«, rief Anna überrascht und packte in ihrer Aufregung Paulis Hand, »sehen Sie nicht? Obwohl es so dickes Glas ist, verändert sie seine Augen nicht! Die ist nicht echt!«

»Ah! Richtig! Ob sich unser Freund verkleidet hat?«

Auch Kathrin mischte sich jetzt in das Gespräch: »He, jetzt merke ich auch, was mich die ganze Zeit an dem Bastard stört: Ich glaube, die dunkele Tönung der Haut, das ist nur Schminke.«

Pauli trat noch näher auf den Mann zu und streckte seine Hand aus, da rührte sich der Kerl endlich, versuchte zurückzuweichen und stammelte: »Nicht, nicht!«, aber die beiden

Polizisten hielten ihn gut fest. Und während Pauli ihm die Fensterglas-Brille von der Nase nahm, murmelte er: »Diese Stimme ...?«

Dann griff sich der Kommissar ein Ende des kleinen Schnurrbarts, zog einmal kräftig, und hatte den Bart in der Hand. Patrick meinte plötzlich: »He, seht mal, sein Bauch ist verrutscht.«

Pauli tastete sein Gegenüber kurz ab und erklärte: »So untersetzt ist unser Freund hier gar nicht. Ich würde sagen, er hat sich ein kleines Kissen um den Bauch geschnallt. Und wenn ich mir das Gesicht jetzt so betrachte, dann meine ich fast, ich hätte es irgendwo schon mal gesehen.«

Der Mann zitterte nun regelrecht. Aus einer Eingebung heraus tastete Pauli auch dessen Backen ab, dann meinte er: »Er hat sich irgendwas reingestopft, damit sein Gesicht breiter wirkt. Na, jetzt wollen wir aber mal zur Enthüllung schreiten.«

Bei seinen letzten Worten griff er dem Mann in die Locken und riss ihm die Perücke vom Kopf, dann fuhr er überrascht zurück und rief: »Da soll doch ... *Du!* Blue, Du elender Bastard! Kannst Du mir verraten, was das Ganze soll?«

Blue spuckte zwei kleine Gummikissen aus und stotterte: »Ich ..., Herr Hauptkommissar, ich kann's erklären ...«

»*Erklären?*«, rief Pauli kochend vor Zorn, »ich kann es dir erklären, Blue: Du bist ein riesengroßes Arschloch! Das ist die Erklärung! Und diesmal kommst Du nicht ungeschoren davon, das garantiere ich dir.« Dann wandte sich Pauli um und sagte: »Jetzt kenne ich auch den Grund, warum unser *Superkiller* hier von Anna so geheimnistuerisch wissen wollte, was er eigentlich so alles angestellt hat: Von uns gab es nur ein paar sehr sparsame Presseerklärungen, ansonsten hat unsere Sonderkommission mit Hilfe der Staatsanwaltschaft eine strenge Nachrichtensperre verhängt, und dieser Aasgeier, der ohnehin der Polizei gerne eins auswischen würde, hat den ganzen Mist hier inszeniert, um doch noch zu der Story zu kommen, hinter der er die ganze Zeit her war. Habe ich gesagt, um zu der Story zu *kommen*? Um die Story zu *machen*, wäre wohl der bessere Ausdruck.«

Fassungslos fragte Anna: »Verstehe ich das richtig? Er ist gar nicht ...? Es war alles umsonst? All die Anstrengungen? All die Angst? Umsonst? Und der echte Mörder läuft immer noch frei herum?«

»Ich fürchte, so ist es wohl«, antwortete Pauli traurig, dann wandte er sich wieder Blue zu, und während nun alle auf den Reporter einschimpften, ging Anna langsam ein paar Schritte rückwärts. Als sich Patrick ein paar Sekunden später nach ihr umdrehte, rief er traurig: »Seht doch! Anna!«

Alle wandten sich nun um. Da saß sie auf dem alten Teppich, hatte die Hände vor ihr Gesicht geschlagen und weinte. Die Enttäuschung war zu groß, die aufgestaute Angst, die Verzweiflung, konnte sie nicht länger zurückhalten, und die Müdigkeit tat ein Übriges, um den Zusammenbruch vollkommen zu machen. Sofort bemühten sich ihre Eltern und Patrick um sie, während Pauli über Funk den Notarzt des Einsatzteams anforderte.

Fünf Minuten lang konnte niemand ein verständliches Wort aus Anna herausbringen, doch auf einmal schrie sie mit überschnappender Stimme: »*Wir werden ihn niemals erwischen! NIE! NIE! NIIIE!*« Nach dem letzten Schrei begann ein hauchdünnes Blutrinnsal aus Annas linkem Nasenloch zu fließen. Unter ihrem Schnauben und Schluchzen konnten die anderen sie kaum verstehen, als sie ganz leise hinzufügte: »So viele! So viele sind schon tot! Und es ist, als würde ich ihren Atem in meinem Nacken spüren – in jeder einzelnen Minute. Aber ich kann nicht mehr. Ich will nicht mehr«, und es hörte sich so verzweifelt an, dass nun auch Patrick und Kathrin die Tränen in die Augen schossen.

Lars dagegen tat etwas anderes: Er hatte noch nie im Leben jemanden geschlagen, und wenn ihm heute morgen irgendwer erzählt hätte, dass er noch an diesem Tag sogar einen gefesselten Menschen verprügeln würde, dann wäre Lars Antwort bloß ein Zeigefinger an der Stirn gewesen. Aber jetzt stürzte er sich mit einem Wutschrei auf Blue, und noch ehe ihn die Polizisten mit vereinten Kräften zurückzerren konnten, hatte er ihm mit einem Schlag auf das linke Auge niedergestreckt. Blue jammerte, aber Pauli sagte nichts.

Endlich kam auch der Notarzt. Diesmal war es nicht Fritzchen Bulle, sondern ein jüngerer, drahtiger Mann mit einer braunen Stoppelfrisur. Annas Weinkrampf hatte immer noch nicht nachgelassen, deshalb verabreichte er ihr ein starkes Beruhigungsmittel, nachdem er sie kurz in Augenschein genommen hatte, und er überlegte laut: »Es wäre vielleicht besser, wenn wir sie für ein, zwei Tage ins Krankenhaus bringen würden.«

Sofort packte Anna ihre Mutter, die ihr am nächsten stand, am Arm und schnüffelte: »Nein. Bitte. Nicht ins Krankenhaus.«

»Keine Angst«, beruhigte Kathrin sie sachte, »wir nehmen dich mit und ich verspreche dir: Lars und ich und natürlich auch Patrick, wir werden dich schon wieder aufpäppeln. Wirst sehen: In zwei Tagen hast Du deinen Kampfgeist zurück. Den brauchen wir nämlich. Wir alle. Du darfst nicht aufgeben – hörst Du? Und noch haben wir nicht verloren. Pass auf: Irgendwann macht er einen Fehler. Dann erwischen wir ihn. Und ich bin sicher, es kann nicht mehr lange dauern.«

*

Zumindest soweit es Annas Genesung betraf, sollte Kathrin recht behalten: Anna hatte fast den gesamten Dienstag verschlafen. Als sie endlich am späten Nachmittag aus den Federn gekrochen kam, schämte sie sich fast, dass sie am Vortag so zusammengeklappt war. Lars hatte sich wieder einmal einen Tag frei genommen, wofür seine Partner in der Kanzlei allerdings Verständnis zeigten. Nur am Vormittag hatte er einen unumgänglichen Gerichtstermin wahrnehmen müssen, und dann war er noch eine Stunde bei Pauli gewesen. Aber er war schon längst wieder zu Hause, als Anna, im Bademantel und mit zerzausten Haaren, die Treppe herunter kam. Lars, der gerade im Wohnzimmer saß und ein paar Akten durchblätterte, sah von seiner Arbeit auf und rief dann in Richtung Terrassentür: »Leute, seht mal, wer da kommt!«

Kathrin und Tommy, beide in alten Gartenshorts und zerknitterten T-Shirts, kamen vom Blumengießen herein, und Kathrin sagte liebevoll: »Na, auch schon ausgeschlafen? – Geht es dir besser?«

Anna streckte sich, dann rieb sie sich über den Bauch und meinte: »Danke, ausgeschlafen hab ich – einigermaßen. Und Hunger hab' ich. Ein großer Eimer Spaghetti und ein Zentner geriebener Käse wäre jetzt genau das Richtige, und so gesehen, glaube ich, geht es mir schon wieder ganz gut.«

»Fantastisch«, sagte Lars, »das ist wenigstens etwas, bei dem ich Abhilfe schaffen kann. Magst Du lieber Bolognese oder Carbonara?«

Kathrin stemmte die Arme in die Hüften und meinte verblüfft: »Ach sieh an! Für mich hat der Herr schon verdammt lange nichts mehr gekocht!«

Lars antwortete: »Na, dann hol ich's jetzt eben nach. Heute bin ich mal wieder für das Abendessen zuständig. He, Anna, wie wär's: Mr. Spock soll sich auch rüberbeamen, und dann lädst Du noch Heike und Roland ein, die beiden wollten heute Mittag schon nach dir sehen, aber Du hast ja noch Murmeltier gespielt.«

Anna schielte zu ihrem Bruder hinüber und meinte: »Wäre vielleicht gar nicht schlecht. Als Dank dafür, dass sie gestern Babysitter gespielt haben.«

»Uff. Habt ihr das gehört?«, rief Tommy entrüstet, »ich glaube fast, Schwesterchen hat sich *zu* gut erholt?«

Lars wollte sich schon auf den Weg zu den notwendigen Besorgungen machen, als Anna, etwas verlegen, zu ihren Eltern meinte: »Was ich noch sagen wollte: Tut mir leid, dass ich gestern so zusammengeklappt bin. Ich wollte euch keine Angst machen.«

»Aber Liebling!«, rief Kathrin überrascht, »dafür brauchst Du dich doch nicht zu entschuldigen. Nach *dem* Tag! – Und Du hältst dich wirklich ausgezeichnet.«

»Stimmt schon, gestern war ich ziemlich am Ende. Aber was auch immer ich gestern gesagt habe, ich ... – ach zum Kuckuck, ich werde nicht aufgeben, jetzt erst recht nicht. Und sollte sich *wirklich* die Chance ergeben, ihm eine Falle zu stellen, dann werde ich es wieder tun. – Ich habe ja jetzt Übung."

*

Nachdem sich Anna frischgemacht und angezogen hatte – ein altes, khakifarbenes Sweatshirt ihres Vaters und eine hellbraune Leinenhose mit passendem Ledergürtel und Sandalen –, startete sie einen Rundruf. Spock kam sofort herüber. In ihrem Zimmer musterte er sie erst einmal von Kopf bis Fuß, vor allem betrachtete er aufmerksam ihr Gesicht. Dann umarmte er sie und stellte sanft fest: »Es geht dir wieder besser. Wie schön. Weißt Du, gestern hatte ich wirklich Angst um dich. Und wenn ich ehrlich bin: nicht nur um dich. Du bist stark, und wenn selbst Du schon ans Aufgeben denkst ... Wir brauchen dich. Ich brauche dich.«

Anna drückte sich an ihn und flüsterte ihm ins Ohr: »Ich brauche dich doch genauso. So stark bin ich wirklich nicht. Du solltest mir lieber nicht so schmeicheln. – Obwohl ...«, sie konnte nicht widerstehen und biss Patrick sanft ins rechte Ohrläppchen, »... wenn ich's mir recht überlege, dann fahr ruhig fort, mir so zu schmeicheln, das tut gut. – Ganz abgesehen davon, dass Du natürlich recht hast.«

»He, so munter bist Du schon wieder?«, entgegnete Spock und zauste ihr langes Haar, das sie heute offen trug. Dann balgten sie sich zärtlich, bis sie schließlich eng umschlungen auf Annas Couch landeten. Dort kuschelte sich Anna an Spock und gab zu: »Aber es stimmt schon, dass ich gestern total fertig war. Ich brauch es dir ja wohl nicht zu erzählen. Dieses Gefühl, als mir klar wurde, dass alles umsonst war. Weißt Du, ich war so *sicher*, dass wir ihn hätten. Schließlich kann ich seine Nähe, seinen Willen zu bösen Taten, *spüren*. Und gestern hatte ich wirklich geglaubt, er wäre da.«

Patrick hielt sie fest und entgegnete: »Lass dich dadurch nicht verunsichern. Gestern war schließlich ein ganz besonderer Tag für dich – wenn man's so nennen kann. Na ja, Du weißt, was ich meine. Kein Wunder, wenn Du dann denkst, dass er in der Nähe ist – zumal Du die ganze Zeit damit gerechnet hast. Außerdem: Wer sagt dir denn, dass wirklich alles umsonst war? Vielleicht ziehen wir ja auch noch irgendeinen Nutzen aus dieser dämlichen Aktion dieses noch dämlicheren Reporters?«

Anna stupste mit ihrer Stirn gegen Patricks Stirn und meinte: »Du bist auch unverbesserlich, was? Irgendwas Positives findest Du immer. – He! Es hat geklingelt. Das werden Heike und Roland sein. Lass uns runter gehen, ich verhungere.«

*

»Uuuuff, ich würde ja gerne noch, aber ich kann einfach nicht mehr, – keinen einzigen Bissen.« Anna schob den Teller von sich.

»Was ein Glück«, lästerte Lars, »ich kann schon fast den Boden der Spaghettischüssel sehen. – Hatte schon Angst, ich müsste noch mal in die Küche.« Und Roland feixte: »Wie, Anna, Du wirst doch nicht etwa schon aufgeben? Dabei hattest Du doch erst drei Teller, – oder waren's vier?«

Spock, der an der Längsseite des Tisches zwischen Anna und Roland saß, meinte gelassen zu seinem Freund: »Nur keine Sorge. Lars hat mir vorhin verraten, dass noch Eis da ist. Und ich gehe jede Wette ein: Wenn das auf dem Tisch steht, dann kann bei Anna keine Rede mehr davon sein, von wegen keinen Bissen herunterbringen und so.«

Anna maulte: »Ja, ja, hackt nur alle auf mir herum! Aber ich habe es mir verdient! Lasst ihr euch doch mal den ganzen Tag von einem verrückten Reporter durch die Gegend hetzen, noch dazu, wenn ihr die ganze Zeit damit rechnet, dass ein durchgeknallter Killer schon mit dem Hackebeil auf euch wartet.«

»Ach ja, wie heldenmütig«, meinte Patrick mit gelangweilter Stimme, »wie oft müssen wir uns das eigentlich noch anhören?«, aber der Blick, den er Anna zuwarf, passte so gar nicht zu seinen Worten, und auch nicht, dass er unter dem Tisch ihre Hand drückte.

Heike fragte nun neugierig: »Sagen Sie, Herr Silvan, Sie waren doch heute Vormittag bei der Polizei. Was hat die denn inzwischen aus diesem Blue herausbekommen?«

Lars warf Anna einen fragenden Blick zu, sie nickte: »Erzähl es nur, ich bin wieder fit, außerdem möchte ich es auch wissen.«

Also berichtete ihr Vater: »Es ist unglaublich, was sich dieser Mensch, dieser Möchtegern-Reporter ausgedacht hat. Zum einen liegt dieser Typ mit dem Kommissar im Dauerclinch, und es ging ihm irgendwie auch darum, Pauli eins auszuwischen. Auch und gerade wegen dieses Falls: Schon als Anna den armen Karl Palusky gefunden hatte, da hat der Kommissar diesem Blue eine Story vermasselt. Und dann die Sache, als er sich von *IHM* einspannen ließ, um diese Fotos zu veröffentlichen – für diesen Fehler hat er von dem Blatt, für das er hauptsächlich arbeitet, wohl ganz schön Druck bekommen. Diese Scharte wollte er jetzt mit einer *Superstory* – oder was er dafür hält – wieder auswetzten.

Er wusste ja, dass Anna eine Schlüsselfigur in der ganzen Geschichte ist. Zuerst wollte er sie nur am Telefon aushorchen – sagt er –, doch dann sei ihm noch während des Telefonats die Idee gekommen, eine ganze Geschichte daraus zu konstruieren, mit sich selbst als Held, sozusagen. Deswegen das Treffen mit Anna: Er wollte natürlich immer noch all die Informationen, die sie ihm hätte geben können, aber darüber hinaus wollte er dann allen vorgaukeln, der Böse in diesem Stück hätte ihn, den Reporter, eingeweiht, hätte ihm alle Informationen über diese Entführungsaktion und über all seine Taten zugespielt, um sich so der Öffentlichkeit mitzuteilen. – Ganz schön bekloppt, was?

Die Tasche, die er in diesem Büroraum bei sich hatte, da waren eine Fotoausrüstung und ein paar unschöne Utensilien drin. Er hatte vorgehabt, noch ein paar bedrohliche Fotos zu schießen und sich die Bilder dann gewissermaßen selbst zuzuspielen. So könnte er der Öffentlichkeit *beweisen*, dass seine Informationen vom *echten* Täter stammen. Außerdem machen sich ein paar reißerische Fotos natürlich immer gut in der Art von Blättern, für die er schreibt. Nach ein paar Stunden, so sagt er, wollte er Anna wieder freilassen. Die Story dazu: Der Mörder wollte nur mal zeigen, dass er ohne

Probleme überall zuschlagen könnte und dass die Polizei machtlos wäre; und er als Reporter hätte dann seine Häme gleich Kübelweise über die Polizei ausgegossen.«

»Woher wusste Blue, dass ich verkabelt war?«, wollte Anna wissen.

»Na ja, er ist zwar gewissenlos, aber nicht ganz dumm: Ihm war von vornherein klar, dass Du nicht ohne Schutz zu einem Treffen kommen würdest. Wieso solltest Du auch, – ohne zwingenden Grund? Zudem war Pauli *zu* gut gewesen. Blue hat es so eingerichtet, dass Du gestern immer wieder Stellen passiert hast, an denen er dich und dein Umfeld unauffällig beobachten konnte. Und da er damit rechnete, dass Du beschattet würdest, hätten ihm deine Schutzengel eigentlich auffallen müssen. Aber er entdeckte nichts. Das musste also heißen, dass Du aus der Ferne überwacht wurdest. – Was ein Glück, dass er nicht ganz so schlau war, und den zusätzlichen Peilsender nicht einkalkuliert hat.«

Patrick wollte wissen: »Und wie ist er an dieses Büro gekommen?«

»In seinem Job kommt er rum und kennt eine Menge Leute. Und so wusste er auch, dass eine kleine Konzertagentur Pleite gemacht und schon am Mittwoch ihre Büros geräumt hatte, – nur gut, dass das Telefon noch nicht abgemeldet war. Weiß der Himmel, wie Blue sich einen passenden Schlüssel für das Büro besorgt hat. – Jedenfalls hat er sich reichlich Ärger aufgehalst.«

»Mit was muss er denn rechnen?«, fragte Kathrin.

»Oje, ich glaube, da reichen meine Finger nicht, um alle Anklagepunkte aufzuzählen, die auf ihn zukommen. Bis zur Verhandlung ist er wohl auf freiem Fuß, aber um eine Gefängnisstrafe wird er nicht herum kommen – schon wegen der Freiheitsberaubung. Beruflich dürfte Freund Blue übrigens auch am Ende sein. Ich glaube nämlich kaum, dass es sich noch irgendeine Zeitung leisten will, auch nur einen weiteren Artikel von ihm zu veröffentlichen.«

Spock fragte nun Lars mit einem Grinsen: »Und was ist eigentlich damit?«, dabei hielt er sich ein Auge zu und sah Lars mit dem anderen an, die Braue vulkaniermäßig hochgezogen.

»Oh, hm, ja, das«, meinte Lars verlegen, während Anna kicherte.

»Könnte mir jemand erklären, was das heißen soll?«, meldete sich Roland zu Wort.

Anna klärte ihn auf: »Du hättest mal sehen sollen, wie mein Vater diesem Kerl eine verpasst hat. Er hat noch einen ganz ordentlichen Schwinger – für sein Alter.«

»Ha, ha, ich lache später, aber jetzt is' gut, ja? Also wirklich, diese Kids ...«

Aber Anna konnte es sich nicht verkneifen, noch ein bisschen zu sticheln: »Nein wirklich: Nur ein Schlag, und er hatte aus Blue einen Piraten-Reporter gemacht.«

Zur Demonstration hielt sie sich nun auch das rechte Auge zu, während Lars leicht entnervt mit den Fingern auf dem Tisch trommelte und seiner Tochter einen liebevoll-verbissenen Blick zuwarf. Doch dann sah er, wie das Blitzen aus Annas linkem Auge verschwand, ihr Blick nachdenklich, fast geistesabwesend wurde und wie drei Falten auf ihrer Stirn erschienen.

»He, Schatz was hast Du denn?«, wollte er wissen.

»Weiß nicht ...«, langsam zog Anna die Hand von ihrem rechten Auge und fuhr fort: »Ein Auge ..., *EIN* Auge. Irgendwas spukt mir im Kopf herum, irgendetwas Wichtiges. Neulich habe ich schon von Augen geträumt. Aber es muss auch etwas mit der Zahl zu tun haben, – damit, dass es nur *ein* Auge ist.«

Plötzlich merkte Anna, dass sie von allen Seiten gebannt angestarrt wurde. Sie musste lachen und rief: »Jetzt habt ihr mich rausgebracht! Na, so wichtig war's vielleicht auch nicht, – warum müsst ihr mich auch anglotzen wie das achte Weltwunder?«

Spock seufzte: »Weltwunder? Da würdest Du vielleicht am ehesten als Sphinx durchgehen. Nicht so hübsch, aber so unverständlich. *Autsch!* Was trittst Du mich denn unterm Tisch?«

Anna verpasste Patrick einen schnellen Kuss auf die Nase, dann schaute sie in die Runde und fragte: »Na, habt ihr euch wieder eingekriegt? Fein.« Mit ernster Stimme fuhr sie fort: »Aber eine Sache möchte ich doch gerne noch wissen.«

»Ja?«, fragte Lars gespannt.

»Wann gibt es das Eis?«

*

Obwohl der Abend recht lang geworden war, konnte Anna nicht gleich einschlafen, – vermutlich, weil sie heute schon fast den ganzen Tag verschlafen hatte. Doch es gab noch einen Grund: Als sie im Bett lag und der Trubel des Abends der dunklen Ruhe der Nacht gewichen war, hatte sie wieder Zeit zum Nachdenken. Zum Grübeln. Über das Auge. Aber der volle Bauch hatte sie träge gemacht, und so gewann – diesmal noch – der Schlaf.

Epilog

Er musste aufpassen.

Natürlich war es herrlich gewesen, ihr Leiden, ihre Furcht zu spüren. Doch sie war ihm so nahe gekommen. So wunderbar, so gefährlich nahe ... Und, ja, sie hatte gelitten. Doch dann hatte sich diese dreckige kleine Hure, trotz all ihrer Angst und Verzweiflung, schon bei der ersten kleinen Gelegenheit wieder frei gekämpft. Und selbst der Zusammenbruch nach ihrer Befreiung war nicht von langer Dauer und wohl eher der Erschöpfung zu schulden gewesen.

Ja, er musste mehr denn je aufpassen, denn sie war sehr stark geworden – stärker vielleicht, als sie selbst es ahnte. Wobei es der Mann als gegeben ansah und auch eine gewisse Ironie darin zu erkennen glaubte, dass er selbst es höchstpersönlich gewesen war, der sie stärker gemacht hatte. Denn hätte er sie nicht gejagt, hätte sie sich ihm nicht widersetzen müssen, woran sonst hätte sie reifen und stärker werden können?

Ein Teil seiner Persönlichkeit empfand das als einen durchaus schmeichelhaften Gedanken. Doch in einem anderen Teil seines Ichs zupfte die Vorstellung, ihr geholfen zu haben, an seinem Zorn, brachte ihn zum Schwingen, bis er wieder von diesem glockenklaren Ton aus reiner, unverfälschter Wut erfüllt war, der ihm klar machte: »... Ich *muss* jemanden töten. Irgendjemanden. Und zwar bald!«

Aber das wäre noch lange nicht alles. Denn am Ende seines Weges würde, so mutig sie auch sein und so sehr sie auch dagegen ankämpfen mochte, Anna auf ihn warten.

Der Mann wusste schon nicht mehr, wie viele Möglichkeiten er bereits in seinen Gedanken durchgespielt hatte, wie er das Mädchen, ganz am Schluss, töten würde. Es gab so viele wunderbare Möglichkeiten, und die Wahl der Qual schien manchmal unerträglich. Doch dass es irgendwann tatsächlich soweit kommen würde, daran hegte er nicht den geringsten Zweifel. Und wenn er auch noch nicht mit Sicherheit wusste, welches Ende er Anna bereiten würde, so wusste er doch, dass der Anfang gemacht war. – Er hatte ihr das Tor aufgestoßen und sie hatte den Weg betreten, von dem es kein Zurück gab.

ENDE

Wie geht es weiter?

Der Hass der Toten
von N.O. Pity

In *Der Hass der Toten*, dem dritten und letzten Teil der Reihe, wird endlich aufgedeckt, wer sich hinter den brutalen Anschlägen auf Anna Silvan und ihre Familie verbirgt und wie die Person zu dem erbarmungslosen Monster wurde, dessen einziges Ziel die langsame Vernichtung Annas und dessen Antrieb unbändiger Hass ist.

Doch die bittere Erkenntnis, wer sich hinter dem gefühllosen Monster verbirgt, bedeutet für Anna und ihre Freunde noch lange nicht den Sieg. Nach einem erbarmungslosen Kampf muss sich der Täter zwar zurückziehen, doch er hat noch ein Ass im Ärmel, das Anna zwingen soll, sich bedingungslos auszuliefern.

Ein verzweifelter Plan und eine verwegene Flucht mit Patricks Hilfe, dem Anna schließlich auch körperlich näher kommt, soll die Rettung bringen, doch die Chancen sind gering ...

»Der Hass der Toten« erscheint im Mai 2017 im Armbrustverlag.

Eine kleine Leseprobe:

Ein erfrischender Mord

Luftblasen.

Weitere Luftblasen zerplatzten an der Oberfläche des Teiches und verrieten dem Mann, dass die Frau da unten noch immer lebte. Die Frau, die er vor wenigen Augenblicken ins Wasser gestoßen hatte. Seine Frau.

Fasziniert sah er auf die platzenden Blasen, wissend, dass sie nur zwei, drei Meter unter ihm verzweifelt versuchte, die Luft in den Lungen zu halten, nur nicht zu atmen, weil statt Sauerstoff bloß kaltes Wasser ihr Innerstes fluten würde. Dann musste unweigerlich das Ersticken beginnen, der endgültige Todeskampf.

Er wunderte sich, dass sie so lange durchhielt – sie lag schon fast eine Minute auf dem schlammigen Grund, musste jetzt, das Unausweichliche vor Augen, bis in die letzte Pore mit nackter Panik angefüllt sein ... Da! Die Luftblasen versiegten! Nur noch ein paar einzelne stiegen, in immer längeren Abständen, nach oben. Dann ... nichts mehr.

Ihm kam in den Sinn, dass man sie jetzt noch rausziehen und wiederbeleben könnte. Vermutlich könnte man es auch in zehn Minuten noch tun, aber dann wäre ihr Hirn Matsch. Doch natürlich würde sie niemand herausziehen. Weder jetzt, noch in zehn Minuten, noch in hundert Jahren.

Der Mann griff zu den Rudern, um wieder zum Ufer zu gelangen. Dann erwachte er.

Er fühlte sich entspannt.

Er fühlte sich gut.

Diese angenehme Wirkung hatte es immer auf ihn, wenn er von seinen Morden träumte. Der Mord an seiner Frau war recht häufig dabei, obwohl der doch schon so lange zurück lag. Na ja, es war halt sein erster gewesen. Das erste Mal ist bekanntlich immer etwas Besonderes. ...

***

♦ **»Halana und der Turm des Schwarzen Herzogs« /
»Halana und der Bruder des Schlafenden Gottes«,**

Fantasy-Zweiteiler von Marco Reuther mit ungewöhnlichen Helden, überraschenden Wendungen, dunklen Geheimnissen und natürlich mit einem großen Abenteuer.

Wie fängt man einen Zauberer? Ein nicht ganz alltägliches Problem, das die junge Kriegerin Halana lösen muss – wenn auch keineswegs freiwillig. Doch das Geheimnis ihrer Herkunft fordert seinen Tribut.

Halanas Feinde sind der mächtige Herzog Cosa, die blutrünstige Bruderschaft der elf Gebote – und Verrat. Ihre Verbündeten sind ein schüchterner Zauberer auf der Suche nach dem Bruder des Schlafenden Gottes, ein einbeiniger Koch, eine Hebamme, ein paar Gaukler und ein falscher Hofnarr. Eine ideale Truppe also, um zwei Nationen und ein Kind zu retten – und um dorthin zu gelangen, wo niemand sein will: in den Turm des Schwarzen Herzogs.

◆ Für Leser von 9 bis 99:
»Klara Plotzky und der Elfenvampir«
von Marco Reuther

Verwegen und furchtlos geht die zwölfjährige Klara dem gefährlichen Rätsel von Schloss Tunkelhagen auf den Grund und legt sich sogar mit Vampirelfen an! Und wenn es sein muss, erträgt sie sogar Elfenvampire.

Dass Klara in ihrem Kampf auch ein paar sehr seltsame magische Fähigkeiten verpasst bekommt, die mitunter nach hinten losgehen, macht es ihr und ihren Freunden nicht eben leichter, sich mit merkwürdigen Wesen aus einer fremden Welt herumzuschlagen und ein Elfenreich zu retten. – Und das alles nur wegen einer Strafarbeit …

◆ Fantasy:
»Des Königs Verräter – Die Entführung«
von Marco Reuther

Kein guter Start ins Wochenende, wenn man in eine fremde Welt entführt wird, in der einem ein paar unfreundliche Attentäter auf den Fersen sind, nur weil man ein Orakel betrügen soll, um gegen haushoch überlegene Feinde kämpfen zu dürfen ...

♦ **»Des Königs Verräter – Meerfeuer«** (Teil 2 der Reihe)
von Marco Reuther

»I-i-i-i-i-i-i-i-i...« – schon seltsam, was einem an Details auffällt, während man gerade stirbt. Ohne Gnade von sechs starken Händen unter Wasser gedrückt, hörte Peter von seinem eigenen gurgelnden Hilfeschrei nur diesen schrillen Vokal, immer leiser werdend, mit den Luftblasen nach oben steigen. Er warf sich hin und her, versuchte verzweifelt, sich den riesigen Pranken zu entwinden, die ihn an Armen und Kopf gepackt hatten und erbarmungslos nach unten pressten ...

Während Peter, dieser sonderbare Junge, den es aus einer magiefreien Welt in das Elf-Stämme-Reich verschlagen hat, dem Waldstamm mit einem verwegenen Plan gegen eine haushoch überlegene Piratenflotte beistehen will, ist ein erbarmungsloser Mörder vom Clan der Attentäter Prinz Rétep in unsere Welt gefolgt. Um den ahnungslosen Schuhputzer-Prinz zu warnen, müssen seine Freunde den Stein des Greisen stehlen – doch der befindet sich dummerweise in der verbotenen Burg im verbotenen Turm der verbotenen magischen Artefakte – und der ist verboten gut bewacht ...

Da ist es fast schon eine Kleinigkeit, dass so ganz nebenbei noch ein König mit Hilfe eines wahnwitzigen Planes gerettet werden muss und ein Toter das Rätsel löst, wieso eigentlich zwei Welten unbemerkt nebeneinander existieren können – denn merke: Alles ist relativ ...

Ein großes Abenteuer, eine gefährliche Aufgabe, Spannung, Intrigen, Kampf und Freundschaft – und zwei Welten, die in dem All-Age-Fantasyroman mit viel Phantasie und Witz aufeinanderprallen, dass es kracht ...

Der Autor

N.O. Pity stammt aus dem kleinen Ort Olterego* in Alaska – nach eigenem Bekunden ist das dort, wo Alaska am dunkelsten ist, weswegen er auch nach Deutschland ausgewandert sei (»Well, for me ist das lichtdurchflutete Saarland like the Toskana for einen Deutschen.«) Zudem war Norbert Oliver Pitys Karriere als Schrüffeljäger auf einem Tiefpunkt angelangt, wes-halb er sich der Schriftstellerei zuwandte und in der vorliegenden Reihe mit ein paar Litern Blut und einem dezidierten Blick auf zwischenmenschliche Beziehungen dafür sorgte, dass die empfohlene Altersfreigabe auf 16 Jahre heraufgesetzt wurde.

Des Weiteren betont Pity, dass ihm der Armbrustverlag freiwillig die Veröffentlichung seiner Romane angeboten habe, alles andere seinen böswillige Gerüchte, deren Urheber übrigens auf mysteriöse Weise verschwunden sind.

* Der Ortsname entstammt der Sprache der Nesuah-Hcnüm-Indianer, er bedeutet in etwa: *Kleine-Lichtung-auf-der-die-häßlichen-Pilze-wachsen-die-so-schön-wuschisch-im-Kopf-machen.*

Impressum

»Der Atem der Toten« – Teil 2 der Tot-Trilogie
(auch als E-Book erhältlich)
Alle Rechte vorbehalten
© März 2017 Armbrustverlag, Püttlingen
www.armbrustverlag.de
Herstellung: BoD – Books on Demand, Norderstedt
Covergestaltung: Armbrustverlag
Fotos: Mädchen: Karel Miragaya/Agentur 123RF
     Mad Doctor: Nomad Soul/Agentur Shutterstock
     Skalpell: Alex Malikov/Agentur Shutterstock
     Original-Illustration Armbrust (im Logo):
      Mikhail Avdeev (Bildagentur 123RF)
Satz: Armbrustverlag
Schrift: Times New Roman / Bandicoot

Bibliografische Informationen der Deutschen Nationalbibliothek:
Die Deutsche Nationalbibliothek verzeichnet diese Publikation
in der Deutschen Nationalbibliografie, detaillierte bibliografische
Daten sind im Internet über http//:dnb.dnb.de abrufbar.

ISBN: 978-3-946966-10-4

Armbrustverlag